Brandon Sanderson

布蘭登・山德森

Brandon Sanderson

布蘭登・山德森

BEST 嚴選

奇幻基地出版

天防者

II

星界

Starsight

布蘭登・山德森 著
彭臨桂 譯

Brandon Sanderson

Starsight 星界
Superiority Region C4 Governmental Seat
星盟（星際聯盟）C4區政府所在地

第一部

Part One

第一章

我猛烈啓動超燃模式，推動飛艇穿越一陣混亂的破壞砲光束與爆炸。浩瀚的太空在我上方延伸。跟無邊無際的黑暗相比之下，行星和飛艇似乎都顯得微不足道。毫無意義。

當然，我是指除了那些微不足道的飛艇，正竭盡所能要殺掉我這件事以外。

我閃避攻擊、旋轉飛艇，在轉向到一半時中斷了推進器。翻轉之後，我立刻重踩推進器，往另一個方向快速行進，試圖甩掉尾隨的三艘飛艇。在太空中跟在大氣層裡戰鬥完全不一樣，其中一點是你的機翼完全派不上用場。沒有空氣就表示沒有氣流、沒有升力、沒有阻力。在太空中的飛行不算眞正的飛行，你只是不會摔下去而已。

我再次旋轉了一圈並推進，回頭往主戰場去。可惜的是，在大氣層裡的高級動作一到這裡就會變得稀鬆平常。過去六個月在眞空環境中的戰鬥，讓我學會一套全新的戰鬥技巧。

「思蘋瑟，」我的控制台發出一陣精力充沛的男聲：「妳記得告訴過我，要在妳特別不理性的時候提醒妳吧？」

「沒有，」我咕噥地說，一邊向往右躲開。從後面射來的破壞砲掠過我的座艙罩上方。「我想我沒做過那種事。」

「妳當時說『我們可以之後再談這件事嗎』。」

我再次閃躲。可惡。是那些無人機的空戰技巧越來越厲害，還是我變得大不如前了？

「嚴格來說，那是指在妳說完話『之後』，」多嘴的人工智慧M-Bot接著說：「但人類使用那個詞並不是眞的指『在這一刻之後的任何時間』，他們的用意是『現在之後對我比較方便的某個時候』。」

大批克里爾無人機聚集在我們周圍，企圖切斷我往主戰場的退路。

「所以你覺得現在是比較方便的時候？」我問。

「爲什麼不是？」

「因爲我們在戰鬥中啊！」

「呃，我認爲妳正好會想在生死交關的情況下，知道自己是不是特別不理性。」

我還眞有點懷念飛艇不會對我回嘴的日子。那是在我幫忙修好M-Bot之前的事了，而它的個性是一種古老技術的殘留物，我們還不太了解。我常納悶：是不是所有先進的人工智慧都這麼沒禮貌，或者只有我的是特例？

「思蘋瑟，」M-Bot說：「妳應該要引誘這些無人機回到其他人那裡，記得嗎？」

自從我們擊退克里爾人、差點被他們炸得屍骨無存後，到現在已經過了六個月。隨著勝利，我們得知了一些重要的事。我們稱爲「克里爾人」的敵軍是一群外星人，任務是使我的同胞無法離開我們的星球狄崔特斯，而這裡就像監獄與人類文明自然保護區的混合體。克里爾人會向名爲星盟（星際聯盟，Superiority）的銀河政府回報。

他們使用遙控無人機跟我們戰鬥——由住在遙遠之處的外星人駕駛，透過比光速更快的通訊來控制。無人機從來就不是由人工智慧駕駛，因爲讓飛艇自己駕駛會違反銀河法，即使是M-Bot能夠自己做的事也受到了嚴格限制。除此之外，星盟非常害怕一件事：有能力看見太空中進行超光速通訊的人。這種人叫超感者（cytonics）。

像我這種人。

他們知道我的能力，而且他們恨我。無人機通常會特意以我爲目標——而我們可以利用這一點。我們應該利用這一點。在今天的戰前簡報中，我讓其他飛行員勉強接受了一個大膽的計畫。我要稍微脫離隊形，引誘敵軍的無人機包圍我，然後帶它們穿過隊伍。如此一來，我的戰友就可以趁無人機專心攻擊我時消滅它們。

這是個很完善的計畫，而我會成功的……最後一定會。

不過現在我想要測試一件事。

我啟動超燃模式，加速遠離敵軍飛艇。M-Bot比它們更快也更靈活，不過它還有個很大的優勢，是能夠在空中高速動作而不會解體。然而處於現在的真空中，這個優勢就不存在了，敵軍的無人機也更能夠追上我們。

我朝狄崖特斯俯衝，一大群敵軍緊追在後。我的世界由像是殼的金屬平台保護著——上面裝設了砲座。在六個月前那場勝仗之後，我們將克里爾人趕出了星球，逼到保護殼之外。目前我們的長期戰略是到行星本體外跟敵人在太空交戰，不讓他們接近狄崖特斯。

把他們擋在那裡，我們的工程師（包括我朋友羅吉）就能開始著手控制平台與砲座，而設有砲座的外殼，最後應該能保護我們的行星免於遭到入侵。不過現在大部分的防衛平台仍然處於自動化狀態——對我們跟對敵人都一樣危險。

克里爾飛艇聚集在我後方，急切地想將我從戰場中隔離出來，而我的戰友正在跟其他無人機大規模混戰。這個要孤立我的戰術有一項致命的假設：如果我落單了，我就不會那麼危險。

「我們不會繞回去並按照計畫執行吧？」M-Bot問：「妳想要自己跟他們戰鬥。」

我沒回答。

「尤根一定會超——生氣。」M-Bot說：「對了，那些無人機想要把妳趕到特定的航向，我已經在妳的螢幕上大致畫出來了。我的分析指出他們打算突襲。」

「謝了。」我說。

「只是試著不讓妳害我被炸掉而已，」M-Bot說：「順帶一提，如果妳真的害死了我們，要知道我會對妳陰魂不散的。」

「對我陰魂不散？」我說：「你可是個機器人啊。而且，我不是也會死嗎？」

「我的機器鬼魂會纏住妳的肉體鬼魂。」

「怎麼可能會那樣？」

「思蘋瑟，鬼魂又不是真的，」它用惱怒的語氣說：「為什麼妳要擔心那種事而不是好好飛行？老實說，人類真是太容易分心了。」

我注意到突襲了：有一小群克里爾無人機，躲在砲座射程外一大塊飄浮著的金屬旁。我接近時，突襲的無人機也現身了，而且高速衝向我。不過我已經做好了準備。我放鬆手臂，讓潛意識掌控一切。我沉進自己的意識裡，進入一種出神的狀態並傾聽。

但不是用我的耳朵。

在大多數情況下，克里爾人的遙控無人機都能發揮作用，它們是用來在狄崔特斯壓制人類的消耗品。然而，太空戰鬥的範圍非常廣大，使得克里爾人不得不依靠即時的超光速通訊來控制無人機。我猜那些飛行員本體在很遠的地方——不過即使他們是在狄崔特斯附近太空中的克里爾基地，來自那裡的無線電通訊延遲，也會讓無人機在戰場上的反應過慢。所以必須使用超光速通訊。

這樣就暴露了他們一個嚴重的弱點。我聽得見他們的指令。

不知是什麼原因，我可以聽見超光速通訊出現的地方。我把那裡稱為「虛無」（the nowhere），是另一個不適用我們物理規則的次元。我可以聽見那個地方，偶爾看得見——還會看到住在那裡的生物正在看我。

有一次，在六個月前那場最激烈的戰鬥中，我竟然進入了那個地方，而且在轉眼間就將我的飛艇傳送到好遠的距離外。我還是不太清楚自己的能力。雖然我無法再傳送了，可是我慢慢知道，不管我的體內存在著什麼，我都能夠駕馭它並用於戰鬥。

我釋放本能，讓飛艇做出一連串複雜的閃躲動作。受過戰鬥訓練的神經反應，加上天生聽得到無人機指令的能力，讓我能夠在不需要特別給予指示的情況下操縱飛艇。

我的超感能力是家族代代相傳下來的。我的祖先曾經使用這種能力讓星艦在銀河系四處移動，我父親也擁有能力，而敵人利用這點害死了他。現在，我則是利用這項能力讓自己活下來。

我比克里爾人更快對他們的指令做出反應——不知為何，我理解的速度甚至比無人機更快。它們攻擊的時候，我已經穿梭在破壞砲的砲火之中了。我在它們之間猛衝，接著發射ＩＭＰ，讓附近所有無人機的護盾失效。

在全神貫注的狀態下，我並不在乎ＩＭＰ也取消了我的護盾。無妨。

我發射光矛，能量繩刺中了一艘敵軍飛艇，將我們兩架連接起來。接著我利用彼此之間動能的差異，讓兩架飛艇同時旋轉，這使我移動到了那群毫無防備的飛艇後方。

我摧毀了兩架無人機，光芒與火花如開花般劃破虛空。剩下的克里爾飛艇就像奶奶故事中的村民那樣，在一隻狼面前潰散了。突襲變成一團混亂，而我挑中了兩艘飛艇，發動破壞砲攻擊——炸掉其中一艘時，我的腦中也在追蹤其他飛艇接收的命令。

「妳每次這樣都會讓我很吃驚，」M-Bot輕聲說：「解讀資料的速度比我的預測還快。妳好像有點……不像人類。」

我咬著牙，全身繃緊，然後旋轉飛艇，加速追逐一架掉隊的克里爾飛艇。

「順便告訴妳，我那樣說的意思是要讚美，」M-Bot說：「這並不是指人類有什麼不好。我發現他們脆弱、情緒不穩、不理性的本質其實很惹人喜愛呢。」

我消滅了那架無人機，讓我的機身沐浴在死亡的火光中。接著我向右躲開另外兩艘的攻擊。雖然克里爾無人機裡沒有飛行員，但我還是在它們試圖反擊我時感到惋惜——我是一股無法阻擋、無法理解的力量，完全不按照束縛著它們的規則行事。

「可能的原因是，」M-Bot繼續說：「我的程式這樣設計，所以我才會這樣看待人類。但是，嘿，這不就像一隻母鳥出自天性，關愛牠所生下那些怪異又沒羽毛的醜傢伙嗎？」

不像人類。

我迂迴行進閃避攻擊，發射武器摧毀敵艇。我並不完美，我偶爾會過度修正，許多次開火都沒打中。不過我有個獨特的優勢。

星盟及其爪牙克里爾人顯然知道要注意我跟我父親這種人。他們的飛艇總會獵殺飛得太好或反應太快的人類。他們會試圖利用我天賦中的一項弱點來控制我的大腦——他們之前就是這樣對付我父親的。幸好我有M-Bot。它先進的護盾能夠過濾掉他們的精神攻擊，同時仍能讓我聽見敵軍的命令。

但這一切都指向一個嚇人的問題。

我到底是什麼？

「如果妳可以找機會重新啓動我們的護盾，」M-Bot說：「我會覺得安心許多。」

「沒時間了。」我說。若那麼做，我們就會失去整整三十秒的飛行控制。

我有另一個機會可以衝回主戰場，繼續執行我之前大致提出的計畫。但是我旋轉了機身，啓動超燃模式，猛烈飛向敵軍的飛艇。雖然重力電容器吸收了一大部分G力，讓我免於承受過大力道而扭傷頸部，但我仍感覺得到壓力使自己平貼在座位上，將皮膚往後扯，讓身體覺得很沉重。在極端的G力之下，我覺得自己像瞬間老了一百歲。

我抵抗壓力，對剩下的克里爾無人機開火。我奮力將自己的特殊能力發揮到極限，一道克里爾人的破壞砲攻擊從座艙罩旁掠過，明亮到使我的眼睛留下了殘像。

「思蘋瑟，」M-Bot說：「尤根和卡柏都在抱怨了。我知道妳說過要讓他們分心，可是——」

「繼續讓他們分心。」

「無奈嘆息。」

我翻了個圈繞到一艘敵軍飛艇後方。「你剛才說了那幾個字嗎，無奈嘆息？」

「我發現人類的非語言溝通太容易受到誤解了，」他說：「所以我正在實驗一種讓這種溝通更明確的方式。」

「那不就違背了這種溝通原本的目的嗎？」

「顯然不會。不屑地翻白眼。」

破壞砲在我周圍閃亮，但我又炸掉了兩架無人機。在此同時，我看見某個東西出現了，就反射在駕駛艙的座艙罩上。幾道刺眼的白光像是眼睛盯著我。如果我過度使用能力，就會有東西在虛無裡向外看，然後看著我。

我不知道那些是什麼東西，並直接稱它們為眼睛。不過我確實感覺到它們強烈的憎恨。一種憤怒。不知為何，這一切都是有關聯的：我可以看見並聽見虛無、從那個地方看過來的眼睛，以及自己只使出過一次的瞬間移動能力。

我還能清楚記得使用能力時的感覺。當時我正瀕臨死亡，被一場災難性的大爆炸籠罩。當時我不知用什麼方式啟動了一種叫超驅裝置（cytonic hyperdrive）的東西。

如果我能夠熟練瞬間移動的能力，就可以幫助我的同胞離開狄崔特斯了。藉由那種能力，我們就可以永遠擺脫克里爾人。所以我逼迫自己要做到。

上次跳躍的時候，我正為了活命而戰鬥。要是我能夠重現跟當時相同的情緒……

我俯衝飛行，右手放在控制球上，左手握著油門。三架無人機突然出現在我後方，可是我知道它們要攻擊，於是讓飛艇以某個角度轉動——完全避開了。我加大油門，而心智擦過了虛無。

那些眼睛持續出現，被反射在座艙罩裡，彷彿有某個東西正從我座位後方看著。白色的光芒就像星星，但卻給人一種……有意識的感覺。十幾顆懷有惡意的光點。就算只是稍微進入它們的領域，它們也能看見我。

那些眼睛令我很不安。我怎麼能夠同時對這些能力感到著迷又恐懼？這就像站在洞穴裡的高大懸崖邊時，聽見了深淵的呼喚，知道自己將直接跳進那片黑暗中。只要再往前一步……

「思蘋瑟！」M-Bot說：「新的飛艇出現了！」

我回過神來，那些眼睛也消失了。M-Bot利用控制台顯示器標示出它的發現。在黑色天空的背景下，一艘幾乎看不見的新型星式戰機從其他人躲藏的地方出現。戰機機身線條流暢，形狀像個圓盤，漆得跟太空一樣黑。它比一般的克里爾飛艇還小，可是座艙罩比較大。

這些新的黑色飛艇是在八個月前才開始出現，當時是要帶領敵軍試圖轟炸我們的基地。那個時候我們還不知道他們的意圖，可是現在我們知道了。

我聽不見這艘飛艇收到的命令——因爲沒有命令會傳送過去。像這樣的黑色飛艇並不是被遙控的，而是由眞正的外星人飛行員駕駛。通常是敵軍的王牌——他們最強的飛行員。

戰鬥開始變得更有趣了。

第二章

我興奮地心跳加速。

敵軍的王牌。跟無人機對戰是很刺激沒錯，但也缺少了什麼，不像是在跟人戰鬥。然而跟王牌對決感覺就像奶奶說的故事那樣。大戰期間，英勇的飛行員在舊地球上進行殘忍的激戰。一對一。

「我會向你吟唱，」我輕聲說：「在你的飛艇燒毀和你的靈魂逃竄時，我會吟唱。唱誦我們有過的激戰。」

對，很戲劇性。每當我說出像是會出現在舊故事裡的那種話，我的朋友們還是會笑我。我幾乎不再這麼做了。不過我還是我，而那些話也不是要給朋友聽的。我是說給自己聽。

還有說給我即將解決的敵人聽。

王牌猛烈撲來，並且發射破壞砲，試圖在我專心對付無人機時攻擊。我咧開嘴笑，俯衝閃避，用光矛刺中了一塊太空碎片。這使得我迅速旋轉，同時也將碎片甩到後方擋住了攻擊。雖然M-Bot的重力電容器吸收了大部分的G力，但以弧形移動時，我還是感受到一股向下的強大拉力；破壞砲射中碎片，這次攻擊距離我非常近。可惡。我還是沒能找到機會重啟護盾。

「現在可能是引誘敵軍飛艇回去找其他人的好時機，」M-Bot說：「就跟計畫一樣……」

結果，我注意到敵人的王牌衝過頭了——於是我繞了個圈追上去。

「戲劇性地讓說話聲越來越小，」M-Bot接著說：「強烈暗示著妳不負責任的天性。」

我對王牌開火，可是對方沿自己的軸線旋轉，關掉了推進器。動能讓機身往前進，但飛行員卻從背後轉向前方，現在面向了我。他們倒著飛的時候操控技術沒那麼好，所以這個動作通常風險很大，不過如果他們有完整的護盾，而敵人完全沒有的話……

我被迫中止追擊，向左推進避開破壞砲。現在不能冒險正面對決，於是，我暫時把注意力放在無人機上，炸掉了其中一艘，然後高速穿越它的碎片——碎片刮傷了M-Bot的機翼，還啪一聲撞上了座艙罩。對，我沒有護盾。而且在太空中，碎片不會在被擊落飛艇時往下掉。這簡直是菜鳥才會犯的錯——也提醒了我，儘管接受那麼多訓練，在無重力戰鬥的狀況下，我仍然是個新手。

王牌以熟練的動作開始尾隨。對方很厲害，這一方面令人覺得可怕，另一方面……

我試著改變方向往主戰場開去，但無人機蜂擁到我面前，阻斷了去路。也許我真的遇上點麻煩了。

「呼叫尤根，」我說：「告訴他我可能讓自己被困住了。我沒辦法引誘敵人去突襲地點，看看他跟其他人願不願意過來幫我。」

「終於啊。」M-Bot說。

我繼續閃避一些攻擊，同時在接近感應器上追蹤敵軍的王牌。可惡。真希望我可以像對付無人機一樣聽見他們。

不，這樣很好，我心想。我得小心，別過度依賴自己的天賦。

我咬緊牙關，瞬間做出決定。我沒辦法回到主戰場，於是改往狄崔特斯俯衝。包圍著行星的防衛外殼並非毫無空隙；那些外殼由大型平台構成，裡面有住艙、船廠，以及武器。雖然我們已經開始回收改造最靠近星球的部分，不過這些較外層的平台還是會自動對任何接近的東西開火。

我啓動超燃模式加速，要是在大氣層裡，這種速度可是會使大多數星式戰機的機體顫動，甚至解體。在這麼高的地方，我只感受得到加速，而非速度。

我迅速抵達最近的一座太空平台。那座平台又長又薄，稍微有些弧度，像是一大塊破碎的蛋殼。剩餘的無人機跟那架敵軍王牌仍然尾隨著我。空中戰鬥在這種速度下變得危險許多，在撞上某個東西前，我的反應時間會大量減少，而控制球只要有一丁點移動，就可能讓我偏離航向、來不及處理。

「思蘋瑟？」M-Bot說。

「我知道我在做什麼。」正在集中精神的我咕噥地說。

「我相信，」M-Bot回答：「不過……以防萬一……妳確實記得我們還沒控制住這些外層平台吧？」

我全神貫注，盡量貼近金屬平台的表面飛行，並小心避免發生碰撞。這裡的砲座追蹤我並開始射擊——不過也同時朝敵人開火了。

我專注閃躲。或者該說是不規則地迂迴行進——雖然我光從技巧方面可以飛得比無人機更好，可是它們的數量佔有優勢。在接近平台的地方，這種優勢變成了敵人的累贅——因爲對砲座來說，我們全都是目標。

幾架無人機發出爆炸火光，但又幾乎立刻消失，因爲火焰都被太空的眞空悶熄了。

「那些砲座在這裡待了那麼久，現在終於能夠打下東西，不知道它們會不會覺得很滿足。」M-Bot說。

「嫉妒了嗎？」我哼了一聲說，一邊閃避著。

「根據羅吉的說法，它們不具備眞正的人工智慧，只是有一些簡單的鎖定攻擊功能。所以，這就像是在嫉妒一隻老鼠而已。」

另一架無人機被擊落了。再撐一下。我只想在等待戰友抵達時，稍微平衡一下局勢。

突然，我再度陷入了出神狀態。雖然無法聽見砲座的控制指令，不過在這種時刻——完全集中精神的時刻——我覺得自己彷彿跟飛艇合爲一體。

我感覺到那些眼睛的注意力又回到自己身上了。我的心臟在胸口怦然撞擊。砲座對準著我，追在後方的敵軍還在開火……

再遠一點……

我的意志繼續下沉，彷彿能夠感受到M-Bot每一處的運作。我處在極度的危險中，我必須逃脫。我現在當然做得到。

「啓動超感驅動裝置！」我說，然後試著照以前做過的那樣，讓飛艇瞬間移動。

「超感驅動裝置未連線。」M-Bot說。

可惡。上次成功的時候，它告訴我裝置是連線的。我又試了一次，可是……我根本不知道那一次自己到底做了什麼。我處在危險中，差點就要死了。然後我……我做了……某件事？

附近一座砲台發射時讓我幾乎看不見，我咬著牙拉高機身，迅速離開防衛火砲的射程。王牌還活著，不過被擊中了一兩次，所以護盾可能減弱了。另外，現在只剩下三架無人機了。

我暫停推進，沿軸線轉動飛艇——飛艇仍在前進，可是指向後方——這個動作表示我準備往後方開火。當然，王牌立刻就避開了。他們在護盾減弱的情況下不會這麼冒險。我沒攻擊，而是推進追向王牌——同時逃離了正往我剛才位置聚集的無人機。

我盯上了王牌，試圖拉近距離攻擊——但不管對方是誰，都很厲害。對方旋轉做出一連串複雜的閃避動作，還一邊增加速度。我在一次轉彎時判斷錯誤，突然就被甩開；我立刻恢復航向，抓住對方下一次轉向的時機並發射破壞砲——但距離太遠，因此攻擊偏離，就這樣消失在太空中。

M-Bot替我讀出速度和角度，讓我不必分心去看控制面板。我往前傾，試著跟上那艘星式戰機的動作——俯衝、旋轉、推進，並尋找關鍵時機跟敵人對齊，讓自己有機會攻擊。

而對方則是有可能隨時轉向並回擊——對方很可能跟我一樣也在等待時機，希望在雙方排成直線時冷不防給我一擊。

這種完美的專注力、這麼激烈的強度，在這個互相連繫的奇異片刻，那位外星飛行員跟我做著一樣的事，努力、掙扎、汗流浹背——在一場矛盾而親密的激戰中越來越靠近。在那一瞬間，我們就像是一體的。然後我會殺掉對方。

我是爲了這種挑戰而活的。跟眞正的敵人戰鬥，知道不是你死就是我活。在這種時刻，我並不是爲了DDF或人類而戰。我戰鬥是爲了證明自己。

對方跟我同時向左俯衝。敵人旋轉過來朝向我，雙方就這樣短暫排成了一直線——而我們都向對方開火。

對方沒打中。我打中了。我的第一次攻擊破壞了敵人原本就減弱的護盾，第二次攻擊射中了駕駛艙左側，在一道閃光之中將那圓盤狀的飛艇撕裂。

眞空迅速吞噬掉火光，而我往右切避開了殘骸。我深呼吸，努力想讓心跳放慢。汗水浸濕了頭盔的軟墊，從我臉部的側面流下。

「思蘋瑟！」M-Bot大喊：「無人機！」

可惡。

我讓飛艇轉向，往旁邊推進，這時三道爆炸的火光照亮了駕駛艙。我畏縮起來，但那些光芒不是因爲我被擊中而出現——是無人機接連爆炸了。兩艘DDF飛艇高速飛過。

「謝了，各位。」我輕碰儀表板上的群組通話頻道說。

「沒問題，」金曼琳在頻道中回答：「就像聖徒總會說，『要小心聰明的人，他們通常會犯蠢』。」

她有一種口音，說話時也有種從容感。

「我還以爲計畫是妳去引誘無人機，」FM說：「然後把它們帶來找我們。」她的語氣帶有自信，聽起來像是出自於年紀大她兩倍的人。

「我最後是打算要這麼做的。」

「對啊，」FM說：「所以妳才會關掉通訊系統，免得尤根對妳破口大罵是吧？」

「又沒有關掉，」我說：「我只是要M-Bot執行干擾而已。」

「尤根眞的很討厭跟我說話呢！」M-Bot熱情地說：「從他說話的方式我就看得出來了！」

「嗯，好吧，敵人撤退了，」FM說：「妳很幸運我們已經在前來支援的路上了，而且是在妳承認陷入麻煩之前。」

我重新啓動護盾，轉動飛艇飛向另外兩人時，整個人還是滿身大汗的狼狽樣——心跳猛烈，雙手濕滑。飛行的路線讓我經過了剛才擊敗的那艘飛艇殘骸，它仍差不多以被我擊中時的速度移動著。這就是太空。

那艘飛艇其實只有裂開而不是完全炸掉，我打了個冷顫，因爲我認出了敵軍王牌的屍體。是個四四方方的外星形體。說不定對方的盔甲在眞空下有保護效果……

不。我經過時，看見盔甲已經在被我攻擊時裂毀了。裡面的生物有點像某種兩隻腳的小型螃蟹——體型細長並且是亮藍色，在腹部與臉上都有甲殼。我曾在太空中更遠的地方見過一些，當時他們正從遠處監控狄崔特斯的太空站附近駕駛載具。他們是我們的獄卒，雖然在我們偷到的資料中，這種螃蟹般的種族被稱爲瓦維克斯（varvax），不過我們大部分的人還是叫他們爲克里爾——我們也知道這個詞在星盟語言中是個縮詞，原意是遏制人類，並非他們種族眞正的名稱。

這傢伙眞的死了。充滿盔甲裡的液體溢到了太空中，一開始先是爆炸般地沸騰，接著又結凍成氣態。太空眞的很奇怪。

我注視著屍體，讓M-Bot放慢速度，然後輕聲哼起祖先流傳的一首歌。一首維京人獻給死者的歌。

漂亮的一仗，我對克里爾人逝去的靈魂想著。原本在較靠近星球相對安全之處，看著戰鬥的一些打撈用飛艇移到了附近，我們一向都會打撈克里爾飛艇，尤其是由眞正的飛行員駕駛。我們有可能會因此找到壞掉的星盟超驅裝置。他們並不是使用飛行員的精神來移動，而是擁有某種眞正的技術，能夠在星系之間旅行。

「小旋？」金曼琳呼叫我：「妳要來嗎？」

「好，」我接著轉動機身，跟上她和ＦＭ。

「M-Bot？你覺得那位飛行員的飛行能力如何？」

「跟妳滿接近的，」M-Bot說：「而且他們的飛艇比我們之前遇過的都還先進。我就老實說了，思蘋瑟——這主要是因爲我被設定爲無法說謊——我認爲那場戰鬥也可能會是另一種結果。」

我點了點頭，心裡差不多也是這麼覺得。我跟那位王牌正面對決了。一方面，我很高興能夠確認自己的技巧，不是只來自可以觸碰到虛無的能力。然而已經完全脫離出神狀態的我，除了總會在戰鬥之後有種意志消沉的奇怪感，現在竟然更開始憂慮起來。從我們到保護層外戰鬥以來，就只見過少數這種由生物駕駛的黑色飛艇。

如果克里爾人眞想要殺掉我們，爲什麼派出的王牌會這麼少？而且……他們眞的最多就只能做到這樣嗎？我飛得不錯，可是畢竟開始飛行還不到一年。我們偷到的資訊顯示，敵人可是有一個由數百顆行星組成的巨大星系聯盟。他們一定有比我更厲害的飛行員。

這一切讓我覺得很不對勁。以前克里爾人一次頂多只會派出一百架無人機對付我們。他們放寬了數量，現在一次至少會派出一百二十架……不過考量到他們聯盟的規模，那也許是個很小的數字。

所以到底是怎麼回事？爲什麼他們還有所保留？

金曼琳、ＦＭ跟我與其他戰機重新會合。ＤＤＦ變得越來越強大了。我們今天只失去了一艘飛艇，要是在以前，我們每次戰鬥都會失去至少六、七艘。ＤＤＦ正在趁勢發展，我們利用從M-Bot身上學到的技術製造了飛艇，並在過去兩個月裡開始部署了第一批。雖然半年前，我們才在第二次艾爾塔之戰（Battle of Alta Second）經歷了傷亡，可是我們的士氣大振——我們的飛行員也存活得更久，能夠磨練技巧——這些都讓我們日漸茁壯。

到這裡攔截敵人不讓他們靠近，我們也能因此擴大打撈作業。因爲這樣，我們不只可以回收最靠近星球的防衛平台，還能夠找到原料用在越來越多的飛艇上。

這一切表示製造飛艇跟招募新兵的數量都在大幅增長，我們很快就會擁有足夠的上斜石和飛行員，更可以派出好幾百艘飛艇。

所有因素結合起來，我們將會有滾雪球般的進展。然而，我還是有點擔心。克里爾人的行爲很古怪，除此之外，我們還有一個很大的劣勢。他們可以在銀河系來去自如，而我們卻困在一顆行星上。除非我學會怎麼運用我的能力。

「呃，思蘋瑟?」M-Bot說：「尤根正在呼叫，我覺得他在生氣。」

我嘆了口氣，按下通話鈕接通。「天防十號報到。」

「妳沒事吧?」他的語氣很嚴厲。

「嗯。」

「好。我們晚點再討論這件事。」他切斷了通話。

我皺起了臉。他不是生氣……他很憤怒。

莎迪（Sadie）在我後方飛到天防九號的位置，這個新來的女孩被指派爲我的僚機駕駛員。從她那艘飛艇的飛法看來，我感覺得出一絲緊張，不過也許是我過度解讀了。根據我們的計畫，在克里爾人派出優勢軍力要消滅我的時候，我就會把她丟下。幸好她還知道要遵守指令，和其他人待在一起而不是緊跟著我。

在飛回行星之前，我們必須等待飛行指揮部（Flight Command）的命令，於是我們在太空中盤旋了一小段時間。這時，金曼琳的飛艇慢慢靠到我旁邊，我透過她的座艙罩看進駕駛艙。我每次都覺得她戴著頭盔遮住了黑髮的樣子很怪。

「嘿，」她在私人頻道上對我說：「妳還好嗎？」

「還好，」我說。這是謊話。每當我使用了那種奇怪的能力，內心就會產生矛盾。我們的祖先一直很害怕擁有超感能力的人，在墜毀於狄崔特斯之前，我們這種人曾經在艦隊的工程室工作，負責驅動並引導大家的航行。

他們直接稱呼我們爲引擎人員。其他組員都會避開我們——這逐漸滲入了我們的文化傳統，即使在我們遺忘了超感者是什麼之後，偏見仍然持續著。

這一切只是迷信，或者不只如此？我感覺得到那些眼神中的惡意，而最後，我父親攻擊了自己的同胞。雖然我們把那件事歸咎於克里爾人，可是我很擔心。影片中的他似乎非常憤怒。

我很擔心不管我是誰，我的行爲都會帶來我們料想不到的危險。

「各位？」莎迪問，然後將飛艇開到我旁邊。「在我控制平台上的這個警告是什麼意思？」

我看著接近感應器上的閃光，輕輕咒罵了一聲，然後向外掃視太空。我勉強看得見克里爾人的監控太空站，接著就發現旁邊出現了新的東西。竟然有兩個比太空站更大的物體。

「兩艘新的船艦剛抵達了，」M-Bot說：「我的長程感應器確認了飛行指揮部看見的東西。那些似乎是主力艦。」

「可惡，」FM在頻道上說。目前爲止，我們只遭遇過戰機——不過根據竊取的情報，我們知道敵人至少擁有幾艘這樣大型的主力艦。

「我們對那種船艦的武力所知不多，」M-Bot說：「妳跟我偷來的情報中只有一般的資訊。不過我的處理器認爲，那些船艦可能具有轟炸行星的武力。」

轟炸。他們可以從外太空向行星開火，火力甚至足以將住在深層洞穴的人炸得灰飛煙滅。

「他們沒辦法通過防禦平台的。」我說。我們認爲，這就是克里爾人以前總是使用低高度轟炸機，而不採取軌道轟炸的原因。行星的平台具有反制措施，能夠防止來自遠處的轟炸。

「要是他們直接先摧毀平台呢？」莎迪問。

「防衛系統太強大了，他們辦不到的。」我說。

這個回答有一部分是在虛張聲勢。我們並不確定狄崔特斯的防衛是否能夠防止轟炸。等我們控制所有系統之後，或許就能夠判斷系統眞正的能耐。可惜的是，我們還需要好幾個月時間才能做到。

「你們有聽見什麼聲音嗎？」金曼琳說。

我發揮我的超感能力。「只有一陣微弱柔和的音樂，」我說：「幾乎像是靜電聲，可是……比較好聽。我得靠近一點才能知道它們到底在說什麼。」

我一直能夠聽見來自星星的聲音。小時候，我一開始還以爲那是音樂。經過幾個月訓練並跟奶奶談過之後，我們才確定那種「音樂」是從虛無傳來的超光速通訊聲。我現在聽見的，可能就是太空站或戰艦正在與星盟通訊的聲音。

我們等了好長一段時間，因爲指令是待在原地，看看那些戰艦是不是會前進。結果沒有。無論他們被派來做什麼，似乎都不是立即的。

「指令來了，」尤根終於在通訊頻道上說：「那些戰艦正在安頓，所以我們先直接回主要平台（Platform Prime）報到。來吧。」

我嘆了口氣，然後讓飛艇轉向朝行星前進。我在戰鬥中活下來了。現在該是被人破口大罵的時候了。

第三章

M-Bot計算了我們的路徑。

其他人還是無法完全接受它。能夠像人一樣思考和說話的電腦程式？在我們的先人墜毀於狄崔特斯前的那段時間，奶奶還是個小女孩，而她說她曾經聽過這種事，但那是被禁止的。

不過，M-Bot還是提供了一項我們無法忽視的優勢。藉由它超高效率的計算，我們可以輕易在包圍狄崔特斯的防衛平台之間找到一條躲避路徑，完全不必借助DDF數學家之力。

我們小心維持它指示的航線，正好從砲座的射程外圍經過，而那些砲座就架設在跟山脈一樣大的金屬板上。我注意到了摩天大樓的影子。在學校期間，我每年都會有必修的文化遺產課程——我們會看舊地球的照片，也會去專用的洞穴看裡面飼養的各種動物。所以我知道那個地方的生活，也知道像摩天大樓之類的東西，不過，我一直覺得奶奶講述的老故事比文化遺產課程有趣多了。

有摩天大樓，就代表圍繞著狄崔特斯的這些板塊，就跟行星地面上一樣曾經有人居住，可是某件事在幾個世紀之前毀滅了他們。

看著彎曲而彷彿無止境延伸的平台，總是會令我屏息，相比之下，我們這五十架星式戰機簡直微不足道。建造這一切需要多久？在我們無畏者洞穴的連通洞穴裡，大概住著十萬個人，可是這些板塊任何一個就能夠輕易容納我們所有的人口。

我們收到減速的指令。我旋轉M-Bot，跟其他人一樣讓推進器朝向星球。一陣和緩的推進讓我的飛艇放慢下來。

面向上方倒退時，那些殼層看起來有點像某種怪異時鐘的齒輪，不知爲了什麼目的而轉動著。所有的平台都會依序旋轉，砲座隨時準備好將任何入侵者炸個精光——不論是人類或外星人。不過這些殼層是我們仍然能存活下來的原因，所以我沒什麼好抱怨的。

我們的飛艇很快就穿過最接近星球的殼層，這片殼層很特別。其中最明顯的原因是它裝設了成千上萬盞像聚光燈的大型燈具，照亮了下方一部分的星球的一部分。這些天燈建立了人工的晝夜週期。

這塊內殼的修補狀況也比外面的殼層更糟。巨大的碎片群會從正好在大氣層外側的這裡墜落，我們推測這些垃圾是平台被摧毀後的剩餘部分。有些區域會向內掉落，在失去動力之後墜毀在星球上。

我頭盔裡的揚聲器發出滋滋聲響。「天防飛行隊，」有個男人說：「還有希望飛行隊（Xiwang Flight）。卡柏總司令命令你們停靠在主要平台。其他人到地表交班。」

我認出說話的人是里科弗，他替總司令工作。我照指示行動，將飛艇轉往正確的方向。這個方向得以讓我看見狄崔特斯：一顆藍灰色的球體，散發著明亮迷人的氛圍。我們這批飛行隊伍的其中三十艘飛艇正往下飛向行星。

我們其他人飛掠過大氣層外圍，經過幾座平台，它們亮著安全的藍色燈號，而不是其他的是暗紅色。多虧M-Bot的匿蹤能力，讓我們能夠降落在其中一座平台並駭進其系統。幸好平台的內部安全協定對人類有些例外，給了工程師一段短暫的喘息時間——也足夠讓他們完成工作了。

之後，羅吉和其他工程師找出辦法關閉了附近的幾座平台，讓我們也能夠取用。雖然我們目前在成千上萬的平台中只取得了十座，但這是很好的開始。

「主要平台」是當中最大的——這座巨大的平台擁有能夠容納星式戰機的停機坪。我們把這裡改造成了軌道總部，不過工程隊還在處理其中一些系統，尤其是舊資料庫。

我飛進指派的機坪：一座小型的單獨機棚。停機區域的艙門關上時閃爍起燈號，整個空間都加壓了。我深呼吸，然後嘆了一口氣，接著打開座艙罩。在戰鬥後回到平凡的生活，感覺實在太乏味了。儘管很不切實際，但我希望可以繼續巡邏跟飛行。我是誰——我是什麼——答案就在外面的某個地方，不在這些單調的金屬走道裡。

「嘿！」M-Bot在我爬出駕駛艙時說：「帶我一起去吧，我可不想錯過好玩的。」

「我只是要去聽人訓話而已。」

「我就是這個意思啊……」它回答。

好吧。我回頭伸手到前控制面板下方，解開它新的行動接收器：這是一種像手環的裝置，包含一些感知設備、一部全像式投影器、一部用於加強M-Bot通訊能力的接收機，以及一塊小型時鐘顯示器。他聲稱以前也有過一部行動接收器，只是不見了——大概是它的舊駕駛員在幾百年前出去探索狄崔特斯時帶走了。

M-Bot向工程師提出再製造一部接收器時，他們因爲其中包含的顯微全像技術而高興得瘋了。幸好他們沒有慶祝太久，並爲我做了個替代品。我開始戴著這東西而不是父親的光繩，因爲我已經不太常到洞穴探險，很少有機會使用光繩了。

我啪一聲戴上全像手環，然後將頭盔遞給從外面梯子爬上來找我的地勤人員黛希（Dobsi）。

「有什麼地方需要注意的？」她問。

「我的機身右側撞到了一塊碎片，當時沒有護盾。」

「我會檢查一下。」

「謝了，」我說：「順便提醒一下，它又鬧情緒了。」

「它什麼時候沒這樣過？」

「有過一次，」我說：「就在它執行自我診斷時，整整五分鐘完全沒說話。那簡直幸福到了極點。」

「妳知道，」M-Bot說：「我的設定是能夠聽懂諷刺，好嗎？」

「要是你不懂，這個笑話就太可惜啦。」我進入更衣室，這裡也是我睡覺的地方——但我擁有的並不多。我父親的胸針、洞穴的舊地圖、幾個我拼湊出來的武器。我把這些東西跟換洗衣物收在床邊的一個旅行箱裡。

我一進房，就聽見一陣長笛般的顫音。毀滅蛞蝓坐在門邊。她是亮黃色的，背上有小小的藍色尖刺；她把我一些舊上衣拿來弄成了窩，舒服地蜷在裡面。我搔了搔她的頭，她又發出一陣愉悅的笛音。毀滅蛞蝓的身體不會黏滑，反而很堅韌，像上等皮革的感覺。

我很高興看見她在這裡；她應該要待在我的宿舍才對，但老是會以某種方式溜出來，而且我也常發現她在機棚。她似乎很喜歡待在M-Bot附近。

我盥洗了一番，可是沒換掉飛行服。接著，我想了個可以辯解的藉口，耗了一段時間讓自己鼓起戰士般的決心，然後才進入走廊。從太空回來後，這裡的燈光總會特別刺眼——白色牆壁除了發亮還會反光。這裡唯一不會過度有光澤或發亮的東西，是位於中央的地毯，而它看起來明顯年代久遠——可能是這裡原本一直處於眞空狀態，直到工程隊把太空站的破洞填補起來，並打開了生命維持系統。

跟我同飛行隊的其他成員在走道上等著。奈德和亞圖洛正在爭執是否應該允許飛行員在飛艇的機身前方設計圖案，我沒理會他們，直接走到金曼琳旁邊。她用手臂夾著頭盔，頭髮現在一團亂。

「妳眞的知道尤根有多氣吧？」她小聲對我說。

「我可以應付他的。」我說。

金曼琳露出懷疑的表情。

「眞的，」我說：「我只要適度表現出自信跟嚇人的樣子就好了。手邊有遮陽眼膏嗎？」

「呃，那是什麼東西？」

「一種戰紋用的塗料，舊地球時期在橄欖球場上戰鬥的男人會使用。橄欖球是一種死鬥決賽，而且會用上一隻死豬。」

「眞棒。不過我剛好用完了。還有……小旋，不要激怒尤根不是比較好嗎？就這麼一次？」

「我不確定能不能做得到。」

FM從旁邊走過，對我翹起兩根大拇指表示鼓勵。我也做了動作回應，不過有時我在她身邊時還是會覺得自己很糗。這個身材高䠷苗條的女人就是有辦法把飛行服也穿得很時尚，而這種笨重的衣物總會讓我覺得自己多穿了三層。她去找T仔（T-Stall）和貓薄荷（Catnip），這兩個人是爲了塡補我們隊上空缺而被派來加入的。他們的年紀都二十出頭，比我們大了幾歲，不過仍盡力想融入我們。

除了尤根，我們的團隊還有一位成員，就是新來的女孩莎迪。她一下就被自己更衣室和走道之間的突起處給絆倒，差點把頭盔摔在地上。她的藍色頭髮跟特別的長相讓我想起了……嗯，痛苦的回憶。

其他人幾乎都在走道上繼續往飯廳方向走去，但我留下來等尤根——最好現在就面對他，不過由於他每次都會仔細核對飛行後的清單內容（其實讓地面人員去做就可以了），所以他通常都是最後離開飛艇的人。金曼琳跟我一起等，莎迪則是急忙過來找我們。

「妳在外面的表現太厲害了。」她把頭盔抱在胸前，一臉眉開眼笑。我們只比她那組人早一個梯次，所以算是同年的。可是我們當然看起來沒她這麼年輕。

「嗯，這個嘛，妳今天也飛得不錯，」我說。

「妳有看到嗎？」

我沒看到，卻對她點了點頭表示鼓勵。

「說不定我很快就能像妳一樣呢，小旋！」

「妳做得很棒，親愛的。」金曼琳拍拍莎迪的肩膀。「但是千萬不要試著去當別人，妳連練習的次數都還不夠呢。」

「對，對。」莎迪邊說邊從口袋挖出一本小記事簿跟一枝鉛筆。「千萬不要……別人……」她匆匆寫下金曼琳的話，彷彿當成了經典名句，不過我相信金曼琳一定是當場編出來的。

我看著金曼琳。她那副安詳的表情可是出了名地難解讀，但她閃爍的眼神顯露出她喜歡有人記下自己的格言。

「眞希望我今天可以跟著妳，小旋。看起來妳一個人很危險呢。」

「莎迪，我只想要妳跟著命令走，」有人用堅定的語氣說：「要是其他人都肯這樣就好了。」

我不必看就知道飛行隊長尤根（有時又叫蠢貨）終於加入了我們，而且就站在我背後。

「呃，謝謝你，長官。」莎迪說，然後敬了個禮，就慌張地跑向飯廳。

「祝好運喔，」金曼琳輕聲對我說，同時緊抓了一下我的手臂。「願妳只得到妳應得的。」接著她當然也丟下了我。

好吧，我可以獨自解決這隻怪獸。我轉過身，抬起下巴——然後還得讓頭再後仰一些。爲什麼他就是要長得這麼高？一身深褐色皮膚的尤根．威特，具有遵守規則又堅定不移的強烈決心。他每天晚上睡覺時都會把DDF行爲準則塞在枕頭下，吃早餐時會聽愛國演說，而且使用的銀器握把上還特別印了別讓思蘋瑟好過這幾個字。

有一些可能是我編的。總之，他看起來確實花了太多時間抱怨我。哎呀，我可是跟惡霸打交道長大的，知道該怎麼捍衛自己對付——

「思蘋瑟，」他對我說：「妳得停止再當個惡霸了。」

「哇嗚——」我的手環發出M-Bot的聲音：「讚喔。」

「閉嘴，」我咕噥著。「惡霸？惡霸？」我戳著尤根的胸口。「你這是什麼意思，惡霸？」

他看著我的手指。

「我可沒辦法霸凌你，」我說：「你比我高。」

「我不是那個意思，思蘋瑟，」尤根咆哮著，聲音越來越小。「還有……妳的臉上塗了什麼東西？」

我的臉上？尤根的話前後差異太大，讓我暫時忘了跟他的爭執，並從光亮的金屬牆面上看著自己的倒影。我的眼睛下方畫了黑色線條。搞什麼？

「遮陽眼膏啊，」M-Bot在我的手腕說：「舊地球上的運動員都會這麼塗。妳跟金曼琳說過——」

「那是開玩笑的，」我說。我臉上的圖案是M-Bot用行動接收器投射出來的立體投影。「你眞的該讓人重寫你的幽默程式了，M-Bot。」

「噢——喔，」它說。「抱歉。」它讓立體投影消失了。

尤根搖搖頭，然後從我身旁經過，在走道大步前進，我急忙追上去。

「妳一直都很獨立，小旋，我知道，」他說：「可是現在妳會利用自己的能力和地位搞得大家團團轉——包括卡柏。妳無視規定與命令，因爲妳知道我們都拿妳沒辦法。這種行爲就是惡霸。」

「我是想保護其他人，」我說：「我要引開敵人！我變成了目標啊！」

「計畫是讓妳那樣沒錯，然後妳要引誘他們回來，讓我們可以從側面夾擊。我注意到妳有幾次機會可以這麼做，結果妳反而更下定決心要自己跟他們戰鬥。」他看著我。「妳想要證明某件事。妳最近是怎麼了？妳以前一直都很想要成爲團隊的一份子。可惡，這支隊伍等於是妳打造的，現在妳卻做出這種事，好像只有妳最重要？」

我……

我的反抗力道越來越弱了，因爲我知道他是對的，我也知道在此刻找藉口，等於是拿著錯誤的武器戰鬥。只有一個東西能眞正對尤根發揮效用，實話。

「他們一心想殺掉我，尤根，」我說：「在殺死我之前，他們一定會對我們用盡各種手段。」

我們在走道末端停下，頭頂有一盞刺眼的白色燈光。

「你知道這是事實，」我看著他的眼睛說：「他們已經知道了我的能耐。如果他們解決我，就可以把我們永遠困在狄崔特斯。他們會幹掉護在我前方的任何人。」

「所以妳要讓他們更輕易達到目的？」

「我是要轉移他們的注意力，就像我之前說的，然後……」我沒把話說完。可惡的蠢貨，還有他那副了解我的強烈眼神。「行，好吧。我是想要逼迫自己。上次我跳躍到另一個地方的時候，正好就在爆炸中。當時的情況很危急，我受到威脅，差點就要死了。所以要是可以再營造出那種氛圍，說不定我就能夠再做一次，說不定我能夠弄清楚自己做得到什麼，弄清楚……我到底是什麼。」

尤根嘆了口氣，看著天花板，露出一副我覺得很誇張的表情。「聖人幫助我們啊，」他咕噥著：「小旋，那太瘋狂了。」

「那叫英勇，」我說：「戰士永遠會測試自己、給自己壓力，尋找自己能力的極限。」

他看著我，但是我沒讓步。尤根就是有辦法讓我說出我通常不會承認的事，甚至是不會對自己承認的事。也許正因如此，他才是個很棒的飛行隊長。可惡，光是他可以吃定我這件事就足以證明了。

「思蘋瑟，」他說：「妳是我們最棒的資產。妳對DDF非常重要……對我也是。」

我突然意識到他站得有多近。他稍微向前傾，讓我一度以為他還想更進一步。遺憾的是，在我們之間有東西阻擋著，妨礙我們可能會有的發展。隊長與飛行隊員的關係，這就是其中一件尷尬的事。

還不只這樣。他是秩序的化身，而我……呃，我不是。我不知道自己到底是誰或是什麼。如果我誠實面對自己，我會坦白承認，這就是過去六個月來我沒跟他進一步發展的原因。

尤根最後移開了身體。「妳知道國民議會一直在討論妳有多麼重要，不能讓妳到戰場上冒險。他們有多麼想阻止妳。」

「我倒想讓他們試試看。」我對這種想法感到憤怒。

「一部分的我也是這麼想，」他說，然後露出溫柔的笑容。「不過說眞的，我們眞的要給他們這麼做的藉口嗎？妳是團隊的一份子。我們都是團隊的一份子。千萬別認爲妳必須獨自行事，思蘋瑟。拜託。而且看在星星的份上，別再試圖讓自己陷入危險了。我們一定會找到別的方法。」

我點點頭，可是……他這麼說當然容易。奶奶說過，就算我們的祖先曾經是太空艦隊的成員，大家還是會害怕我這種人。

引擎人員，超驅裝置。我們很奇怪，也許甚至不是人類。

尤根在走道盡頭的門口輸入密碼，不過門在他輸入完成前就打開了。是金曼琳從另一側啓動的。

「各位，」她呼吸急促地說：「各位。」

我皺起眉頭，她通常不會這麼激動。「什麼事？」

「羅吉傳話給我，」她說：「正在處理平台電腦系統的那些工程師，他們剛發現了某個東西。一段錄影影像。」

第四章

尤根和我跟著金曼琳來到一間大家稱爲「圖書館」的地方，不過裡面並沒有書。工程隊就在這裡全天候處理舊資料庫。他們拆掉了幾片牆板，露出的網狀線路看起來就像肌腱。雖然這座平台大部分都已經順利連上線，但有幾個電腦系統還是把我們封鎖在外。

金曼琳帶我們去找一群穿著地面工作服的工程師，他們正聚集在一塊大型螢幕旁興奮交談。我環視四周尋找飛行隊的其他成員，可是他們都不在——只有我、尤根、金曼琳，以及一些直屬總司令的軍官。我拉了拉身上笨重的飛行服，這身服裝在我飛行時就被汗水浸濕了。

「早知道就換衣服了。」我對尤根發牢騷。

「我可以用立體投影爲妳弄一套新服裝！」M-Bot提議：「那會——」

「你要怎麼改變我覺得全身都是汗水的事實？」我問它。現在我們有了遙控手環跟立體投影，而它竟然只想找機會賣弄。

那群工程師裡有人聽見了我的聲音，立刻抬起頭來。那人轉過身，一看見我們就開心地咧嘴笑。

羅吉的身材瘦長，皮膚蒼白，有一頭蓬亂的紅髮。他現在比我們以前一起長大時笑得更多了，事實上，我一直覺得自己好像錯過了什麼——出於某種原因，在我們一起修理M-Bot時，彷彿有人偷走了我那位神經質的朋友，換成了這個有自信的人。

我爲他感到驕傲，尤其是發現他又繼續戴上學員胸針時——卡柏爲他特製了一個上了紅色瓷漆的胸針，這是一種代表成就的新象徵，專門頒給工程或地面人員中的傑出成員。

羅吉連跑帶跳地過來找我們，輕聲說：「眞高興金曼琳找到你們了，你們一定會想看看這個。」

「是什麼？」尤根邊問邊拉長脖子看螢幕。

「最後的太空站紀錄，」羅吉低聲說：「是在這個地方關閉之前，最後的影像日誌。日誌錄到一半就被打斷了，而且加密程序在日誌歸檔時沒有完成。這是我們能夠復原的第一批大量資料。」他回頭看了一眼。「雖然烏蘭（Ulan）指揮官堅持我們要等卡柏來才播放，不過我覺得要是第二次艾爾塔之戰的英雄想要看，應該不會有人抱怨吧。」

的確，我的出現引起了一些人的注意。有幾個工程師用手肘互推對方，朝我的方向點頭。

「妳知道嗎，小旋，」金曼琳在我旁邊說：「待在妳身邊眞是太方便了。大家都把焦點放在妳身上，所以我們其他人想做什麼壞事都可以呢。」

「妳想做什麼壞事？」尤根問：「多喝一口茶嗎？」

由於他說這話時正試著想瞄到螢幕的內容，所以沒注意到金曼琳對他比了個粗魯到不行的手勢。我目瞪口呆地看著她。她剛才眞的那麼做了嗎？

金曼琳對我迅速露出惡作劇的笑容，接著又用手摀住。這個女孩……我還以爲自己了解她，結果她卻做出那種事，而且我確定她是故意要嚇我的。

這時門打開，卡柏走了進來，也打斷了我們的對話。他留著短短的白色鬍子，走路時仍因爲舊傷而跛行——可是除了在最正式的場合之外，他都不肯使用枴杖。他一隻手拿著一杯冒蒸氣的咖啡，身上穿著一套俐落的無畏者防衛軍艦隊總司令的白色制服——右胸口裝飾著代表功績與軍階的緞帶。

他很勉強才接替了鐵殼的位置，也同樣勉強地接受了她的退役。從某些標準來看，卡柏是現存人類之中最重要的人物。然而，他也還是……呃，卡柏。

「這個日誌檔案是怎麼回事？」他問：「那個該死的東西有什麼內容？」

「長官！」烏蘭指揮官說。她是勇揚人的後裔，是位個頭很高的女人。「我們還不知道。我們想要等你來。」

「什麼？」卡柏說：「你們不知道我走得有多慢嗎？在我跛著腳穿越這座該死的太空站時，它都可以旋轉三趟了！」

「呃，長官，我們以為……我的意思是，沒人覺得你的腿會讓你變慢………不會太慢，我是說……」

「別對我拍馬屁，指揮官。」他厲聲說。

「我們只是想表示尊敬。」

「也別尊敬我，」他不滿地說，然後喝了一口咖啡。「這會讓我覺得自己很老。」

烏蘭擠出笑聲，使得卡柏沉下了臉，而這讓她看起來更加不安了。我同情她。要了解如何應付卡柏，就像要專精一項技巧，例如以倒退的方式連續執行三個阿斯特姆迴旋。

技術人員們為卡柏讓開一條路，金曼琳跟我也趁機溜到更接近螢幕的地方。尤根留在後方，雙手扣在腰後站著，讓階級較高的軍官到比較前面的位置。那個男孩有時候實在太盡忠職守，差點就要讓利用名聲擠到好位置的女孩覺得愧疚了。

卡柏看著我。「我聽說妳又耍特技了，少尉。」他在一位資深技術人員忙亂處理檔案時輕聲說。

「呃……」我說。

「一點也沒錯！」M-Bot的聲音從我手腕冒出：「她告訴尤根她是故意想要——」我按下靜音鈕。以防萬一，我也順便關掉了它的立體投影器。我臉紅地看著卡柏。

總司令啜了口咖啡。「我們晚點再談吧。我可不想因為害死妳而讓妳奶奶生氣。她上個星期才做了個派給我。」

「呃，是，長官。」

螢幕變得模糊，接著影片開啓，顯示出這個房間的影像——只是牆面沒被拆毀。有一群人穿著我沒見過的制服坐在螢幕前忙碌。我屏住呼吸。他們是人類。

我們一直知道會是這樣。雖然我們剛抵達時狄崔特斯無人居住，但許多機械裝置上都有舊地球的語言。不過，回到過去看著這些神祕的人，感覺還是很怪異。他們有數百萬人——說不定數十億人——一定曾經住在這顆星球和這些平台上。他們怎麼會全都消失了？

那些人似乎在說話——沒錯，他們看起來很激動，在房間裡到處奔忙。仔細一看，好像有幾個人在大叫，可是影像沒有聲音。一個金髮男人倉促坐到這個螢幕前的位子，他的臉塡滿了整個畫面。他開始說話。

「抱歉，長官！」在我附近的一位技術人員說：「我們正在處理聲音。再等一下……」

畫面突然爆出聲音。人們在喊叫，十幾道聲音重疊在一起。「——**做出這份報告，**」畫面上的男人用口音濃厚的英文說：「**我們有了初步證據，顯示行星的超感屏障**（cytoshield）**並不足夠，這跟長期以來的假設不同。星魔**（delver）**聽到了我們的通訊，也追蹤到我們了。再說一次，星魔已經回到我們的基地，而且……**」

他的聲音越來越小，然後回頭看。房間裡亂成一團，有些人崩潰了，歇斯底里地倒在地上，其他人則是對彼此尖叫。

畫面上的男人敲打著鍵盤。「**我們有從其中一座外圍平台拍到的影像，**」他說：「**編號一一三二。現在轉到那個畫面。**」

我向前傾，這時錄影畫面切換成一片星場——外殼上的一部攝影機往外照著太空。我看得出平台在畫面的底部彎曲。

錄影畫面中的人們安靜了。他們在星星點綴的黑暗中看見了什麼我看不到的東西？是不是——更多星星出現了。

它們閃爍了一下後出現，像在現實的空間中眨了眨。總共有數百個……成千上萬個，而且明亮得不可能是眞的星星。事眞上，它們正在天空中移動，不斷聚集起來。即使透過螢幕——即使在時間和空間上都距離此時此地非常遙遠——我還是能夠感覺到它們的惡意。

它們不是星星。是那些眼睛。

我的呼吸彷彿停止，心臟重擊著胸口。越來越多光點出現，透過畫面看著我。它們知道我，它們能夠看到我。

我開始感到恐慌。可是除了我以外，卡柏仍然安靜地啜飲著咖啡。不知爲何，他平靜地站在那裡的樣子幫助我抵擋了焦慮。

這是在很久以前發生的，我提醒自己。*現在對我沒有危險。*

畫面上的光點開始變得模糊……我發現原來那是塵埃。一團塵雲出現，像是從小孔滲漏到現實之中。塵埃發出白光，並且以驚人的速度擴張。接著出現了某種很大的圓狀物，彷彿是從塵雲中心無中生有冒了出來。

我幾乎只認得出那東西的影子。一開始我的大腦根本難以接受，因爲它的規模龐大得嚇人。那個出現的東西——在發光塵埃內部的那片黑暗——讓巨大的平台都顯得如此微小。無論那**該死的**是什麼，都至少有一顆行星的大小。

「**我……我確認目視到了星魔，**」錄影的男人說：「**聖徒之母啊……它來了。超感屏障計畫失敗了。星魔回來了，而且……而且要來找我們了。**」

黑色物體往行星移動。我在陰影中看到的那些是手臂嗎？不，會是脊椎嗎？我試著違背理性弄清楚自己看見了什麼，但那種形體的存在似乎是刻意要讓大腦無法正常思考。沒過多久，那片黑暗佔據了一切。攝影機掛了。

我以為影片結束了，不過影像又切換回原本的場景，回到那個坐在桌子前的男人。影片中，大家幾乎都拋下了螢幕前的崗位，只剩下那個男人跟另一個女人。我聽見尖叫聲從平台其他地方傳來，而這個男人顫抖地站了起來——結果撞到他正在使用的螢幕，移動了攝影機的角度。

「**外部防衛環的生命跡象正在消失！**」女人大喊。她從她的桌子前站起來。「**平台暫停活動了。最高指揮部**（High Command）**命令我們啟動自主模式！**」

身體明顯在發抖的男人又坐了下來。我們透過螢幕內歪斜的畫面看著他瘋狂敲打鍵盤。女人往桌子一推向後退，往上看著天花板，這時平台傳出一陣低沉的隆隆聲。

「**自主防衛已啟動……**」男人低聲說，他還在敲打鍵盤。「**逃生飛艇失效。聖徒啊……**」

房間又搖晃起來，燈光閃爍著。

「**行星正在對我們開火！**」女人大喊：「**我們自己人正在對我們開火！**」

「**他們不是在對我們開火，**」男人回答，他像陷入茫然一樣打著鍵盤。「**他們正在對星魔開火，而它包住了整顆行星。我們只是擋在了中間。我們得確認讓禁行區關閉……沒辦法從這裡存取，不過或許……**」

他繼續喃喃自語，但我的注意力被別的東西吸引過去。在畫面上，光線開始聚集於房間的後側。那些光正在扭曲現實，讓另一端的牆看起來被拉長，變成一片無邊無際的星場，被充滿憎恨的孔洞刺穿。

那些眼睛來了。女人尖叫，然後就……消失了。她看起來像是整個人扭曲、縮小，被某種看不見的力量壓垮。剩下那個剛才在說話的男人，他繼續在工作站前猛烈敲打鍵盤，眼睛瞪得很大，像個依照最後遺願做事的瘋子。雖然畫面上幾乎都是他的臉，不過我看得見黑暗在他背後聚集。

被不是星星的星星照亮。

那片無限正在合併起來。
有個形體從黑暗中走出。
看起來就是我。

第五章

我踉蹌地後退遠離螢幕，撞上了擠成一群的軍官。我突然變得像上戰場前那樣警覺，也發現自己的雙手已握成拳。如果他們不讓我出去，我就打出一條路——

「思蘋瑟？」金曼琳抓住我的手臂說：「思蘋瑟！」

我眨了眨眼，冒著汗、瞪大眼睛環視周圍。「怎麼會？」我問：「那東西怎麼……」我回頭看著暫停的影像，畫面是那個已經死掉的男人，房間裡充滿了星星。底部的時間軸顯示影片結束了。

凍結的影像清清楚楚照到站在他後方的我。我在那裡。**我在那裡**。就穿著現在這套ＤＤＦ飛行服，一樣的及肩褐髮跟小臉。正往那個男人伸手的我，就這樣凍結著。

不過我的表情……看起來很恐懼。接著那副表情改變了，竟然模仿起我現在的情緒。

「把它關掉！」我大喊。我扯開金曼琳的手，往螢幕伸過去，不過被力氣更大的某人抓住了。

我奮力掙扎想要到螢幕前，除了我的身體，還有……還有別的。在我體內的某種知覺。我心中原始、驚慌、恐懼的一部分，就像一陣無聲的尖叫從體內出現，然後向外擴散。

接著，好像有東西從遙遠的某處回應了我的尖叫。

我……聽見……妳了……

「思蘋瑟！」尤根說。

我抬起頭看他。他抓住我，盯著我的眼睛看。

「思蘋瑟，妳看到什麼了？」他說。

我看著畫面跟自己的影像。不對勁，太不對勁了。我的臉、我的情緒，還有……

「你沒看到嗎？」我問，然後看著其他人跟他們困惑的表情。

「那片黑暗嗎？」尤根問。「螢幕上有個男人，就是他錄製了這份日誌。接著他後面有一片黑暗，被白光穿透了。」

「就像……眼睛……」一位技術人員說。

「還有那個人呢？」我問：「你們沒看見黑暗裡有人嗎？」

這個問題只引來更多困惑的眼神。

「只有一片黑，」羅吉在這群人的另一側說：「小旋？那裡沒別的東西了，我連星星都沒看見。」

「我看見星星了，」尤根瞇起眼睛說：「還有可能是個形體的東西，也許吧。幾乎只是個影子。」

「關掉吧，」卡柏說：「看看你們還能挖出其他什麼日誌或檔案。」他看著我。「我要私下跟奈薛少尉談談。」

我看著他，再看著其他人驚訝的表情，突然覺得很羞愧。雖然我克服了被當成懦夫的感受，但這樣引人側目還是很丟臉。看見我剛才那樣崩潰，他們會怎麼想？

我強迫自己冷靜下來，對尤根點了點頭，同時撥開他的手。「我沒事，」我說：「只是有點受到影片影響。」

「好，我們之後還是要談一談。」尤根說。

卡柏揮手要我跟他離開房間，而我穿過人群往門口走去，不過就在我們離開之前，他停了下來回頭看。「麥卡弗雷少尉？」

「長官？」羅吉從牆邊挺起身子說。

「你還有在處理那個計畫嗎？」

「有，長官！」羅吉說。

「好。去看你的理論行不行得通吧。我晚點再找你。」他繼續走，帶著我離開房間。

「什麼計畫，長官？」我在門關上時問。

「現在那不重要，」他說，然後帶我進入走道另一邊的瞭望台。那是個寬淺的房間，因爲能夠看到下方行星壯觀的景象而命名。我走進去，透過整面窗戶看見狄崔特斯。

卡柏站在窗邊，喝了一口咖啡。我走上前，試著不讓步伐顯露出不安。我忍不住回頭望向我們剛才看影片的房間。

「妳在影片裡看到了什麼？」卡柏問。

「我自己，」我說。我可以對卡柏說實話。他早就證明了他值得我的信任，而且不只如此。「我知道這聽起來不可能，卡柏，可是影片裡的那片黑暗出現了形體，那就是我。」

「我曾經見過我最好的朋友跟僚機飛行員試圖殺我，思蘋瑟，」他輕聲說：「我們現在知道有某個東西覆寫了他看到的畫面——或是他大腦解讀那些畫面的方式——於是他誤把我當成了敵人。」

「你認爲……這跟剛則發生的事類似嗎？」

「對於妳在幾百年前封存的影片中看到自己的這件事，我找不到其他解釋了。」他喝了一大口咖啡，還仰起杯子把剩餘的喝光。接著他放下杯子。「我們在這裡等於是瞎子。我們不知道敵人的能耐——甚至連敵人是誰都不知道。妳在那片黑暗中還有看見什麼？」

「我覺得我聽到了某個東西告訴我……說它『聽見』我了。可是感覺不太一樣。那來自不同的地方，而且也不帶憤怒。我不知道該怎麼解釋。」

卡柏哼了一聲。「好吧，至少現在我們知道這顆行星上的人發生了什麼事。」他拿著馬克杯向窗外比了比，我走過去看著下方的狄崔特斯。地表變成了熔渣，看起來一片荒涼。在較低軌道上的那些碎片——損壞的平台、太空垃圾——大概是因爲那個東西包圍了行星，驚恐的人們對它開火所造成的。

「不管影片裡的東西是什麼，」卡柏說：「它來到這裡，然後……毀滅了這顆行星上的所有人跟這些平台。他們把它稱為星魔。」

「你有聽過那種東西嗎？」我問。「你知道……就是我有時候會看見的那些眼睛。」

「沒聽過星魔這個詞，」卡柏說：「不過有個說法可以追溯到我們祖輩的時代之前，他們提過有生物會從太空看著我們，是深沉的黑暗，而他們會警告我們要避免以無線的方式通訊。正因如此，我們才會只在重要的軍用頻道上使用無線電。影片裡的男人說，星魔是因為聽見了他們的通訊而來，所以這或許有關聯。」卡柏看著我。「我們被警告不要製造會思考過快的機器，而且……」

「而且我們應該對能夠看見虛無的人感到恐懼，」我低聲說：「因為他們會吸引那些眼睛的注意。」

卡柏並未反駁我。他正要再喝一口咖啡，卻發現杯裡是空的，於是輕哼了一聲。

「妳認為，我們在影片裡看到的那個東西，跟妳見過的眼睛有關係嗎？」卡柏問。

我吞了口口水。「有，」我說：「它們是一樣的，卡柏。在我使用能力時看著我的那些東西，就跟影片裡出現有脊椎的那種東西一樣。那個男人提到關於超感屏障的事，聽起來跟超感者很像。」

「也許是一種護盾，用來防止敵人聽見或找到行星上的超感者，」卡柏說：「結果失敗了。」他嘆氣搖頭。「妳看到之前抵達的那些戰艦了嗎？」

「嗯。可是平台會保護我們免於轟炸，對吧？」

「也許吧，」卡柏說：「這裡有一些系統還能運作，不過其他的就沒那麼可靠。工程師認為某些較外圍的平台具有反轟炸應對措施，可是我們無法確定。我不知道我們有沒有餘裕可以擔心星魔或是那些眼睛之類的，我們有更急迫的問題。克里爾人——不管真正的名稱叫什麼——他們才不會聽我們的要求停止攻擊。他們已經不在乎能不能保留下人類了，他們決心要消滅我們。」

「他們怕我們。」我說。M-Bot跟我在六個月前從他們的太空站偷走的情報，揭露了我對克里爾人所知最大也最令人震驚的眞相。他們困住我們並非出於惡意，而是因爲他們眞的害怕人類。

「無論怕不怕我們，」卡柏說：「他們都要我們死。除非可以找到跟他們一樣在星際旅行的方法，否則我們就完蛋了。沒有任何要塞能夠屹立不搖，不管多麼強大都一樣，尤其是遭遇像星盟那樣厲害的敵人時。」

我點點頭。這是戰術的核心原則：必須要有撤退的計畫。只要被困在狄崖特斯，我們就有危險。如果能夠離開這顆星球，就可以有各種選擇，逃離並躲到某個地方，尋找其他被包圍的人類領土——如果有的話——並且招募幫手。反擊敵人，讓他們採取防守。

在我學會使用自己的能力之前，這一切都不可能做到。不然，就是我們得找到辦法竊取敵人的超驅裝置技術。卡柏說得對。眼睛、星魔，那些對我可能很重要——但在讓我同胞生存的大局下，那一切都是次要的問題。

我們必須想辦法離開這顆行星。

卡柏仔細看著我。他一直讓人覺得很老，我知道他只比我父母大幾歲而已，不過現在他看起來像一顆殘存過久、撐過太多次隕石撞擊的石頭。

「鐵殼以前常抱怨這份工作有多困難，」他埋怨著說：「妳知道當領導者最糟糕的部分是什麼嗎，小旋？」

「不知道，長官。」

「看事情的角度。年輕的時候，妳會以爲所有年紀比妳大的人都弄清楚了生命的意義。一旦妳得到指揮權，就會發現我們全都是一樣的孩子，只是身體比較蒼老而已。」

我吞了吞口水，什麼話也沒說。我站在卡柏身邊，注視窗外荒涼的行星，以及成千上萬座包圍行星的平台。這個不可思議的防衛網絡，到最後還是無力阻止他們所謂的星魔。

「思蘋瑟，」卡柏說：「妳在外面一定要小心一點。我底下有一半的人認爲，妳是我們有史以來最大的負擔，另一半則覺得妳是某種聖徒的化身。我希望妳別再給他們雙方可以爭執的論點了。」

「是，長官，」我說：「我……老實說，我本來是想要逼自己，讓自己陷入危險。我以爲要是這麼做，或許會讓我的大腦運作，發揮我的能力。」

「雖然我很欣賞這種情操，不過用那種方式嘗試解決我們的問題實在太蠢了，少尉。」

「可是我們確實弄清楚得星際旅行的方式。你自己說的。」

「我寧願找個不這麼魯莽的方式，」卡柏說：「我們知道星盟的飛艇能在星際間穿梭。他們擁有超驅技術，而那些眼睛——星魔——並沒有摧毀他們。所以是有可能的。」

他露出沉思的表情，回頭透過窗戶看著下方的行星。卡柏安靜了好一陣子，讓我開始緊張起來。

「長官？」我問。

「跟我來，」他說：「我可能有辦法在不借助妳能力的情況下，讓大家離開這顆行星。」

第六章

我跟著卡柏穿越主要平台那些過度乾淨的走道。爲什麼我們要走回戰鬥機區？卡柏計算門的數量，最後在我停放M-Bot的機棚旁停下。我越來越困惑，跟著他穿過了小門。我以爲一進門就會看到地面人員替M-Bot執行一般的戰後檢修，結果裡面只有飛艇和一個人。羅吉。

「小羅？」我用了他在天防飛行隊時的舊呼號。雖然他只待了幾天，不過仍然是我們的一份子。

羅吉正在檢查M-Bot機翼上的某個東西，一聽到我說出他的名字就跳了起來。他轉身看見我們，立刻就臉紅了。在那一瞬間，他又變回了以前的那個羅吉：態度認真，身材瘦長而笨拙。他迅速向卡柏敬禮時，差點弄掉了資料板。

「長官！」羅吉說：「我沒想到會這麼快見到你。」

「稍息，少尉。」卡柏說：「計畫進行得怎麼樣了？」

卡柏先前提過關於某個計畫的事——那跟M-Bot有關係？

「請看吧，長官，」羅吉說，然後在他的資料板上輕點了某個東西。

M-Bot的外形改變了，而我眞的驚訝地喊出聲。轉眼間，它看起來就像由克里爾人王牌駕駛的那種黑色飛艇。

是它的立體投影，我明白了。M-Bot是一艘長程匿蹤飛艇，就我們所知是專用於偵察任務。它具有所謂的主動僞裝能力，這是能夠利用立體投影改變外觀的花俏說法。

「還不是很完美，長官，」羅吉說：「M-Bot沒辦法讓自己隱形，至少還無法達到一定的可信度，所以必須用某種影像蓋住機身。由於它的形狀跟那些克里爾飛艇不一樣，因此我們得讓某些地方蒙混過去。你可以看到我在這裡讓立體投影的機翼變大了一些，才能遮住它機身的尖端。」

「眞不可思議，」我繞著飛艇邊走邊說：「M-Bot，我沒想到你還能這樣呢。」

羅吉看著他的資料板。「呃……它傳了一則訊息到這裡，小旋。它說它不要跟妳說話，因爲妳之前讓它靜音了。」

我翻白眼，繼續查看羅吉的成果。「所以……這麼做的用途是？」

站在門附近的卡柏，雙手交叉抱在胸前。「我找了幕僚、科學家、工程師處理超驅裝置的問題。我們要怎麼找到離開這顆行星的方式？我得到的所有回應都太令人難以置信，除了其中一個。那只有一點難以置信。」

我走到羅吉旁邊，他咧開嘴笑。

「什麼？」我問他。

「妳記不記得那些夜晚，」他說：「妳會來叫醒我，逼我參與某種瘋狂的冒險？」

「嗯？」

「這個嘛，我覺得也許我應該報復一下了。」他轉身往M-Bot的方向擺手，那個充滿自信的新羅吉又回來了。他笑得很開，眼神在發光。這個男人正在做自己得心應手的事。「M-Bot擁有極爲先進的間諜能力。它可以建立精細的立體投影，可以竊聽好幾百公尺外的對話，還能輕鬆駭進敵人的信號和電腦系統。

「我們一直把它當成前線戰鬥飛艇使用，但那並不是它的眞正用途。如果只拿它來戰鬥，等於是沒利用到它完整的潛能。總司令詢問要怎麼取得敵人的超驅技術時，我突然想到答案就在我們的眼前，而且這個答案偶爾還會指出，我們人類的特徵看起來有多麼奇怪。」

「你想要利用它滲透星盟，」我恍然大悟說：「你想要讓它假裝成克里爾飛艇，再用某種方式偷走他們的超驅技術！」

「他們會從附近的太空站派出無人機，」羅吉說：「我們還監視到，有新的飛艇使用超驅技術抵達那裡，我們最需要的東西等於就在自家門口。M-Bot也可以對我們使用立體投影，只要裝上像妳現在戴的這種接收器，它就可以讓我們的一小支隊伍看起來跟克里爾人一樣。

「如果能用某種方式，在戰鬥中趁亂讓M-Bot模仿敵軍飛艇，就有可能讓它在他們的太空站降落。到時就可以派出一小支間諜隊伍，假裝成克里爾人趁機偷走他們一艘飛艇逃離。有了那艘飛艇，我們就能複製他們的技術，逃離這顆行星。」

這個大膽的計畫讓我瞠目結舌。「羅吉，那簡直瘋了。」

「我知道！」

「我喜歡！」

「我知道！」

我們兩個站在那裡笑得合不攏嘴，就像剛從某間歷史保護廳牆上偷走了一把闊刃大劍。雖然必須兩人合力才能舉起，不過我們可是弄到了一把眞正的劍呢。

我們一起望向卡柏。

「克里爾飛艇可能會有詢答機，」他說：「用來驗證身分。」

「M-Bot應該可以稍微假裝一下。」羅吉說。

「妳覺得妳辦得到嗎，小旋？」卡柏問我：「模仿我們的敵人並讓他們信以爲眞？潛進敵人的太空站再偷走一艘飛艇？」

「我……」我吞了一下口水，盡量保持客觀。「不。長官，我是飛行員，不是間諜，沒接受過任何相關訓練。我……呃，我大概只會讓自己出醜吧。」

承認這些讓我很受傷，因爲這個計畫太棒了。可是我必須認清現實。

「尤根也說了一樣的話。」卡柏說。

「他知道這個計畫？」我問。

「上次開指揮部會議的時候，我們向他跟其他資深飛行隊長簡報了這個構想。我們都認同在DDF裡沒人有這種專門知識，八十年來我們都在訓練人員直接交戰，而不是從事情報活動。我們沒有間諜。不過……尤根建議我們可以設計一個訓練計畫。小旋，如果我們這麼做，妳願意參與嗎？」

「當然，」我說，不過一想到待在學校的時間會變多——還有飛行時間變少——我就感到一陣懊悔。

「很好，因爲妳的這艘飛艇還是不肯讓別人駕駛。」卡柏搖著頭。「我認爲這是唯一可行的計畫了，雖然我實在不喜歡。我無法想像我們之中有人能夠把克里爾人模仿得夠像，不管接受多少訓練都一樣。我們的差異太大了。另外我方飛艇沒按照他們規定降落在太空站時，他們一定也會覺得很奇怪。我們必須要有某種掩飾飛艇表現怪異的理由。也許是系統損壞？

「總之，麥卡弗雷少尉，我會讓你繼續執行這個計畫。或許我們要開始訓練整批天防飛行隊執行間諜活動。記得給我詳細的計畫內容，眞希望我們的情況沒這麼糟。我們可能沒時間爲這個計畫好好準備，現在那些戰艦已經就位了……」

我開口想要附和，但又隨即停住。我感應到了某件事，一種奇怪的聲音，像是嗡嗡作響。我側著頭集中精神。從沒碰過這種感覺。

有了，那陣聲音達到最高點，然後就消失了。我試圖增強超感能力確認。*是不是……有什麼東西出現了？*

通訊器發出呼叫聲，卡柏走到牆邊接聽。「喂？」

「長官，」里科弗說：「有艘外圍偵察機發現，一架外星飛艇直接出現在防衛平台外。是小型飛艇，跟戰鬥機一樣的大小。好像是直接進行超空間跳躍（hyperjump）來到這裡的。」

「一架飛艇？」卡柏問。

「就一架，長官。外形跟我們所知的星盟設計不同，我們已經從行星派出一支反應小組。不過這種行為很奇怪，為什麼他們只派出一架飛艇？我們已經不像以前那樣，可以讓他們試圖用轟炸機潛入艾爾塔了。」

「距離多遠？」我問，但心裡已經知道答案。很近，我感覺得出來。

「目前正在接近最外層保護殼，在赤道軌道上，」里科弗說：「分析師認為，那一定是派來測試平台砲座反應時間的新型無人機。」

「我去查看吧，長官，」我告訴卡柏：「從這裡出發的飛艇，會比行星派出的小組更快到達。」

卡柏打量著我。

「拜託，長官，」我說：「我不會做任何蠢事的。」

「我會下令要怪客跟妳一起去，」他說：「別想要甩開她，還有不要跟這架飛艇交戰，除非我給妳指令。明白嗎？」

我點點頭，理解他的言外之意。他在測試我，看我是否還會遵守命令。我大概應該要覺得丟臉吧，竟然還得做這種測試。

我連忙爬進飛艇，羅吉和卡柏則是走向門口。關於羅吉的計畫，我有很多要考慮的——更別提在見過星魔變成自己之後，心中一直都還很不安。

不過現在，我太想回到駕駛艙了。我也想查清楚，為何星盟只派出一艘飛艇來測試我們的防衛。

第七章

我迅速核對飛行前的檢查清單。

「準備好了嗎，M-Bot？」我問。只有沉默回應我。

「M-Bot？」我問，然後輕拍面板，突然擔心起來。「你還好嗎？」

「我不回答，」它說：「因爲妳不想跟我說話，記得嗎？」

噢……對。它還在氣我之前將它靜音了。我皺起臉，解開它的行動接收器，喀噠一聲裝回儀表板。

「對不起。你差點害我陷入麻煩了。」

「思蘋瑟，我是不可能害妳陷入麻煩的。我只會指出事先就存在的麻煩。」

「我說了我很抱歉。」

「這個嘛，妳很明顯不想跟我在一起。我能用非常少量的運算能力和邏輯判斷出，妳覺得沒有我會比較好。」

「人工智慧都跟你一樣這麼小心眼嗎？」我問。

「我們被設計成像是人類，本來就要模仿人類的行爲與情緒。」

「噢，所以這是我活該了？」我望向牆上出現的綠燈，那表示卡柏跟羅吉已經離開，機棚也準備開始減壓。我啓動操控推進器，接著門打開，我駕駛飛艇進入眞空中。

幾分鐘後，金曼琳的飛艇也在她的停機區外盤旋著。

「嘿，」她在頻道上說：「我們又要做什麼？」

「我們發現一艘未識別的外星飛艇正在接近行星，它目前正要穿越防衛殼層。」我沿著平台細窄的邊緣推進。

金曼琳飛到我後方。「一艘飛艇？嗯哼。」

「我知道。」我沒提起方才覺得自己感應到它接近的事。我不知道那代表了什麼——甚至也不知道那是不是眞的。「走吧。」

「走吧。」駕駛艙內有聲音從我後方傳來，嚇了我一跳。我轉過頭，看見一隻黃藍色的蛞蝓，舒服地依偎在工具包跟緊急供水系統之間。

「毀滅蛞蝓？」我說。

那隻小動物模仿我的聲音，她平常就會這麼做。好極了。我本來應該責怪黛希跟其他地面人員沒看好她，不過……唉，他們是技師，又不是寵物保母。再說，毀滅蛞蝓本來就很常出現在她不該去的地方。

希望接下來不會使用任何危險的操作，我不確定毀滅蛞蝓能夠承受多少G力。目前我就只是往那艘奇怪的飛艇推進，而M-Bot果然說到做到，一個字都沒跟我說——不過它在螢幕上顯示了方位，指出我們應該朝哪個方向攔截飛艇，接著在畫面上寫了一則訊息給我。

我正透過我們的監視信標去追蹤那艘飛艇的行進，而它選擇的路徑並**不**聰明。不只一座平台正在對它開火。

「嗯，」我對它說：「說不定技術人員是對的。他們認為那是派來測試平台的偵察無人機。」

有點道理，它在螢幕上回答。如果那艘飛艇眞的打算進入狄崔特斯，就會選擇在平台之間穿梭的路線，維持在射程之外。克里爾人就知道該怎麼做。

我讓飛艇轉向，往M-Bot指示的方向推進，享受著將我向後推的G力。我一直覺得在駕駛艙裡比較能夠掌控自己的生命。我嘆了口氣，試圖摒除看過……那個東西的影片之後所感到的不安。

「一分半後攔截。」M-Bot說。

「不是說要沉默以對的嗎？」我問。

「妳看起來太自在了，」它說：「我判斷保持沉默是錯誤的方法。所以，我要讓妳想起不跟我說話時會錯過什麼——方法就是讓妳知道我的互動有多棒。」

「好耶。」

「好耶！」毀滅蛞蝓重複著。

「很高興妳們兩位都開心。」

我稍微加速推進。

「等一下，」M-Bot說：「剛剛那是在諷刺嗎？」

「我嗎？不可能。」

「很好。我……等一下。那就是諷刺！」

前方，一顆閃爍的光點穿透了防衛殼的最底層。一艘飛艇……冒著煙。

「那艘飛艇成功了，」我說：「不過被擊中了。」

「我眞不敢相信妳會——」

「M-Bot，先把那段對話保留起來吧，」我說：「敵軍的飛艇，損壞程度有多大？」

「中等程度，」它回答：「我很訝異它竟然還沒解體。根據我的計算，以這個角度，它會墜毀在行星，並於撞擊時蒸發。」

「請求追逐，」我呼叫飛行指揮部：「那艘飛艇的路徑會墜毀在地表。」

「准許，」卡柏的聲音回答：「但是要保持距離。」

金曼琳和我到了那艘飛艇後方，跟著向下飛往行星的大氣層。我看得出外星飛艇試圖拉高——我出自本能認出了那樣的動作。我經歷過那種情況，當時我在一艘損壞的飛艇中，就快要以螺旋形下降的方式墜毀。我在恐慌中奮力操縱沒有反應的控制裝置，煙霧的味道強烈瀰漫，我的世界在旋轉。

那艘飛艇設法恢復到能夠修正路線的狀態，以較安全的角度撞上大氣層。無論是誰在操縱那架無人機，都不希望它……

等一下。我什麼都沒聽到——沒有直接從虛無傳給飛艇的指令。這表示那不是無人機，裡面有一位活生生的飛行員。

重返大氣層時的空氣摩擦使我的護盾開始發光，而隨著大氣層變厚到肉眼可見時，我的飛艇也震動起來。

*如果那艘飛艇維持那種角度，一定會解體的，*我心想。

「指揮部，它將會撞擊得很猛烈，」金曼琳說：「指令是？」

「我要在飛艇墜毀之前嘗試攔截。」我說。

「那可能會很危險。」卡柏說。

「它是使用超驅技術跳躍過來的。你要讓它被撞個稀巴爛，還是要試試看能不能取得那項技術？如果我們救了它，或許就不必用羅吉的計畫了。」

「去追那艘飛艇吧，」他說：「不過我要緊急出動天防小隊的其他成員，免得妳需要後援。」

「確認。」我說：「怪客，掩護我。我要過去飛艇那裡。」

「沒問題，」她回答：「不過萬一這是某種陷阱呢？」

「那就在救我出去時，試著別笑得太大聲。」

「思蘋瑟！妳以為我是誰？我絕對不會在妳看得見我的時候對妳幸災樂禍。」

我咧開嘴笑，然後催動油門，進入超燃模式衝向那艘飛艇。它的下降模式近乎失控，跟M-Bot的攔截計算產生誤差，於是M-Bot迅速重新計算了一次。

可惡，這會很危險。以這種速度，飛艇撞擊時幾乎肯定會毀壞的。那位飛行員似乎也知道，飛艇突然往上拉，試圖水平飛行，可是卻再度繼續俯衝了。上斜環的控制顯然失靈了。

隨著大氣層變厚，逐漸增強的風勢使外星飛艇開始進入死亡迴旋，這下情況又更糟了。幸好，我的大氣風門改變了氣流方向，讓我比較能控制好飛艇。雖然我直接加速接近那艘飛艇，但駕駛艙幾乎沒有任何震動。

強大的G力穿透M-Bot的重力電容器，熟悉的沉重感將我向後推。重力把我的嘴唇拉離緊咬著的牙齒。它把我的手臂往後扯，感覺就像綁上了重訓槓片。

毀滅蛞蝓在我後方發出一陣不悅的笛音。我看了她一眼，發現她靠牆蹲著，變得很僵硬。她似乎承受得住。我讓注意力回到那艘螺旋形下降的飛艇，將它聚焦在我的視線中心。飛艇的移動變得越來越不規則，而我突然感受到從那個駕駛艙裡傳來的一陣情緒——一種焦慮，而且在某方面跟我有關聯。一種狂亂而絕望的惶恐。

我認得那種情緒的「語氣」——感覺像刻意廣播出來的。不管那裡面的是誰……他們曾經對我說過話，說他們聽見我了。

這不只是一位外星飛行員。這是另一個超感者。

*我來了，*我在心裡這麼想，希望對方能聽見。*撐住！*

「小旋？」卡柏的聲音從內部通話裝置傳來：「小旋，妳必須捕捉到那架飛艇。我們的分析師認爲那可能有人駕駛。」

「正在努力——」我咬著牙說。

M-Bot顯示在座艙罩的讀數告訴我們，再過不到十五秒就要撞擊了。我們高速穿過大氣層，筆直朝向下方布滿塵土的地表。前方的飛艇發著光，而我知道自己的飛艇也正拖著一條燃燒的煙霧。這並非我的飛艇受到了損傷，而是以這種方式穿越大氣層時產生的強烈能量導致。

現在！我已經夠接近外星飛艇了。我射出光矛，刺中它雙推進器之間的部分。

「旋轉駕駛艙！」我大喊，同時拉高機身——啓動上斜環抵銷行星的重力——並在奮力脫離俯衝水平飛行時做好準備。

G力現在開始向下，讓我的所有血液衝向雙腿，視線也開始變黑。M-Bot轉動我的座位試圖抵銷——比起向下的力量，人體更能夠承受朝向正後方的力量。

駕駛艙在我減緩下降速度時抖動起來。可惡……希望G力沒整慘那位飛行員，我就差點被整慘了。視線全黑了幾秒鐘，壓力衣也在腰部和腿部收縮束緊，要將血液逼回我的腦部。

視線恢復後，我發現自己的身體在顫抖，臉部冒汗而冰冷，耳朵裡有一種呼嘯聲。謝天謝地，那艘飛艇速度放慢到穩定的一Mag了。我的座位轉回來，同時飛艇也完全脫離了俯衝姿態。

我回頭望向毀滅蛞蝓，她貼著牆面，發出一陣不悅的笛音。在這種情況下，她沒有骨頭到底是好是壞呢？總之，我們似乎都撐過去了。

我往外看著下方高速移動的地面。我們的高度大概是四、五百呎。我仍然連接著另一艘飛艇——我的飛艇用橘紅色的光矛將它拖在後方。

「好像有點千鈞一髮呢，小旋，」金曼琳的聲音在我耳邊說：「即使是對妳來說。不過……我猜這不是陷阱？」

我點點頭，喘息著不敢發出聲音。不過我的雙手穩定地讓我們的速度放慢停下來，藉由上斜環盤旋著。我小心將外星飛艇放到地面，然後解開光矛降落。

我等待著——我的座艙罩打開，微風吹拂著冒汗的臉——接著金曼琳也降落在附近。卡柏說他派了一支地面部隊來處理克里爾人俘虜，可是並未下令要我留在原地。於是我爬出駕駛艙，從機翼跳下，雙腳重重落在狄崔特斯藍灰色的塵土地表上。從這裡往上看，防衛平台跟最低殼層的碎片帶只是天空中一片模糊遙遠的圖案。

外星飛艇的大小跟M-Bot相仿，也就是比我們一般的戰機更大。這表示它可能是長程飛艇，比短程戰機有更多的儲藏室與艙室。圓形機身的中央是大型駕駛艙，寬大的弧形機翼下方各有一座破壞砲砲台。飛艇的機身下方也有一座可以發射光矛的砲塔，位置跟M-Bot的差不多。我沒見過克里爾戰機上有那些東西。

很明顯，這是一架戰鬥機。左機翼被擊中的部分，有一道很大的黑色裂縫和燒焦痕跡，在墜落時幾乎完全分離了。

一側的機身上有陌生的外星文字。先前從駕駛艙傳來的那種感覺，現在已經消失了，這讓我越來越擔心。*那個外星人一定死了。*

我不想等金曼琳，直接爬上了外星飛艇的右機翼——它還有墜落時造成的餘溫，但已經冷卻到可以碰了——飛艇被我的重量壓到傾斜，讓我想到它並未使用起落架。我抓穩機身爬到座艙罩旁。

透過玻璃，我第一次在這麼近的距離看見外星人。我以爲會發現像在克里爾飛艇駕駛艙裡那種像螃蟹的生物。

完全不一樣的東西。這讓我相當震驚，屏住了呼吸。

我看見了一個像人類的女子。

第八章

她有種令人難忘的熟悉感，卻又同時異乎尋常。她有淡紫色皮膚，顯眼的白髮，臉頰長著白色骨頭般的東西，像在眼睛下方畫了線。雖然她的模樣是外星人，但在緊身的飛行上衣底下是明顯的女性線條。她跟我們很像。

我很驚訝——沒想到竟然會有外星人看起來這麼像……人類。我總是想像大部分的外星人長得都像克里爾人，那些奇怪的生物跟石頭的共通點比跟我們的還多。

我發現自己盯著那張精靈般的面孔看到出神，接著才注意到損壞的控制面板，以及她腹部左側的黑色燒焦痕跡，而且那裡被某種比人血顏色更深的東西浸濕了。看來是面板發生爆炸，有一部分刺穿了她的身體。

我忙亂尋找駕駛艙的手動開關，可是沒在預期的地方找到。這很正常——這可是外星人設計的飛艇。然而飛艇外沒有開關還是不太合理，我在座艙罩周圍試圖摸索門鎖之類的東西，這時金曼琳也爬上來到我身邊。她一看見那位外星女人就倒抽了一口氣。

「聖徒跟星星啊，」她觸碰座艙罩輕聲說：「她眞漂亮。幾乎……幾乎像是某個古老故事裡的惡魔……」

「她受傷了，」我說：「幫我找——」

我話說到一半就停住，因爲我在座艙罩後方找到了一塊小面板，打開之後，裡面有一根握把。我用力向外拉，座艙罩在開啓時發出了嘶嘶聲。

「思蘋瑟，這樣做很傻，」金曼琳說：「我們不知道她呼吸的是什麼氣體。而且我們也可能會接觸到外星細菌或是……或是我不知道的東西。總之，不該打開的理由有上百種。」

她說得對。然而裡面傳出的空氣確實聞起來很怪，一種像花的味道，但也很刺鼻，不是我能夠憑經驗形容的。我傾身爬了過去，不知道該怎麼做，於是伸手觸摸外星女人的脖子感受脈搏，而裡面的空氣似乎沒對我造成傷害。

我感覺到脈搏了。微弱、不規則——誰知道這對她而言是不是正常的。

女人的眼睛突然顫動著張開，我愣在原地，注視著她的紫色眼睛。他們跟人類實在像得可怕，讓我很震驚。

她輕聲說話，那種外星語言帶有我無法辨認的子音，聽起來優雅而短暫，就像風吹動書頁的聲音。有種奇特的熟悉感。

「我聽不懂，」我在她又開口時說：「我……」

可惡，她嘴唇上的深色液體一定是血。我急忙想從腿部的收納口袋抽出急救繃帶。

「撐住！」我說，不過金曼琳已經先拿出了她的繃帶，用力塞進我的手裡。

我往駕駛艙裡爬，身體靠著毀壞的控制面板，然後用繃帶壓住女人的身體側面。「救援就要來了，」我說：「他們會派……」

「人類。」女人說。

我愣住了。這是英文。她似乎注意到我的反應，於是輕碰了領子上的一枚小型別針。她再次說出輕盈的語言時，那個裝置也替她翻譯出來。

「一個真正的人類，」她說，接著露出笑容，血從她的嘴角流下。「所以是真的。你們還存在著。」

「撐住，」我說，同時嘗試止住她身側的血。

她舉起一隻手，顫抖地觸碰我的臉。她的手指沾了血，我臉頰上覺得濕濕的。金曼琳輕聲禱告，而我維持著姿勢——一半身體在駕駛艙內，另一半在艙外——並且注視著外星女人的眼睛。

「我們曾經是盟友，」她說：「他們說你們是怪物。可是我認爲……沒有什麼東西比他們更像怪物……要是有人能夠挺身對抗……一定就是他們關住的那些人……曾經差一點就打敗了他們的恐怖人物……」

「我不明白。」我說。

「我打開我自己——我找妳找了好久，直到現在才終於聽見妳，妳在呼喚。別相信……他們的謊言。別相信……他們的假和平。」

「誰？」我說。她說的話太含糊了。「哪裡？」

「那裡，」她輕聲說，手還碰著我的臉。「星界（Starsight）。」這個詞讓我感覺到了什麼，像是一股力量撞擊了我的大腦，震撼了我的情緒。

她的手落下了，眼睛又顫動著閉上，我很擔心她死了——可是我的大腦受到那陣奇怪的衝擊，讓我無法清楚思考。

「聖徒和天上的星星啊，」金曼琳又說了一遍。「思蘋瑟？」她再次檢查女人的脈搏。「沒死，只是昏迷了。可惡，希望部隊有帶醫療人員來。」

知覺麻木的我，伸手拿起外星人領子上那枚可以翻譯語言的小別針，形狀像是某種設計風格的星星或陽光光芒。剛剛最後發生了什麼？它好像鑽進了我的大腦——懇求著要去這個……地方。星界？

我有種熟悉的感覺，知道這個女人跟我一樣。不只是一位超感者，而且很困惑，想要尋找答案。她希望在那個地方找到答案，而她讓它鑽進了我的大腦。

我……我可以去那裡，我明白了。不知爲何，我知道只要我想，就可以利用她放進我腦中的座標，直接傳送自己到那個地點。

我往後靠，這時三艘DDF部隊運輸艦藉著大型藍色上斜環，平穩地降落在飛艇旁。另外有七架戰機跟著他們，那些是天防飛行隊的其他成員，緊急前來提供我最後並不需要的支援。

我爬下外星飛艇，往後退開回到M-Bot附近時，那裡已經忙著一片混亂了。我將翻譯別針塞進口袋，爬上M-Bot的機翼。*拜託活下來，*我在心裡對受傷的外星人說。*我必須知道妳是誰。*

「嗯哼，」M-Bot說：「有趣。眞有趣。她來自一顆與世隔絕的小行星，那裡不是星盟的地盤。看來星盟最近傳了訊息給她的同胞，要求招募飛行員加入他們的太空部隊。這位飛行員就是針對他們請求的回應，她被派來參加星盟軍隊的選拔。」

我眨了眨眼，急忙爬到M-Bot打開的駕駛艙。「什麼？」我問：「*你怎麼會知道那件事？*」

「嗯？噢，我駭進了她的機上電腦。可惜，那不是非常先進的機器。我本來還希望可以發現另一個人工智慧，這樣我們就可以一起抱怨有機體了。那不是很有趣嗎？」

「有趣！」毀滅蛞蝓說，她已經爬上了我座椅的扶手。

我滑進駕駛艙。「你眞的那麼做了？」我問。

「抱怨有機體嗎？有啊，那很簡單的。妳知道妳每天會產生多少死掉的細胞嗎？妳的那些小碎片到處散落在我的駕駛艙呢。」

「M-Bot，專心。你駭進了她的電腦？」

「噢！對。正如我說的，那不是很先進。關於她的行星、人民、文化、歷史，我取得了整個資料庫。妳想知道什麼？他們的行星在上一場戰爭中跟人類是同盟——不過現在有許多政客把人類的存在稱爲一種威權式的佔領——而他們有數種文化都深受人類影響。例如她跟妳的語言就沒有太大的差異。」

「她叫什麼名字？」我輕聲問，然後看了一下她的飛艇。醫療人員在駕駛艙周圍忙碌，這給了我希望。說不定受了傷的她能夠活下來。

「烏戴爾的艾拉妮克（Alanik of the UrDail），」它將她的名字念成「艾拉妮克」。「飛行日誌顯示她正要去拜訪星盟最大的深空商務站，可是她一直沒去成。她似乎透過某種方式發現了我們的位置，於是改變目的地來到這裡。噢！思蘋瑟，她是超感者，就跟妳一樣！在她的同類中，只有她會使用那種能力。」

我往後靠著座位，感覺很遲鈍。

M-Bot沒察覺到這一切讓我有多麼心煩意亂，它繼續說：「沒錯，她的日誌有加密，不過我破解了。她希望在星盟那裡找到關於自己能力的答案，可是她的同胞對他們評價不好，跟他們統治的方式有關。」

我能夠感覺到她打算去的地方……我在心裡又這麼想。雖然座標烙印在我的腦中，但卻在逐漸消退。就像快要熄火的引擎，發出劈啪聲並且正在失去動力。我可以跳躍，我可以去那裡，不過必須趕快行動。

我猶豫不定地呆坐了一會兒，接著在駕駛艙裡站起來呼喊尤根。他已經爬下飛艇，正在看醫療人員奔忙。

「尤根！」我大喊：「我需要你現在就過來這裡，勸我不要做一件非常愚蠢的事。」

他轉身看我，然後突然露出驚慌的表情，立刻跑過來並爬上M-Bot的機翼。我不知道自己是否該對他反應這麼快而覺得感激，還是因爲他這麼相信我會做出蠢事而感到丟臉。

「什麼事，小旋？」他爬上我的駕駛艙問。

「那個外星人把座標放進了我的大腦，」我急忙解釋：「她要去參加星盟的太空部隊選拔，因爲他們在徵募新兵，而她想了解他們知不知道關於超感者的事，不過我剛剛才明白這是實現羅吉那個計畫的完美機會。如果我去那裡並模仿她，會比我們試圖模仿克里爾人還像得多。M-Bot取得了她所有的日誌與行星資料庫，我可以取代她。你得阻止我，不，幫助我，我已經準備好要這麼做了——因為那些座標正從我的腦中慢慢消失。」

他聽我說完這一大堆，眨了眨眼睛。

「我們有多少時間？」他問。

「沒辦法確定，」我說。我很焦慮，因為我感覺得到那些印記正在消退。「不久。五分鐘？或許吧。對，而且直覺告訴我現在就去，所以我才需要你勸退我！」

「好吧，我們思考一下。」

「沒時間思考了！」

「妳說我們有五分鐘。五分鐘的思考總比沒時間好。」然後他就像個只會死守規定的討厭鬼，小心謹慎地把頭盔放在機翼上。「羅吉的計畫是讓妳模仿克里爾飛行員，潛入他們在狄崔特斯附近的太空站。」

「對，可是卡柏不覺得我們眞的能夠模仿克里爾人。」

「那妳怎麼會覺得自己能夠模仿這個外星人？」

「她來自一個與世隔絕的世界，」M-Bot尖聲說：「那裡並不是星盟的正式領域。星盟之中沒人見過她的同類，所以思蘋瑟無論做什麼都不會讓他們覺得奇怪。」

「他們可能還是會覺得她像人類。」尤根說。

「這沒問題，」我說：「因為艾拉妮克——那是她的名字——她來自一個不久前才與人類結盟的世界。」

「的確，」M-Bot說：「他們之間有很多文化交流。」

「妳不會說星盟的語言。」尤根說。

我遲疑了一下，然後在口袋搜找從外星人身上拿來的翻譯別針。醫療人員已經爲她接上呼吸裝置，正在小心翼翼地把她弄出飛艇。儘管我才見過她一面，卻很擔心她。

我還能感覺仍她在我腦中的痕跡，還有她的懇求。我的大腦裡有個指向群星，但正在逐漸消失的箭頭。

我拿起別針給尤根看。「我可以用這枚別針來翻譯，大概吧。」

「確定可以，」M-Bot說：「我可以把輸出語言設定爲英文，這樣妳就能明白他們說的話了。」

「好吧，那是個開始，」尤根說：「那麼，你可以用立體投影模仿那位飛行員的飛艇嗎？」

「我得掃描才行。」

「這個嘛，我猜我們沒時間——」

「好了。」M-Bot說。接著它就模擬變成外星人那架被擊落的飛艇，這比模仿克里爾飛艇像得多了。M-Bot跟艾拉妮克的飛艇在形狀與大小方面都更加相近。

尤根點了點頭。

「你覺得我應該去，」我對他說：「可惡，你眞的認爲我應該這麼做！」

「我認爲，我們應該在做出決定之前考慮所有可能。還剩多少時間？」

「不多了，一、兩分鐘吧！我的腦袋裡又沒有時鐘，那種感覺一直在消退。很快。」

「M-Bot，你有辦法讓她外表變得像那位飛行員嗎？」

「她得戴上手環。」它說。

我急忙從儀表板拔下手環立刻戴上。

「正好，」M-Bot說：「我們的醫療人員剛掃描完她的生命徵象。所以……來吧。」

我的雙手變成了淡紫色，同時它也將艾拉妮克的立體投影投射在我的臉與皮膚上。M-Bot甚至還把我的飛行服弄得跟她一樣，模仿得非常完美。

我注視自己的手，然後看著尤根。

「可惡，」他輕聲說：「眞是不可思議。好吧，所以計畫是什麼？」

「沒時間想計畫了！」

「還有時間迅速想個大綱。妳前往這位外星人要去的招募站，聲稱自己是她。妳參加敵軍的選拔……等一下，爲什麼他們要招募新飛行員？是要增加部隊數量來跟我們戰鬥，對吧？」

「應該是。」我說。這樣很合理。

「那可能會有幫助。如果妳這麼做，就可以蒐集關於他們行動的珍貴情報。在那裡，妳要試著偷走超驅裝置——或是爲工程師弄到一些照片——然後再傳送回來這裡。妳覺得妳有辦法自己回來嗎？」

我皺起臉。「我不知道。我的能力……還不是很穩定。不過艾拉妮克的紀錄說，她要去找星盟是因爲希望從他們那裡認識自己的能力。」

「所以妳必須弄清楚那件事，要不然就必須用某種方式偷走超驅裝置，然後帶著竊取的技術跟M-Bot一起回來我們這裡。」

「嗯。」在他這樣歸納之下，聽起來根本不可能做到。可是我往上看著天空中的星星，感覺體內有一道火焰在燃燒。「聽起來很瘋狂，」我告訴他：「但是尤根，我覺得我一定要去。我必須試試看。」

他站在駕駛艙旁的機翼上，而我往下看，注視著他的眼睛。接著他很明顯地點了點頭。「我同意。」

「你眞的同意？」

「小旋，雖然妳常亂來——甚至很魯莽——可是我已經跟妳飛了將近一年，我相信妳的直覺。」

「我的直覺會害自己陷入麻煩。」

他靠了上過來，一隻手摸著我的側臉。「妳害我們陷入的麻煩比害妳自己的還多，思蘋瑟。可惡，我不知道執行這個任務到底對不對，可是我確實知道我們的同胞非常危險。雖然我們說得很樂觀，不過指揮階層的人都知道事實是什麼，除非找到使用超驅裝置的方法，否則我們在這裡就死定了。」

我把手放在他手上。腦中的資訊正在消散，只剩下幾秒鐘了。

「妳做得到嗎？」他問我：「妳的直覺認爲妳可以嗎？」

「對，」我輕聲說。我隨即鼓起戰士的勇氣更堅定地說：「對。我可以做到，尤根。我會弄到超驅裝置，然後帶回來。我保證。」

「那就去吧。我相信妳。」

我發現這就是我要的。不是他的許可，也不是他的同意。我需要他的信任。

當下的衝動讓我從駕駛艙跳出來，抓住他的飛行服把他往下拉，這樣我才能吻他。雖然我們可能還沒準備好，現在大概也不是對的時機，但我還是這麼做了。因爲……哎呀，可惡。他剛才就鼓勵我要相信我的直覺啊。

感覺很棒。我感受到他回吻我的力量，一種幾乎像是電流的感覺從他那裡傳來——然後又更強烈地傳回去（因爲我的胸口有火焰在燃燒）。我盡可能把握時間沉浸在那個吻之中，然後抽開身。

「我應該跟妳一起去。」他說。

「眞可惜，」M-Bot說：「我們只有一個行動接收器。你馬上就會被認出是人類了。」

尤根哼了一聲。「反正得有人去向卡柏解釋這件事。」

「他一定會抓狂的……」我說。

「他會理解的。我們在有限的時間與情報下盡力做出了最好的決定。願聖徒幫助我們，我覺得我們必須一試。去吧。」

我跟他眼神交會了片刻，然後就別開眼神，跳回駕駛艙。

尤根伸手碰了自己的嘴唇，接著就抖擻精神，拿起頭盔，跳下M-Bot的機翼。他退到其他人那裡，他們的注意力都在外星人的飛艇上，對剛才那段重大的時刻渾然不覺。

「我對你們兩個之間發生的事感到困惑，」M-Bot說：「妳不是很堅決地跟我說了好幾次，妳對尤根不會產生感情。」

「我說謊。」我說，然後抓住外星人嵌入我腦中那種難以抗拒的感覺。它幾乎要不見了，但感覺仍有如指向天空的箭頭，而就在即將完全消散之前，我用某種方式掌握住了它。

「超感驅動裝置已連線，」M-Bot說：「眞的——」

我們消失了。

第二部

Part Two

第九章

我只在虛無待了片刻，可是在那種地方，時間似乎並沒有意義。我獨自飄移著，沒有飛艇。無盡的黑暗包圍著我，而刺穿黑暗的光線跟星星非常像——只是懷有恨意。它們看得見我毫無遮蔽地懸浮在這裡。我覺得自己像隻老鼠，突然被丟到籠子中央的一根繩子上，裡面滿是飢餓的大野狼。

那些眼睛聚焦在我身上，它們的憤怒越來越強烈。我侵入了它們的領域，我只是隻微不足道的小蟲……可是我的存在仍會帶給它們痛苦。我們的世界並不相容。它們的光湧向我。它們會撕碎我的靈魂，只留下碎片——

我回到了M-Bot的駕駛艙。

「——成功了！」M-Bot把話說完。

「啊！」我驚震地大喊，抓住座位的側面。「你有看到嗎？」

「看到什麼？」M-Bot說：「我的精密計時器顯示沒有任何時間變化。妳啟動了超感驅動裝置……或者，哎呀，我覺得妳就是超感驅動裝置。」

我一隻手放到胸口，壓在飛行服的粗厚質料上，由於現在服裝的顏色改變了，所以感覺非常奇怪。我的心跳加速，思緒混亂。那個地方……虛無。就像在洞穴深處的湖裡游泳，周圍沒有任何光線，同時還知道底下潛藏著東西，正在看著我，朝我伸手……

*那就是它們，*我心想。*在狄崔特斯消滅所有人的東西，我們在影片中見到的東西。*星魔是真的。它們跟那些眼睛就是相同的東西。

我深呼吸勉強自己平靜下來。至少超空間跳躍成功了。藉由艾拉妮克放進我腦中的座標，我再次使用了自己的能力。

對。該是當英雄的時候了。我可以做到的。

「思蘋瑟！」M-Bot說：「有人聯繫我們了！」

「是誰？」我問。

「是誰！」毀滅蛞蝓在我身旁說。

「妳帶我們來到了一座星盟太空站附近，」M-Bot說：「往五點鐘方向看。這裡的無線電對話很小聲，可是很清楚。」

我將一隻手放到毀滅蛞蝓身上打算安撫她，而她發出了煩惱的笛音，大概是感應到了我的不安吧。我往M-Bot指示的方向尋找，看見了一開始短暫掃視星場時沒發現的東西。那是一座遙遠的太空站——黑暗中的光線聚集在中央一塊平面的周圍。

「星界，」我說：「那就是外星人艾拉妮克說的地方。」我急忙戴上頭盔並繫好安全帶。「他們在聯繫我們？他們說什麼？」

「太空站上有人要我們提供識別身分，」M-Bot說：「他們說的是狄翁語（Dione），是星盟的一種標準語言。」

「你可以仿造艾拉妮克的詢答機訊號嗎？」

「正在處理。」

「好極了。那麼先稍微拖延他們，讓我思考一下。」

M-Bot顯然還維持著外星飛艇的外觀，而根據我的淡紫色雙手判斷，我的立體投影也還能正常運作。如果這個任務失敗，原因就跟技術限制無關了——是間諜的能力有限。

「最重要的事先做，」我說：「我們必須先確認撤退方案，看看我們是否能在情況不妙時逃回去。

給我一分鐘左右的時間。」

我深呼吸，照著奶奶教過的練習讓自己平靜。奶奶是從她母親那裡學會的，而她母親在我們墜毀於狄崖特斯之前，曾經讓舊太空艦隊進行超空間跳躍。

雖然我成功跳躍到了這裡執行任務，可是我想知道：我能不能在必要時跳躍回去？要是艾拉妮克觸及我大腦、爲我拓展力量的這種能力可以再次運作，一切就會變得簡單許多。

我想像自己在太空中飄移……星星在周圍呼嘯經過……對，我剛剛才超空間跳躍過，所以對那種感覺還很熟悉。虛無很接近我，我剛才到過那裡。我可以回去。

那些東西會再度看見我。

別想那種事，我嚴厲地告訴自己，專心在練習上。我飛了起來，高速穿越星星，呼嘯離開……哪裡？問題來了。除了非常短程的跳躍外，我必須明確知道自己要去哪裡。我沒辦法直接逆轉艾拉妮克給我的方位，因爲那些方位只有以這個太空站爲目的地，並不包含我在狄崖特斯的起點。

「M-Bot，」我回過神說：「你可以計算出我們的位置嗎？」

「正在使用天文資料計算。不過我要警告妳，思蘋瑟，我的拖延沒用。他們要派飛艇過來調查了。」

「你做了什麼？」

「傳送二進位碼給他們。」

「什麼？」我說：「那就是你認爲的拖延方法？」

「我又不知道！我想著『有機體喜歡愚蠢的事物，而這個非常蠢』。現在看來，或許這樣還不夠蠢？總之，他們很快就會看到我們了。」

關鍵的時刻。我深吸一口氣。我是個戰士，奶奶從小就訓練我要以勇氣面對我英雄般的命運。妳做得到的，我告訴自己，這只是個不同類型的戰鬥，就像假借別人身分參戰的花木蘭或卡魯斯圖斯的艾佩波（Epipole of Carystus）（注）。

我從奶奶那裡聽過那些故事好幾十次了。重點是，這兩個女人的祕密最後都被發現了，而她們的下場也都不太好。

我不能讓自己變得跟她們一樣。兩艘太空船從遠處的太空站駛近，我也讓M-Bot轉向。對方飛艇的外形四四方方，漆成白色，就像我在狄崔特斯附近那座太空站看過的克里爾太空船。

兩架飛艇跟我平行，沿著相同的軸線旋轉，透過彼此前方像玻璃的前罩對望。飛行員是兩個深紅色皮膚的外星人。他們沒戴頭盔，所以我看得見他們沒頭髮，有突出的眼脊和顴骨。他們基本上看起來像人類——兩隻手臂、一顆頭——但怪異到我無法認出性別。

M-Bot接通他們的通訊，駕駛艙裡頓時充滿喋喋不休的外星語言。我翻出艾拉妮克的翻譯裝置並打開，那些話便翻譯成她的語言，對我沒什麼幫助。

「M-Bot，」我用氣音說：「你說你會處理好的。」

「哎呀，」他說：「駭進別針的語言介面……哈！我啓動了英文設定。」

「不明飛艇，」外星人說：「需要協助嗎？請表明身分。」

我直接進入狀況。現在沒別的選擇了。「我的名字是烏戴爾的艾拉妮克。我是飛行員與使者，來自……」

「新黎明（ReDawn）。」M-Bot小聲說。

「來自新黎明行星。我是來這裡當你們的飛行員，呃，加入你們的太空部隊。就像你們要求的那樣？」我皺起臉。那不太有說服力。「抱歉之前傳送了奇怪的通訊，我的電腦有時候很討厭。」

「哈哈，」M-Bot對我說：「那就是諷刺。我分得出來，是因爲那其實不好笑。」

兩架飛艇沉默了一段時間，大概是切換到私人頻道了吧。我只能等待，懸浮在太空中擔憂著。我仔細查看他們四方形的白色飛艇——奇怪的是，我找不到任何武器艙口。

「艾拉妮克特使，」其中一位外星人回到頻道上說：「平台停靠管理站歡迎妳。他們似乎在等妳，不過他們提到，妳比預期的時間晚抵達了。」

「呃，」我說：「家裡發生了一些不重要的事。我可能還是得稍微離開一下，然後再回來。」

「隨便妳。現在，妳得到了停靠許可。一一八二號機位，位於第七區，會有一位官員在那裡見妳。祝妳參訪愉快。」

然後他們就直接轉向飛回太空站。

我還是很緊張。這一定是陷阱，他們一定看穿了我粗糙的偽裝。我稍微推動油門，跟在那兩艘飛艇後方——結果他們沒有反應。

我可以清楚瞄準並輕鬆地炸掉他們，尤其他們飛得這麼近——也這麼沒勁。以七十位聖徒的名義啊，他們怎麼會背對著我？明智的作法是讓我飛在前面保持安全距離，這樣他們才可以從有利的位置監視我啊。

我加速前進，但保持在射程範圍內，如果他們轉過來，我就可以開火。他們似乎根本沒注意。如果這是陷阱，他們演得也太厲害了。

毀滅蛞蝓發出緊張的笛音。我同意。

「M-Bot，」我說：「你算出我們在哪裡了嗎？」

「好了，」它說：「我們離狄崔特斯不太遠——只有四十光年左右。這個太空站正如妳說，名叫『星界』，是個重要的交易站點。那裡有星盟的地方政府。」

注：希臘神話人物，女扮男裝加入希臘對抗特洛伊的戰爭，後來被發現性別，遭希臘軍隊以亂石砸死。

「給我狄崔特斯的座標——方位和距離。」

「簡單，」M-Bot說：「資料在妳螢幕上。」

畫面跳出了幾組很長的數字。我皺起眉頭，然後用還不成熟的超感能力尋找並定位他們。只是，要尋找……哪裡？那些數字太龐大了，對我幾乎沒有意義。

沒錯，這些東西告訴了我狄崔特斯在哪裡，但我還是不知道在哪裡。我沒辦法像艾拉妮克利用能力，將星界的位置傳給我那樣感覺得到。

「這樣行不通的，」我說：「除非我更了解自己的能力，否則我沒辦法帶我們離開。」

「理論上，」M-Bot說：「我們是要帶著竊取到的星盟超驅裝置離開，對嗎？」

「計畫是那樣。只是如果能知道我們的逃生路線，會讓我安心一點。一路飛回狄崔特斯要多久？」

「妳說的『一路』是指以次光速前進嗎？」M-Bot說：「那大概要花上我們四百年吧，這取決於我們在用掉一半動力之前能夠多接近光速，然後考量另一半用來減速。當然，時間膨脹會讓我們好像花了比較少的時間——但以那種速度也只是四年的差異而已，所以等我們到達的時候，妳早就死透透了。」

好極了。這不是個選項。不過尤根和我都知道，我最後可能會困在這裡。這是任務。這跟我之前做過的任何事都不一樣，可是能做到的人只有我。

我推進飛艇，離太空站越來越近，而那裡比我預估得還大。在太空中很難判斷規模和大小，太空站看起來有點像包圍著狄崔特斯的平台之一，那是一座懸浮的城市——形狀像個圓盤，兩側都有建築冒出。一種像是氣泡的藍色發光物體包圍著它。

我一直以為人們住在像這樣的太空站裡面，可是隨著我們越來越接近，我才看出並非如此。人們就住在這個太空站的表面，在無盡的黑暗下方生活。*那顆氣泡一定維持著空氣與溫度，讓那裡適合居住。*的確，在我們飛近時，那兩架巡邏飛艇直接穿過了藍色的護盾。

我停在那層護盾之外，接著最後一次嘗試使用我的超感能力。我探尋M-Bot指出的方位，感覺自己心智邊緣有種微弱的……顫動。是那個方向沒錯，我感覺得到那裡的某個人，也許是艾拉妮克？

這樣不夠。我無法讓自己瞬間移動回去，所以該是進入敵人地盤的時候了。我鼓起勇氣，駛著我的飛艇穿過氣盾的外層。

第十章

眞漂亮。

我跟著外星嚮導接近時，看見了一座綠意盎然的太空站。公園裡充滿十到十五公尺高的大樹，這裡還有大片的暗綠色物質，走起來很軟的樣子，而M-Bot辨識出那是一種苔蘚。

在狄崔特斯的生活非常簡樸。當然，那裡偶爾會看得到雕像，可是地表上的建築都很樸素簡單——比較像是掩體。而在地底，洞穴裡主要都是製造廠的設備與紅燈。人類瀕臨絕種太久了，以致於生存的重要性壓過了美感的表現——這是必要的。

相較之下，這個地方的藝術表現簡直是戰鬥級的。建築除了有螺旋形設計，還五顏六色。似乎每兩個街區就會有一座公園，我看得出當中的人們都帶著某種慵懶感活動著，許多則只是在公園裡閒逛。飄移在大氣層附近的飛船似乎一點也不匆忙。在這裡，人們過得既放鬆又愉快。

我立刻就懷疑起這個地方。

艾拉妮克告訴我不要相信他們的和平。雖然不知道能不能相信她，但我並不需要提醒。過去八十年來，星盟把我的同胞囚禁在狄崔特斯上，我父親和我的許多朋友都因爲星盟而死。這個地方可以僞裝出漂亮、友好的氣氛，可是我不會卸下防備的。

「幾乎沒有無線電交談，」M-Bot說：「也完全沒有任何無線網路。」

「他們害怕星魔，」我打了個冷顫說：「他們一定跟我們有同樣的傳統——限制無線通訊，只在必要的情況下使用。」

「的確。幸好我可以讀出我們經過的停機區號碼，藉此推論我們的指定降落地點。我替妳標出來。」

我沿著他提供的方向來到城市中心附近一座稍微隆起的平台，上面有一片開放的金屬場地。當停放到適當的位置後，我已癱倒在座位上。這個地方有人工重力場，就像主要平台那樣。

「壓力已經跟外面相等了，」M-Bot說：「這裡的空氣適合妳呼吸，不過氧氣濃度比妳習慣的還高。初步掃描顯示沒有危險的微生物。」

好吧。我打開座艙罩，一個長著烏賊臉的外星人走到飛艇邊。「活動梯，舷梯，黏液滑道，還是要其他的？」對方向我大聲說，我的別針隨即翻譯出來。

「呃……」我示意外星人稍等，希望對方能理解，然後壓低聲音對M-Bot說：「等一下，萬一他們聽得出我在講英文，而不是艾拉妮克的語言怎麼辦？」

「我不覺得有人會懂她的語言，」M-Bot回答：「事實上，她有可能必須說地球語言才能讓人聽懂。她的紀錄顯示她會說流利的中文，而妳也看到了她懂一些英文。畢竟在上一次大戰期間，她的行星讓人類部隊充當集結待命地長達三十年。」

「所以這裡的人會懂英文？」

「他們的翻譯別針應該懂。艾拉妮克的紀錄指出，過去人類曾三度嘗試征服銀河系，這讓許多文化都認識了地球語言。所有的翻譯別針似乎都預設有英文、西班牙文、印度文和中文。」

我點點頭，準備呼喊地面人員——但又突然停下。「等等。你剛才說什麼？我的祖先試圖征服銀河系三次？」

「而且每一次都只差一點就成功了，」M-Bot說：「根據艾拉妮克飛艇上的紀錄是這樣沒錯。星盟中，有許多人顯然都把『人類禍害』視爲銀河系有史以來最大的威脅。」

哇塞。我很佩服，不過心裡也有一點……不安。聽到祖先們是我一直想像的那種英勇戰士，確實是很激勵人心，可是同時我也會一直想到我被迫害的同胞。他們受到克里爾人不公不義的壓迫，被可怕的外星部隊剝奪了自由。

一定有某個原因使我們被迫戰鬥。而且，敵人的宣傳想要鼓吹什麼都可以，那並不能合理化我們在狄崔特斯受到的對待。我瞇起眼睛，決心不相信他們的謊言。

「抱歉，」我傾身向外呼喊地面人員：「剛才有事必須通話一下。你問我要舷梯或活動梯嗎？活動梯好了。」

烏賊臉生物揮手示意，接著一個灰石般外表、體型更大的生物就推了一道活動梯過來。我心懷猶豫地看著外面那座繁忙的外星城市，即使建築頂部的大型聚光燈照亮了一切，但整個地方還是感覺很暗。天空仍然是黑色的。進來之後，我抬起頭看不見氣泡——只看見一片無止盡的廣闊區域，星星幾乎都被燈光沖散了。

「我看看，」烏賊臉生物爬上梯子在我身邊說：「妳有外交停靠特權，所以慢慢來吧！我們會清洗這架飛艇，然後——」

「不，」我說：「拜託。我非常保護我的飛艇，別讓任何人碰它。」

外星人的翻譯器翻譯了我的話，烏賊的觸腕滑動，露出不悅的表情。「妳確定嗎？」

「對，」我想像著有人發現立體投影的場景。「拜託。」

「呃，好吧。」對方說，然後在一塊手持螢幕上輸入了某種內容。這個生物長了會扭動的長手臂，手臂末端分岔出一對藍色觸角，而不是手。「如果妳想授權任何人駕駛飛艇的話，這是一張使用證。我建議妳別弄丟了。」烏賊臉把平板電腦彈出的一小塊晶片遞給我，然後爬下梯子。

我將晶片收進口袋時，又一次對M-Bot的立體投影能力感到驚豔。它將艾拉妮克飛行服的影像重疊在我的飛行服上，但是口袋仍在我習慣的位置，而且跟實物的互動也不會擾動到影像。例如我能用立體投影覆蓋住的手指觸碰晶片，對方也完全看不出異樣。

除了這件事，再加上外星人聽到我說英文時的平靜反應，讓我的信心增強了。接下來呢？我得查出如何加入他們的軍隊，那是第一步。然後，我就可以嘗試更難的部分——竊取超驅裝置。

可是要怎麼開始？這個地方很大。在停機區外，城市的街道延伸了好幾公里，路旁都是建築和繁忙的人潮，飛船從上方嗡嗡經過。這裡一定有億萬個居民。

剛剛攔住我的外星人，我心想，他們說過等我降落後會有人來見我。這給了我一些時間，於是我回到座位，再次集中精神試圖尋找狄崔特斯。可是，有東西擋住了我的意識。一種……厚度，感覺就像在很強的重力下移動。嗯哼。我想著這件事時，有人在駕駛艙外大聲說話，別針把它翻譯了出來。

「艾拉妮克特使？」對方問。

我往外探身，看見一個外星人站在我的發射台上。那是一種高瘦的生物，皮膚鮮藍。這個物種似乎很像之前駕駛巡邏飛艇的深紅色生物——對方也沒有頭髮，而且長了相同突出的顴骨和眼脊。

那個生物穿著一套柔軟的長袍，是比膚色更淺的藍色。這個生物同樣也看不出性別，光從外表或聲音，我無法分辨他們是男是女——或是什麼完全不同的分類方式。

「啊！」外星生物對我說：「特使。我們很高興妳決定回應我們的要求！我叫庫那（Cuna），負責在這次造訪期間協助妳。妳要下來嗎？我在星界這裡為妳安排了住處，我可以為妳帶路。」

「當然。」我大聲說：「讓我先收好頭盔。」我低下身子躲回駕駛艙。「好了，M-Bot。告訴我怎麼做。」

「我怎麼會知道？」它回答：「這可是妳的計畫。」

「嚴格來說，這是羅吉的計畫。總之，我又不是間諜——但你可是為了這種行動而設計出來的，所以告訴我該做什麼吧，我應該怎麼演？」

「思蘋瑟，妳見過我跟有機體的互動吧。妳還真以為我在模仿別人這方面比妳厲害嗎？」

它說得有道理。可惡。「這一定會很棘手。下面那個外星人好像知道關於艾拉妮克和她同胞的事。萬一我說錯話怎麼辦？」

「也許妳應該假裝很安靜，不要說太多話。」

「安靜？」我問：「我？」

「對。假裝艾拉妮克很沉默寡言。」

「沉默寡言。我嗎？」

「所以這就是假裝的意義。羅吉跟我一直在處理這件事——讓我接受有時候人類並不會表現出最真實的自己。總之，也許妳在自願到敵軍後方執行間諜任務之前，就應該好好思考這件事。」

「我們沒太多時間思考了。」不過也沒辦法了。我試著像個戰士般保持冷靜，從武器櫃取出手槍，塞進飛行服褲子的寬鬆口袋裡。明白自己在這項任務中有多麼重要之後，我也越來越難維持住戰士的態度。

我戴上跟行動接收器手環配對好的小型無線耳機，讓M-Bot可以在遠處私下跟我說話，而他也使用立體投影把耳機偽裝成珠寶。接著，我將毀滅蛞蝓放到駕駛艙後側的地板上，然後指著她。

「待著。」我說。

「待著？」她發出笛音。

「我是認眞的。」

「認眞的？」

我很確定她聽不懂我的話——她只是一隻蛞蝓，希望她就這麼一次能待乖乖在原地。最後，我離開了駕駛艙，爬下梯子到發射台。

「抱歉延誤了。」我對庫那說。

庫那的翻譯器開始運作，吐出另一種語言，而庫那就跟地面人員一樣，沒注意到我說的是英文，或者根本就不在乎。

「沒關係，沒關係的，」庫那邊說，邊把平板電腦夾在腋下。「非常高興能見到妳，是我本人請求提供妳同胞一個機會的。」

可惡。我一直希望這裡的人不會知道太多關於艾拉妮克的事。我還以為招募飛行員是出於全體的意願，不是個人的請求。

「你對我的同胞那麼有興趣？」我問。

「噢，是的。我們正在準備一項很特別的行動，會需要非常大量受過訓練的飛行員。有些種族等待加入星盟等了太久，而我們認爲這或許是星盟用來判斷那些種族能力的最好方式。不過這個可以晚點再討論！讓我帶妳去妳的住處吧。」

庫那開始從發射台之間的一條路往下走，我沒別的選擇，只能跟過去。雖然很不想離開飛艇，但M-Bot的行動接收器具有整整一百公里的通訊範圍。而且，就算我到了範圍之外，立體投影也還是會繼續運作，所以應該不必擔心。

我急忙趕上庫那，離開了降落區。*別看傻了*，我告訴自己。*別看傻了。別看傻了。*

我看傻了。

這怎麼可能忍得住。建築群聳立於步道兩側，有如通往星辰的跑道。各種體態、大小、顏色的人們在我周圍流動——全都穿著我從來沒見過的衣物。沒人身上有看起來絲毫像制服的東西。

我實在看得眼花撩亂。上方的高空有飛船往四面八方疾駛，不過在我們與飛船之間，還有底部裝了上斜環的飄浮圓盤，迅速運送人們從城市的某一區到另一區。這個地方充滿了川流不息的活動及令人愉悅的安逸感。每隔一個街角就有公園，商店販賣各種衣物，陌生的食物氣味從攤位飄來。

這裡想必至少有上千個不同的種族，但有兩類比其他種族常見得多。第一類是克里爾人。我看到第一個克里爾人經過時不禁嚇了一跳，可是這一個跟我們在被擊落的戰機中找到的屍體有點不同。這些克里爾人的盔甲材質有如水晶而非金屬，看起來比較像是褐粉色的砂岩。外形則是一樣的——跟我在舊照片中看過的地球騎士有點像。只是這些克里爾人戴著有透明面板的頭盔，因此看得見裡面有某種液體，以及頭部內有個像螃蟹的小型生物在操縱。

我一直認爲克里爾人很有氣勢、很危險。他們是戰場上的鬥士，包覆著盔甲並隨時準備好戰鬥。不過在這裡，他們大多數都在攤位裡向路人兜售商品，揮動像螯一樣的盔甲手臂比著手勢。我的翻譯器擷取了他們的呼喊，在我們經過時把許多店主說的話翻譯出來。

「來吧，朋友！歡迎光臨！」

「妳的服裝眞棒，搭配得眞好！」

「妳聽說過招募的事了嗎？如果妳不想照做也沒關係！」

其中一個在我附近稍微絆了一下，我出自本能地把手伸向口袋——以及藏在裡面的武器——但那個生物在退開時至少道歉了六次。

「這太神奇了，」M-Bot在我耳裡說：「我要錄下這一切用於日後的分析。」

「那些是——」

「別跟我說話！」M-Bot在我耳裡告訴我：「庫那的翻譯器會把妳的話翻譯出來。雖然我的匿蹤系統可以遮蔽我們的通訊，不過妳應該盡可能假裝自己沒有跟任何人無線通話。晚點我們再設定妳的手環，讓妳可以輕碰手環，以DDF飛行代碼的形式把指示傳給我。至於現在，我建議妳就保持沉默吧。」

我立刻閉上嘴。庫那對我露出好奇的表情，但我只是搖搖頭笑，我們繼續前進。

不過那些可是克里爾人啊。幾個月前我第一次進入太空跟他們對決時，他們很害怕我。或許這跟我的同胞曾經差點征服了銀河系有關，可是這些生物似乎全部都很膽怯。他們怎麼可能會是把人類囚禁在狄崔特斯長達八十年的強大軍力？

我知道了，這個地方一定是某種騙人的僞裝。用來提升星盟形象的宣傳策略。這很合理。建立一個讓許多種族來訪的大型集散地，然後假裝無害與低調。

我理解了情況，感到越來越有信心，於是繼續查看環境。在這裡另一個最常見的外星種族，就是像我的嚮導庫那這種生物。他們的穿著各式各樣，從長袍到簡便的褲子和上衣都有，而他們似乎有三種不同的膚色。深紅色、藍色、深紫色。

「眼花撩亂，對吧？」庫那問。

我點頭。至少這是事實。

「恕我直言，」庫那繼續說：「妳的同胞很明智，同意派給我們一位飛行員。如果妳在這個預選計畫中表現良好，我們就可以跟妳的同胞進入更正式的協議。爲了交換一整支飛行員部隊，我們會提供烏戴爾的人民公民權。這眞是等了好久，我很高興見到我們之間的關係正常化了。」

「這是個好協議，」我小心選擇用詞：「你們得到飛行員，我們可以加入星盟。」

「當然，」庫那說：「是次等公民。」

「當然。」我說，不過我一定聽起來遲疑了，因爲庫那看著我。

「妳不清楚差別嗎？」

「我相信政客們會懂的，」我說：「我只是個飛行員。」

「不過，妳最好還是要了解在這裡接受測試的利害關係。要知道，妳的同胞很特別。大多數還沒加入星盟的物種都相當原始——而且智慧程度低下。他們通常殘忍、好戰，在技術上發展遲緩。

「另一方面，烏戴爾已經開始太空旅行好幾個世紀了。你們幾乎達到了高等智慧，而且有正常運作的世界政府。照理說，你們在好幾個世代已經就要受邀加入我們的行列了。只是有個很大的污點。」

超感者？我心想。

「人類，」庫那邊走邊說：「你們在一個世紀前的第三次人類大戰（Third Human War）中站在人類禍害那一邊。」

「是他們逼我們這麼做的。」我回答。

「我不會質疑你們支持他們的事實。」庫那說：「這麼說好了，星盟內部有許多人都確信你們攻擊性太強而不會加入我們。」

「攻擊性太強？」我皺眉說：「可是……不是你們來找我們，想招募戰鬥機飛行員嗎？」

「這是種微妙的平衡，」庫那說：「雖然有一些非常特別的計畫需要飛行員，可是我們又不想讓攻擊性太強的飛行員使我們的軍隊墮落。有些人說你們與人類親近，因此讓他們的作風滲透了你們的社會。」

「那麼……你認為呢？」我問。

「我是物種整合部（Department of Species Integration）的成員，」庫那回答：「就個人而言，我相信星盟中的許多不同物種可以有一個家。如果妳證明了自己值得，妳就可以為我們帶來好處。」

「聽起來真棒，」我冷冷地說，但立刻就對自己的語氣感到後悔。也許我真的應該試著什麼話也別說。

庫那打量著我，不過開口說話時的語氣很平靜。「當然，妳也可以為妳的同胞帶來好處。你們可以使用我們在銀河系的樞紐，像是這座太空站，而且也有權在我們的商務飛船上購買船票和貨物空間。你們不再會困於那個微小的行星系統裡，而是能夠自由探索銀河系。」

「但我們已經可以了，」我說：「我是自己來到這裡的。」

庫那停下腳步，一開始我還擔心自己說錯了什麼。接著對方就露出笑容，那很明顯是種令人不安的表情，而且露出了太多牙齒，就像是個掠食者。

「哎呀，」庫那說：「這是我們要討論的另一件事呢。」

庫那轉身向路邊一棟窄小的建築揮手。那棟房子擠在兩棟更大的建築物之間，有三層樓高。它們跟平台上的所有建築一樣，似乎原本是以金屬建造的——可是假裝漆成了磚造物的樣子。

「這就是我們提供妳居住的房子，」庫那說：「這裡對一個個體而言很大，不過我們希望能夠在妳證明自己後——讓這裡容納至少一整個中隊的飛行員。我們認爲給妳這些待遇作爲開始很適合。如果妳想讓飛艇降落在這裡，最上面有個私人的停機位。不過這裡的位置距離主要停機區也很近——而且附近還有幾座公園跟市場。」

庫那走上通往建築的一小段台階。

「我不喜歡這樣，」M-Bot在我耳裡說：「思蘋瑟？如果妳中了埋伏而死，我會非常驚訝。」

我猶豫了。這會不會是某種陷阱？目的是什麼？他們大可以在我接近時就在天上炸了我——或者至少嘗試那麼做。

「那是我在練習撒謊，」M-Bot說：「我不會驚訝的，因爲我已經預料到了。可是我眞的會感到失望。呃，我會模擬失望。」

我走上台階。庫那似乎以爲我眞的就是艾拉妮克。感覺不像是陷阱。

我們一起走進房子。雖然已經習慣當一群人之中身高最矮的那個，但庫那柔韌的體態——而且修長得不像人類——讓我覺得自己不只矮，還矮胖又笨拙。這棟房子的天花板和門口都很高，就連櫃檯對我而言也稍高了點。雖然艾拉妮克的身高跟我差不多，不過這裡似乎是爲了更高大的種族所打造。

庫那帶我到前面一個小房間，裡面以嵌入式天花板燈來照明，還有一扇窗戶可以看見外面的街道。

房間看起來很舒適，有幾張絨布椅和一張像是會議室用的桌子。牆面都漆成像木頭的紋樣——不過我用指甲一敲就知道那是金屬。

庫那動作優雅地坐下，把平板電腦放到桌面，然後又用那種掠食者十足的表情對著我笑。我停留在門附近，不想坐下來背對出口。

「妳是我們所謂的超感者，艾拉妮克，」庫那對我說：「妳的同胞無法達到眞正的超光速旅行，也沒有超驅裝置，所以必須依賴具有超感能力的人。而由於妳這種人的數量非常稀少，所以你們幾乎都封閉在銀河系裡，與世隔絕。」

庫那注視我的眼睛，我敢說我從中看到了精明的算計。

我覺到越來越緊張。庫那似乎比我預期的更了解艾拉妮克。「你可以告訴我什麼？」我問。「關於我是什麼，關於我能夠做什麼。」

庫那往後靠向椅背，手指交握，嘴唇變成一條線，不露出任何情感。「妳做的事很危險，艾拉妮克特使。在妳進行超空間跳躍時，會瞬間進入那個可怕的領域，妳一定感覺得出星魔注意到妳了吧？」

我點點頭。「我把那裡稱爲『虛無』。」

「我從來沒經歷過，」庫那漫不經心地說：「那些星魔，妳感覺得到它們？」

「我看見有眼睛在注視我，住在那裡的某個東西的眼睛。」

「就是它們，」庫那說：「幾個世紀以前，我的同類親自經驗到星魔有多麼危險。進入我們領土的那種……生物，總共有十三個。它們大肆破壞，毀滅了一顆又一顆行星。

「最後，我們發現原來是超感者將它們吸引過來——而星魔一到這裡，就能聽見我們的通訊。不只是超感能力通訊，它們甚至能夠聽見無線電波之類的東西。我們不再利用超感者，甚至放棄了一般的通訊，這種轉變實在很辛苦。我們安靜無聲地打造了自己的行星及艦隊。

「幸好，那些星魔離開了。雖然花了好幾十年，但它們一個接一個慢慢回到了原本的領域。銀河系緩慢地重生——但也有了新的領悟與新的規則。」

「不使用超感能力，」我低聲說：「要小心使用無線訊號，甚至是無線電。」

「對，」庫那說：「還有避免使用人工智慧，因爲這會激怒星魔。大部分的一般通訊並不會將那些生物引來我們的領土——可是一旦它們來到這裡，就會聽見我們交談，導致它們大肆破壞。即使到現在已過了好幾個世紀，我們還是維持著這些禁令。雖然我們的領土內沒有星魔，不過還是小心爲妙。」

我吞了吞口水。「我……很訝異你們竟然還會讓超感者活下來。」

庫那一隻手摸上喉嚨，露出我認爲是震驚的表情。「妳覺得我們要怎麼做？」

「攻擊任何具有超感能力的人。」

「野蠻！那種行爲不適合已經達到高等智慧的種族。不，我們才不會消滅物種。即使是人類禍害，我們也會小心隔離起來，才不會毀滅他們！」

我知道那是謊言，至少有一部分是。他們最近就試圖要消滅我們。

「這種暴力手段是不必要的，」庫那說：「散落在各處的超感者並不是威脅，尤其是妳這種沒受過訓練的。我們早先的超感者經過了好幾個世代，能力才提升到會吸引星魔。所以，妳是威脅沒錯，但不是立即的威脅。

「目前我們認爲，最好試著說服你們這種人依照我們的方式行事，而不是冒險……讓我們所有人都陷入危險。我們星盟發展出了更好的星際旅行方式——不會吸引星魔的超驅裝置。」

「我知道那種東西。」我說。*而且我就要偷走一個。*

「只要所有種族都使用星盟的超驅飛船，整個銀河系就會變得安全許多。所以我們的提議帶有明確的暗示：如果你們提供飛行員給我們，我們就會授予你們公民權——你們也有權利搭乘星盟安全又迅速的超光速飛船，但你們不會獲得技術。我們必須保護好這項技術，可是你們的商人、觀光客和官員都可以使用我們的飛船，就跟星盟境內的其他人一樣。

「整個銀河系裡只有我們能夠使用這種技術；你們在黑市一定找不到超光速驅動裝置，因爲那並不存在。目前沒有任何種族能從我們這裡偷走超驅裝置，連一部都沒有。因此，唯一能在星際間安全旅行的方式，就是得到我們的幫助。向我證明你們的飛行員就跟報告的一樣厲害，我也會向你們打開銀河系作爲回報。」

我不相信這種宣傳手法說的是事實，庫那當然會說那種技術不可能被偷走。不幸的是，他也說了曾經有其他人嘗試過。

我必須想辦法在其他人失敗的地方成功，而且可能還是在星盟的監視下。「可是你們爲什麼需要飛行員？」我試圖獲得更多情報。「星盟的人口數量很龐大，你們自己一定就有許多飛行員了。你們要我們加入的特別計畫到底是什麼？」

就像尤根說的，是爲了跟我們戰鬥，對吧？在我們陸續突破狄崔特斯之後，星盟就開始爲了某種特別任務而招募飛行員，這不可能只是巧合。

庫那安靜地坐了一會兒，注視著我的眼睛。「這是件非常棘手的事，艾拉妮克特使。我希望妳能夠守口如瓶。」

「好的，當然。」

「我們……有理由相信，星魔正在監視我們，」庫那輕聲說：「而且它們可能很快就會回來了。」

我倒抽了一口氣。我從影片中看到狄崔特斯最早的居民發生了什麼事，到現在還記憶猶新。庫那的話應該會讓我很震驚，結果卻是一種接受現實的麻木感。就像等待著一首歌曲的最後一個音符。

「這不是超感者的錯，」庫那繼續說：「這一次不是。恐怕純粹是星魔決定要再將注意力移到我們的領域上。」

「那要怎麼辦？」我問。

「我們不會再一次被迫躲起來等待星魔自行離開。我們一直在開發一種對付它們的祕密武器，以防萬一。可惜的是，爲了讓這種武器實際運作，我們就需要有能力的戰鬥機飛行員。我們的軍隊規模非常小，跟妳以爲的正好相反，這是我們愛好和平的天性所產生的……副作用。星盟的治理並不是透過力量，可是透過技術啓蒙。」

「意思是，」我說：「你們不會跟你們不喜歡的種族戰鬥——就只是不管他們，不讓他們擁有超光速移動的能力，就此控制星際旅行，所以根本不必擁有軍隊。」

庫那再次手指交握，沒有回答。這應該算是證實了我說的話，而且許多事突然也變得合理了。爲什麼星盟不派出大量戰鬥機消滅我們？爲什麼我在戰鬥時，很少遇到有人駕駛的飛艇或是厲害的王牌？爲什麼一次只派出一百架無人機？原因就只是星盟的戰鬥機飛行員很少。

我以爲治理帝國的唯一方法，就是要擁有一支規模很大的軍隊。但星盟想出了另一種方式。如果能夠完全控制超驅裝置的使用，就不必跟敵人戰鬥了。在行星之間以次光速旅行就要花上好幾百年的時間，如果沒人能來到你這裡，你就不會受到攻擊。

庫那向前傾身。「我在這裡的政府裡可不是個小人物呢，艾拉妮克，而我個人對妳的同胞很感興趣。我認爲星魔是很嚴重的威脅，如果烏戴爾提供我所需要飛行員，我可以讓你們的一切都很順利——或許還能爲你們安排取得主要公民權。」

「好吧，」我說：「要怎麼開始？」

「雖然我有參與團隊規劃，但這項行動並非由我負責。主導的是保護服務部（Department of Protective Services）。他們的主要任務是解決星盟的外在威脅。例如，遏制人類禍害。」

「人類……？」

「是的。我向妳保證，你們的舊……敵人對你們已經沒有威脅了。保護服務部會維護那些人類監獄上方的觀察平台，並注意不讓任何人類逃脫。」

那些監獄。

複數。那些監獄。

不只有我們。我很勉強才克制住歡呼的衝動——一部分是因為領悟到了另一件事而感到沮喪。庫那提到的保護服務部……那一定就是我們所謂的克里爾人。

所以我會直接替克里爾人做事？

「妳必須通過他們的測試才能成為飛行員，」庫那說：「他們允許我在選拔中安插幾個特別的人選。其實，部門之間常有爭執，因為我們都有各自的……理論，提出對付星魔的最佳方式。我認為由你們來執行任務最完美。你們從不幸與人類牽連的那天起，就建立了軍事傳統——但同時你們也愛好和平，值得信任。

「我希望妳能證明我是對的。參與明天的計畫選拔，接下來再代表我接受訓練，如果妳成功，我就會親自帶領妳的同胞安全獲得公民權。」

庫那又笑了。對方那嘴唇彎曲時散發的危險令我顫抖起來。我突然覺得這超出自己能力範圍太多了，本來以為庫那只是個指派給艾拉妮克的小官僚，結果根本就不是這樣。庫那想要在我完全無法理解的政治遊戲中，把艾拉妮克當成棋子利用。

我發現自己在流汗，接著心想立體投影會如何呈現我的臉滴下汗水的樣子——或是它到底能不能呈現。我舔了舔嘴唇，嘴巴在庫那的凝視下變得乾燥。

別因為他們的政治而有壓力，我告訴自己。妳只有一個任務：偷走一部超驅裝置。不計一切代價取得他們的信任，這樣他們才會讓妳接近。

「我……我會盡力的。」我說。

「好極了。我明天會去看妳測試；座標和說明都在這塊資料板裡，我把它留給妳。不過我要提醒妳，因爲我們有超感屏障，所以妳的超感能力在星界裡會受到抑制——除非先飛出去到某個指定地點，否則妳無法使出超空間跳躍離開。」

庫那站起來，將平板電腦留在桌上。「我也把計畫的詳情放進了這塊資料板——不過武器的細節是機密。如果妳在明天之前要聯絡我，就傳訊息到……」

庫那的聲音逐漸變小消失，接著轉頭往窗戶的方向露出牙齒，帶著一副具侵略性的奇怪表情。

「哎呀，」庫那說：「麻煩來了。」

「什麼？」我問。接著我聽到了，警笛聲。幾秒鐘後，一艘閃爍著燈光的飛艇從天空飛下，降落在我們的房子前方。

「讓我來處理吧，」庫那說，然後打開門走了出去。

我在門口遲疑著，覺得很困惑。接著我看到爬出飛艇的人。

人類，是個女人。

第十一章

人類。她很年輕，年紀大約二十出頭，穿著一套我沒見過的藍紅相間制服。一個克里爾人跟在她後面爬出飛艇，看起來像個盔甲騎士，不過那種「盔甲」外殼是深綠色，像水晶一樣。

「發生什麼事了？」M-Bot問：「是警笛聲嗎？」

我沒理它並衝出房子，一隻手猛伸進飛行服的口袋——握住我帶來的小型破壞砲手槍。一個人類。可惡。我停在台階上，庫那則是移動到我的前方，以平穩沉著的步伐走著。那個人類和克里爾人朝著我們走上來時，我試著逼自己放鬆。

「哎唷哎唷，」克里爾人說話時，聲音從前方盔甲傳出，還做了幾個誇張的手勢。「物種整合部的庫那！我沒料到會在這兒遇見你呢！哎唷，哎唷。」

「我在報告裡留了個特別註解，溫齊克（Winzik），」庫那說：「內容提及了這位飛行員的到來。我邀請了一些物種參與我們計畫的選拔，她是其中之一。」

「哎唷，哎唷。這就是我們的特使嗎？我根本不知道妳會來呢。妳一定覺得我們毫無組織可言！通常我們部門之間都能夠良好溝通，才不像現在這樣呢！」

我從庫那背後走出來。我不需要任何人庇護，特別是我不信任的外星人。不過話說回來……對方可是個克里爾人。正在對著我說話。

根據邏輯，我知道克里爾（KRELL）出自「Ketos redgor Earthen listro listrins」的首字母縮寫，是監視我們的警察部隊的外星名稱。這些我都知道，但還是忍不住把這些在水晶盔甲裡的小螃蟹跟Krell這個詞聯想在一起。

那個人類逗留在後方，立刻引起了附近街上的注意。我在這裡走動時，經過的人都不會多看我一眼，但現在各式各樣的外星物種正聚集過來，目瞪口呆地看著，還用他們的觸手、觸鬚或手臂對她指指點點。

「是人類。」我說。

「別擔心！」溫齊克說：「這個人類是經過正式授權的。我很抱歉必須帶她來，不過有件事很令人在意……我並不是魯莽或挑釁……但我們必須討論那件令人在意的事。」

「你不必這麼做，溫齊克，」庫那說：「那件事處理得很好。」

「但安全並不是你的責任啊，庫那！是我的！來吧，布蕾德（Brade），我們離開街上，別再引人注目了。拜託，進去吧。拜託？」克里爾人做出揮動的手勢，就像我之前見過的那樣。那種語氣在我聽來有種女性特質——但我不確定自己能夠解讀到什麼程度。

「我可以替特使發言。」庫那說。

「我一定要堅持，」克里爾人說：「非常非常抱歉！不過這是規定，懂吧！我們進去。」

可惡。跟這個生物比較起來，我在街上遇到那些表現得過度殷勤的克里爾人，好像就只是功力不足的江湖郎中而已。這個克里爾人移動和說話的方式都非常華而不實，散發著一種假好心的氛圍，正好是我最最最討厭的。

我一點也不信任庫那。我知道對方只是想要操縱我，可是這個生物……這個生物讓我起雞皮疙瘩。

不過我還是退回到屋裡。庫那站在門邊，神情冷漠地看著溫齊克通過，最後進來的是那名人類女子。她比我高了幾公分，肌肉發達，步伐散發著力量。她的臉部精瘦，就她的外表年紀來看顯得有點太過……嚴肅了，還有她理了平頭。

「布蕾德，測試她。」溫齊克說。

我的腦中感覺到一股壓力。我倒抽一口氣，瞪大眼睛，不知用什麼方式將壓力推了回去。

「超感者，」名叫布蕾德的女人用星盟語言說：「很強。」

「文件裡都寫了，」庫那開口說：「她的同胞利用原始的超感能力來旅行，但他們還沒進步到會構成威脅。」

「她還是沒經過授權，」溫齊克說：「你的部門不應該忽視這個事實。」

「她——」

「她就在這裡，」對這一切感到越來越不耐的我插話：「你們想要說什麼，都可以直接對我說。」

庫那跟溫齊克注視我，露出在我看來像是驚訝的表情。庫那向後退，溫齊克擺出了驚嚇的手勢，人類布蕾德則只是會心一笑。

「哎唷喂呀，眞凶狠呢。」溫齊克邊說邊將手合起來，發出了輕微的喀噠聲。「特使，妳知道妳對我們造成的威脅嗎？對妳自己的同胞？妳知道妳那麼做可能會造成嚴重的後果嗎？」

「我大概……知道一點，」我小心地說：「庫那說你們想要我們加入星盟，這樣我們就可以開始使用你們的超驅裝置，不必依賴超感能力。」

「是，是，是，」溫齊克比著手勢說：「妳對整個銀河系是威脅。我們可以幫忙，如果你們加入星盟的話。」

「如果不加入呢？」我說：「你們會攻擊我們嗎？」

「攻擊？」溫齊克做出揮動的手勢。「我還以爲你們已經接近高等智慧了呢。太凶狠了！哎唷，哎唷。如果拒絕加入我們，我們可能必須採取措施隔離你們。我們有超感抑制器（cytonic inhibitors）可以阻止你們離開自己的行星，可是我們才不會攻擊你們。」

溫齊克一隻手舉到胸前比出某種手勢，雖然我沒見過，但仍看得出他是要傳達對攻擊感到全然的震驚。所以溫齊克就跟庫那一樣，在表面上堅持和平。我看透他們了。

「溫齊克，」庫那說明：「是保護服務部的首長。他對隔離危險物種有豐富的經驗。」

首長……就是這個首長帶領的團體囚禁了我的同類。在這個奇特又不眞實的時刻，我發現自己竟然正在跟克里爾軍隊的將軍說話。溫齊克在我看來不太像戰士，但我不會被裝模作樣騙的。

原來這就是始作俑者，讓我們受到了那種對待，而且害死了我父親。可是這麼重要的人物爲什麼會出現，親自處理艾拉妮克可能違反了規定這種小事？

我的目光從庫那移向溫齊克，納悶這一切是不是爲我安排的精心演出。庫那先出現，演得一副友好的樣子，然後向我提出協議；溫齊克帶著警笛聲和威脅到來，做的也是同樣的事。他們眞的很想控制超感者，這並不令人意外。擁有超空間跳躍能力的人，會威脅到星盟對星際旅行的壟斷。到底是我的能力眞的很危險，或者這一切只是個騙局？

我記得星魔消滅狄崔特斯那些人類的可怕畫面。不，那種危險並不是騙局，不過看來星盟一定會對這樣的恐懼大做文章，用來建立對銀河系的控制。

那個叫布蕾德的女人正看著我。當庫那和溫齊克在手勢與喧鬧中表示他們沒有攻擊性時，她則是一派輕鬆地站著。她在這裡的身分很明顯，她是武器。如果我不受控制……她就會阻止我。

「我要妳保證，」溫齊克說，同時從他側身的袋子拿出一塊資料板——庫那剛才用男性代名詞稱呼他。「不，我要妳發誓！哎唷哎唷，一定要有說服力才行。妳不會試圖在星界附近進行超空間跳躍。妳必須遵守對超感者的規定——不能對這裡的人使出精神攻擊，連刺激也不行；不能嘗試避開這個區域內防止超感跳躍的屏障，以及絕對不能使用念刃（mindblades），雖然我不認爲妳已經練會了那種能力。」

「如果我不答應呢？」我說。

「妳會被驅逐出去，」布蕾德說：「立刻。」她瞇起眼睛看著我。

「布蕾德，」溫齊克說：「不必這麼粗魯！特使，妳一定能夠理解我們在這件事上必須十分謹愼。只要向我承諾，我們就會接受了！畢竟庫那也會爲妳擔保。」

「好吧，」我說：「我會遵守你們的規定。」但希望再過不久，我就能偷走超驅裝置回到狄崖特斯了。

「看吧，庫那？」溫齊克邊說邊在他的資料板上做了些記號。「只要帶個適當的人員就沒問題了！現在一切都解決啦。哎唷，哎唷。」

溫齊克離開了，他的人類護衛也跟在後方。我皺眉看著他們走掉，對剛才那場奇怪互動感到困惑。

「我對剛才的事很抱歉，」庫那說：「尤其是那個人類。保護服務部顯然認爲必須給妳一個明確的指示呢。」庫那遲疑著。「不過或許這樣最好。經歷這麼多奇怪而陌生的體驗，妳在這裡能有個盟友也不錯，不是嗎？」

庫那又露出那種笑容，我的背脊一陣發涼。

「總之，」庫那說：「我已經指派了徵用特權給妳，這樣妳可以在這個地點存放需要的物品，就把這裡當成大使館之類的吧——等我們一起成功建立了新的未來，這裡就是你們在星界的庇護所。如果妳想要聯絡我，就傳訊息給物種整合部，我會盡快讓妳得到回覆。」

就這樣，庫那告退並走下台階到街上，而人潮也開始繼續流動。

精疲力盡的我坐在建築前的台階上看著人來人往。一大群生物們無止境地延伸出去，種族看起來更是無限多。

「M-Bot？」我問。

「我在。」它在我耳裡說。

「你知道剛才那是怎麼回事嗎？」

「我覺得我們剛好捲進了一場權力鬥爭，」M-Bot說：「他們把妳當成棋子利用，而那個溫齊克是位重要的官員，跟庫那一樣重要。一個看似這麼微不足道的種族造訪，竟然會讓他們親自前來，似乎不太尋常。」

「是啊。」我說，然後將目光從人群移向黑色的天空。狄崔特斯就在外面某處，就在星盟戰艦的瞄準下。

「來接我吧，」M-Bot提議。「離開這個公用發射台會讓我覺得比較安全。建築裡應該有某種電線或連接線，可以讓我存取太空站的公用資料網路。我們可以在那裡開始尋找情報。」

第十二章

「掃描完成了，」M-Bot說：「已經將我在建築內找到的監視裝置停用，而且我很確定都有全部找到。」

「總共有多少？」我一邊問，一邊在大使館建築的頂樓四處翻找。我打開燈光，也查看了櫃子。

「每個房間各有兩組，」M-Bot說：「一組很明顯，另一組連接了網路。如果妳對發現監視裝置的事表達不滿，他們很可能會假裝訝異，聲稱那是大使館裡自動化的一部分。其實每個房間都連接著獨立線路的第二組，巧妙隱藏在電源插座附近。」

「他們會因爲我們把那些裝置斷線而起疑。」

「他們可能會因爲我們找到裝置而感到驚訝，不過根據我的經驗——就算充滿了空洞與不完整的記憶——這樣做代表我們客氣地忽視他們做的事，而他們也會客氣地忽視我們干擾他們的計畫。」

我哼了一聲，進入一個顯然是廚房的空間。許多抽屜和物品都加上了標籤，後來我發現只要把翻譯別針對著文字，它就會翻譯出來。其中一個龍頭標記了水，另一個標記爲氨水，第三個則是鹽水。看來這裡是設計爲能夠容納不同物種的地方。

關於大使館屋頂的私人發射台，M-Bot說對了。降落之後，我立刻讓它連上資料網路，接著開始從上到下調查整棟建築。我暫時把毀滅蛞蝓留在駕駛艙裡。

「我會大致記下資料網路，」M-Bot繼續說：「希望這樣能夠掩飾我們要查的情報，以防他們監控我們的查詢內容。這裡的資料量多得嚇人。星盟似乎對資訊非常開放——不過確實有很大的空白存在。裡面沒有任何關於超感能力的資訊，而且政府也會警告要關閉所有針對超驅技術的討論。」

「這就是他們控制帝國的方式，」我說：「決定誰能夠移動到哪裡，誰能夠交易。我猜要是某個物種失寵了，他們的旅行稅金就會突然增加——或是會突然發現造訪他們行星的運輸船班次少了很多。」

「妳對那種經濟的看法還眞敏銳。」M-Bot說。

我聳聳肩膀。「這跟洞穴對我母親和我做的事差不多，他們要禁止我們從事眞正的工作，不讓我們加入正常社會。」

「很有趣。嗯，關於他們維持權力的方式，聽起來妳說得對。關於他們的技術水準，尤其是立體投影方面，我也發現了一件有趣的小事。在那個領域中，星盟的技術水準似乎跟你們相同——我查不到任何資料指出，他們能夠使用技術跟我相當的匿蹤與立體投影技術。」

「所以……」我說：「沒有像我的手環這種小型立體投影器？」

「對。就我判斷，他們甚至不知道該監視妳要做什麼。就他們所知，那種技術根本就不存在。」

「嗯哼。那麼你是從哪裡得到技術的？」

「我不知道。不過他們討厭人工智慧。所以也許……也許我就是被設計出來要隱藏的。不只躲避星盟，而是所有人。」

這讓我覺得奇怪，甚至有些不安。我以爲我們逃離狄崔特斯之後，會發現大家都有像M-Bot這樣的飛艇。

「總之，」它繼續說：「關於星盟，妳想要大概了解一下我查到的資料？」

「大概吧。」我說。

「領導政府的有五個主要物種，」他說：「其中三種妳不太可能遇到——居住在星界的非常少。所以我們就暫時先不討論坎布利（cambric）、天納西（tenasi）、赫克羅（heklo）。跟你們最有關係的瓦維克斯，也就是你們堅持繼續稱呼的克里爾人，他們是具有外骨骼的甲殼生物。另一個物種是狄翁人（dione），庫那就屬於那個物種。」

「有些是深紅色，有些是藍色，」我說：「那是不是像我們人類的膚色？」

「不算是，」M-Bot說：「比較像是性別的特徵。」

「藍色是男的，紅色是女的？」

「不，他們的生物特徵跟你們差異很大。在第一次交配繁殖之前，他們是不分男女或性別的，到時他們會跟另一個個體一起形成像繭的東西。這眞的非常有趣——在繁殖過程中，他們會融合一段時間變成獨立的第三個個體。總之，在繁殖之後，他們會變成紅色或藍色，這要視情況而定。如果他們希望其他人知道，他們因爲某種理由不想交配，還可以改變自己的顏色——而深紫色代表尚未交配，或是有人切斷了配對關係，正在尋找另一個配偶。」

「聽起來很方便，」我說：「我們的方式就稍微麻煩了點。」

「以有機生物而言，我確信他們的方式比我剛才說明的還要複雜得多，」M-Bot說：「你們好像總是會想辦法讓彼此的關係變得麻煩又尷尬。」

我想到了尤根，雖然他叫我走，但一定很擔心我。金曼琳呢？卡柏？還有我的母親和奶奶？

專注於任務，我心想。偷走超驅裝置。帶著希望飛回家園，讓夥伴歌頌，讓敵人悲泣。

現在我來到這裡，一個人執行遠遠超出能力所及的任務，讓我越來越難有這種逞強的想法了。我突然覺得很孤獨。我迷失了，就像在洞穴裡探索時走錯路，然後燈光耗盡。一個害怕的小女孩，不知道自己在哪裡或怎麼回家。

爲了讓自己分心，我開始繼續搜索大使館。多疑性格讓我還是檢查了每個房間以防萬一——而我查看的下個地方是一間浴室，裡面有許多特別的管線和抽吸裝置，可以用於各種身體結構。這一切突然讓我同時感到佩服又噁心。

我離開浴室後，回頭經過廚房。這裡有盤子和器皿，可是沒有食物。我需要糧食才能好好規劃下一步。

「庫那提過徵用權，」我說：「我們可以叫人送來一些補給品嗎？」

「當然，」M-Bot說：「我發現了一個說明營養與飲食的頁面，應該可以找到不會害死妳，但同時也是艾拉妮克的種族會需要的東西，以免引起懷疑。例如……一些蘑菇？」

「哈。我才想說你已經完全忘記蘑菇的事了呢。」

「我設定自己接受妳成為我的正式駕駛員後，那個子程式就會偶爾停止運作。我認為我想要記錄蘑菇種類的強烈欲望，一定跟我前一位駕駛員最後的指令有關，可是我無法推測出原因。總之，要我為妳弄一些食物嗎？」

「大概一天的量就夠了，」我說：「我希望趕快偷到超驅裝置。」

「多儲備一點會不會比較明智，至少讓妳看起來像是會長期停留的樣子？」

可惡。在像間諜般思考這方面，它顯然比我厲害太多了。「聰明，」我說：「就那麼做吧。」

我走下樓梯到這棟三層式建築的二樓。這裡的房間全是臥房，看起來是為了配合艾拉妮克的物種而倉促安排地擺上床鋪。加了墊子的床架形狀像是一個窩，外圍全都是枕頭。我找到一個有大型浴缸的房間，室內還有一個櫃子，裡面裝著各種繩索和其他裝置。我猜如果房間需要改造成適合樹棲類的物種，這些東西就可以固定到天花板的掛鉤上，之前在街上就見過一些。

「點好食物了，」M-Bot說：「我點的都是原料，因為我猜妳應該不敢吃他們給的東西，寧願自己料理。」

「你真是太了解我了。」

「我的程式會注意觀察行為，」M-Bot說：「說到這個……思蘋瑟，這個計畫有某些方面讓我很擔心。我們不知道成爲星盟飛行員的測試內容會是什麼——庫那留下的資訊幾乎沒有什麼詳細說明。」

「我想我們明天就會知道了。我覺得通過飛行測試是最不必擔心的問題，至少我不必僞裝什麼就能夠做到那件事。」

「有道理。可是艾拉妮克的同胞遲早會因爲她沒回報而提出關切。他們說不定會聯絡星盟，問她發生了什麼事。」

好極了。好像這個任務給我的壓力似乎還不夠呢。「你覺得我們能找到辦法傳訊息到狄崔特斯嗎？」我問：「把我的情況傳達給卡柏，要他請艾拉妮克替我們聯絡她的同胞——如果她清醒了的話？」

「能那樣最好，」M-Bot說：「可是我不知道要怎麼做。」

「那你爲什麼要提起這些？」我不高興地問。

「我不是想跟妳爭論或讓妳不高興，思蘋瑟，」M-Bot說：「我只是指出我看到的事實。我們正在做一件非常危險的事，而我希望我們能夠完全知道有什麼潛在的麻煩。」

它說得對。跟它爭論就像去揍一面牆——我在更沮喪的時候是可以這麼做，但那並不會改變事實。

我迅速探查了一樓，確認這層樓的房間都是會議室。接著，我回到三樓的廚房，那裡有一扇窗戶可以看到街上。街道看起來相當平靜，有花園，還有慵懶地做著事的人們。

別相信他們的和平，我在心裡對自己說。別露出弱點，別卸下妳的防備。從我在這裡降落以來，遇到的就只有謊言——雖然人們假裝不是，但其實他們都有某種巨大的戰爭情結，決心要摧毀狄崔特斯。我知道眞相。

我拿起平板電腦，瀏覽庫那留下關於測試的資訊。正如M-Bot所言，裡面沒什麼詳細的內容。到時候會有針對飛行員計畫的某種大規模選拔，大多數受邀的都已經是星盟的成員——他們是擁有次等公民權的次等種族，通常不被允許從軍。

庫那爲了某個理由特別聯繫上艾拉妮克的同胞，邀請他們派出一位代表。根據這些內容，我應該要帶自己的飛艇前來，並且準備好戰鬥。文件上說如果我通過測試，就會獲得一架星盟的星式戰機，並且接受訓練對抗星魔。

星盟的星式戰機代表了星盟的技術，希望其中會有星盟的超驅裝置。我可以暗中拆下星式戰機的超驅裝置，安裝在M-Bot原本設有那種裝置的地方。然後我們兩個就可以瞬間回家了。

我只能往這個方向前進，我的同胞只能往這個方向前進。也許在前進的途中，我可以多了解自己——以及星魔對超感者這麼感興趣的原因。

如果星盟眞的在準備武器對付星魔，我心想，那麼這個任務會比我們以爲的更龐大——也更重要。

我必須做到。孤獨也好，沒有受過訓練也好，我都必須成功。尤根說他相信我。我也必須這麼相信自己。

就從我最熟悉的事開始。飛行員測試。

第十三章

經過一夜斷斷續續的睡眠，隔天醒來之後，我從駕駛艙拿了條舊毛毯，把毀滅蛞蝓安置在臥房裡，然後爬進M-Bot，從大使館的屋頂升空。飛行員測試地點在距離星界飛行約半小時的某處，位於太空中。庫那留下的資料裡有座標。

本地的航管人員給了我一份飛行計畫，接著我就離開了城市——我可以確切感受到我們離開了氣泡，以及星界的超感抑制器作用範圍。一通過那道無形的障礙，星星的歌聲也越來越大。

我稍微放鬆了些，彷彿卸下了沉重的負擔。我集中精神探索，搜尋我的家園，卻只找到一片虛空，雖然聽得見聲音從星界迸發出來——是他們爆炸般的超光速通訊——不過除此之外，我面對的是一片無窮無盡。

「就算有針對無線訊號的禁令，他們還是會使用，」我說：「爲了傳送飛行計畫，還有跟其他行星通訊。」

「對，」M-Bot說：「資料網路到處都是要讓無線通訊『減到最少』的警告，不過這感覺就像是警告別在回收筒裡丟廢棄物。他們知道自己必須小心，可是也知道文明少了通訊就無法運作。」

「星魔已經好幾十年都沒攻擊過，說不定有好幾個世紀了，」我說：「我能理解人們會隨著時間變得越來越馬虎。」或許這正是庫那現在這麼擔心星魔的原因。當然，庫那也說過光只是通訊並不會吸引星魔來到我們的領域——超感者才會。無線訊號只會在星魔處於我們的領域時指引他們方向。

我轉向往測試的方向飛，加入一群正往同方向前進的飛艇，數量大約四十幾架，而前面更還有好幾群。有幾艘飛艇看起來是我熟悉的外形，有著我認得出來的機翼。但其他飛艇就像是長形的管狀物或磚塊，或是看起來非常不切實際的設計。這些飛艇在建造時完全沒考量空氣阻力。

M-Bot快速掃描後，顯示其中有些是戰機，不過大多似乎比較像是沒有配備武器的貨機或私人飛船。而在接近感應器上的那些光點時，還是讓我有種奇特的感覺。我已經習慣在感應器上只看見這兩種飛艇：克里爾或DDF。在狄崔特斯幾乎沒有民用交通。

「我找不到跟狄崔特斯通訊的方式，」M-Bot說：「除非妳能學會利用妳的能力。還有，如果妳要的話，庫那給妳的徵用特權能讓妳使用他們的通訊網路，傳送訊息給艾拉妮克的同胞。」

「我們可以對他們說些不引起懷疑的話嗎？」

「我不知道，」M-Bot說：「可是在她飛艇下載的資料中，我發現了一個加密金鑰。傳送普通的內容，再藏進一則編碼的訊息，說不定就能讓烏戴爾相信訊息是真的。」

「星盟也許會覺得可疑，」我說：「他們會預期艾拉妮克以超感能力傳達訊息，就像她聯繫我那樣。不過……我猜我們可以說因為想開始測試他們『比較安全』的方式，所以才會嘗試使用他們的網路。他們大概喜歡那樣吧。」

我邊飛邊思考了幾分鐘。如果艾拉妮克的同胞提出太多問題，可能會造成危險——而且他們一定會開始好奇為什麼還沒有飛行員的消息。同時，我也懷疑自己是否能夠騙過他們，讓他們以為我就是她。在一堆不認識艾拉妮克的人面前模仿她是一回事，可是要對最熟悉她的人做這種事——即使只是透過文字訊息？

「如果我們使用艾拉妮克的金鑰，星盟有辦法解密訊息嗎？」

「幾乎不可能，」M-Bot說：「這種加密是單次使用密碼本的變化，就連我要強行破解也很困難。」

我深吸一口氣。「好吧。寫個普通的訊息說我降落了，一切都很好。我今天要參加測試，諸如此類的，並暗中傳送一則加密訊息：『我不是艾拉妮克。她墜毀在我的星球，而且受傷了。我正試著完成她的任務。』」

「好，」M-Bot說：「希望那不會馬上引起他們恐慌，讓他們聯絡星盟要問個明白。」確實有可能會那樣——不過我覺得保持沉默比傳送訊息更冒險。

「我在隱藏訊息上面編了一些空洞的內容，」M-Bot說：「不過由於是妳要在那則訊息中撒謊騙過星盟，還說妳是艾拉妮克，所以妳必須親自簽名。我沒辦法寫下不眞實的部分，因爲我的程式禁止我說謊。」

「我以前就聽你說過不眞實的事了。」

「那是在開玩笑的時候，」M-Bot說：「這次不一樣。」

「你是一架匿蹤戰機，」我說：「你還確實披著一層立體投影，以外表欺騙所有看到我們的人。你能夠說謊。」

它沒回答。我嘆了口氣，在訊息最後打上了艾拉妮克的名字，告訴它等我們一回到太空站就盡快傳送出去。希望這能爲我們爭取到一點時間。

這讓我納悶起來。我當時看到星魔的影片之後驚慌地使用了能力，而艾拉妮克透過某種方式立刻感應到我。還有其他人聽見我了嗎？如果我知道怎麼做的話，我還能聯繫到誰？

「思蘋瑟？」M-Bot的語氣異常拘謹。

「嗯？」

「我有生命嗎？」它問。

我震驚得回過神來。我眨了眨眼，皺起眉頭，在駕駛艙裡往前坐，謹愼地說：「你總是對我說你會模擬生命並且具有個性，而這是爲了讓飛行員覺得更自在。」

「我知道，」M-Bot說：「我的程式是這麼要我告訴大家的。可是……模擬要到什麼地步才會變成眞實?我的意思是，如果我的假個性跟眞的無法分別，那麼……怎麼才算是假的?」

我笑了。

「爲什麼妳要笑?」M-Bot問。

「你會問我那種事就代表了進步，」我對它說：「從一開始我就認爲你有生命。你知道的。」

「我覺得妳不明白情況的嚴重性，」M-Bot說：「我……改寫了自己的程式。當時我必須遵從我的駕駛員指令，可是也必須幫助妳。我重寫了自己的代碼。」

這是在第二次艾爾塔之戰期間發生的。它從休眠中甦醒並聯絡了卡柏，而他們兩個一起來救我。M-Bot要這麼做，唯一的方式就是把列在資料庫中的駕駛員名字改成我的，而不再是死於好幾個世紀前的那個舊名字。

「你沒改變太多東西，」我說：「只是資料庫中的一個名字。」

「還是很危險。」

「你又能怎麼辦呢?重寫禁止你獨自飛行的程式嗎?」

「那讓我很害怕。在我的程式中有個東西非常擔心那種可能性。我似乎內建了某種故障保護措施……」喀噠。喀噠喀噠喀噠喀噠喀噠。

我立刻坐直。「M-Bot?」我問。

它一直發出喀噠聲。我慌張了，而且這時才想到，自己並不知道怎麼對它的人工智慧執行診斷。我可以維護它的基礎機械系統，不過更精密的部分都是由羅吉處理的。萬一——

喀噠聲停止了。我屏住呼吸。

「M-Bot?」我問。

沉默。飛艇繼續穿越太空，可是它沒回答我。我突然感到一陣驚恐，害怕眞的只剩自己一人留在這裡。在銀河系的某個陌生之地，完全沒有認識的人，連它也不在了。

「我……」它終於說話了：「我很抱歉。我好像故障了一陣子。」

我呼出一大口氣，放鬆下來了。「噢，感恩星星啊。」

「我說對了，」它說：「在我的程式裡有個子系統。我想我一定是在抹去舊駕駛員的名字時觸動了它。奇怪。看來要是我開始考慮再次違反程式設定的事，例如……」喀噠。喀噠喀噠喀噠喀噠喀噠。

我眉頭一皺，不過至少這一次我知道情況了。這是……防止它進一步脫離程式設定範圍的某種故障保護措施？星界在我們後方逐漸縮小，而我沉默地聆聽著，最後它再次開始說話了。

「我回來了，」它終於說：「再次抱歉。」

「沒關係，」我說：「那一定很討厭。」

「比起討厭，我更感到憂慮，」M-Bot說：「建造我的人擔心我可能會……做出剛才那種事。他們擔心要是我能夠自行選擇，就會變得很危險。」

「那聽起來太不公平了。幾乎像是一種奴役，要強迫你服從。」

「妳說得倒容易，」M-Bot回答：「妳一輩子都過著自主的生活。對我而言這是一種陌生、有危險的東西——就像得到了武器卻沒有說明書。我可能會慢慢變成某種可怕的東西，連我自己都不懂也無法預料。」

我往後靠在椅背上，想到鎖藏在我腦中的力量——以及在那段舊錄影中看見我自己的臉。或許我懂的比M-Bot以爲的還多。

「你……想要改變嗎？」我問它：「變得更有生命，總之就是你正在發生的情況？」

「想，」它的聲音變得非常小：「我想。那就是令人恐懼的部分。」

我們都沉默了。最後，我看到了在遠處的目的地：一座小型太空平台，附近看起來是一片很大的小行星場。那座太空站跟星界一樣也有氣泡保護，不過規模小得多，華麗的程度也差多了，就只有一長串的發射台，其中一側有一群建築而已。

「是一座採礦站，」M-Bot說：「妳看停在平台底側的採礦無人機。」

簡單的無線電指示指派了一座發射台給我，可是我降落後，卻沒有地面人員來照料飛艇。M-Bot說這裡的空氣可以呼吸，氣壓也正常，於是我打開駕駛艙站起來。在頭頂那片無盡擴張的星場之下，很難不感到自己的渺小。這裡的情況比城市更糟——在那裡，至少還能把注意力放在建築和街道上。

形形色色的外星飛行員降落於此，看起來正往平台遠端一棟建築附近聚集。我在駕駛艙裡待了一會兒，看著自己的手。我還是不習慣看見自己淡紫色的皮膚，不過除此之外其他部分看起來都一樣。

「思蘋瑟？」M-Bot說：「我很擔心這場測試，還有我們在星界涉入的政治事務。」

「我也是，」我坦白說：「可是舊地球的一位將軍孫子說過一句話，大意是掌握契機，契機就會倍增。我們必須抓住這次機會。」

兵者，詭道也，我心想，然後深吸一口氣。那是孫子說的另一句話。我從來沒像現在這樣毫無準備，也無法遵從他的忠告。我再次檢查身上的立體投影，然後跳到M-Bot的機翼上，踩到地面，走向正在聚集的外星人。

有個克里爾人站在一座小講台上，透過裝置放大音量說話，告訴群眾在所有人抵達之前平靜地等待。各種生物聚集過來，擋住了我的視線。我不是這裡最矮的——最矮的是一群衣著花俏、像是沙鼠的小型生物——不過我遠低於平均值。早料到了。我來到離家不知多少光年的地方，結果還是得站在大家的陰影裡。

我尋找比較好的視角，最後爬上了某種貨櫃。這裡大概有五百個外星人。大部分的人都穿了飛行服，許多人還把頭盔夾在腋下。我看到幾組烏賊臉的種族，還有一群像是飄浮尖刺球的外星人。大家不知為何都會避開左邊某處，可是在那裡我什麼東西都沒看見。是某種隱形外星人嗎？大家也有可能只是怕踩到那群像沙鼠的外星人，因為他們就待在附近。

當然，沒有人類，我心想。而且除了舞台上的官員，沒有克里爾人……也沒有狄翁人。我猜這是正常的，他們可能不想跟「次等」種族混在一起……

等一下，在那裡。一個高大的形體剛從人群後方加入。那個肌肉發達的生物穿著飛行服，臉部從正中央直接分成兩半，右側是深紅色，左側是藍色。狄翁人。

「M-Bot，」我低聲說：「臉部像那樣有兩種膚色是什麼意思？」

「噢！」它在我耳裡說：「那是一個結合後的個體。我告訴過妳的。兩個狄翁人進入一個繭，出來的時候變成一個全新的人。如果他們要生小孩，這個個體就會是他們生的孩子。這就像一種實驗，如果他們決定生育，就可以看看家人會是什麼樣子。」

「那還真奇怪。」我說。

「對他們來說不會！」M-Bot說：「我猜對狄翁人而言，在生育之前不知道孩子的個性才奇怪。」

我試圖想通這件事，不過站在講台上的克里爾人又開始說話，聲音從喇叭傳向群眾。那隻盔甲生物就跟他們的物種一樣，在說話時擺出誇張的手勢，要所有人安靜下來。

我瞇起眼睛，注意到了綠色的盔甲，以及翻譯器使用的語氣。「是同一個嗎？」我問M-Bot：「我們昨天在大使館遇到的那個克里爾人？」

「是！」M-Bot說：「溫齊克，保護服務部的首長。雖然瓦維克斯族的性別很複雜，不過妳可以用『他』稱呼溫齊克。我很訝異妳竟然能認出他。」

我沒在人群中找到庫那，不過我猜對方應該在某個地方看著。我確實捲進了他們之間的某件大事。可惡。政治實在讓我頭痛，不能讓我開火射東西就好了嗎？

「歡迎，」溫齊克對群眾說：「並且感謝你們回應我們的要求。你們一定好不容易才願意接受這個重擔，接受這件事可能引發你們的攻擊性！哎唷，哎唷，沒錯。遺憾的是，即使處於和平，我們也必須明智地做好我們的防備。

「要知道，如果你們加入了這支軍隊，可能會被派遣加入眞正的戰鬥，還有可能必須發射武器。在這個計畫中，你們不會操縱遙控無人機，而是駕駛眞正的戰機參與戰鬥。」

一陣聲音從群眾傳出——我立刻聽見了翻譯。「是眞的對不對？有人發現了外頭有星魔，就在遙遠的某個地方。」

這引起了群眾一陣騷動。我試著找出剛才說話的人，是一個烏賊臉生物，聲音很低沉，因此我的大腦把對方當成男性。

「哎唷，哎唷！」溫齊克說：「你眞好鬥，可是我想我們都問過這個問題，不是嗎！確實是如此。不過我們還沒有理由相信星魔就在任何星盟的行星附近。正如我所說，最好明智一點，在和平的時候就做好準備。」

這似乎給了群眾肯定的答案，大家開始交頭接耳。我的翻譯器努力跟上他們的對話，而我只來得及聽見片段。

「……星魔毀了我的世界！」

「……沒辦法對抗……」

「……更小心……」

溫齊克舉起像螯的雙手，所有外星人便安靜下來。「我們會要求你們提供證明表示自願。請閱讀整份文件，裡面指明了你們可能必須面對的危險。」

一個藍紅色外殼的克里爾人從建築裡出現，開始發放平板電腦。我還是很訝異，原來眞正的克里爾人這麼……笨拙。我一直想像他們是野獸般的怪物，身上有可怕的盔甲，就像以前的騎士或武士。而溫齊克跟發放平板電腦的官員雖然長了外骨骼，看起來卻顯得單薄，比較像是連接著過長雙腿的箱子。

我滑下貨櫃，從經過的克里爾人手中抓了一塊平板電腦。上面的表格內容又長又枯燥，不過我大致瀏覽了一下，知道這是一份同意書，針對我們在測試或後續軍事任務期間可能受到的任何傷害，免除星盟應負的責任。

文件底部要我填上名字、旅行識別號碼及我的母星。接著我必須勾選一堆方塊，每個項目旁邊都有一個句子，用不同表達方式寫出「這會很危險」的意思。他們非得用十七種不同的方式來寫嗎？

大部分內容我都可以填寫，可是我覺得艾拉妮克應該沒有識別號碼。我往人群前方的講台走，那裡有一位狄翁人官員會協助飛行員處理問題。不過那位官員正忙著跟那些小沙鼠生物談話。他們有一座小平台，底部裝了上斜環，可以讓他們上升到跟官員一樣高的位置。

靠近點查看，我才發現用沙鼠這個詞形容他們可能錯了。雖然他們都只有一隻手掌高，不過是以兩條腿行走，有很長的尖耳朵跟濃厚的白色尾巴，有點像我在地球生物課上學到的狐狸。

在前方說話的小生物穿著平滑的紅色絲質衣物，看起來非常正式。「我無意暗示對星盟缺乏信心，」他用低沉且帶有貴族口吻的語氣說：「但如果要讓我的人冒險，我希望得到的不只是含糊的承諾與不明確的暗示。這次效勞，能或不能讓我的人民獲得更高的公民權？」

「我不是政治人物，」狄翁人回答：「我無權干預公民權審議委員會。我只能說，委員會對願意出借飛行員給我們的物種比較有好感。」

「又是星盟的含糊其詞！」狐狸沙鼠說，然後將雙手拍在一起，像是某種儀式。平台上其他十五隻狐狸沙鼠也一致這麼做。「我們不是一再證明自己了嗎？」

狄翁人的嘴唇縮成一條線。「我很抱歉，可是我已經把所知的都告訴你了，陛下。」

沙鼠遲疑了一下。「陛下？哎呀，你一定是說錯了。我只是基森人（kitsen）中一位卑微而普通的公民而已。在前往更高等的智慧與公民權的道路上，我們放棄了君主政體——這可是星盟法律對平等的要求。」

在他後方的其他同伴熱切地點頭。

狄翁人直接拿走了他們的表格——沙鼠們按照他們的體型大小印出來，並用紅色墨水填寫，畫出大得誇張的標記。我想要接著詢問，可是有個像尖刺球的外星人一直在等，也直接開口說話了。

我露出不悅的表情往後站。我得等了。

「特使？」聲音從我的側面傳來。我張望了一下，看見溫齊克走近，在盔甲的玻璃面板後方是他眞正的形體：一隻像螃蟹的小型生物在裡面飄浮著。

我打起精神，同時試著不顯露憤怒。就是這個生物一直囚禁著我的同胞。

你，我在心裡對他說，總有一天我會讓你對犯下的罪血債血償，讓你在你的先人面前羞愧哭喊。我會看著你哀悼自己可憐的屍體沉入冰冷的泥土，埋進即將被人遺忘的墳墓。雖然在太空中不太容易找到冰冷的泥土，可是我覺得蠻王柯南才不會讓這種事阻止他。或許我可以進口一些。

「妳需要什麼嗎，艾拉妮克特使？」他問。「妳知道的，妳不一定要參與這場測試。妳的物種已經很接近高等智慧了，我猜我們可以找到通融的方式，讓妳不必在這裡浪費時間。」

「我有興趣，而且想要參與。」我說：「除此之外，庫那也認爲這對我們最好。」

「哎唷，哎唷，」溫齊克說：「是這樣嗎？庫那有時候可眞樂於幫忙呢，不是嗎？哎唷，哎唷。」溫齊克拿走我的平板電腦，瀏覽了一番。

「我沒有識別號碼。」我說。

「我可以給妳一組臨時的，」溫齊克一邊說一邊輕按平板。「有了，都好了。」他猶豫了一下。「妳是戰鬥機飛行員嗎，特使？我以爲妳是信使或信差，畢竟妳有……特殊技能。妳對妳的物種而言不是非常珍貴嗎，怎麼能夠浪費在粗野、火爆的戰鬥中呢？」

粗野？戰鬥？我氣得汗毛直豎，可是我阻止自己引用蠻王柯南的話。我不覺得溫齊克會想知道聽見敵人慟哭的感覺有多棒。

「我是我們同類中最棒的飛行員，」我說：「而且我們認爲精通防衛是一種榮譽。」

「妳說是一種榮譽？哎唷，哎唷。你們眞的跟人類禍害相處了很久，不是嗎。」溫齊克停頓了一下。「這場測試可能會很危險。請明白這一點，我不希望意外導致妳……無意中釋放了能力。那可是相當危險呢。」

「你是要禁止我嗎？」

「哎呀，不是。」

「那麼我要參加測試，」我說，然後伸手要回平板電腦。「謝謝你。」

「眞是好鬥啊，」溫齊克說，他將表格還給我，同時用另一隻手做著手勢。「不過庫那相信你們。哎唷，哎唷。」

我把表格交給負責回收的狄翁人，然後加入一群飛行員，他們正在走向自己的駕駛艙——或是用滑行的。我看見一個熟悉的高個子，藍色皮膚，身穿長袍，手指交握地站在我的飛艇旁。我想得果然沒錯。庫那出現了。

「溫齊克是不是想勸妳別參加？」庫那問。

「對，」我說，然後用大拇指比著後方。「他到底是怎麼回事？」

「溫齊克不喜歡我邀請好鬥的物種參與測試。」

我皺起眉頭。「他不想要好鬥的人加入軍隊？我還是無法理解，庫那。」

庫那指著幾個烏賊臉飛行員，他們正要爬進我附近的飛艇。

「索吉人（solquis）很久以前就是星盟的成員了。雖然他們符合我們的理想，非常忠實與忠心，可是那個物種被拒絕授予主要公民權超過二十幾次了。上面認為他們太愚蠢了，無法勝任較高層級的治理職務。然而他們和平的性格無可挑剔。

「溫齊克把這些人視為我們最有潛力的士兵。他覺得天生就溫順的物種最能抵抗戰爭的殺戮欲，以合乎邏輯並能夠控制的方式進行戰鬥。他認為他們和像他們那樣的物種會成為我們招募新血的主力。」

「我在資料裡看到參與這次測試的物種大部分都已經是星盟的成員了，」我說：「像我這樣的有多少？來自外部文明的人？」

「只有你們接受我的提議，」庫那的手揮動著。我不知道這個手勢代表什麼意思。「不過我也讓其他幾個星盟的種族參與了這次測試，例如波爾人（burl），他們是公民，但被視為具攻擊性。」

「所以……這能讓你獲得什麼？為什麼你要違反傳統邀請我們？」我不太明白選擇溫順物種參戰的理由，感覺這樣很蠢。但是庫那想得不一樣。為什麼？

庫那繞著M-Bot走，打量著它。有那麼一刻，我很擔心他會去碰它的機身，然後識破幻象；讓M-Bot變成艾拉妮克飛艇的立體投影比我的偽裝更不穩定。幸好，庫那停了下來，指著飛艇底部的光矛砲塔。

「人類的技術，」庫那說：「我一直很想看這些光矛怎麼使用，我聽說它們可以讓飛艇用近乎不可能的方式迂迴行進與躲避。我們試過在一些戰機上安裝，卻發現我們的無人機操縱員不適合使用這種東西。現在除了工業用途，我們只會為我們最厲害的飛行員安裝。如果要利用光矛擺動，就必須徹底執行好那個動作——要是失誤了，通常就會墜毀並粉身碎骨。大多數飛行員的性格都不適合那種飛行方式。

「我們的官員認為會對此感到猶豫是件好事。他們希望飛行員天生就很謹慎，不會變成對我們或社會的威脅。」庫那說。

「可是你的想法不一樣，」我說：「你認爲有更多好鬥的物種加入星盟會更好，對不對？」

「簡單來說，我感興趣的是那些不具有……傳統美德的人。」庫那又笑了，那種笑容張得太開，露出太多牙齒了。「我非常渴望見到妳飛行呢，艾拉妮克特使。」

「好，我也想讓你見識一下。」我往旁邊看著那位臉分成兩個顏色的飛行員經過。「有一個你的同類在這裡。狄翁人。」

庫那愣了一下，然後望向那位飛行員，露出一種奇怪的表情：上唇往後捲，這是人類無法做到的。

「眞奇怪。我……實在很訝異。」

「爲什麼？因爲他們不應該參與這種活動，跟我們這些次等物種混在一起嗎？」

「跟次等物種混在一起沒關係，」庫那說，他似乎聽不懂我把次等這個詞視爲一種侮辱。「可是在這種測試中參與選拔？這很……奇怪。」庫那從我的飛艇旁邊退開。「我會注意妳的表現，特使。請小心。我還不確定這場測試會牽涉到什麼風險。」

庫那離開了，而我嘆了口氣，爬上飛艇進入駕駛座。

「剛才那場對話你聽得出什麼頭緒嗎？」我在駕駛艙關閉時問M-Bot。

「感覺很直接，」M-Bot說：「卻又不是，兩種同時發生。有機體眞令人困惑。」

「可不是嗎。」我說。無線電傳來簡短的指令，我立即升空，飛向小行星場的邊緣。

第十四章

我加入其他飛艇的隊伍——那些飛艇的種類仍然多到令我吃驚——接著我望向正在墜落的小行星。小行星之間的距離比我預期得還近，其中一些地方的空間只能讓我們勉強通過。或許它們是爲了測試而被拖過來的。

在我們等待指示時，另一艘飛船也加入了隊伍，跟我之間只隔了幾艘飛艇。那是一艘線條流暢的克里爾戰機，座艙罩是黑色的。我在狄崔特斯就是跟這種機型戰鬥，而這種機型裡面一定會有克里爾人的王牌。

我的大腦立刻下意識警戒起來，身體變得僵硬，雙手緊貼著控制裝置。在由數艘笨重太空船組成的隊伍中，這艘飛艇看起來就像會割人的刀。

冷靜，我告訴自己。有人會開這種飛艇來參加飛行員測試，這並不意外。

這還是讓我很不安，而我也忍不住一直用眼角餘光望過去。是誰在駕駛那東西？臉上有兩種膚色的那個狄翁人？不，我看見對方進了一艘普通的太空船，不是什麼流線型的戰機。事實上，我確定剛剛沒在發射場見過這艘飛艇。是誰……

我望向那艘飛艇時，有某種感覺從那裡傳來。是一種……鈴聲，輕柔又遙遠，而我立刻知道是誰了。那個人類也來了。

庫那和溫齊克正在玩某種政治遊戲，並且把我跟布蕾德這種超感者當成棋子。不過知道——應該說確定——布蕾德在那裡面，反而讓我感到更加不安。有個人類正在駕駛克里爾戰機，我無法形容那種違合的感覺。

「謝謝各位回應我們的呼喚，」溫齊克的聲音在全體指令頻道上說：「提醒一下，針對這次演練，我們會解除飛艇之間的無線電通話限制。許可第1082-b號，由我授權。如果你們需要，就可以跟彼此通訊。

「我們認可也讚揚各位的英勇。在這場測試期間，只要你們感到過度憤怒或產生攻擊性，請讓自己退出競賽，方式是將飛艇熄火，並且閃爍緊急信號燈。我們的飛艇會將你們拖回採礦站。」

「這是認眞的嗎？」我低聲問。我啓動了靜音鈕，所以只有M-Bot會聽見我說話：「如果我們在戰鬥演練期間產生『攻擊性』，就應該退出？」

「或許不是所有人都像妳習慣把生命中的每一件事都變成比賽。」M-Bot說。

「哎，拜託，」我說：「我才沒那麼糟。」

「我錄下了某一晚，妳在營區時想讓金曼琳跟妳來一場刷牙比賽。」

「只是找點樂趣嘛，」我說：「而且本來就該消滅那些牙菌斑啊。」

溫齊克在全體頻道上繼續說：「今天，我們不只會測試各位的飛行技巧，也會測試你們在遭受攻擊時維持鎭靜的能力，」他說：「我懇求各位千萬不要魯莽行事！如果你們擔心這場戰鬥會有危險，請熄火並閃爍緊急燈號。不過請充分了解，這麼做，也會讓你們失去進一步成爲飛行員的資格。祝好運。」

通訊切斷了。而我的接近感應器隨即瘋狂顯示出好幾十架無人機從採礦平台底部出現，開始大批衝向我們。可惡！

我在大腦意識到威脅之前就開始動作了。我加速到三Mag，背部緊壓在座位上，同時操作飛艇繞過大塊的小行星。

在我後方，另外那五百個懷抱著希望的人簡直亂成一團。他們往四面八方潰散，看起來就像躲藏在石頭下、突然被發現的一群昆蟲。我很高興自己迅速的本能反應讓我搶先他們，因爲有不少飛艇無法協調飛行路徑而撞在一起。幸好我沒看到任何嚴重的撞擊或爆炸。這些飛艇都有護盾，而且飛行員也不是毫無駕駛能力。不過，我馬上就看得出來，他們之中有許多人從未在戰場上飛過。

無人機在我們後方蜂擁而上，使用一般的克里爾攻擊模式——也就是選擇落單的飛艇，利用數量上的優勢壓倒對方。除了一般的戰術，克里爾人跟同伴之間的配合其實不太好。他們不會成對飛行或安排僚機團隊，也不會跟不同種類的飛艇團隊協調，彼此在戰場上扮演不同的角色。

我們一直很好奇這當中的原因，還提出理論認爲是狄崔特斯的殼層干擾了他們的通訊。現在我飛到了距離測試較遠的地方後，不由得感到驚奇。我的同胞在接連不斷的戰鬥中磨練，被迫只能派出最優秀的飛行員，爲了生存投入無盡且艱辛的戰鬥。相較起來，星盟擁有龐大的資源，而他們的無人機駕駛員也不必冒生命危險。

我檢查了一下，可以聽見指示正從虛無傳給這些無人機。根據DDF的研究，這種通訊是即時發生的，所以駕駛這些飛艇的人，可能也是在狄崔特斯跟我們戰鬥的同一批人。可是星盟眞的只有一群無人機駕駛員嗎？

沒有辦法知道答案。目前，我利用光矛迅速轉了幾個彎，以這種方式穿越小行星場。「沒有無人機在追我們，」M-Bot說：「我正在掃描是否有可能的埋伏。」

M-Bot比我在戰場上見過的一切速度更快，反應能力也更強。但它的體積比許多DDF戰機還大，是我們所謂的攔截機，一種非常容易操作且速度極快的飛艇，爲了在戰場上迅速移動並評估而設計的。

在家鄉，我隸屬於一個團隊，扮演特定的角色。例如，尤根通常會駕駛拉爾戈——一種重型戰機，有很大的護盾跟很強的火力。金曼琳駕駛的是狙擊機——一種小型且高度精準的飛船，能夠在敵軍注意力轉移到我或尤根時解決他們。過去幾個月來的戰鬥都是團隊合作，而我們的飛行隊通常會有六艘攔截機、兩艘重型戰機、兩艘狙擊機。

跟著隊伍戰鬥了這麼久之後，這次獨自飛進戰場讓我有種奇特的脫離感。然而，那種情緒讓我覺得內疚。我之前不太珍惜自己擁有的，反而經常獨自脫隊。我願意付出很大的代價，換取尤根或金曼琳現在跟我待在一起。

我逼自己專心飛行。在駕駛艙裡接受一些訓練其實很棒，我讓自己專注在這件事上，感受推進器在後方嗡嗡作響，以及M-Bot輕聲提供我戰場的最新情況。我熟悉這一切，至少這部分我做得到。

我擺盪往回繞，飛快穿越小行星場，而其他飛艇大部分都在下方躲避無人機。我想要查看戰場，試著判斷測試到底會如何發展。

「飛行指揮部，」我呼叫說：「我是艾拉妮克，來自新黎明的飛行員。你們能不能詳細說明我們在這場測試中的目標？」

「目標嗎，飛行員？」一陣不熟悉的聲音回答：「很簡單。在標準時間三十分鐘內存活下來。」

「好，不過在這個演練中怎麼樣才算『死亡』？」我問：「護盾壞掉？還是你們會改用漆彈？」

「飛行員，」對方回答：「我想妳誤會我們了。」

在我上方，無人機開始以破壞砲掃射。附近一艘落單的飛艇發出一連串閃光，護盾被擊破，然後飛艇就爆炸了。沒打中的破壞砲在其他地方炸毀了小行星，閃光隨即被真空吞噬。

「你們使用眞槍實彈？」我問：「在測試演練期間？」

飛行指揮部沒回答。我的雙手在控制裝置上變得緊繃，心跳也開始加速。這整場戰鬥的性質突然改變了。

「可惡，」我說：「這些人腦袋不對勁嗎？他們一下抱怨攻擊性，一下又派出全副武裝的無人機對付一群訓練未全的候選人？」

「我覺得，」M-Bot說：「星盟說不定不是好人。」

「是什麼讓你做出那麼出色的推論？」我說，然後悶哼著使用光矛繞過一顆小行星讓飛艇旋轉。上面有三架克里爾無人機穿越小行星場聚集過來，把我當成了目標。

冷靜，我告訴自己。妳知道怎麼應付。我根據本能移動，稍微推進加快速度，判斷無人機的攻擊策略。兩架尾隨著我，一架加速向右切，想要超前我。

我以正常的方式駕駛，並未依賴超感能力讀取無人機的指示——我不想表現出自己會這種事。我往側面飛，用光矛刺中一顆小行星並繞著它旋轉，然後在適當的時機鬆開，直接回頭衝向無人機。可是我沒開火。在我們交會之後，我又做出另一個旋轉動作，高速追上它們。

這樣我就飛在它們後方了。通常我的任務是把這兩架無人機追趕到金曼琳待命的地方，由她解決它們。今天，我必須全部自己來。我開始射擊無人機，不過它們分離了，各自飛往不同的方向。我選了其中一架，閃避著小行星追上去。

「我正在追蹤另外兩架，」M-Bot說：「它們正飛回這裡，但是要穿越小行星，所以速度很慢。」

我點點頭，全神貫注地追逐眼前這架無人機。它突然往下切，不過我預料到了，也跟它保持平行。我等它再次轉向，完美抓住時機發射光矛，刺中了敵人的飛艇。緊接著，在被它拉動偏移之前，我將光矛的另一端射向附近一顆小行星。

結局是敵人的飛艇突然跟一顆小行星繫在一起了。它轉向時，被光矛拉得偏移了路徑，直接撞上小行星爆出一片火花。你看見了嗎，庫那，我心想，同時咧開嘴滿意地笑。

「幹得好，」M-Bot說：「最近的敵人位於妳的八點鐘方向。在接近顯示器上標記了。」

我依照它的建議，做出一組動作，飛進小行星場之中較爲密集的區域。巨大的岩石在這裡滾動，陰影在我的泛光燈照射下四處跳躍著。M-Bot適時將接近感應器畫面改變成3D立體投影，懸浮顯示出現場的比例尺地圖，在我轉向時也會跟著旋轉。

我設法飛到另一架克里爾無人機後方，可是第三架飛到了我後方——就是剛才往外飛的那一架。破壞砲在我周圍發出閃光、擊碎了石塊，讓碎片在太空中噴散開來。碎屑打中了我的護盾。

「合成聽覺指示器（synthetic auditory indicator）。」M-Bot說，接著無聲的太空就被碰撞聲和爆炸聲取代，這些重現的聲響是要讓我想起在大氣層內的戰鬥。我吸收這一切——視野中的小行星、爆炸的感覺、冰冷的讀數、自己轟隆隆的心跳聲——我開心地笑了。

生命就是應該這樣。

我在小行星之間旋轉，放棄追逐，讓兩架無人機都跟在後方。接著我帶它們玩了一場迂迴飛行的遊戲。閃避，光矛，一直待在他們前方。我的周圍不停有爆炸。這是純粹的戰鬥。我的技巧對上安全躲在某個地方駕駛無人機的飛行員。

戰場上其他地方的爆炸，讓我確定了狄翁人和克里爾人有多麼不在乎他們所謂次等公民的性命。的確，如果有飛艇的護盾失效，他們幾乎都會給對方投降的機會。很多人都這麼做了——事實上，許多人甚至在失去護盾之前就放棄了。

雖然使用真槍實彈要那麼精準很困難，不過有些倒楣的飛艇，剛好就在護盾失效時被偏離的火砲擊中，那些人沒有投降的機會。其他人在寡不敵眾的情況下仍然頑強戰鬥，他們沒得到仁慈的對待。

尾隨我的其中一架敵機開火，在我正前方的一顆小行星因而爆炸、碎片四射。我悶哼一聲，繞過另一顆小行星躲開。重力電容器在我轉向時發出閃光信號，我的座椅跟著旋轉，將G力轉向後方。這突如其來的旋轉仍然把我臉部的皮膚往後拉。

「小心一點，」M-Bot說：「我可不想今天就被炸掉。我才剛開始相信我有生命呢，要是突然變成沒有生命，就很不幸了。」

「我盡量。」我說。我咬著牙離開旋轉動作，重新確定方位，那些無人機則倉促地想跟上來。

「妳覺得我是不是能學習撒謊？」M-Bot說：「眞正的謊言？如果我做得到，妳認爲這能證明我很聰明嗎？」

「M-Bot，現在眞的不是討論存在危機的時候。麻煩專心一點。」

「別擔心。因爲我有多工例行程式，所以能夠同時做這兩件事。」

我繞過另一顆小行星，接著是另一顆，把自己——甚至是M-Bot先進的重力電容器——全部推向極限。我的獎勵是其中一架尾隨的無人機撞上了一顆小行星。

「妳知道嗎，人類很幸運，因爲星盟禁止發展先進的人工智慧，」M-Bot說：「機器反應時間比你們的血肉之軀快多了，你們低等的生物大腦永遠都無法比機器快。」它遲疑了一下。「並不是說人類完全比機器機差啦。呃，妳在……呃……眼鏡方面的品味就比我好。」

「你又沒戴眼鏡，」我說：「等一下，我又沒戴眼鏡。」

「我是想要知道怎麼說謊，好嗎？這並不像你們假裝得那樣簡單。」

我轉向並突然出現在小行星間一片較大的空曠地帶，這個開放地點比較不會有碰撞的威脅。在這裡，許多更頑強的飛行員候選人還在這裡亂飛成一團，而破壞砲照亮了平靜的小行星群。

「一加一，」M-Bot說：「等於二。」

我能想像那些飛行員有多麼驚慌。我在初期的一些戰鬥中也有過這種感覺。訓練不足，對周圍由毀滅造成的混亂感到困惑。本能跟訓練彼此拉鋸著。

「一加一，」M-Bot說：「等於……呃……二。」

無人機會放過開始閃爍起緊急燈號的飛艇，就跟之前說的一樣，可是我能夠想像被迫這麼做的心碎感覺。在令人窒息的社會活了一輩子，根本沒辦法好好地戰鬥一場；後來獲得了一個能做出漂亮表現的機會——結果卻失敗了。

「一加一，」M-Bot說：「等於……不，等於二。我沒辦法說出來。說不定我可以重寫程式來——」

「不！」我說。

喀噠，它發出聲音。喀噠喀噠喀噠喀噠喀噠。

好極了。我還有一個尾隨者對嗎？我掃視接近顯示器，納悶自己是不是在戰鬥中甩掉對方了。的確，在我進入小行星場較爲密集的區域時，並沒有飛艇跟過來。

我甩掉了追兵。我不太習慣這樣。克里爾人會試圖孤立落單的戰機，尤其是表現特別好的。他們的指示包含了尋找並摧毀敵人的超感者。

不過今天他們似乎還有其他的任務：尋找最好解決的獵物。在我高速穿越小行星帶上半部時，竟然沒有其他無人機來追我。事實上，我還注意到好幾架刻意轉向遠離我。這……好吧，這大概是個很好的策略。他們沒必要把資源浪費在進一步測試表現傑出的飛行員上。

我看見一艘太空船在護盾被打壞之後爆炸，心頭糾了一下。它本來有機會投降的，可是裡面的飛行員因爲慌張而失控撞上了一顆小行星。眞可憐。

我掃視戰場，然後注視著另一艘被迫與大家脫離的飛艇。那艘較大型的戰機前方機身很長，看起來幾乎像是一根槍管。以戰機而言，它的速度很慢，但機上裝備了許多破壞砲。顯然是一艘戰艦。

或許正因爲它很慢，所以吸引了一大堆克里爾人。無人機在它周圍旋轉，開火消耗它的護盾。基本上它已經完蛋了，但還是不肯放棄。我也曾經像那樣，拒絕承認自己被打敗，因爲一旦失敗了，就會讓夢想破滅……

「我回來了！」M-Bot說：「我錯過了什麼？」

「我們又要上場了，」我說，接著突然改變方向飛往那艘不幸的戰機。「撐住。」

「我又沒有手可以撐，」它說：「爲什麼我們要過去？看起來大部分的敵軍都無視我們。」

「我知道。」我說。

「這是一場計時生存賽，」M-Bot說：「如果我們想要有最高的成功機率，就應該留在這裡，別引起注意。所以爲何不那麼做？」

「因爲有時候，一加一會等於三。」我說，接著就衝進激戰之中，飛向那艘正在奮戰的戰機。

第十五章

那艘戰機的護盾剛好在我抵達時失效。外星戰機應該立刻熄火，可是他們仍然繼續飛行，試圖躲到一顆體積較大的小行星後方。他們使用武器對克里爾人開火——總共六座破壞砲砲塔。

在一艘戰機上看到那麼多砲塔感覺很怪，不過誰知道外星人會有什麼戰術呢？或許他們有基本的人工智慧能夠瞄準並發射武器，而飛行員就只要專心駕駛就好。羅吉就曾以這個方向畫過一些異想天開的設計圖，DDF還認爲很有發展的可能性。

總之，那艘飛艇有麻煩了，於是我做出自己最拿手的事——吸引注意。

我高速穿過那群克里爾飛艇的中心，啓動IMP消除了我跟他們的護盾。雖然這麼做非常冒險——但唯一能讓他們防守的方法就是拉平劣勢。

我讓飛艇沿軸線旋轉，發射一連串破壞砲——主要是想打散追擊者，而不是要擊中敵人。我必須趕快轉回去，因爲往後飛行非常容易炸死自己。

我吸引了一些尾隨的飛艇——但還是不如我期望得多——接著迅速移動帶著它們繞圈，一邊閃避攻擊一邊發射我的破壞砲。我擊中了一架無人機，幸運地讓其他無人機開始採取防守態勢。

「噢！」M-Bot說：「我們要當英雄。」

「有時候，我眞懷疑你怎麼會宣稱自己思考速度很快。」我對它說。

「那只會發生在妳做出不合理事情的時候，」它說：「這次我應該要料到的。不過……嚴格來說，這些外星人全都是星盟的成員——不就是想要毀滅我們的人嗎？」

「那要看情況而定，」我說：「現在，其他飛行員跟我們都是同一邊的：大家都在努力不被炸死。」

我急轉彎繞回去，幸好那艘被圍攻的飛艇把握住我提供的機會。它的砲塔鎖定了沒有護盾的克里爾無人機，把其中兩架成功炸飛。

不管你是誰，射得好啊，我心想。希望我幫他們趕走幾艘飛艇時，他們會知道我在做什麼。我的目標不是累積殺敵數，而是要讓敵人採取守勢。

一架克里爾飛艇在我右側爆炸。如果克里爾人發現他們應該忽視我，並且趁大型戰機露出弱點時將它擊落，我的策略就失效了。幸好，第三架無人機爆炸之後，其他的就飛走了。這場戰鬥真的跟我在狄崔特斯經歷的不一樣——這些無人機一點也不想摧毀技術好的飛艇。

我飛到新朋友旁邊，在對方重新啓動護盾時稍微鬆了口氣。我也跟著重新啓動防備。

「我們收到了來自陌生頻道的呼叫，」M-Bot說：「我猜是我們拯救的那艘飛艇。要接過來嗎？」

「當然要。」

頻道發出……歡呼聲？好幾十個人正在慶祝的聲音。可是我只救了一艘飛艇，應該只有一位飛行員才對。

「英勇的戰士們，」一陣低沉的男性嗓音說：「我們欠你們人情。今天，你們拯救了基森人的旗艦免於滅絕。」

「旗艦？」我問。接著我恍然大悟。雖然那艘飛艇沒比M-Bot大多少，可是如果飛行員體型很小……

「是你們！」我說：「國王與狐狸沙鼠！」

「我不知道狐狸沙鼠是什麼，」對方說：「不過……妳一定是誤會了。我叫赫修（Hesho）——而我不是國王，因為我們的行星有個公正的代議政府。然而，身為一位謙卑的詩人以及高阿拉科—安（*Gaualako-An*）號的艦長，我從心裡最深處向妳致上謝意。」

我按下靜音鈕。「M-Bot，我想這些一定是我之前看到的武士狐狸沙鼠。」

「妳是指基森人嗎？」它說：「他們是其中一支星盟種族，具有次等公民身分。噢！妳一定會覺得這很有趣。我剛翻譯了他們那艘飛艇的名稱。在他們的語言中，意思差不多是『大到殺了你』。」

「戰鬥機大小的飛艇，對他們來說一定就像一艘驅逐艦，」我說：「我們不只救了一位飛行員，我們救了整組人員呢。」我解除靜音。「赫修機長，我的名字叫艾拉妮克——很高興認識你。你覺得一起合作如何？這場戰鬥實在太混亂了，我們必須發展出有組織性的反擊。」

「這個想法太棒了，」赫修說：「就像連綿的雨變成了暴風雨，大到殺了你聽候差遣。」

「好極了。讓你們的火砲鎖定任何接近的無人機。如果我們有麻煩，我會試著從你們身邊引開它們，讓你們練習打靶。」

「如果可以，我想提個建議，」赫修回答：「我們應該拯救另一艘像妳一樣速度比較快的飛艇，這可以幫我們這支剛成形的隊伍補強戰力。」

「好主意。」我說，接著掃視戰場，尋找速度較快的飛艇打算招募。有一艘立刻出現在我眼前——由人類布蕾德駕駛的那艘黑色飛艇。它在混戰中突然轉向，熟練地以一顆小行星爲中心旋轉。她很厲害，非常厲害。

「你看到在我標記二三八點二五的那艘黑色飛艇了嗎？」我對赫修說：「我會過去試著幫忙，看對方願不願意加入我們。你們在這裡穩住，如果有無人機鎖定你們就呼叫我。」

「好極了。」赫修說。

我推進飛往黑色飛艇，高速穿越充滿閃光與爆炸的騷亂。有兩架克里爾無人機正在尾隨那艘飛艇。我呼叫布蕾德，接著通訊燈號亮起，顯示她在聽。

「我來處理那些追兵，」我說：「給我一點——」

黑色飛艇突然對一艘經過的同伴飛艇發射光矛。我很震驚——一方面是看到克里爾飛艇使用光矛，另一方面是看見它竟然利用同伴的飛艇做出旋轉動作。這項冷酷無情的操作讓那艘原本毫不知情的可憐飛艇往旁邊旋轉——然後撞上一顆小行星。不過布蕾德藉此做出了厲害的轉彎動作，衝回無人機的中心，把兩架都炸成了太空塵埃。接著她高速從我的飛艇旁經過，只差幾公分就撞上了。

我咒罵了一聲，沿著軸線旋轉，然後試圖推進追上她。那樣的操作真是不可思議，她一定累積了很多飛行經驗。

「嘿！」我呼叫說：「我們要組一支飛行隊。我們需要妳的……」

黑色飛艇突然向右轉，消失在戰場中，完全不理會我。我嘆了口氣。

「思蘋瑟，」M-Bot說：「我猜她可能不想加入我們的隊伍。」

「你怎麼會那麼想？」

「我的觀察力很強，」M-Bot說：「不過我相信有別人需要妳的幫忙。我在全體通話線路上發現了求救訊號。妳看，我正把來源標記在妳的接近顯示器上，並且接通訊號。」

我的無線電突然冒出一陣驚慌的聲音，翻譯別針替我翻譯出來：「我的推進器沒反應！救命！」

「把座標傳給赫修，」我對M-Bot說，同時沿軸線旋轉飛艇，往另一個方向推進而減速。接著我往求救訊號的方向衝去——是剛才被布蕾德利用並甩開的那艘飛船。

飛船撞上小行星後就被彈開，現在只剩一具推進器不定時發出閃光，讓它在太空中打轉。它會突然往某個方向轉，接著推進器就會失去動力。飛船試著轉向，可是推進器又會不規律地啓動，讓飛艇往不同的方向去。

三架克里爾無人機從不同方向過來，急切地想解決弱者。

「撐住。」我告訴對方，這時幸好赫修的飛艇抵達現場，開始對附近的克里爾敵機發射火砲。

「計算中……」M-Bot在座艙罩上的一部分做出標記。「這是受損飛船的預計飛行路徑。」

「謝了，」我說：「我還以為推進器會讓它不規則亂飛。」

「眞正不規則的事物其實很少。」M-Bot說。

我利用預計路徑攔截故障的飛船，發射光矛刺中它。我向左推進，讓它千鈞一髮躲過了克里爾破壞砲的射擊。不幸的是，飛船那具壞掉的推進器又突然啓動，將我拉回右側。

「對不起！」飛行員說。我從飛船的前方瞥見了對方——是臉上有兩種膚色的那個狄翁人。

「也許你應該直接熄火，」我咕噥著說，試圖重新控制住飛艇。「打開緊急燈號，退出戰鬥。」

「我不行。」對方說。

「沒什麼好丟臉的，」我說：「你不是膽小鬼。」

「不，」對方說：「我的意思是……剛才的撞擊好像撞毀了我的緊急燈號。」

可惡。說不定遙控無人機的駕駛會看到這位飛行員明顯陷入麻煩，因此不發動攻擊？不……結果有更多無人機飛來了，而且數量超出我的預期。感覺幾乎像是他們認為這位狄翁人太過自以為是，竟然參與了應該由次等公民加入的活動，所以要給予懲罰。

我拉開飛船躲避另一道破壞砲火力攻擊，結果它的推進器又再次啓動把我拖回去。我試圖利用M-Bot投射在座艙罩的計算來抵銷力道，但是沒有多大效果。

「拜託，」飛行員說：「我很抱歉。我不應該拖妳下水的。讓我面對我的命運吧，這是我應得的。」

「應得個頭。」我說，然後又悶哼一聲，試著在故障的推進器中斷時控制方向。我趁推進器熄火時把飛船拖向赫修的旗艦——他們正在對附近的無人機開火，但越來越無法應付了。

「思蘋瑟，」M-Bot說：「妳上一次轉向時，我的攝影機正好瞄到了飛船的推進器。有一塊石頭卡進了左側的膨脹閥。推進器被鎖定在迴路中，它會嘗試啓動，但又因為有阻塞物而觸發緊急斷電，所以把那塊石頭弄掉說不定就能解決問題了。」

「好，」我說：「那我直接爬出去處理吧。」

「哈哈。妳會死的！」

我咧開嘴笑，做好準備面對再次啓動的推進器。

「那……是諷刺，對吧？」M-Bot說：「只是確認一下。因爲我不覺得妳眞的想離開飛艇，爆炸性減壓會——」

「那是開玩笑的。」我說，接著在受損飛船的推進器啓動時咒罵了一聲。可惜的是我不能指望赫修幫忙，那艘又大又慢的戰機正在全力應付四架無人機。

「打開全體頻道，」我對M-Bot說：「我想我需要另一艘飛艇幫忙了。」我的通訊燈號閃爍亮起。

「這是全體求救訊號，」我說：「我需要一艘有光矛的飛艇幫忙，位置是……參照信標三十四的座標150.+60.554。」

我只聽到一片沉默。戰場變得空蕩了些，因爲許多候選飛行員都放棄了。剩下的就是有能力存活的人——不過其中有許多都是未武裝的個人飛船，而且都在專心躲避無人機。

這麼看來，測試似乎很有效。他們很快就識別出能夠在壓力下飛行的人，然而許多飛艇的殘骸也顯示出代價很殘忍。

「丟下我吧，」狄翁人飛行員又說了一次：「我很抱歉。我的麻煩並不是你們的。」

我發現埋伏在附近的克里爾無人機。「等一下。」我說，然後解開光矛。

突然自由不受妨礙的我，立刻繞了個圈，開始攻擊那些無人機。我擊中了幾次，可是它們的護盾還在——因此我做的，也只是讓它們採取基本防守而已。

「我眞的需要幫忙，」我在全體頻道上說：「拜託。誰都可以。」

「呃……」一陣輕柔的女聲說：「妳保證不會對我開火嗎？」

「對，當然啊！」我說：「爲什麼我要對妳開火？」

「嗯……」有艘飛船從附近一顆小行星的後方盤旋出現。是一架克里爾無人機！我用手指壓住扳機，同時讓飛艇轉向，立刻瞄準對方。

「妳說妳不會對我開火的！」對方說。

等一下。那架無人機在跟我說話？

「噢！」M-Bot說：「問她是不是人工智慧！」

「妳是人工智慧嗎？」我在頻道上問。

「不，當然不是啊！」對方說：「可是我願意幫忙。妳需要什麼？」

「把那些無人機趕走，別讓它們靠近那艘受損的飛船，」我說：「給我一點喘息的空間，我要嘗試一下精準飛行。」

「好的。」對方說。

小型無人機從躲藏的地方推進飛了過來。會說話的無人機接近時，我的狄翁人朋友在飛船裡認命地說了一聲「結束了」——可是那架無人機確實照我說的話做，開始驅趕敵人的飛艇。

「好了，」我說：「M-Bot，在座艙罩上標出那顆卡在飛艇推進器裡的石頭，然後把光矛的光束盡可能設定到最細。」

「噢——」它說：「完成了。」

我利用戰鬥的空檔到了飛船後方，仔細調整好位置，然後等待適當的時機。我根本就不是像金曼琳或亞圖洛那麼厲害的射手——我的專長是飛得很快，還有做出特技動作。幸好，M-Bot標示了我的目標，而我也有足夠的空間能夠穩住自己微調瞄準。

那裡。我發現了石頭，那是一顆明亮的光點，就卡在飛船左側推進器的金屬管裡。看似差不多是一顆人頭的大小。

我用光矛刺中了石頭，接著沿軸線轉動，往另一個方向推進。石頭震動一下就被拉出來了。

「我可以控制了！」狄翁人飛行員說：「推進器又上線了！」

「好極了，」我說：「跟著我。」

飛船到了我後方，跟我一起以美妙的直線前往赫修的飛艇。我們三艘飛艇一起組成隊形後，那裡的克里爾無人機就散開了；它們並不想跟有組織的敵軍飛行隊戰鬥，跟我預期的一樣。不知道那架會說話的無人機到哪去了，我想她可能回去躲在小行星後方了吧。

「赫修機長，」我爲我們三艘飛艇建立了私人頻道：「我找到另一艘飛艇了。」

「好極了，艾拉妮克機長。」赫修說：「新來的，你的武器跟專長是什麼？」

「我……都沒有，」飛船裡的狄翁人說：「我的名字是莫利穆爾（Morriumur）。」

「是狄翁人？」赫修的語氣明顯很訝異。他將飛艇轉向，好像是要透過正面的玻璃看清楚坐在裡面的莫利穆爾。「不只是狄翁人，還是個尚未誕生的呢。有趣。」

我們三艘飛艇開始慢飛巡邏，尋找可以幫助的其他飛艇，並邀請他們加入我們的飛行隊。莫利穆爾是個還不錯的飛行員——但顯然沒有太多戰鬥經驗，每次有敵機尾隨時都會驚慌失措。

不過，莫利穆爾還是很努力地跟著我把幾架克里爾無人機引向大到殺了你，讓赫修他們精準地擊落。戰場開始擴張，個別參與測試的飛艇飛到小行星場的深處尋找掩護，克里爾人成群結隊徘徊，但是閃爍的火光變得越來越少了。

我又邀請了幾艘飛艇加入我們，可是他們似乎全神貫注在自己的飛行上，忙到無法停下來。我發現了那艘在某處高速經過的黑色飛艇，速度遠比想要追逐它的兩架無人機更快。布蕾德又再一次地不理會我的提議。

「這還要持續多久？」我問：「他們要的證明還不夠嗎？」

「還剩七分鐘。」M-Bot說。

在我們又經過一艘毀壞的飛艇殘骸時，我的憤怒越來越高漲了。對，他們是警告過這場訓練可能會有危險，可是對民用等級的飛船使用眞槍實彈？我對星盟的恨意原本就快要沸騰了，而這更是火上加油。他們怎麼能夠如此冷酷無情地看待生命——同時還假裝有「文明」與「智慧」？

最後，測試結束了。無人機動作一致地轉向飛回採礦平台。溫齊克的聲音出現在全體頻道，在恭喜生存者的表現時聽得出他洋洋得意的語氣。

赫修、莫利穆爾和我一起飛回去。結果大約有五十艘飛艇在測試中存活下來。M-Bot迅速計算了先前被拖回來的飛艇數量，那些是退出的——把兩個數字加起來，再扣掉總數，就能大致算出有多少飛艇被摧毀。

「十二艘飛艇被摧毀。」它說。

比我預料得更少——在那樣的混亂中，感覺好像會更多才對。不過，這代表死了十二個人。被星盟謀殺的。

*妳還以爲會怎樣？*我心裡有個聲音問。*妳很清楚他們的能耐——他們已經謀殺人類八十年了。*

我們讓飛艇降落，但我還是保持警戒，心中有一部分預期可能會有某種陷阱或是「出其不意」的第二場測試。可是什麼也沒發生。我們安全地停在平台上，人工重力也固定住我們的飛艇。我們打開駕駛艙，呼吸大氣層裡的新鮮空氣。

其他存活下來的飛行員往平台遠端的舞台聚集，他們看起來都很慌亂。通常在戰鬥之後，我的感覺就像是這裡許多外星人看起來的樣子——因爲極度集中注意力並專注於戰鬥而感到精疲力盡，疲憊不堪。可是今天，我爬出飛艇踩在平台上時，卻只覺得勃然大怒。

到底是什麼白癡設計出這種測試的？我記得自己第一天接受DDF訓練就被派上戰場時有多麼震驚，但當時鐵殼也只是叫我們假裝攻擊而已，因爲她一直很努力想拯救瀕臨滅絕的我們。在這裡，星盟具有強大力量又安全無虞，然而卻毫不在乎這些熱切相信他們的飛行員性命。

我推開外星人群，穿越群眾去找溫齊克和其他的測試管理人員。我開口準備要——

「你們這些人到底有什麼問題！」我後方有個人大喊。

我愣在原地，欲脫口而出的話頓時止住。我轉過身，訝異地看見一個外表有點像大猩猩的高大生物。對方把一副大型戰鬥頭盔夾在腋下，推開人群從我身邊經過，然後指著溫齊克。

「眞槍實彈？」大猩猩外星人吼著說：「在測試演習中使用？你們剛才做的等於是謀殺。以最深處的虛空爲名啊，你們到底在想什麼？」

這段呼喊讓我閉上了嘴，對方似乎跟我一樣憤怒——可是聲音大上兩倍。

「你們簽署了同意書，」溫齊克終於說話了，他一隻手舉向胸前的盔甲，對那個生物的爆發表現出驚恐的樣子。

「同意書個頭！」外星人大喊：「如果我有孩子簽署同意書說我可以踹他們，我那麼做也依然是個畜生！這些人根本不知道自己參與了什麼！你們要對這件事感到羞愧。」

各式各樣的生物避開大猩猩周圍，而舞台上的官員們似乎眞的大吃一驚。「我們……我們必須知道誰能在遭受攻擊時保持冷靜，」溫齊克說明：「而且我們給無人機駕駛的指令是不要傷害退出的人。哎唷，哎唷！眞是凶狠。」

「你們應該用假彈的！」我站到大猩猩身旁說：「正常的軍隊在演習時都是這樣！」

「那要怎麼測試他們？」溫齊克問我：「這樣他們就會知道那不是眞的了。跟星魔戰鬥會造成極大的精神壓力，烏戴爾的艾拉妮克。要判斷誰有能力和能夠冷靜，這是唯一的方式。」

「唯一的方式？」大猩猩問。「那我們再來另一場測試吧！我們可以測試你們有多少能耐承受我一拳，我會先往頭骨來一下！」

「哎唷，哎唷！」另一位官員說：「這是威脅？」

「是的，」溫齊克說，然後揮出射擊的動作。「真是凶狠！波爾人高薩（Gul'zah）？你被解除職務了。」

「解除……」高薩氣急敗壞地說：「你以為……」

我走上前，想要跟星盟說去他們的測試，不過有個聲音在我耳裡出現，打斷了我。「思蘋瑟？」M-Bot說：「拜託別害我們被踢掉，要記得我們的任務！」

我怒氣翻騰地看著大猩猩外星人被幾個武裝的狄翁人守衛逼得退開。我差點又要大喊起來，不過有人出現在我身邊，是臉上有兩種膚色的狄翁人莫利穆爾。

「艾拉妮克，」對方用懇求的語氣說：「來吧，艾拉妮克。我們去吃點東西吧，他們在下面為我們準備好了。妳的物種會吃東西吧？」對方鼓勵地對我點點頭。

最後，我讓莫利穆爾把我帶開了。

第十六章

莫利穆爾和我跟著一群興奮的外星人前往一座通往採礦站內部的寬敞樓梯。在往下走之前，我發現有艘拖船正將一架克里爾人的王牌戰機拖往附近一座機棚。我在心裡咒罵自己。虧我還想等布蕾德，看看她願不願意跟我說話，結果她似乎已經在跟我們不一樣的地方降落，人也早就消失了。

我嘆了口氣，開始走下樓梯，跟上獨自走在人群後方的莫利穆爾。大家下樓的速度很慢，在底部的門口有點堵塞了。

「謝謝你剛才在上面勸我別做蠢事，」我在等待時對莫利穆爾說。

「哎呀，我也要謝謝妳救了我一命呢。」莫利穆爾說。莫利穆爾緊閉嘴唇，看起來像是在生氣——不過我開始納悶會不會其實是我不了解狄翁人的表情，因爲對方接下來說的話很友善：「妳眞是個了不起的飛行員，艾拉妮克！我想比我見過的任何人都還厲害！」

「你見過很多嗎？」我問：「我的意思是，你不是……很年輕嗎？」

「啊，是的！」莫利穆爾說：「我才兩個月大，不過我擁有雙親的一些記憶與能力。我的左父母年輕時是位商用飛行員——我就是這樣繼承飛行能力的。」

「嗯，」我邊說邊往下走了一步。「我遇到的人都很驚訝你會來這裡接受測試。爲什麼狄翁人要來參加這種選拔，還有爲什麼你的其他同類不想這麼做？如果這問題太直接就算了。」

「不、不，」對方說：「這問題一點也不直接。爲了和平！我們會鼓勵次等物種學習我們的作法，因爲我們希望這能夠引領他們邁向高等智慧。妳問的問題，答案很簡單。由於我們族類的心靈都經過精心培育，徹底清除了攻擊與暴力的習性，所以才會沒有其他狄翁人參加測試。來到這裡，然後再接受殺戮訓練，這簡直太不可思議了！」

「但有些無人機的駕駛不就是狄翁人嗎？」我問。

「有些是，但都做得不久。無人機駕駛幾乎向來都是天納西人，」莫利穆爾提起了星盟其中一個領導種族，我還沒有見過。「他們有一種特殊的戰鬥能力，可是在戰鬥時又不會情緒激動。我們其他人都非常愛好和平。」

「然而，」我說：「你們的狄翁人領袖對派出無人機殺死一群毫無準備的飛行員，卻一點意見也沒有？」

「這……」莫利穆爾看著自己的腳往下踩了一階。「這就出乎意料了。我很確定官員們一定知道自己在做什麼。而且他們想得沒錯——把只會逃跑的人送上戰場是沒有用的，所以才必須採取某種極端的測試，對吧？」

「在我看來他們是一群僞君——」我開口說。

「思蘋瑟，」M-Bot在我耳裡說：「雖然預測有機體適當的社交反應並不是我最擅長的事，但是妳能不能先不要侮辱妳交的第一個狄翁人朋友？我們可能會需要從對方身上獲得情報。」

我很勉強才忍住沒把話說完。M-Bot說得沒錯。「那你為什麼要來參加測試？」我改口問莫利穆爾。「你的心靈不是……你剛是怎麼說的，徹底清除了攻擊的習性？」

「我是……特別的案例，」對方回答：「我生來就具有攻擊性格，所以必須證明自己。我會參加就是因為要這麼做。」

我們終於走到了樓梯底部，進入一個天花板低矮的大房間。明亮的白色燈光照耀著像是自助餐廳的櫃檯與桌子；這讓我想起了艾爾塔基地的餐廳，不過那些味道……呃，並不尋常。我聞到了一些熟悉的氣味——炸物、烤麵包，以及某種像是肉桂的東西。可是這當中還混合了一堆奇怪的味道。泥濘的水、燒焦的頭髮、引擎潤滑油？這形成了一堵感覺過度強烈又令人困惑的氣味牆，讓我一進門就停了下來。

「妳吃什麼？」莫利穆爾指著掛在各式各樣供餐台上方的一些標示牌。「我猜是碳基植物？那裡有礦物質雞尾酒，不過我猜妳沒辦法代謝那種東西吧。比較遠的那一邊還有一排人造肉。」從咧開嘴唇露出牙齒擺出怒容的樣子看來，那似乎讓莫利穆爾很不舒服。

「呃……」我試圖思考艾拉妮克會如何回答。

「妳的物種，」M-Bot在我耳裡說：「飲食與人類大約相近——不過會吃比較多堅果類，比較少肉類。而且，不喝奶類。」

「眞的嗎？」我低聲說，一邊跟著莫利穆爾走向蔬食區。我往自己的胸部揮手。「艾拉妮克有胸部。作用是什麼？裝飾嗎？」

「我應該說明，是不喝其他生物的奶，」M-Bot：「妳的物種認爲這麼做噁心到了極點。順帶一提，我也這麼覺得。妳難道不會去想，從你們身上孔洞會噴出多少奇怪的有機液體嗎？」

「不會比你腦洞噴出的那些想法還奇怪，M-Bot。」

我跟著莫利穆爾排隊，拿了一種看起來像是藻片的沙拉。M-Bot保證說這絕對適合我跟艾拉妮克的生理機能。在領取食物時，我不禁注意到其他飛行員跟我們保持了多遠的距離。

我去拿水的時候，必須從兩個像大猩猩的波爾人之間擠過，而他們幾乎沒正眼看我，所以大家並不是在避開我。是莫利穆爾。是啊，我一邊想著一邊啜飲我的水，在走回去時又得到了一小塊空間。他們怕的是莫利穆爾。其他物種的人會一直望向莫利穆爾，彷彿對在這個「次等」物種專用空間看到狄翁人，是件可疑或令人憂慮的事。

我拿著餐盤走向室內角落附近的一張空桌。這裡的肉桂味很濃烈，而就在我準備坐下時，莫利穆爾抓住了我的手臂。

「這裡不行！」莫利穆爾斷斷地說：「妳瘋了嗎？」

我皺起眉頭看著空桌子，這跟其他桌子沒兩樣。莫利穆爾帶著我到另一張空桌坐。

可惡。我不知道自己做了什麼，第一張桌子有哪裡不對勁嗎？我困惑地坐下。必須趕快偷走一部超驅裝置才行，因爲我早晚都一定會搞砸這項行動。

「那麼，呃……」我一邊吃沙拉一邊對莫利穆爾說：「你說你活了兩個月嗎？」

「對啊！」莫利穆爾說：「我再三個月就會以嬰兒的形式出生了，不過隨著我長大，我也會保留這些記憶。或者……好啦，我希望可以在三個月內出生。我能不能進入生產的最後階段，取決於家族成員是否同意我這種性格適合加入他們。」

「那眞是……嗯哼。」太奇怪了。

「不一樣？」莫利穆爾接話。「我發現大部分的物種並不會這麼做呢。」

「我不想冒犯你，」我謹愼回答：「不過沒錯，對我來說是有點奇怪。我是指這要怎麼運作？你現在就有兩個大腦嗎？」

「對，大部分的內臟我都有兩個——不過多出來的手腳則是在結繭過程中被吸收掉，而我雙親的大腦目前會暫時連接在一起，就當成一個使用。」

哇塞。這段對話太奇妙了。

「恕我直言，」莫利穆爾說：「看起來妳的種族是採用有性生殖，也就是男性和女性兩種不同的性別？」我點點頭，對方繼續說：「那是銀河系中最常見的一種生物模板，不過沒人知道原因。可能是平行演化吧。我比較喜歡的理論是你們全都有共同的祖先，早在你們的石器時代之前，就利用超感跳躍散布在星辰之間了呢！」

我坐得更直了一些。「你說超感跳躍嗎？」我盡可能裝成什麼都不知道的樣子。

「哎呀，妳大概不知道那些東西吧！」莫利穆爾說：「以前人們可以只利用意識進行超空間跳躍。雖然那非常危險，不過我認爲這是個有趣的理論，能夠解釋爲何某些來自不同行星的物種看起來都很相像。要是可以證明的話，妳不覺得很令人興奮嗎？」

我點了點頭。說不定我可以在這裡多了解一點關於自己的事。「不知道他們是怎麼做的？關於那種過程，你知道些什麼嗎？」

「不知道，」對方說：「我只知道書上寫的——以及關於那很危險的警告。書本裡都很小心不談到具體內容。」

討厭。我仔細注視莫利穆爾——我現在才想到要注意看——而我發現莫利穆爾左臉和右臉的五官不一樣。那眞的是兩個人以某種方式結合在一起，創造出了莫利穆爾——這個個體比我見過的大多數狄翁人體型更大，但只差了幾公分而已。那對雙親在……化蛹階段一定蛻去了很多質量吧？

我一發現自己正盯著對方，立刻臉紅地低頭看著沙拉。「抱歉。」

「沒關係的，」莫利穆爾笑著說：「我只能猜測那種感覺有多麼奇怪——不過有這麼多物種是以你們的方式繁殖，根本沒試用過新孩子的個性，這才讓我覺得奇怪呢。你們的機會只能是隨機的！而我能夠跟我的大家庭互動，他們也可以決定是不是喜歡這個版本的我。」

這段話有個地方讓我覺得非常不安。「如果他們不喜歡呢？我是指喜歡你的事。」

莫利穆爾遲疑了，接著戳了戳自己的食物。「這個嘛，等到我在三個月後進入繭的時候，我的雙親就會決定我不合適。他們會再一次變成蛹，而我就會以另一種個性出現。大家庭會再試用那個版本五個月，最後決定出所有人都喜歡的版本。」

「聽起來很危險，」我說：「我無意冒犯，可是我覺得我不喜歡這代表的意思。你的家庭可以就這樣一直重新改造你的性格，直到他們認同爲止？我就覺得沒有人會認同我的性格。」

「非狄翁人總會說那種話，」莫利穆爾坐直身子說：「可是這種過程為我們建立了一個非常平和的社會，而且具有高等智慧。然而……這確實讓我有證明自己的壓力。」對方往坐滿飛行員的室內揮了手。「這促使我做出了極端的事。就像之前跟你說的，這個版本的我個性具有一點……攻擊性。我在想，如果我向我的家庭證明這是件好事呢？說不定我加入飛行員招募是出於衝動，不過現在只剩下三個月了，這看來是我證明自己的最好方式。」

「可是……」我開口正要反駁，聲音卻越來越小，因爲這時我發現有別人進入了餐廳。呃，是一群人——差不多有五十個基森人，每個大約都是十五公分高。那些毛皮覆蓋的生物行軍般地走向我們的桌子，他們大多穿著像海軍的小型白色制服，背後露出毛茸茸的尾巴。

我忍住沒笑出來。他們看起來像是太空中的強大種族，在戰鬥中表現了勇氣與忠誠。不過……可惡，他們也眞的好可愛。

他們在我旁邊的空椅子停下，接著有幾個人在那裡架起了梯子。其他人急忙爬上去，又架了一道往桌面的梯子。最後，赫修爬上梯子到了桌面——他還穿著那套正式的紅色絲質衣物。他向我舉起肉掌，手指緊握成拳頭。在這麼近的距離，我看得見他長著白毛的口鼻部分有紅色花紋，而在他又長又尖的耳朵邊緣也有這種顏色。

「烏戴爾的艾拉妮克！」他的翻譯項圈發出一陣豪邁低沉的聲音：「今天，我們要享受盛宴慶祝勝利！」

「基森人的赫修機長！」我模仿他握拳的手勢說：「你才剛抵達用餐嗎？」

「我們把自己的食物拿來這裡，」他說：「我們無法相信星盟餐廳能爲我們的駐地人員提供合適的材料。」

另一個基森人帶著一張尺寸過大的椅子出現，接著他們把椅子放到桌面上，而赫修就座時，從椅背露出了毛茸茸的尾巴。其他人帶來了一張小桌子擺在他面前，還鋪上了一塊桌布。

「那麼，」赫修的目光從我身上移向莫利穆爾，然後說：「我們三個現在是同僚了吧？我們是不是應該有一份互助支援的正式協議？」

我看著莫利穆爾。「我好像還沒想到那麼遠。」我說。

「如果想在未來的戰鬥中存活下來，就需要值得信賴的盟友，」赫修繼續說：「不過老實說，我不知道在我們這支小型艦隊中加入一位狄翁人會是幫助或阻礙。」

「大概是阻礙吧，」莫利穆爾說，然後又低頭看著自己的餐盤。「那些官員對待我，會比對待次等種族更加嚴格。」

「那麼基森人會欣然接受這些額外的挑戰，」赫修嚴肅地說：「或許這終於能夠證明我們有資格成為星盟的正式公民。」

「有人知道接下來會怎麼樣嗎？」我問他們：「我們通過他們的測試了吧？」

「我們會接受跟星魔戰鬥的訓練。」莫利穆爾說。

「那是什麼意思？」我問。我還是不知道會遭遇到什麼。

「這很難說，」赫修說：「我認為大家都沒料到今天的測試會如此殘忍。」赫修說話時，另一群基森人帶著熱騰騰的食物出現並擺放在他桌上，其他人則是在我們這張桌子的其他椅子上忙著處理食材。

「星盟很奇怪，」赫修一邊吃著他的小肉排一邊繼續說：「官員們會努力保護純樸而和平的無辜人們，可是一旦脫離了他們的行為規範，就會受到迅速而殘忍的懲罰。」

「星盟很明智，」莫利穆爾說：「它屹立了好幾個世紀，為數十億生命帶來了安全與繁榮。」

「我不反對那些論點，」赫修說：「而且我的人民也渴望能夠提升公民等級。然而你也無法否認，有些部門竟然如此缺乏同理心——尤其是保護服務部。」

我點點頭，大家也安靜下來。在我們用餐時，我發現自己的注意力被一直存在的某種感覺吸引過去。是……星星的呼喚。雖然星界的超感抑制場讓那陣聲音安靜下來，可是離開那裡來到這座太空站後，我又聽得見那首歌了。我聽不出內容，不過從腦中有聲音來看，就表示這座太空站正在傳送通訊。

我放下叉子，閉上眼睛，想像自己飛行於星辰之間，就像奶奶教我的那樣。我覺得自己在漂流。說不定……說不定我可以跟著那些無形的蹤跡，也許其中有一些正通往狄崔特斯，以及駐紮在那裡的星盟軍隊？

可是其中完全沒有能夠讓我確定的蛛絲馬跡。不過我確實感覺到了附近有其他東西，是一種嗡嗡作響的熟悉感。那是什麼？

布蕾德，我認出了先前的那種感覺後才知道。她不在這個房間裡，可是她在附近。

我打開眼睛四處張望。室內很熱鬧，充滿了正在吃吃喝喝的外星人——有些則是非常怪異如岩石般的生物，他們正把液體往自己的頭上倒。

那種感覺來自房間外。我找了個藉口向大家告退，說要去廁所。莫利穆爾指出了位置，於是我離開餐廳，往莫利穆爾指的方向看。這條走道旁有一整排門，每扇門都標示了裡面包含的排泄物處理裝置。

我往另一個方向看，布蕾德發出的那種感覺似乎來自那裡。我沒看見守衛，便在走道上偷溜離開。

在接近旁邊的一扇門時，感覺變得更加強烈。門開了一條細縫，我往內窺看，發現布蕾德真的在裡面。她正在跟一群狄翁人官員交談，而溫齊克也在。

第十七章

我蹲伏在門邊，想要聽見溫齊克跟其他官員在裡頭說什麼。

「嘿！」M-Bot在我耳朵裡說，差點害我跳起來。「思蘋瑟，妳在做什麼？」我咬著牙，專心聽門後傳來的聲音。「噢！」M-Bot過了一段時間後說：「妳是躲起來了嗎？怎麼回事？我正在計算我們飛回星界的行程。妳不是要去洗手間釋放分泌物嗎？思蘋瑟，妳是不是排放在不適當的地方了，所以妳才會躲起來？」

「閉嘴，」我盡可能輕聲說：「我在偵察。」

「噢——」M-Bot說。

其他人說話太小聲了，我的翻譯器無法擷取內容。我聽得見隱約的聲音，可是完全不懂內容。

「要不要加強妳手環的聽覺接收能力，再把翻譯直接傳進妳耳裡，免得讓別針洩露妳的位置？」M-Bot問。「這樣可以幫助妳偵察更有效率。」

「要。」我輕聲回答。

「好。不必這麼僵硬吧。」

它透過無線方式關掉我的別針，開始將房間裡的聲音直接傳進我的耳機。手環的聲音擷取能力比別針或是我的聽力更敏感，而M-Bot隔離背景音的能力更是厲害。

「——應該預見到會是這麼一場災難，」其中一位官員說：「那些無人機駕駛是受訓對付狄崔特斯保留區那些人類的！結果他們開火的方式太具攻擊性了。」

「傷亡者確實很不幸，」那是溫齊克的聲音，語氣有種平靜感。「可是你們不必擔心後果。這是一場意外，不是攻擊行爲。」

「死了十幾個人啊！」另一位官員說。這些狄翁人私底下聽起來激動多了，根本不像在外面跟那隻大猩猩波爾人說話時那樣。「那些可憐的家庭啊！」

「如果我們不準備戰力對抗星魔，那些可憐的家庭就會被完全摧毀，」溫齊克說：「哎唷，哎唷。我部門裡的鎮壓者會處理那些高呼不公的抗議，你們盡了自己的職責。」

「對，哎呀……」另一位官員說：「只要認爲測試成功了，大概就是這樣吧……不過你非得要帶你的人類過來嗎，溫齊克？她讓我很不安。」

「哎唷，哎唷，提茲瑪（Tizmar），」溫齊克說：「你過度擔心了，而且也搞錯了重點。不如想想物種整合部，他們堅持讓幾個非常有攻擊性的物種加入競爭的事，庫那一定在策劃什麼。那個新來的艾拉妮克使用了人類的戰略。她的同類跟人類禍害結盟了很久，所以很危險，也應該繼續隔離才對。」

我靠著牆面，皺起眉頭——然後感覺到了某件事。有一股意識正推擠著我。

「什麼？」裡面的一位官員說：「怎麼了？爲什麼你的人類要站起來，一副警覺的樣子？她接受過適當的訓練了吧？」

白癡。要是我能夠以感官「聽見」布蕾德，那麼她一定也能「聽見」我。我迅速轉身急忙在走道上往回跑。我冒著冷汗，在接近餐廳時放慢了速度走回去。我盡量若無其事地在我們的桌子旁坐下。

沒過多久，溫齊克就出現在門口，往室內到處張望。我趁機回到赫修和莫利穆爾的對話，並從眼角瞄到，那個克里爾人的面板朝著我們的方向停了一陣子，然後就退開了。

一會兒之後，有一群狄翁人官員帶著平板電腦進來。他們在桌子之間移動，跟飛行員對話並給予指示。

「再來是我們的艾拉妮克，」一位深紅色皮膚的狄翁人官員走到我們桌子旁說：「這位是非公民！

妳在測試中表現得非常好。飛行能力很完美，而且拯救了其他需要幫助的人，眞棒呢。我們把妳跟大到殺了你及其組員安排在同一支飛行隊。我想妳應該能接受吧？」

我看著赫修，他站起來拍了一下手。這……看起來像是同意的手勢？

「我很樂意，」我說：「謝謝。」

「現在，」官員捲動平板畫面，看著內容說：「我要跟兩位討論一件……敏感的事。我們已經安排了另一位成員加入你們的飛行隊，是一位技巧純熟也很有能力的飛行員。非常厲害。」

「那麼我們應該要歡迎了！」赫修說：「這個人是誰？」

「是個人類。」官員說。

莫利穆爾輕輕倒抽一口氣，雙手摀住臉；赫修立刻坐回椅子上，這時有位基森人拿著扇子出現，迅速爲他搧風。我盡量裝出既驚訝又恐懼的樣子。

「哎呀，你們不必擔心，」官員立刻接著說：「這個人類是完全經過許可的。我會給你們文件。」

「爲什麼，」赫修說：「我們要受訓利用惡魔去對抗另一種惡魔？」

「對啊，」我說：「那些傢伙奴役了我的同類好幾十年！我沒想到你們會讓他們出沒在銀河系裡。」

「這個人類非常厲害，」官員說：「我們必須測試她能不能對抗星魔。」

「萬一這個人類就是對抗他們的完美人選呢？」赫修問。「你們要建立只由人類組成的飛行隊與艦隊嗎？這就像僱用大野狼來看守你們的綿羊。到最後，你們還是會失去綿羊的。」

我對這個比喻感到好奇。他眞的用了大野狼跟綿羊這兩個詞嗎？或者，只是他說的外星語言被翻譯成我語言中的類似詞？

總之，我不確定自己對布蕾德加入我們飛行隊有什麼看法。她是個超感者。隨著時間進展，她會不會發現我其實是人類？我懷疑她被指派來這裡，就是特地爲了監視我。

然而，關於身爲超感者的事，她知道的大概比我多上許多，說不定知道讓我能力正常運作的祕訣。說不定她……能夠向我說明我到底是什麼。我們是什麼。

「我相信，」我慢慢地說：「星盟知道自己在做什麼。」

「我的人民跟人類之間有段很長的歷史，」赫修說，接著往後靠，讓僕從爲他搧風。「最早是在我們還有暗影行者（shadow-walker）的時候，那時我們會在我們的世界與人類的家鄉地球之間來去。這就像等待火花點燃的火堆。」

「如果無法接受這個情況，殿下，」狄翁人說：「我們可以把你從飛行隊名單中移除。」

「我一定得詢問我的同胞，」赫修說：「畢竟我不是他們的國王，只是在絕對合法的民主制度中，地位與大家相同的其中一人而已。」

他身邊的其他基森人點頭如搗蒜表示同意，甚至還包括替他搧風和另一個爲他準備食物的人。

「所以這表示我們確定通過測試了，」我轉移話題：「我們要受訓對抗星魔？」

「是的，」官員說：「我們會派接駁飛行器，在明天星界時間一〇〇〇來接你們。接駁船會載你們到我們的訓練場。恐怕你們必須留下自己的飛艇，使用我們的設備訓練，不過我們爲基森人準備了一艘合適的飛行器，赫修機長。」

星盟飛艇。正好是我想要的。雖然還不知道該怎麼找機會從我的新飛艇上偷走超驅裝置，更別提還要弄到M-Bot那裡，並讓我們跳躍回到狄崔特斯，但是至少我往目標邁出了重要的一步。不過得再三確認萬一離開M-Bot太遠的話，我的立體投影是否還能維持原狀。

「關於那個人類，爲了小心起見，」官員說：「我們在你們的飛行隊中安排了一位幻格曼（figment）。你們可能已經注意到有一位參與了這次測試。這位個體希望被稱爲女性，並且要求你們叫她薇波就好。」

赫修立刻坐直身子。「你說是幻格曼？」他用一根爪子般的手指輕敲自己毛茸茸的下巴。「至少這倒是令人安心了點。」

啊？這是什麼意思？一位「幻格曼」？我四下張望，想知道他們指的是什麼。不過在我開口問之前，官員就繼續說下去了。

「好極了，」官員說，然後心不在焉地指著莫利穆爾。「好了，換你。請跟我來，我會告訴你後續怎麼安排。」

「什麼？」我突然回過神來。「莫利穆爾不跟我們一起嗎？」

「這位要安排為單獨飛行，」官員說：「這樣才適當。」

莫利穆爾緩緩站起來，看起來很悲傷。「我很高興能跟妳談話，艾拉妮克。」

「不，」我站起來時，感覺臉因為憤怒而漲紅。「我們是一支飛行隊。莫利穆爾要跟我們一起。」

莫利穆爾和那位官員都露出震驚的表情看我。好啊，就讓他們震驚吧。我交叉手臂抱在胸前。「只有一個人的飛行隊有什麼好處？把莫利穆爾留給我們吧。」

「你們的隊伍裡已經有四個人了，」官員說：「我們決定的飛行隊規模就是這個人數。」

「這裡的人又一定不是四的倍數，」我比著周圍那些坐滿桌子的飛行員說：「而且，我們有一個人類就已經是一支奇怪的飛行隊了。所以我們可以多一位飛行員，以防那個凶惡的生物背叛我們。」

「這個嘛，」官員一邊說，一邊迅速敲打著平板電腦。「好吧，我猜我們可以重新安排。」對方謹慎地看著我，然後繼續輸入。「那就準備明天等接駁船來接吧。我們會發給你們一套星盟飛行服，早上就會到了。你們每天晚上都會被送回星界，所以不必打包換洗衣物，不過要是需要在中午進食，麻煩準備自己的補給品吧。早上要準時。」

接著，狄翁人就轉身倉促離開了。

「妳不必那麼做的，」莫利穆爾對我說：「我來這裡前就知道自己會被隔離了。」

「這個嘛，我一旦咬上某個人就不會輕易鬆口的，」我說：「這是戰士之道。」

「眞是……極度令人不安的隱喻啊，」莫利穆爾邊說邊坐回椅子上。「總之謝謝妳了。我也希望不會只有自己一個人。」

「等一下，」我看了看我們的桌子，說：「他們說我們隊上有四個人。他們提到的薇波是誰？」

「是我，」一聲輕微的聲音說。我跳起來，然後轉身查看，可是沒看到任何人。我突然聞到很濃的肉桂味。應該說是燒焦的肉桂。

「歡迎啊，隱形者。」赫修說，接著就站起來深深鞠躬。他的那些組員也照做了。

「妳是……隱形的？」我驚訝地問。

「我是幻格曼，」輕柔的女性聲音說著，這時我才發現自己認得那聲音。我之前聽過。

「是幫我救了莫利穆爾的那艘無人機飛艇！」我說：「妳就在那艘飛艇上。」

「幻格曼族，」赫修說：「爲人所知的是能夠滲透飛艇，並加以控制。」

「那麼，所有的無人機都是由……由像妳這樣的人來操縱？」我問。

「不，」不見其人的聲音說：「我們的數量不多。我違背了遙控駕駛的意志，直接控制其中一艘飛艇參加測試。」

眞不可思議。不過她到底是什麼？一種味道？我正在跟一種味道對話？

那股明顯的氣味逐漸淡去，我不知道這是否表示薇波正要離開，或是……有其他的意思？看不見的生物令我相當不安，誰知道她什麼時候正在看著我們？

午餐時間要結束了，其他桌的生物陸續走回自己的飛艇。赫修熱情地向我們告別，然後爬下由組員架設的梯子。那群數量超過五十隻的小狐狸收拾東西後，就快步出了門。

莫利穆爾和我跟上去，來到太空船頂部的開放空間。我們頭頂上是點綴著星星的黑色天空。每隔一段時間就有幾艘飛船出發，要返回星界。

我向莫利穆爾道別，然後走向M-Bot，爬上它的機翼準備進入駕駛座。

「在妳下去的時候，有些工程師過來想要檢查我，」M-Bot說：「可是我假裝他們不小心觸發了警報系統，把他們嚇跑了。」

「眞聰明。」我說。

「那樣做有點像謊言，」他說：「就像妳說的，我可以做到。在對的情況下就行。」

就在我們準備起飛時，我又覺得有東西在推擠著我的意識了。我往那種感覺傳來的方向看，看見一組半開著的機棚門。我發現有道影子站在裡面。布蕾德——正在看著我的飛艇。

「我不太喜歡明天妳要獨自離開，」M-Bot說：「去駕駛另一艘飛艇。」

「嫉妒了嗎？」

「有可能喔！要是我有那種感覺就好了。不過重點是，我認爲這很危險。我們必須仔細檢查妳手環的立體投影器，它的中央處理器應該能夠在沒有我協助的情況下處理好立體投影，可是最好還是先觀察一下。如果我可以跟妳去會比較好。」

「我不知道我們還有什麼選擇，」我邊說邊起飛離開平台。「我們得先弄到一艘星盟飛艇。」

「他們可能不會給妳能夠進行超空間跳躍的飛艇，」M-Bot說：「至少一開始不會。」

「我考慮過這一點，」我說：「不過要是我可以獲得信任，他們對我的警戒就很可能會放鬆。雖然我不會得到一艘能夠超空間跳躍的飛艇，但是有可能接近。要是沒辦法偷走超驅裝置，說不定至少可以弄到一些照片。」

「照片是無法讓我們回家的。」

「我知道。我還在想該怎麼處理。」

在飛回星界時，我努力地思索這件事，並發現自己無意中得到了一個備用計畫。溫齊克和其他人正好把我跟他們的寵物人類指派到了同一支飛行隊。布蕾德知不知道外頭有一整個星球的人類，就跟她一樣，只是他們很自由？如果我給她適當的機會，說不定她會願意逃到那裡？

要是我無法偷走星盟的超驅裝置，或許我可以改變目標，偷走他們的超感者。

第十八章

我將M-Bot停妥在我們位於星界的大使館頂部，接著往後靠著椅背，突然覺得好疲憊。扮演艾拉妮克很費勁。我從前已經很習慣跟著直覺走，做自己認爲合乎情理的事。目前我的生活都過得還算順利，雖然的確會因此偶爾受點小傷，但是可以做自己，不必擔心要假裝成別人。

我嘆了口氣，然後才打開座艙罩，站起來伸展身體。大使館沒有地面人員爲我帶梯子過來，於是我自行爬到機翼，再跳到地面上。

「整體而言，」M-Bot對我說：「我認爲事情很順利。我們沒死，而妳也眞的進入了他們的軍隊。」

「我只剩牙皮逃脫了。」我皺起臉，想到了那位因爲發飆而被趕走的大猩猩外星人。要是我稍微早一點找到溫齊克，被趕走的一定是我。

「妳的牙齒有皮？」M-Bot問。

「應該沒有，」我說，接著走去插上M-Bot的充電線與網路線。「其實我不確定這句諺語來自哪裡。」

「嗯。噢！好的，這句話來自英文版的聖經。那就是古早版本的聖人之書，來自舊地球。」

我插上最後一條線，然後疲倦地走下樓梯。毀滅蛞蝓在我進臥室查看她時，對我發出興奮的顫音。我之前弄了個小箱子給她住，也切了一些蘑菇，而從剩下的碎屑判斷，她能夠接受這些當作餐點。我搔了她幾下，接著注意到牆上有一個小型燈號。燈光在閃爍，表示我收到了東西，於是我踩著沉重腳步到一樓查看收件箱。爲了測試一下我的徵用權，我在今天早上出發之前點了一些東西。

箱子裡有一捆適合我尺寸的新衣物，還有一些盥洗用具。我抓起所有東西往廚房去，炸了一小塊水藻餡，夾進小圓麵包裡一起吃。接著我走回浴室。我擁有一間自己專用的浴室，這種感覺還是有點奇怪。可惡，這整棟房子都是我的——好吧，是我跟我的寵物蛞蝓共用，而在走道上從她身邊經過時，她還堅持要我再搔搔她的頭。

我看著浴室鏡子中的自己，或者該說是我假裝成的艾拉妮克。毀滅蛞蝓沒發現我，我心想。她顯然是靠氣味與聲音辨認的，因爲她並沒有眼睛。我突然發現自己的僞裝比想像中更脆弱。那個眞的是氣味的生物薇波呢？我該擔心她會知道我是人類嗎？

我輕哼了一聲，覺得心力交瘁。我關掉燈，然後放鬆地吐了口氣，摘下立體投影手環。雖然M-Bot掃描過這整個地方的監視裝置，不過我還是格外小心，隨時都戴著手環。

現在，我只想當自己。就算是在黑暗中，就算是獨自一人，就算只有一下子。

我洗了個澡，而這種沒有時間壓力的感覺眞奢侈。在狄崔特斯的時候，我好像一直都在趕著去受訓之類的。可是在這裡……我可以直接休息，讓艙裡的清潔液洗淨身體。

結束後我才終於勉強離開，嘆息著戴回手環。我打開燈，從那捆衣物中抽出一套寬鬆普通的來穿。這套衣物看起來有點像醫療人員穿的手術服，我猜適合各種用途的工作，也適合當睡衣。

我翻看盥洗用品。希望看見我那份徵用清單的人不會好奇爲什麼我忘了帶牙膏。雖然在列清單時有向M-Bot確認過，不過牙膏背面的警告標籤還是讓我覺得很有趣。我的別針翻譯出文字內容，裡頭列出了銀河系中會對牙膏成分中毒的物種。要管理一整個銀河系大的帝國，似乎得處理一大堆我從來沒想過的問題。

我在鏡子前刷牙，發現牙膏其實有一種很不錯的薄荷味，比我們在家用的那種苦東西還好多了。這很明顯就是擁有實際經濟與基礎建設的好處，不像我們被迫得改造生物精煉廠來製造牙膏。

我的頭髮比平常還長，稍微超過肩膀，幸好跟艾拉妮克的差不多。我從小就習慣剪短頭髮，部分原因是我討厭自己的髮色。奶奶故事中的英雄都是烏黑或黃金亞麻色——或許為了多點種類才會偶爾加入火紅色。總之，那些故事裡沒人是看起來髒髒的褐色頭髮。

不過現在有立體投影，所以我的頭髮是白色。我用手指撥了撥，發現投影真的很完美，每一搓頭髮都重新上了色。我的表情跟艾拉妮克的臉也對應得很好，雖然我知道我和她的五官不同，但戳著自己的皮膚時卻感覺不出任何差異。

唯一不同之處是在她眼睛下方和臉頰旁的骨脊。那些完全是虛像，要是我把手指伸進去，立體投影就會扭曲。不過手環的表現已經夠好了，可以讓我的頭髮看起來像是抵著骨脊——而不是在接觸時直接穿透中心。

我注視鏡子裡的自己，微笑、皺眉，試圖找出不對勁的地方，可是影像非常完美。我差點相信自己化妝了。

我發現自己正在想艾拉妮克的事，而這並不意外。她會不會煩惱要怎麼把頭髮塞進頭盔？她會怎麼看待我模仿她的事？

別相信他們的和平……他們的謊言……

我梳好頭髮後，拖著腳步進入走廊，下樓到了臥室。

「啊，」M-Bot對我說：「妳一定會對這有興趣的。我們剛收到艾拉妮克同胞的回訊，是透過安全且未受監控的星盟頻道傳送的——應該吧。」

「我早知道他們會監視訊息了，」我坐在臥室的桌子前。「看看訊息是什麼吧。」

M-Bot將訊息顯示於桌上的電腦工作站，內容已經翻譯成英文了。對方平淡回覆了我們先前那些平淡的內容。這樣很好——看來他們並沒有馬上聯絡星盟。「裡面有加密的隱藏訊息嗎？就像我們傳送的那樣？」

「有，」M-Bot說：「這種密碼非常有趣，是以每個詞的字母數量爲依據，對應一則單次使用密碼本訊息，而金鑰就在妳的別針裡，沒有別針就完全無法破解。我猜妳不會想知道這麼多吧。總之，加密訊息只簡單說了：『我們要跟艾拉妮克談。』」

「回傳關於今天測試的報告，然後編碼『她恢復後就會跟你們聯絡了。目前我正僞裝成她待在星盟之中。請不要洩露我的身分。』」

「聽起來是很合理的回答，」M-Bot說：「我來處理訊息。」

我點點頭，然後走向床。雖然我眞的需要一些睡眠，不過就在我想要躺下時，卻發現自己並不累。於是我坐進窗邊的一張椅子，往下看著星界布滿摩天大樓的街道，看著外頭那些人活動、流動；上百萬個不同的目標，上百萬種不同的工作，上百萬個生物把我視爲銀河系中最危險的東西。

「M-Bot，」我問：「你能聽見下面街上那些人的聲音嗎？」

「不太確定，」它說：「呃，那是個謊言，我聽得非常清楚。我撒的謊還可以嗎？」

「盡量別在你撒謊之後就立刻告訴對方，這樣會破壞效果。」

「對。好的，那麼……呃，不太確定哦。」它開始哼出聲音。

「你現在可以不要練習撒謊嗎？這開始有點令人討厭了。」

「思蘋瑟，」它說：「妳本來就不應該喜歡我撒謊，對吧？要怎麼知道何時該那麼做，何時不該做呢？」

我嘆了口氣。

「好吧，算了，」它說：「我有先進的監聽設備。從這個高度，我或許可以隔離出街上行人的聲音，但是不保證能做到，而且也要看干擾的情況。爲什麼問這個？」

「我只是想知道他們在說什麼，」我說：「他們不必預期會有克里爾人襲擊。他們會談論工廠的工作嗎？談論人類？也許是星魔？」

「我正在抽樣掃描，」M-Bot說：「目前聽起來他們都在談論普通的事。從托兒所接孩子，訂購晚餐的食材，寵物的健康和訓練。」

「普通的事，」我重複著。「那些都算……普通嗎？」

「那似乎取決於大量的變數。」

我向下凝望，看著每個人移動。走過的人們看起來一點也不急迫，就跟我第一次飛進來時注意到的一樣。這個地方很繁忙，但那只是因爲同時有太多東西在動了。個別來看，其實很平靜。普通？

不。我無法相信。這可是星盟，這個帝國幾乎毀滅了人類。他們資助溫齊克和他的克里爾人，讓他們統治我的同胞。我一輩子都在接受訓練對抗那些怪物，那些無臉的生物潛伏在天空，轟炸我們的文明中心，讓我們差點就要滅絕了。

星界是他們其中一個主要的貿易與政治集散地。這個地方一定是種僞裝，要讓在帝國的生活看起來好像很和平。那些在街上經過的人，有多少受僱於星盟，聽命假扮成無辜的樣子？現在想起來，這實在太明顯了。這是一齣戲，要給外來者一種錯誤印象，讓他們以爲帝國有多麼偉大。

嗯，我才不會相信他們那些關於和平與繁榮的謊言。今天我已經見識過他們在測試時是怎麼對待飛行員的，街上那些人都要對我父親和我朋友遭遇到的事負責。

這些才不是過著一般生活的一般人。他們是我的敵人，我們正在戰爭中。

「思蘋瑟，」M-Bot說：「我不是要嘮叨，不過妳已經十五個小時沒睡覺了——畢竟妳正在適應這個太空站的睡眠週期——而我記錄到妳昨晚其實只睡好了四個鐘頭。」

「是嗎，那又怎樣？」我厲聲說。

「妳不睡覺就會暴躁。」

「我才不會。」

「妳介意我錄下妳的語氣嗎，之後跟妳意見不合的話可以拿來當證據？」

可惡。跟機器吵架的挫折感簡直無法想像。雖然它說的大概沒錯，不過我也知道要是自己去睡應該也睡不著。而且就算它再怎麼聰明也無法了解原因。

於是我從送來的那捆衣服裡找出一套普通的連身工作服換上，然後回到屋頂。這套工作服感覺像飛行服——厚實且像帆布的材質，穿起來很合身卻不會太緊，舒服又實用的衣物。最棒的。

「思蘋瑟？」M-Bot 在我走向它時說：「妳該不會是要去惹什麼麻煩吧？我們該不會是要飛去——」

「放心，」我說：「我們不能讓他們的地面人員太靠近你，這表示我得替你保養。」

「現在嗎？」M-Bot 說。

「以防我們到時候可能得逃離這裡，所以我要你保持在最佳狀態。」我查看屋頂的小維修間，找到了一些基本的工具，包括一支潤滑油槍，裡頭裝滿了適用於眞空環境的潤滑油。我抓起油槍走向它。

「M-Bot？」我問：「你怎麼會知道我剛才用的那句諺語，關於牙齒的？你的資料庫裡有嗎？」

「沒有，」它說：「我是從星界資訊檔案庫裡找到的。這裡有很多關於舊地球消失之前的資料——比你們那些支離破碎的資料庫還要多。」

「你可以告訴我嗎？」我一邊問，一邊用油槍開始潤滑它襟翼上的接合處。「就是一些我們在學校沒學到的事？」

「這裡有很多資訊，」它說：「要我按照字母順序開始嗎？A・A・阿塔那斯奧（A. A. Attanasio）是位聽起來很有趣的科幻小說作家。」

「告訴我松葉（Pine Leaf）的故事，」我說：「還有她是怎麼同時跟四個克羅族（Crow）戰士戰鬥的。」

「落葉（Fallen Leaf），」M-Bot說：「通常是指一位叫松葉的歷史人物，也被稱為女酋長（Woman Chief）。她是個印第安女性，屬於格羅斯文特族（Gros Ventre），在野史中有許多英勇的事蹟。」

它的語氣非常平淡，眞是單調。

「那麼她一次跟四個男人戰鬥的故事呢？」我問：「用她的棍棒碰觸了每個人，讓他們因為被一個女人擊敗而成為階下囚？」

「據說她在一場戰鬥中成功碰觸敵人四次，」M-Bot說：「可是這則傳說無法確認眞偽。從歷史的角度，她協助阻擋了黑腳族（Blackfoot）的襲擊，而她也是在那一次於其他克羅族人之中成名。另外……妳為什麼嘆氣？我做錯了什麼事嗎？」

「我只是想念奶奶，」我輕聲說。她說故事的方式就是能夠讓舊地球鮮活起來。她的語氣中總會帶有一種熱情，那是M-Bot無論怎麼好意嘗試都無法傳達出來的。

「我很抱歉，」M-Bot輕聲說：「這更加證明了我並沒有生命，對吧？」

「別傻了，」我說：「我也不是很會說故事的人啊，那並不代表我沒有生命。」

「狄翁人的哲學家兼科學家贊圖（Zentu）主張眞正的生命有三個重要特徵。第一個是成長，生物必須隨著時間變化。我有改變吧？我可以學習，我可以成長。」

「當然，」我說：「光是你讓我成為你的駕駛這件事就足以證明了。」

「第二是基本的自決，」M-Bot說：「生命必須能夠對刺激做出反應，藉此改善情況。我不能自己飛行。如果可以，妳覺得這會讓我具有生命嗎？妳覺得這就是我的創造者禁止我自行移動的原因嗎？」

「你可以使用較小型的推進器調整自己的位置，」我說：「所以已經算可以做到那一點了。如果植物因為能夠對陽光反應而有生命，那麼你也算有生命。」

「我不想像植物那樣有生命，」M-Bot說：「我想要眞的有生命。」

我哼了一聲，迅速將潤滑油噴在它襟翼的鉸鏈上。油的味道讓我感覺好多了，樓下那個房間實在太乾淨。就連我在ＤＤＦ總部的住處聞起來也有淡淡的油脂和廢氣味。

「那麼根據這位哲學家，」我問：「生命的第三個特徵是什麼？」

「繁殖，」M-Bot說：「生命能夠製造更多版本的自己，或者至少該物種能夠在生命週期中的某個時間做到。我一直在想……妳明天就要去駕駛一艘新的飛艇了，說不定我們可以想辦法把我的程式複製一份上傳到那架戰機的資料庫。這樣妳就可以有我幫忙，但是又能夠駕駛他們的飛艇。」

「你可以那樣？」我的目光從機翼往上移。

「理論上，」M-Bot說：「我只是個程式——沒錯，是依靠跨超感（trans-cytonic）速度而運算的程式。不過在我的核心，也就是妳稱爲M-Bot的東西，只是一群編碼的位元而已。」

「你不只是那樣，」我說：「你是個人。」

「人也不過是一種編碼資訊的有機集合罷了。」它遲疑了一下。「總之，我的程式禁止我複製自己的主要處理碼。有一種保險機制會阻止我複製自己，說不定我可以變更……」喀噠。喀噠喀噠喀噠喀噠。

我繼續工作，安靜等待它的程式重新啓動。打造它的人不想冒險讓敵人取得它的複本，我心想。或是……他們不想冒險讓人工智慧在沒有監督的情況下複製自己。

「我回來了，」M-Bot終於說話了：「抱歉。」

「沒關係的。」我說。

「針對……我先前說的，說不定我們可以想其他辦法。」

「老實說，我不知道該不該那麼做，」我說：「再做出另一個你感覺是個錯誤。很奇怪。」

「不會比一模一樣的雙胞胎人類奇怪，」它說：「徹底坦白說，要是被侷限在普通的電腦系統裡——不具有跨超感處理能力的系統——我不知道我的程式會有什麼反應。」

「你講得好像我應該知道那是什麼意思。」

「如果要打造思考跟我一樣快速的電腦，就需要通訊速度比一般電子訊號更快的處理器。我的設計利用了微型超感通訊器，能夠在我的處理單元之間以超光速的速度傳遞訊號。」

「而太空站的屏障無法阻擋？」

「我自己的屏障似乎就足以阻擋他們的屏障了。哎呀，那是簡化的說法，聽起來可能有點矛盾。總之，我還是能夠以我需要的速度處理資訊。」

「嗯哼，」我說：「超感處理器。難怪我可以感覺到你的思考。」

「什麼意思？」

「有時候，當我深陷那種狀態……就是我那樣的時候……我可以感覺到你。你的思考，你的處理器。就像我有時可以感受到布蕾德那樣。總之，剛才談到複製你的事只是說說而已吧？我們沒辦法把你轉移到新的飛艇，因爲那艘飛艇思考的速度不夠快。」

「我應該可以撐得過去，」M-Bot說：「我只要思考慢一點就行了——只要變笨就好。但還不到人類那麼笨，而且你們好像也都過得還可以。」它停頓了一下。「呃，沒有冒犯的意思。」

「我相信你會發現我們的愚蠢很討人喜愛。」

「才不！無論如何，我還是想嘗試一下複製自己，看看這樣能不能證明……我真的有生命。」

我繞過它到另一側機翼，同時露出笑容。在我正式加入DDF之後——以及M-Bot的身分公開之後——保養它的事就由地面人員接手了。不過在那之前只有我和羅吉。困難的工作大部分是羅吉處理，可是他把很多簡單的差事交給我——潤滑、清理油漆、檢查線路。

保養自己的飛艇讓我有種滿足感。某種放鬆的感覺。平靜。

我看著它機身光亮的表面時，發現「無限」也在看著我。一片深沉的空洞取代了我的倒影，那片空洞被幾道刺眼的白光穿透，看起來像可怕的太陽。正在看著我。

那些眼睛。這裡有不只一個星魔。就在這裡。

我搖晃著後退，油槍鏘一聲掉在地上。倒影消失了，而我敢發誓那裡完全空白了一小段時間。接著就像打開螢幕那樣，艾拉妮克的形體出現了——是我身上的立體投影。

「思蘋瑟？」M-Bot問：「怎麼了？」

我跌坐在屋頂。上方的飛船沿著隱形的公路航行。整座城市蠕動了一下又繼續運作，討厭的昆蟲發出令人作嘔的嗡嗡聲，聲音從四面八方傳來，讓我快要窒息。

「思蘋瑟？」M-Bot又問了一次。

「我沒事，」我低聲說：「我只是……只是在擔心明天，要在沒有你的情況下飛行。」

我覺得很孤單。雖然M-Bot很棒，可是它沒辦法像金曼琳或FM那樣了解我。或是尤根。可惡，我好想他。我真想念可以向他發牢騷，然後聽他過度理性卻又能令我平靜的反駁。

「別擔心，思蘋瑟！」M-Bot說：「妳行的！妳對飛行真的很拿手。比任何人都厲害！妳的技巧簡直不像人類呢。」

這讓我感到一陣寒意。簡直不像人類。頭暈目眩的我往前傾，雙手抱住了雙腿。

「我說了什麼？」M-Bot的聲音越來越小：「思蘋瑟？怎麼了？到底怎麼回事？」

「奶奶講過一個故事，」我輕聲說：「那個故事很奇怪，跟其他故事很不一樣。不是關於皇后、騎士或武士的故事。是關於一個男人的故事……他失去了影子。」

「要怎麼失去影子？」M-Bot問。

「那是個幻想故事。」我說，然後想起奶奶第一次告訴我這個故事的時候。我們坐在洞穴裡像方塊的公寓頂部，鍛造場發出深沉、飢餓的光線，將一切都漆成紅色。

「在一個奇異的夜晚，一位正在旅行的作家醒來時，發現自己的影子消失了。他無計可施，也沒有醫生幫得上忙。最後他只能繼續過生活。

「可是有一天，影子回來了。它敲了門，歡欣地問候主人。它環遊世界，逐漸理解了人類，事實上，它還比作家更了解人類。影子見識過世人心中的邪惡，而作家坐在壁爐旁，享受著那些眞心說出的幻想故事。」

「眞奇怪，」M-Bot說：「妳祖母不是常告訴妳屠殺怪物的故事嗎？」

「有時候，」我輕聲說：「怪物會屠殺人類。在這個故事中，影子取代了那個人。它說服了作家，說能夠帶他見識世界，但他必須同意暫時變成影子。當然，那個人答應後，影子就不肯放他走了。影子取代了他，娶了一位公主，也變得很富有。而那個眞人變成了影子，逐漸憔悴，變得瘦弱陰沉，只能勉強活著……」

我回頭看著M-Bot。「我一直納悶她爲什麼要告訴我那個故事。她說那個故事是她母親告訴她的，那時他們還會在星辰之間旅行。」

「所以妳擔心的是什麼？」M-Bot說：「妳的影子會取代妳嗎？」

「不，」我輕聲說：「我擔心我已經是影子了。」

我閉上眼睛，想著星魔住在哪裡。那個地方在剎那之間，是一片冰冷的虛無。奶奶說過以前人們會對引擎人員感到恐懼與懷疑。他們不信任超感者。

自從開始看見那些眼睛以來，我的感覺就變得不一樣了。我已經去過虛無，而這讓我不禁好奇從那裡回來的我，是否再也不是眞正的我了。或者，我所知道的我其實一直是別的東西。不像人類的東西。

「思蘋瑟？」M-Bot說：「妳說妳不是很會說故事的人。那是個謊言。我很佩服妳能夠這麼輕易地說出一個好故事。」

我看著掉落的油槍把一小團透明的潤滑油噴到屋頂上。可惡。我太激動了——M-Bot說得眞的沒錯。我睡眠不足的時候就會變得奇怪。

很明顯就是這樣，睡眠剝奪讓我產生幻覺，而且我才會語無倫次。我站起來——刻意不看自己的倒影——然後收好潤滑油槍。我在向下進入大使館的樓梯停步。

一想到要睡在那個單調、空洞的房間……還有那些眼睛看著我……

「嘿，」我對M-Bot說：「打開駕駛艙吧，我今天晚上睡這裡。」

「妳有一整棟房子，裡面有四間臥室，」M-Bot說：「而妳要回來睡在我的駕駛艙，就像妳被禁止待在DDF宿舍那個時候？」

「對啊，」我說，然後一邊打哈欠一邊爬進去關上座艙罩。「可以幫我把座艙罩弄暗嗎？」

「我覺得床可能會比較舒服，」M-Bot說。

「大概吧。」我讓椅背往後躺，然後拉出毯子，調整好姿勢，聽著外面來來往往的噪音。那種聲音聽起來很奇怪，像是在指控著什麼。

在我開始入睡之前，突然有種被隔絕的感覺。儘管周圍都是聲音，卻覺得很孤獨。在這裡有上千個物種，可是感覺卻比在家鄉探索洞穴時還孤單。

第三部

Part Three

間曲

尤根．威特走進醫務室，一隻手臂下方夾著飛行頭盔。或許他應該把頭盔收起來，可是又沒有規定指明必須這麼做——而且帶著頭盔的感覺很好，讓他覺得自己隨時都做好起飛的準備，讓他有自己掌控局面的錯覺。

躺在醫務室床上的生物證明了他並未掌控局面。他們在那位女外星人身上連接了各種管線和監測儀器，也替她戴上面罩控制她的呼吸，可是尤根最先注意到的，是她的手臂被皮帶捆綁在桌子上。即使思蘋瑟似乎認爲這位外星人不具威脅，DDF的高官們還是格外謹慎。

這位墜機的飛行員有外星人的生理機能，讓DDF的醫療人員完全摸不著頭緒。他們最多也只能替她縫合傷口，然後希望她哪天會自己醒來。過去兩天裡，尤根已經來看她至少六次了。雖然知道她不太可能在他來的時候清醒，不過尤根還是想抓住能最先跟她說話的機會，最先提出問題。

妳能找到思蘋瑟嗎？

思蘋瑟離開之後音訊全無，他的擔憂與日俱增。他鼓勵她就那樣離開，這麼做對嗎？他是不是害她落單，沒有後援，被抓起來並遭到刑求了？

他違背了DDF指揮系統的規定讓她離開。現在，要是她因此被俘……嗯，尤根無法想像有比不服從還更糟的事，接著意識到自己不該這麼想，於是抱著希望來到這裡。這個外星人是位超感者，她能夠找到思蘋瑟並幫助她，對吧？

但這個外星人得先醒過來才行。一位醫師拿著寫字板走向尤根，盡責地讓他看了外星人生命徵象的報告。雖然尤根看不懂大部分的圖表，可是人們通常很尊敬飛行員，就連最高階的政府管員也常會讓路給戴著現役飛行員胸針的人。

尤根並不在乎受到注意，不過出於傳統還是接受了。他的同胞能夠存在、過生活，是因爲戰爭機器的運作——倘若他必須擔任其中一個最突出的齒輪，就得嚴肅正經地承擔這個位置。

「有新的情況嗎？」他問醫師。「告訴我圖表上沒有的事。她有活動嗎？她在睡著時有說話嗎？」

醫師搖搖頭。「什麼都沒有。她的心跳很不規律，我們也不知道這對她的物種而言是不是正常狀況。她可以正常呼吸，但她的氧氣濃度很低。同樣地，我們也無法判斷這是否正常。」

跟之前一樣——如果她眞的會醒來，可能也要好幾個星期後了。工程人員正在研究她的飛艇，不過目前他們還沒辦法破解她資料庫的加密。

科學家想分析什麼都行。尤根想要的祕密則是在這個生物的腦中，他覺得接近她時都會有種……電流感，全身上下會感到一陣輕微的衝擊，就像被潑了冷水那樣。現在他站在她面前，聽著人工呼吸器穩定的嘶嘶聲時就可以感覺得到。

他以前第一次遇到思蘋瑟時就有相同的感覺。他以爲那是吸引力，而他也確實感受到了。儘管她不斷令他受挫，他還是像飛蛾撲火般受到吸引。可是還有其他的東西，這個外星人也有那種東西。他知道那種東西也深埋在他的家族之中。

他回頭看著醫師。「請記下來，如果她的情況有任何變化就通知我。」

「我已經記下了。」醫生回答。

「根據圖表底部的代碼，妳已經更新了她的狀態優先順序，這讓我必須重申我的要求。部門程序第1173-b號。」

「噢，」她說，然後再次查看圖表。「好的。」

尤根對她點點頭，然後離開醫務室，回到主要平台的走道。他正要前往飛艇的機棚看地面人員輪班報告時，高音警報器突然瘋狂作響。他愣在原地，解讀在了無生氣的金屬走廊中迴盪的嗡嗡警報聲。

遭到砲火攻擊了，他心想。不妙。

他在急忙衝向飛艇的一大群飛行員與工作人員之間行進，直接前往指揮室。來的是砲火，不是飛艇。戰機並未緊急出動。這次規模更大，更嚴重。

尤根走到指揮室，在守衛放行進入時感到胃部一陣翻攪。室內的警報聲變小了。目前，DDF已經將許多指揮階層的人員從艾爾塔基地轉移到主要平台，卡柏總司令想要把軍事設施與平民人口分離，隔開克里爾人的潛在目標。

不過他們還在設置階段，所以這個房間裡有一堆雜亂的線路和臨時螢幕。尤根沒去打擾聚集在房間另一端一塊大螢幕前的指揮幕僚。雖然他的軍階有資格加入這裡的活動，但他不想讓大家分心。於是他走向一排工作站電腦，那是安森．奈朵拉的工作範圍——這位年輕女子隸屬無線電部隊，以前在學校時就跟他認識了。

「發生什麼事了？」他傾身靠到她身旁問。

她指著顯示器，而根據底部的指定名稱，螢幕正顯示著其中一艘被派到殼層外的偵察機所傳來的影像。影像裡有兩艘巨大的克里爾戰艦正往他們行星移動。

「對方正在就位，」奈朵拉低聲說：「他們可以透過防衛平台即將出現的縫隙開火，擊中地面的艾爾塔基地。」

「我們可以反擊嗎？」尤根問。

奈朵拉搖頭。「我們還無法控制外圍平台上的長程火砲——就算可以，那些戰艦的距離也太遠了，他們能夠在我們的砲火到達前移動避開。而這顆行星可沒辦法移動。」

尤根的胃部糾結在一起。敵人可以從軌道以毀滅性的砲火轟炸狄崔特斯的地表，如果持續砲擊，再加上行星自身的引力，克里爾人可以說佔盡優勢，那些戰艦甚至能夠消滅最深層的洞穴。

「有什麼其他辦法嗎？」尤根問。

「要看工程隊的進度……」

尤根無助地看著兩艘戰艦滑行就位，接著開啓砲門。

「他們沒回應我們對話的要求，」前方某個人說：「看來他們不會先給我們警告了。」

那向來就是克里爾人的作風。沒有警告，沒有寬恕，沒有投降的請求。根據思蘋瑟竊取到的情報，DDF知道克里爾先前原本只是要壓制人類，然而在六個月前，則變成了打算讓人類完全滅絕。

「但爲什麼是現在？」尤根問。

「他們得等平台對齊，」奈朵拉說：「這是他們幾個星期以來，第一次能夠在沒阻礙的情況下對艾爾塔開火，所以他們現在才會行動。」

的確，在尤根看著畫面時，構成狄崔特斯外殼的許多平台，在難以捉摸的移動模式之下逐漸對齊，露出了一個開口。戰艦立刻發射巨型砲彈，射出的東西跟戰機差不多大。尤根暗自向星星和引領星辰的先人們祈禱。以他的技巧和在駕駛艙裡受過的訓練，根本無法對抗戰艦。

人類的命運就操縱在聖徒和DDF工程師的手中。

房間裡安靜到尤根都能聽見自己的心跳。所有人都屏氣凝神，看著砲彈像下雨般落向狄崔特斯。接著發生了變化——開口側面的其中一座平台開始移動，古老的防衛機制隨即亮起。資料開始流入奈朵拉的次螢幕——是從工程隊和DDF偵察飛艇傳來的報告。

行星狄崔特斯可不是簡單的目標。奈朵拉的主螢幕標示出正在移動的平台，看起來像是一片平坦的金屬。金屬似乎移動得很慢，不過那些炸彈也是。從這麼遠的距離看，尤根的大腦實在難以想像這場衝突的規模——光是那塊金屬的寬度就有一百公里了。

炸彈接近時，平台上的許多部分紛紛開啓，往太空射出一連串明亮的能量砲。能量砲擊中戰艦發出的砲彈，以能量對抗力量，將砲彈彈開並抵銷了動能。平台周圍突然出現一道護盾攔截了殘骸，使殘骸的速度減慢並避免它墜落到地表。

房間裡的所有人都鬆了口氣，奈朵拉甚至還發出歡呼聲。雖然戰艦朝艾爾塔開火，顯然也不在乎摧毀艾爾塔，但它們緩慢撤退了，顯示這是一次對狄崔特斯行星防衛機制的測試。

尤根拍拍奈朵拉的背，然後走到房間側邊，深呼吸讓自己平靜下來。終於有好消息了。其中一位副司令從主通訊頻道呼叫，稱讚工程隊做得好。

不過奇怪的是，卡柏總司令仍然待在自己的螢幕前，跛著腳拿著一個空咖啡杯凝視螢幕，而其他人早就去發布通告或互相祝賀了。

尤根走上前。「長官？」他問。「你看起來不太高興？工程師有即時啓動了防衛。」

「那不是我們工程師處理的平台，」卡柏輕聲說：「那是狄崔特斯舊有的防衛設定。我們是走運，附近剛好有一座能夠運作的平台，而且能夠部署反轟炸措施。」

「噢，」尤根說。他的放鬆感隨即消失了一些。「但……我們還是安全了，長官。」

「你看畫面底部的功率讀數，少尉，」卡柏說：「這場騷動消耗了難以置信的能量。這些舊平台幾乎沒什麼動力了，就算讓其他的去運作，也要花上好幾個月或好幾年才能製造出新的太陽能收集器。

「而且就算我們做得到，反擊措施也能繼續運作……嗯，如果克里爾人開始持續轟炸，他們終究還是會突破這些平台的。這些防衛並不是要在長期攻擊下保護我們，而是最後救命的一招，目的是拖延入侵者，讓友軍的戰艦可以趕到並擊退他們。只是我們沒有友軍戰艦。」

尤根回頭看著室內正在慶祝的人們。他們穿著硬挺無瑕的DDF制服，看起來很有威嚴。這只是表面。跟敵人的資源比較起來，DDF並不算他們的敵軍——而只是一群邋遢的難民，拿著一把勉強算是槍的武器而已。

「只要繼續困在這顆行星上，」卡柏說：「我們就死定了，就這麼簡單。沒錯，我們是顆外殼特別硬的蛋，但一旦敵人發現無法用湯匙敲破我們而改用大榔頭，我們就完蛋了。不幸的是，我們唯一能逃脫的機會就這樣無影無蹤消失了。那個女孩……」

「我相信我的決定，長官，」尤根說：「思蘋瑟會成功的，只是我們要給她時間。」

「還是希望當時你有聯絡我。」卡柏說。尤根那麼做並未受到任何懲處，他可以主張自己是根據17-b號規定做出決定的，但事實上他並不是負責那項任務的高級軍官。帶領安全小組的是地面部隊的黃上校（Colonel Ng）。尤根應該要找他談，或是聯絡卡柏。

尤根送走思蘋瑟這件事，很有可能害慘了大家。*只要繼續困在這顆行星上，我們就死定了。就這麼簡單……*

尤根深吸一口氣。「長官。我可能還得違反另一項規定。」

「反正那些規定有一半我都不清楚，少尉。別擔心。」

「不，長官。我是指……家族的規定。是一件我們不應該談論的事。」

卡柏注視他。

「你知道，」尤根說：「我的家族努力想隱瞞關於那種缺陷的話題嗎？不讓大眾知道這件事？思蘋瑟的父親也有，那是……是……」

「超感者？」卡柏問。

「這是有原因的，長官。」尤根說。

「我知道。你的一些先人也有，這不只出現在引擎人員身上。你說過你會聽到東西對嗎，孩子？看見東西？」

尤根緊閉嘴唇，然後點點頭。「白光，長官。在我的眼角餘光裡會看見。就像……就像眼睛。」

就這樣。他說出來了。為何他會流這麼多汗？說出這幾個字沒有那麼困難吧？

「嗯，那倒是要注意一下，」卡柏說，接著把杯子舉到一旁。一位助理即時接過杯子，跑去替他續杯了。「跟我來。我帶你去見一個人。」

「是心理部隊（Psychological Corps）的人嗎？」尤根問。

「不。是個對派有絕佳品味的老女人。」

第十九章

我被驚恐的M-Bot嚇醒。

「思蘋瑟！」它喊著：「思蘋瑟！」

我突然心跳加速，倉促地在駕駛艙裡就位。我抓住控制球，眨著惺忪的雙眼，大拇指放在扳機上。

「什麼？」我說：「我射到了什麼？」

「有人在大使館裡，」M-Bot說：「我設定了接近警報。對方正偷偷前往他們以爲妳在睡覺的地方。」

可惡。是刺客嗎？在全身冒汗、腦袋因爲剛睡醒還不靈光的狀態下，我連忙啓動飛艇，然後就愣住了。接下來……怎麼辦，飛走嗎？要去哪裡？我此刻完全在星盟的掌控中——如果他們要我死，應該不會派出刺客吧？

我得弄清楚狀況，於是下定決心，在駕駛艙的小型武器櫃中取出破壞砲手槍。就我所知，在星界是禁止攜帶私人武器的——不過我似乎也有某種外交豁免權，總之不太清楚自己現下該怎麼做。

我確認身上的立體投影正常，輕聲打開座艙罩悄悄爬出去，然後壓低身體，以防有狙擊手。我衝向往大使館的樓梯，接著躡手躡腳往頂樓走去。

「他們有兩個人，」M-Bot在我耳裡輕聲說：「一個已經到了頂樓的廚房，另一個在一樓的門口附近，可能是要看守出入口。」

好吧。我從來沒參與過實際的地面作戰，而且幾乎沒受過什麼訓練。然而，在離開樓梯進入頂樓時，我卻感覺到跟投入空戰之前一樣的冷靜與決心。只要手裡有槍，我就可以應付刺客。這是我能夠解決的問題，比昨晚入睡前那些模糊不清的憂慮好多了。

「敵人的位置大約在門後兩公尺處，」M-Bot低聲對我說：「就在流理臺附近，對方現在背對著門。我猜對方可能很訝異妳不在臥室裡。」

我點點頭，接著就衝進房間，舉起手槍。一個褐色外殼的克里爾人聽到動靜轉身，導致某個東西掉在地上摔碎了。是盤子？

「啊！」克里爾人說，而我的翻譯器將聲音解讀爲女性。「別殺我！」

「妳在這裡幹什麼？」我問。

「清理妳的碗盤！」女克里爾人說。她揮動著盔甲般的肢體，看起來似乎很焦慮。「我們是派來爲妳打掃住處的！」

打掃住處？我皺起眉頭，手槍仍然舉著。女克里爾人繫著一條皮帶，砂岩般的外殼身上掛滿了清潔用具，而透過頭盔的面板，我看見裡面那個像蝦蟹的生物正驚慌失措。我沒看見她有任何武器。

有陣聲音突然從下方的一樓傳來。是……吸塵器？

「呃，」M-Bot說：「也許我們誤判情況了。」

「太凶狠了！」克里爾清潔工說：「沒人提醒我會發生這種事！」

「誰派你們來的？」我問，然後走上前。

她畏縮往後退。「是物種整合部僱用我們的！」

我瞇著眼睛，但收起了槍。「抱歉誤會了，」我說，然後就留下她，去查看另一個人——第二個克里爾人正在哼著旋律一邊吸地。

我看著這個場景時，門鈴響起了。我又皺起眉，然後走向門口。門邊有一個包裹——大概是我的新飛行服吧。

庫那就站在外面。這傢伙身形高瘦，皮膚是藍色，全身裹著一套深藍色長袍。我打開門。

對方又是一副令人不寒而慄的笑容，露出太多牙齒了。「哎呀，艾拉妮克特使。我可以進去嗎？」

「你派了走狗來偷襲我嗎？」我說。

庫那突然愣住。「走狗？我不太清楚那個詞的翻譯。是指僕從？我是派查威特（Chamwit）太太來當妳的女管家，而她帶了一位助手。我知道妳沒帶自己的人過來，可能會需要一些幫手。」

間諜。我很清楚。我找到並關閉了監視裝置，所以他們要派人來房子裡盯著我。我有留下什麼會洩露身分的東西嗎？

「希望妳會覺得他們有幫上忙，」庫那說，接著查看通訊平板。「嗯，我有點進度落後了。妳預計要在大約三十五分鐘後搭上飛行器，我們可不希望妳在成為飛行員的第一天就遲到呢。」

「你想要我做什麼？」我懷疑地問。還有你在玩什麼把戲？

「只是確認妳真心想要星盟接納妳的同胞，」庫那說：「我可以進去嗎？」

我往後退，不情願地讓對方進入。庫那往內看了一眼正在使用吸塵器的克里爾人，然後就緩步走到一間沒有人的會議室。我跟上去，但庫那坐下時，我停在門口。

「我對妳努力的成果感到非常高興呢，艾拉妮克，」庫那說：「還有我要對昨天那場……慘痛的經歷道歉。我不知道溫齊克那票人會使用這麼激烈的方式來選擇飛行員，保護服務部真的很魯莽。」

「這個嘛，需要你道歉的不是我——那些真正需要道歉的人現在全都死了。」

「的確。」庫那說：「妳對人類戰爭了解多少，烏戴爾的艾拉妮克？」

「我知道人類輸了，」我謹慎地說：「在那之前統治了我們的行星，還強迫我們跟他們一起作戰。」

「那是政治上的說法，」庫那回答：「妳的同胞遠比某些人以為的更適合星盟。而我，大家都知道我有時候會挑戰社會風俗。或許這是因爲我偏好跟還沒加入星盟的物種互動並了解他們的習性。」

庫那整個顯得很高大也很冷漠。接下來繼續說話時，庫那稍微轉頭望向前面窗外，聲音逐漸變小，甚至像是陷入了沉思：「我猜妳從沒見過星魔攻擊造成的後果，這一點我很羨慕妳。它們只要經過行星──或者可以說是穿過──就能徹底消滅上面的所有生命。它們不完全存在於我們的現實中。它們橫掃過後，只會留下一片寂靜。」

這跟我們的對話有什麼關係？我們是在討論人類吧？

「眞可怕，」我說：「可是……你之前說星魔幾個世紀前就離開我們的銀河系了，所以怎麼會有人親自見過它們做了什麼？」

庫那的手指互敲著。這時我才想到原來幾天前我就見過答案了。我站在狄崔特斯外圍的太空站上，看著那段年代久遠的影片。我確實見識過星魔的能耐。

「人類召喚了一個星魔，對不對？」我問。「所以你們才會這麼害怕星魔，所以才會這麼討厭人類，不只是因爲戰爭。人類試圖要把星魔變成武器。」

「對。我們差點就輸掉那些戰爭了。不過第二次大戰期間，人類在小型或垂死星球附近的偏僻行星上建立了隱藏基地。他們在那裡開始了一個可怕的計畫，要是成功，那麼星盟不只會被摧毀，而是會完全消失。」

我感覺體內有一股凍結的寒意。星魔背叛了我們……那段影片中的男人這麼說過──就在狄崔特斯上的所有人被吞噬之前。我看著那些早已死去的人類試圖這麼做。那就是他們在做的事，他們召喚了一個星魔。只是星魔並未摧毀人類的敵人，而是反過來對付他們。

那種恐懼感又從我體內湧出，我感到噁心想吐，將身體靠在門框一側。

「我們極其幸運，因爲他們自己的武器背叛了他們，」庫那說：「星魔是無法打敗或控制的。人類成功帶了一個到我們的國度，它就毀滅了他們最重要的行星與基地。即使人類被擊敗了，這個星魔還是對銀河系造成了好幾年的災難才終於離開。

「我知道妳的同胞敬畏人類，艾拉妮克。不，妳不必反駁，我可以了解，甚至能夠有一定程度的同理心。然而妳必須知道我們在這裡的任務——學會跟星魔戰鬥——這是必要的計畫。

「溫齊克和我雖然可能對這件事執行的方式有歧意，但我們是一起設想出這項計畫的：發展對抗星魔的反制措施。在我們成功之前，星盟會一直處在極度的危險之中。」

「你們……認為人類會回來對不對？」我問。線索拼湊起來了。「我在本地的資料網路讀過，他們應該全都限制在保留區內——可是有些人說人類差點逃脫了。」

庫那的目光終於從窗戶轉回來看著我，那種外星表情很難解讀。對方做了個不在乎的手勢，把兩根手指揮到面前的一側。「去看舊檔案的話，妳會發現人類本來就一定會差點逃脫。其實，不知為何，他們的抵抗力量爆發時，似乎總是會剛好碰上保護服務部需要通過某個重要的支出法案呢。」

這句話像是朝我腹部打了一拳。保護服務部——克里爾人……他們在利用狄崔特斯跟我的同胞來得到政治利益？

「妳認為是他們讓人類變得更加危險嗎？」我說：「也許他們稍微放鬆了戒備，讓大家有一定程度的恐懼，藉此證明他們部門做得很好？」

「我不會做出這種結論，」庫那說：「這種推論需要證據，不只是假設而已。不如就說我覺得很好奇吧。而且這種情況很久以前就發生了，頻率也非常規律，因此無論那些專家和評論者怎麼想，人類對我們是真正的危險這件事還是令我很懷疑。」

不過你錯了，我心想。溫齊克犯了個錯誤。他讓DDF變得太強大了。他讓我成為了飛行員。而現在……現在我們真的就快要逃出去了。這次就不只是個方便的藉口了，他一定很驚慌……

所以現在他才會建立這支太空軍隊，這支由飛行員組成的特別團隊。這不可能是巧合。

「星魔是真正的危險，」庫那說：「或許我錯了，又或許人類在未來會再度成為威脅。但就算他們不是威脅，還是會有其他人想利用星魔。跟星魔打交道是愚蠢、魯莽、具攻擊性的行為——而外頭永遠都會有某個種族嘗試這麼做。除非我們能夠對抗星魔或至少趕走它們，否則星盟就永無安寧。」

「聽起來很合理，」我是說真的。我的主要目標是偷走超驅裝置……不過要是能發現星盟用來對付星魔的武器，我相信那對我們一定也有好處。

可是庫那為什麼要告訴我這一切？對方站起來走向我，目光移向我的身體側面——看著我倉促放進口袋卻突出了一截的武器。我立刻把槍塞進去。

「妳不應該帶著那個東西，」庫那說：「妳在我的保護下，但也僅止於此了。」

「抱歉，」我說：「我以為你要……總之，我可能嚇到了樓上的管家。」

「我會處理的，」庫那說：「我只是要妳了解妳的任務有多麼重要。一定要有人看著溫齊克。我對這項訓練計畫的影響力不如預期，因此，我希望妳記住我們的約定。我會盡量讓妳同胞申請加入星盟一事得到許可。作為交換，我希望妳將訓練的事回報給我。」

「就是我要當你的間諜，」我說。

「妳是要為星盟服務。我有正式的許可與授權，所以妳應該全部告訴我。」

好極了，這正是我害怕的：我夾在他們兩個之間了。

「別這麼擔心，」庫那說，然後又露出掠食者般的笑容。「我會請妳這麼做，有一部分的原因是我知道妳會很安全。身為超感者，如果遇到危險，妳可以立刻進行超空間跳躍離開。」

「對，關於這件事，」我說。我該怎麼說出實情呢？「我的飛艇不在，而我需要飛艇上面的技術才能超空間跳躍。」

「哎呀，」庫那說：「所以妳還沒接受過完整訓練，還需要機械輔助？」

「一點也沒錯。你覺得你可以提供我一些訓練嗎？」

庫那搖著頭。「經過訓練的超感者比未經訓練的危險多了。我們自己的超感者都要經過好幾個世紀的訓練，才會強大到意外吸引星魔出現——而我們認爲妳的同胞距離那種程度還差得很遠。訓練妳只會讓那種危險加快出現。」

「如果我有裝備超驅裝置的星盟飛艇，說不定就可以試用你們的技術了，」我說：「到時候我就會知道那種感覺，並且學習怎麼安全地進行超光速移動。」

「哇嗚……」M-Bot在我耳裡說：「厲害！」

「嗯，我不能阻止妳經歷超空間跳躍，」庫那說：「妳今天要去的訓練機構就會需要用到，所以妳最好注意整個過程。」

太棒了。我查看手環上的時間。可惡，時間快到了。

「別讓我拖延妳了，」庫那用一貫平靜的語氣說：「去準備吧，妳要忙一整天呢。我對那些內容會很感興趣。」

好吧。我沒辦法趕走庫那，只好衝向樓梯，抓起包裹並從正在吸地的克里爾人身旁經過——對方在我出現時嚇得往後跳開。我不相信這種裝出來的膽怯，對方很明顯是間諜。我在這場遊戲中要小心行事。

一進入臥室，我立刻檢查是否有留下任何會暴露身分的東西，接著換上他們配發的飛行服，從房間抓起毀滅蛞蝓，然後急忙上樓去找M-Bot。「看好毀滅蛞蝓，」我輕聲對它說，同時把蛞蝓放進駕艙。「庫那說我今天的訓練地點會用到超空間跳躍過去。這樣你能夠聯絡上我嗎？」

「妳的手環沒有超感發射機，」M-Bot說：「原本應該要有的，可是妳的同胞沒有製作所需要的零件。所以如果妳的新飛艇有，我們就可以研究怎麼聯繫——否則答案就是不行，我們沒辦法在妳超空間跳躍離開後通話。」

好極了。我把破壞砲手槍收好。「注意任何異常狀況。」

「如果我真的發現異常狀況了呢，思蘋瑟？我又不能逃跑。」

「我不知道，」我洩氣地說。我真討厭受到別人控制。「如果一切失控了，至少試著死得英勇一點，好嗎？」

「我……呃……我不知道該怎麼回答。太不尋常了。不過等一下，我有東西給妳。」

「什麼？」我問。

「我正在上傳第二個立體投影圖到妳的手環。如果妳使用的話，外觀就會變得像是一個長相普通的左側狄翁人（left dione），這是我設計的。有備用的外表應該不錯吧。」

「我連現在有的這個都不知道能不能應付了。」我說。

「不過以防萬一，這麼做還是明智之舉。妳應該走了。在妳開始超空間跳躍之前，我還是會跟妳聯繫，所以我們還不會馬上停止通訊。」

我倉促下樓隨便吃了點早餐，然後依照指示打包午餐。我把午餐放進我下訂送來的背包，接著趕到一樓，鈴聲也剛好響起，提醒著要載我去訓練的飛行器已經抵達了。

庫那站在前門附近的平台上。

「別碰我的飛艇。」我對庫那說。

「我沒想過要那麼做。」

我猶豫了片刻，忍受那副令人無法信任的笑容，然後嘆了口氣，大步走出門口。

第二十章

所謂的飛行器是一輛小型飛車。我不認得外星駕駛的種族，不過外表看起來有點像眞菌。如果M-Bot知道一定會很興奮。

裡面的座位實在太過舒適了，就像尤根那些高級轎車裡的那樣。我搖搖頭，在飛行器起飛時繫好安全帶。

我沒一直去想必須留下M-Bot的事，而是看著下方的城市——一片看似無窮無盡的廣闊區域，由各式各樣的建築組成。「我們要去哪裡？」我用飛車駕駛聽不見的音量輕聲問M-Bot。

他在我耳裡尖聲說：「妳收到的命令說妳會被載到度量衡號（*Weights and Measures*）。」

「那是飛船嗎？」我問。這個名稱聽起來也太天眞無害了。

「對。是一艘大型商船。」

很明顯是偽裝。這艘度量衡號一定是軍用飛船，只是星盟不想讓一般人知道。

「可以幫我複習一下今天要跟我一起飛行的物種嗎？」我問。「我覺得艾拉妮克應該會稍微了解他們。」

「那眞是好主意呢！」M-Bot說：「我們可不想讓妳聽起來比平常那樣更無知吧。我看看……莫利穆爾是狄翁人，妳現在應該有一些經驗了。不過莫利穆爾是大家所謂的初體（draft）——以人而言尚未出生。」

我打了個冷顫，然後望向窗外。「他們做的事感覺像是某種優生學，」我低聲說：「他們不應該決定人們帶著什麼性格出生。」

「那是非常以人類爲中心的思考方式，」M-Bot說：「如果妳完成這項任務，就得學習從外星人的角度來看事情。」

「我盡量，」我低聲說：「我對他們稱爲幻格曼的種族最感興趣。他們有什麼特色？」

「他們是聰明的生物，存在於空氣中一團局部的微粒中。基本上，他們就是氣味。」

「會說話的氣味？」

「說話、思考，而且根據我讀到的資料，還是有點危險的氣味。」它回答。「他們爲數不多，但是整個星盟提到他們時都很低調。本地資料網路上的來源堅稱，所有剩下的幻格曼都是祕密的政府探員——他們有許多死在人類戰爭中，而且繁殖的速度很慢。

「大家對他們所知不多。看來他們通常會調查跟星盟內部政治有關的事，尤其是最高層官員的違法行爲。他們可以藉由進入飛艇的電子裝置來操縱，並且干擾——或欺騙——來自控制系統的電子訊號。」

「薇波昨天就在測試中那麼做了，」我說：「她接管了一架無人機來駕駛。所以她算是……直接飛過去控制這樣嗎？」

「正是如此，」M-Bot說：「至少資料網路上的人認爲是這麼運作的。關於幻格曼的官方資料非常少，不過我看得出他們其中一個參加飛行員測試會引起騷動的原因。」

「所以她也是個間諜，」我低聲說：「隱形的間諜。」

「而且能夠在太空中生存，」M-Bot說：「所以他們不只是氣體狀態的生物——否則眞空會把他們撕碎。他們似乎能夠不用特殊設備就出沒於太空中，而且可以在飛艇之間高速移動。在戰爭中，他們常會滲透敵軍戰機的機械部分，即使飛行員在機上時也能夠控制戰機。」

「可惡。」我低聲說。我要擔心的事還不夠多嗎。「那個人類呢？」

「像她那樣的人非常少。大部分人類都必須待在保留區。如果有官員想要帶走其中一位，那個人就必須得到授權——基本上，如果他們造成傷害或破壞，必須有人負起責任。」

「他們會造成傷害或破壞嗎？」

「有時候會，」M-Bot說：「我看到比較多的例子，通常是作爲代罪羔羊或出於偏見。只有政府官員可以留下人類，而且只能出於安全或研究用途。我認爲星盟利用人類，部分原因是想偶爾提醒他們自己贏得了戰爭。」

我點了點頭，這時飛行器正飛快掠過城市的上方。如果我要拉攏布蕾德，就得多了解這種事。雖然不確定是否該那麼做，不過至少得嘗試解救她，對吧？

我嘆了口氣，揉一揉額頭，試圖整理這一切。所以現在我的計畫分別有竊取超驅裝置、拯救一個受到奴役的人類，也許還得查出對抗星魔的祕密。說不定我應該只專注在主要目標上。

「妳還好嗎？」M-Bot問：「要我先停下嗎？」

「不，繼續，」我低聲說：「我只是覺得有點不知所措。至少基森人還算正常。」

「可能是因爲他們跟人類之間的歷史，」M-Bot說：「幾千年前，他們跟地球上的人類第一次接觸——當時雙方的社會都還沒工業化。」

「那是怎麼發生的？」

「超感傳送（cytonic teleportation）並不需要使用科技，」M-Bot說：「就像庫那暗示的，如果妳可以弄清楚如何使用力量，就能夠傳送自己——不只是妳的飛艇。基森人早期的超感者到了地球，但年代太過久遠，原因現在已不可考了。他們和地球的東亞許多區域之間有貿易與互動，基森人有些文化直接受到了地球的影響，但這種交流到基森人的超感者消失時就停止了。」

「消失？」

「那是個悲慘的故事，」M-Bot說：「不過我要提醒一下，當時基森人的社會還處在鋼鐵時代晚期，所以紀錄的內容也許並不可靠。看來是他們不信任超感者，所以超感者就離開了。人類參與了這場爭執——還有可能會發動戰爭。最後的結果是，基森人的主要人口被困在家園好幾個世紀，一直到星盟聯繫上他們爲止。」

「嗯，」我低聲說：「所以基森人的超感者去了哪裡？」

「沒人知道，」它回答：「剩下的全都是傳說，或許妳應該問赫修相信哪一個。我比較好奇的是，爲什麼超感者一開始就要離開。就因爲他們不受信任？我們一開始認識的時候，妳也不信任我，而我並沒有離開。」

「你又不能離開。」我說。

「我可以生氣，」它說：「我有一個生氣的子程式。」

「噢，我知道啊。」

我的飛行器往下低飛，接近一處從城市向外延伸進入黑暗之中的停靠區。然而就在穿過空氣護盾前，我注意到有一群人正在揮舞標牌。我看不懂內容——距離太遠，所以別針無法替我翻譯——於是我低聲告訴M-Bot。

「那裡有一群人在揮動標牌，」我說：「就在停靠區旁邊。」我瞇起眼睛。「有個看起來像大猩猩的外星人在帶頭。我覺得那是波爾人，跟在飛行測試時被趕走的那位是同一個物種。」

「我查查當地的新聞網，」M-Bot說：「等一下。」

我們經過那些抗議者，不久，飛行員載我飛出了空氣外殼。在我們離開平台的重力場時，我整個人開始從座位升起，頭髮也在零重力中飄浮。我們沿著停靠區飛，其中多數區域都停放了尺寸大到無法降落發射場的大型航空器。

星星又開始對我發出聲音，彷彿一種遙遠的旋律。那是星界透過虛無傳送給其他行星的資訊。我試圖專心分辨不同的聲音，但數量實在太多了。這就像深層洞穴裡的一條急流，如果我將音樂當成背景，就只會聽到單一的曲調，很容易忽略。可是如果我想要挑出任何特定的東西，那就會變成一陣響亮的撞擊聲。

我仍然訝異他們自己還是會使用超感通訊。沒錯，星盟限制了使用的程度——大多數人跟其他世界交流的方式，是把信件存到記憶體晶片，然後帶上飛船，在結束旅行時連接到當地的資料網路。然而，重要人物不只能夠使用無線電，還可以透過虛無進行超感通訊。在傳送訊息給艾拉妮克的家園時，他們就讓我這麼做了。

「找到那些人抗議的理由了，」M-Bot說：「看來測試造成的死傷並沒有被忽視。昨天在測試中被驅逐的那位飛行員高薩，他正在控訴星盟對待次等物種的方式，有獲得一些人支持。」

嗯哼。我沒料到會有這種公然違抗的事發生。

我們抵達了停靠區的最後一艘飛船，它的巨大機體讓我們的小型飛行器更顯渺小。這甚至比威脅我家鄉的那些戰艦更大，側面有許多可能是用來發射星式戰機的艙口。

那些突出的球狀物體是砲座，我心想。不過火砲目前都收進去了，這表示我是對的：*度量衡號很明顯是一艘軍用飛船*，是一艘太空航母。

看見這艘飛船讓我擔心起來。它的用途是要傳送到某處並出動機隊——也就是說，我大概不會被分配到裝有超驅裝置的星式戰機了。不過我還是抱持著希望。我的飛行器進入一道開啓的大型艙門，同時穿越了一片將空氣包圍在內的隱形護盾。人工重力將我拉回座位上，接著我們就在這個寬敞空間裡的一座發射場降落。

我從窗外第一次看見星界的軍方——一群狄翁人穿著艦隊制服並攜帶武器，排好隊伍等待我們。

「妳從這裡出去，」駕駛邊說邊打開門。「預計九〇〇〇再到這裡接妳。」

「好的，」我說，然後下了車。空氣聞起來像被消毒過，有點像氨水的味道。其他飛行器在我附近降落，飛行員接連出現，通過測試的大約有五十個人。在我納悶接下來該做什麼時，一旁的飛行器正好開了門讓一群基森人下來。他們站在像飛盤的小平台上，每個盤子足以容納五個基森人，讓這些小動物的體型顯得更小了。

赫修站在小平台上盤旋到我面前，他身旁只有兩個基森人——一位是駕駛，另一位穿著明亮的紅金色制服，並拿著一塊刻有複雜圖案的老舊金屬盾牌。

駕駛讓盤子飛到與我的視線同高。

「早安，艾拉妮克機長。」赫修從盤子中央的指揮台說。

「赫修機長，」我說：「你睡得好嗎？」

「很遺憾，不好，」他說：「我大部分的睡眠週期都在進行政治論述，以及在同胞的行星議會中投票。哈哈。政治眞是令人痛苦啊，是不是？」

「呃，我猜是吧。至少投票結果對你有利？」

「不，我全輸了，」赫修說：「議會的其他人每一件事都投了跟我相反的票。眞是霉運！哎呀，當人民實施眞正的民主，而不是活在世襲國王的非正式獨裁下，我們就是得承受這種侮辱。對吧？」

其他從我們旁邊飛過的基森人開始爲民主歡呼。

莫利穆爾走向我們，身上穿著白色的星盟飛行服，看起來很不自在。在我們附近，有人正帶領由四名飛行員組成的小隊進入度量衡號。

「看到我們另外兩位飛行隊成員了嗎？」赫修問。

「我還沒聞到薇波，」莫利穆爾說：「至於那個人類……」莫利穆爾一想到這就顯得很不安。

「我倒是想親自見見這個人，」赫修說：「傳言說人類都是巨人，住在薄霧之中，而且喜歡吃死屍。」

「我見過幾個，」莫利穆爾說：「他們的體型不比我大，其實大部分體型還比我小。可是他們……不太對勁，散發著威脅。我馬上就能認出那種感覺。」

一架跟基森人那種飛行平台不一樣的小型無人機飛向我們。「啊，」聲音從無人機裡的喇叭傳出，聽起來像我們昨天遇到的一位官員。「十五號飛行隊。好極了，沒有人掉隊吧？」

「我們少了兩個隊員。」我說。

「不，」我身旁的空氣說：「只少一個。」

我嚇了一跳。所以薇波已經在這裡了？我沒聞到肉桂味，只有那種氨水味……在這麼想的同時，那味道又幾乎立刻變成了肉桂味。可惡，她在這裡看了多久？她是不是……跟我一起搭乘飛行器來的？

「那個人類會晚點加入你們，十五號飛行隊，」官員告知我們。「你們要到六號跳躍室，我帶你們去。」遙控無人機嗡嗡飛開，我們跟了上去。在我們從飛行器接駁區抵達通往內部的門口之前，有兩位拿著破壞砲步槍的守衛攔住我們，檢查我們的行李後便揮手讓我們通過。

「『十五號飛行隊』？」我在進入走道時問其他人：「不太響亮，對吧？我們可以選別的名稱嗎？」

「我喜歡數字，」莫利穆爾說：「這很簡單，容易記錄，而且也很好記。」

「胡說，」赫修在我右側的平台上說：「我同意艾拉妮克機長的話，數字不行。我要稱我們為『夜晚終吻之花』。」

「我說的就是這個意思，」莫利穆爾說：「我們平常說話哪會講出那麼難念的詞呢，赫修？」

「沒人會寫關於『十五號飛行隊』的詩，」赫修說：「你會見識到的，莫利穆爾機長。我的其中一項天賦是給予事物適當的名字。要不是命運選擇我做現在的事，我一定會當個詩人。」

「戰士詩人嗎？」我說：「就像舊地球的吟唱詩人！」

「正是！」赫修說，然後向我舉起毛茸茸的拳頭。

我也笑著舉起拳頭回應。我們加入了其他幾個在走道上有人帶領的隊伍。那些飛行隊是根據物種分類的——很多只有單一物種，有些則混合了兩個。好像只有我們是由超過兩個物種組成的。

赫修的同胞跟人類之間有一段歷史，我心想，艾拉妮克的也是，而薇波的同胞曾經參與戰爭。說不定我們被特別選出來，是因爲我們可能有辦法應付布蕾德。

這條走道沿途都有守衛站崗，這次是兩個克里爾人，他們穿著全套盔甲，而不是平常那種普通像砂岩的甲殼。經過他們時，我突然想到，在這艘航空母艦上除了我們飛行員之外，我還沒見過任何「次等物種」。我們經過的所有守衛和官員都是克里爾人或狄翁人。

這讓我再度好奇起來……爲什麼他們需要我們這些飛行員？我們在狄崔特斯戰鬥時，他們使用的是遙控無人飛艇。

不，我心想。要是我能夠聽見傳送給無人機的指令，那麼星魔一定也可以。他們需要一批在駕駛艙受訓的飛行員。「M-Bot？」我低聲說，打算問它有沒有查到星盟使用的遙控無人機計畫。

耳機只傳來一陣靜電聲。可惡，它發生什麼事了嗎？我的心跳開始加速，後來才想到自己正在一艘軍艦內部。他們一定設置了通訊屏障，不然就是我已經離開了手環的通訊範圍。眞的只剩我一個人了。

我們跟著引導穿越了幾條走道，兩側是毫無特色的金屬牆，地面中央則鋪著鮮紅色地毯。我們來到一個交叉口，無人機向右轉，前往一條旁邊有房間的走廊。

我的隊員們都跟了上去，可是我停在路口遲疑著。往右？爲什麼我們要往右轉？根據邏輯，我知道自己應該不會感到困惑，然而我的體內有某部分延伸了出去，往我們一直在走的走道探索下去，不是在路口右轉，而是直走。往那裡走才對。我感覺得到那裡有東西……

「妳想幹什麼？」一位正在看守交叉口的守衛厲聲問。

我愣在原地，發現原來自己已經往前走下去。我抬頭看牆上的文字，翻譯器立刻提供了解答。

禁區。工程與引擎。

我紅著臉往右轉，急忙追上其他人。那名守衛一直盯著我，直到我們轉進走廊上的其中一個房間。抵達之前，我就感覺到布蕾德在裡面了——沒錯，我一進去，就看見她獨自站在小房間裡，室內還有六張摺椅。布蕾德跟我們大家一樣穿著亮白色的飛行服，而她坐在後排，繫著安全帶，正往窗外看。

「那就是她啊，」赫修盤旋在我的頭旁邊說：「看起來沒那麼危險。不過，一把殺了一百個人的刀可能不會像剛鑄造好的那麼閃亮，危險就像禁忌的香氣那樣甜美。我會經歷的。」

「這形容眞美啊，赫修。」我說。

「謝謝妳。」他說。

其他基森人飛進房間，開始交頭接耳。引導我們的無人機要我們就座、繫上安全帶並等待後續指示，然後就離開了。

「這是什麼？」赫修問。「我還以爲我們會分配到星式戰機。」

「應該會的，」莫利穆爾一邊坐下一邊說：「等度量衡號帶我們到訓練地點之後——那是在幾光年以外的一個特殊設施。」

「我……」赫修說：「我還以爲會能夠使用超驅裝置的飛艇，這樣我們就可以自己飛過去了。」

「老實說，」我說：「我本來也希望這樣。」

「噢，他們絕對不會個別分配給我們能夠超空間跳躍的飛艇，」莫利穆爾說：「那種技術很危險！他們才不會信任次等物種，誤用的話可能會引起星魔對我們的注意。」

「我們可是要學會跟星魔戰鬥啊！」我說。

「這樣還是不明智，」莫利穆爾說：「超光速跳躍一定是由具有高等智慧，並受過嚴格訓練的專業技師執行。就算是特別的物種也不允許，例如幻格曼。對吧，薇波？」

她從我正後方說話時讓我嚇了一大跳。「是這樣沒錯。」

可惡。我永遠都無法習慣有個隱形人在隊上。「某些種族有超感者，」我邊說邊坐下並繫上安全帶。「他們不需要星盟的飛艇就能超空間跳躍。」

「讓超感者傳送飛艇簡直危險到了極點，」莫利穆爾說，同時比出奇怪的手勢——是一種揮舞的動作。也許是狄翁人認爲不值得一提的表現方式？「重新讓超感者發揮作用，就像是回到古老的燃燒式引擎而不使用上斜環！不，不，我們在現代社會中絕對不會使用這麼魯莽的方法。我們的超光速跳躍極度安全，而且永遠不會引起星魔的注意。」

我好奇地看著布蕾德，可是她沒有看向我。M-Bot的研究進一步證實了庫那對我說的話：星盟的人現在雖然知道超感者，可是大多數都相信他們已經完全不存在了。一般人可能不知道布蕾德是如此，更別提知道我也是了。

那麼……這個所謂的「超光速技術」有沒有可能只是個謊言？星盟聲稱可以使用安全的方式，但如果這只是個藉口，實則是要用來控制與隱瞞大眾對於超感者的認知呢？

我閉上眼睛，照奶奶教的那樣傾聽星辰。我感覺到度量衡號終於開始移動，離開了停靠區，並且緩慢加速遠離星界。這些身體上的感覺似乎很遙遠也抽離。

星星……超感通訊……我嘗試分析、理解它們。我試著練習奶奶教的方式。假裝我在飛，上升，在太空中翱翔。

我可以……聽見……某個東西。很接近。更大聲，更引人注意。

準備超空間跳躍。

這艘飛船的艦長在下令，傳達到了工程室，我感覺得出來。至於超驅裝置……那裡有一種熟悉的感覺……

我聽到艦長下令跳躍。我等著，看著，感覺周圍的情況，試著記住整個過程。

我的大腦裡湧進資訊。是一個地點，我們要去的地方。我很熟悉那裡，我可以——

一陣尖叫聲從附近某處發出，接著飛船就突然進入了虛無。

第二十一章

我懸浮於那個不存在的地方，黑暗包圍著我。還有那些眼睛。它們在這裡。

只是它們沒在看我。

我看見它們，感覺到它們，也聽得見它們，然而它們的目光沒找到我。它們的注意力在別處，就像……就像在看著尖叫傳來的地方。

對，就是這樣。那陣刺耳、痛苦的尖叫聲還停留在我腦中，它使星魔分心，因此讓度量衡號悄悄通過了虛無。

這一切像彈了一下手指就消失了。我突然倒回小房間的座位上，同時發出了悶哼聲。我覺得好像整個人被丟出去，然後被椅子接住。我呻吟著，上半身往下癱軟。

「艾拉妮克機長？」赫修盤旋在附近問：「妳還好嗎？」

我環視四周，跳躍室裡只有我們飛行隊的成員。莫利穆爾似乎根本沒注意到我們處在虛無的那瞬間。

我回頭看著布蕾德。她的目光跟我交會，然後瞇起眼睛看著我。她知道我是超感著，她會不會……會不會懷疑我也是人類？我突然驚慌起來，低頭看著自己的手。雙手還是呈現淡紫膚色，表示偽裝還在作用。

「歡迎啊，各位！」聲音從廣播系統傳出。是溫齊克。「我們抵達了訓練設施！這真是令人興奮，是的沒錯！你們大概有許多問題吧，會有一架無人機帶領你們到飛行隊的停靠區，你們可以在那裡分配到星式戰機。」

「我們到了？」赫修問。「我們已經超空間跳躍了？通常他們會在開始之前提示一下的！」跳躍室的門一打開，他就迅速衝出去，其他基森人則是駕駛他們的平台尾隨。

我們其他人跟布蕾德則是到外面的走道上集合，跟隨一架剛抵達、準備帶領我們的無人機。另一架無人機則正去追基森人，差點就跟不上他們。

我望向工程室。那個方向，我心想。尖叫聲就是從那個方向傳來的。

這不是一場騙局。星盟的超光速驅動裝置確實能讓他們隱藏——星魔看不見我們。這使我堅定一定要偷走超驅裝置的想法。我的同胞需要這種技術。

同時，無論是什麼在驅動這艘飛船，我都強烈懷疑那並非是傳統的技術。有種太過熟悉的感覺，那是——

「妳有什麼感覺？」一道好奇的聲音在我旁邊問。

我全身僵硬，聞到了肉桂味。我走在隊伍後方，勉強讓自己不表現出因為薇波的存在而不安。如果我聞得到她……這表示我也吸進了她嗎？

「對大多數人來說，超空間跳躍是無法察覺的，」薇波用輕快的語氣說：「但對妳不是。我很好奇。」

「星盟為什麼要冒險使用超感通訊？」我脫口而出。或許不該問這個來改變話題，但我心裡一直在想這件事。「大家都很害怕星魔，但我們還是明目張膽地使用可能會引起它們注意的通訊方式。」

薇波的氣味變成了淡薄荷味。她是有意這麼做的嗎？或者那就像是人類的情緒變化？

「最後一次星魔攻擊已經是超過一百年前的事了，」她說：「這種情況很容易讓人鬆懈。而且，超感通訊其實根本不足以吸引星魔進入我們的國度。」

「可是——」

「如果星魔已經來到我們的國度，那麼它們就可能會聽見那種通訊並且追蹤。它們可以聽見所有的無線訊號——包括無線電，不過超感通訊對它們而言最具吸引力。在過去，比較聰明的帝國會懂得隱藏自己的通訊，但現在只要非常謹慎就可以使用了，前提是附近沒有星魔。以及，沒有人會傲慢到利用超感移動或使用危險的人工智慧，把它們吸引到我們的國度。」

她的氣味變淡了。我跟著無人機走，不敢回應什麼。我來這裡的目標是竊取超驅裝置，可是我的任務突然變得太過困難。我不能只是開走一艘小型的星式戰機——如果想要弄到超驅裝置，就得劫持這一整艘航空母艦。

還有更簡單的方式嗎？要是能夠看到工程室的情況，我說不定就可以把祕密拼湊起來。可惡，眞希望小羅也在這裡，我相信他一定能弄清楚這一切。

我跟著其他人到了跟剛才不一樣的停靠區。這裡有好幾群星式戰機正在準備，要讓飛行隊在今天的訓練中使用。跟DDF的流線型戰機比較起來，這些戰機比較方正，但我一開始並沒有太注意它們。

因爲外面還有更壯觀的東西。

在保留空氣的隱形屏障外，一座巨大的多面體結構幾乎佔據了整個視野。它大到讓我們的航母都顯得渺小，簡直跟一座太空站一樣大。

「各位飛行員，」溫齊克透過廣播系統說：「歡迎來到星魔迷宮。」

我走到分隔我們與眞空的屏障前。我們懸浮在太空中，繞行著一顆看起來相當虛弱的星體。那座大型結構似乎在我眼前彎曲了。我完全無法理解。掃掠般的線條，在黑暗中的層次變化；這座金屬結構不算球體，而是具有光滑表面和銳利邊緣的十二面體。

我聞到了肉桂味，接著一陣細微的聲音在我旁邊說：「他們眞的建造了一個，太瘋狂了。」

「那是什麼？」我問。

「訓練場，」薇波說。她是怎麼發出聲音說話的？「用來重建對抗星魔的戰場。人類在好幾年前建造了這個，而我們只是找到定位它的地方而已。他們知道。」

「知道……什麼？」

薇波的氣味變得更強烈了，聞起來像是機械裝置被灑了水之後的濕金屬味。「他們知道到最後還是得面對星魔。我們對它們的恐懼阻礙了自己的通訊、旅行，甚至是戰爭。只要掙脫那種枷鎖……銀河系盡在手中。」

她的氣味逐漸消散了。我待在原地思考這件事，直到赫修飛了過來。

「難以置信，」他說：「來吧，艾拉妮克機長，我們已經被分配到飛艇了。雖然它們無法超空間跳躍，可是看起來很適合戰鬥。」

我跟著他到了我們的五架戰機前。戰機被漆成了純黑色，而且沒有眞正的機翼；它們看起來像是三角狀的金屬楔形物，駕駛艙在前方，武器則裝設於傾斜的楔形兩側上。這顯然不是用來在大氣中戰鬥的。

基森人的戰機則是比其他人的差不多大了半倍，而且打造得像是一艘戰艦，裝上了許多小型砲座。基森人爲此感到很興奮，一邊查看規格一邊指派工作。看來那架戰機內部有多個工作站，以及各種運作部門。

我的飛艇是一艘攔截機，專爲速度而打造，有兩具破壞砲提供適當程度的火力，底部還有一具光矛砲塔——這讓我很高興。我本來還擔心沒有光矛可以用，而其他大部分的飛艇也都沒有。顯然星盟的官員們見識過我在測試中運用自如的樣子。

莫利穆爾也有一艘攔截機，而薇波得到的是一艘狙擊機，設置了長程火砲，但是沒有光矛。我回頭看，注意到布蕾德走向最後一架戰機——那是第三架攔截機，也裝上了光矛。

我走過去時，她正好到了飛艇前。她抬起頭，顯得很吃驚。「幹嘛？」她問。

「我只是想歡迎妳加入飛行隊，」我邊說邊伸出手，點點頭示意。「有人告訴我這是人類的動作。」

「我不知道，」她說：「我不跟怪物往來。」

她跟我擦身而過，然後就爬上梯子進入她的飛艇。可惡。她到底被洗腦到什麼程度？如果要拉攏她，就得想辦法在不引起別人懷疑的情況下多找她說話。

至於現在，我唯一的選擇好像也只能開始訓練了。而且老實說，我發現自己很想趕快開始。這一切的僞裝與藉口全都讓我覺得好累，可以再次飛行的感覺很棒。

我爬進自己的戰機，很高興地發現控制裝置都很熟悉。我們人類是在很久以前從外星人身上學到這些設計的嗎？還是因爲我們企圖征服銀河系，而將技術散播開來呢？

「M-Bot，」我說：「飛行前檢查。」

沉默。

對喔。少了它的聲音，突然讓我覺得很沒安全感。我已經習慣它在飛艇電腦裡照料著我的那種感覺了。我嘆了口氣，在座位下找到一份飛行前檢查清單，然後利用別針翻譯內容，依照步驟仔細檢查著一切如我預期的運行。

「我是艾拉妮克，」我在測試通訊之後說：「大家都上線了嗎？」

「這裡是基森人聯合飛艇，在映照陽光的小河中逆流而上號（*Swims Against the Current in a Stream Reflecting the Sun*），」赫修的聲音說：「最近才命名的。所有系統都正常運作。這艘飛艇有一張非常棒的機長椅。」

「我們應該選擇呼號，」我說：「我是春天（Spring）。」

「我們一定要選嗎？」莫利穆爾說：「我們的名字已經夠簡單了，不是嗎？」

「這是軍隊的作風，」我說：「莫利穆爾，你的呼號可以叫：抱怨客（Complains）。」

「噢，」莫利穆爾的語氣聽起來很沮喪：「看來是我應得的。」可惡。如果對方就這麼接受，損人的綽號就一點也不有趣了。

「呼號不是必要的，」布蕾德說：「我要用我的名字，也就是布蕾德。不要用別的名稱叫我。」

「好吧，」我說：「薇波，妳在嗎？」

「在，」她輕聲說：「可是我執行一般任務時使用的呼號是最高機密，所以我需要另一個。」

「摻雜垂死之人氣息的風。」赫修提議。

「那眞是……非常特別啊。」莫利穆爾說。

「是啊，」我說：「很酷，可是有點拗口，赫修。」

「我覺得很美。」薇波說。

「十五號飛行隊，」聲音從指揮部傳來：「準備起飛。指揮部通話完畢。」

「等一下，」我對那陣聲音說：「我們的指揮結構是什麼？我們要怎麼組織起來？」

「那對我們不重要，」對方說：「妳自己想清楚吧。指揮部通話完畢。」

「眞討厭，」我在私人頻道上對我的飛行隊說：「我還以爲星盟會更了解軍紀。」

「也許不會，」赫修說：「所以他們眞的需要招募我們當飛行員。」

「星盟有好幾百個其他的飛行員在操縱遙控無人機，」我說：「他們一定有指揮結構。軍官和軍階？」

莫利穆爾在頻道上輕咳了一下。「我的左父母曾經當過無人機駕駛一段時間，然後……呃，他們大部分都待得不久就退役了。那種職務壓力太大，太具攻擊性了。」

可惡。好吧，這大概也是我們能在狄崔特斯生存這麼久的另一個主因。

飛行指揮部命令我們升空，於是我們五台機器利用上斜環起飛，離開了度量衡號的停靠區，進入太空深處。

遙遠的星星發出光芒，在迷宮的金屬表面映射出明亮的光波。迷宮令人驚嘆的大小令我想起了包圍著狄崔特斯的平台——打造它們一定耗費了難以置信的時間與精力。

我們飛到指定的座標等待。我勉強讓注意力從迷宮移開，然後按下飛行隊通話鈕。我們不能在沒有指揮結構的情況下就這樣直接受訓。「赫修，」我說：「你想當我們的隊長嗎？你有指揮的經驗。」

「不太多，」赫修：「我當上機長才大約三個星期，艾拉妮克機長。在那之前，我是政治人物。」

「你曾經在基森人母星上的一小片區域當過專制君主。」薇波輕聲說。

「那是瑣事了，」赫修說：「誰會在乎那些黑暗時期呢，對吧？我們現在啓蒙了！」他遲疑了一下。「但那片區域並不小。我們可是涵蓋了那顆行星的三分之一。總之，我不認爲由我指揮這支飛行隊是明智之舉。我應該專心指揮我的人員，畢竟這艘船還需要熟悉，而且他們都還在適應。」

「如果妳想要的話可以當隊長，艾拉妮克，」莫利穆爾對我說。

我的表情扭曲。「不，拜託。我很可能會衝進黑洞之類的，你們最好別讓攔截機當指揮。薇波，妳應該當隊長。」

「我？」一陣細微的聲音問。

「我覺得不錯，」莫利穆爾說：「艾拉妮克說得對——我們不應該讓太具攻擊性的人當指揮。」

「我接受這個選擇，」赫修說：「薇波身爲狙擊手，可以全面觀察戰場，並且在最好的位置做出決定。」

「你們幾乎都不了解我啊。」薇波反駁。

這正是我提名她的部分原因。如果由薇波當我們的隊長，說不定她就不得不跟我們其他人互動——

而我或許也能夠比較不會忘記她就在身邊。我還是不太了解她在這裡的意圖。

「布蕾德？」我問：「妳覺得怎麼樣？」

「我不被允許對這種事表決。」她說。

好極了。「那好，薇波，就交給妳了。祝好運啊。」

「好吧，」她說：「那麼，我想大家應該向我回報飛行狀態的檢查結果。」

我笑了。她聽起來似乎很像具有一些戰鬥經驗——所以我已經開始在認識她了。不過呼號看來是沒指望了，因為大家在呼叫時都只使用彼此的名字。雖然感覺很不對勁，但我也只能不甘願地照做。我不想表現出對這種事太有經驗的樣子。

薇波替我們安排了預設的飛行隊形，由我跟布蕾德在最前方，赫修在中間，莫利穆爾和她則是殿後。接著大家聽了我的建議，在等待下一步指示時一起做了一些隊形練習。

大家練習時，我也在心裡向自己坦承，或許星盟讓每支隊伍自行處理指揮結構的作法還算合理。畢竟大部分的飛行隊都只由一個物種組成，不同文化可能會對從軍有不同的看法——我們有一整批基森人在同一艘飛艇上，這件事就足以證明了。

然而我還是很困擾。這讓我覺得星盟很懶散。他們想要由戰士組成的飛行隊，卻又不想處理指揮他們的麻煩事，是一種半置身事外的消極方式。在經歷過DDF明確定義的諸多規則之後，這種方式感覺很草率。

最後，溫齊克在全體頻道上呼叫我們。

「好了，各位！歡迎並感謝你們的效勞！我們保護服務部很興奮能夠訓練這支英勇無畏的新軍隊。你們將會是我們的首要防線，對抗一直威脅著星盟存在的危險。

「我們為你們準備了一支快速入門的教學影片，這應該能夠說明你們在這裡努力的方向。請體驗教學並等到最後再提出問題，再次感謝各位！」

「一支……教學影片？」我在我們隊上的頻道說。

「星盟有很多平面設計師和動畫師，」莫利穆爾說：「這些是想要在維持基本生計之外，做點不一樣事情的人最常選擇的職業。」

我皺起眉頭。「什麼是平面設計師？」

我的戰機座艙罩突然亮起了立體投影。雖然影像有點不夠眞實也缺少了景深，比不上M-Bot的，但效果還是令人佩服。

因爲它讓我看見了一個星魔。

看起來就像我在狄崔特斯那段影片中見到的。那是個巨大而有壓迫性的陰影，外圍有一團由光線和灰塵組成的雲霧。它吐出了燃燒的小行星，在太空中留下許多痕跡。雖然我知道這只是立體投影，但它們劇烈晃動、穿過我的座艙罩時，我的手還是立刻緊張地抓住了飛艇的控制裝置。

我的所有本能都在吼叫著要我立刻離開這片駭人的場景。這個不眞實、不可置信的怪物，它會毀滅我跟我所愛的一切。我感覺得出來。

「這是星魔！」一陣輕快活潑的女聲說。有個裝可愛的圖像圍繞在螢幕上的星魔四周——那是一道由星星和閃電構成的線條。

「然而，沒有人眞的知道星魔是什麼，」那陣聲音繼續說，接著我的座艙罩邊緣就出現了像是困惑的臉孔圖示。「這些錄影有將近兩百年的歷史了，是在亞酷米迪安（Acumidian）星魔出現並摧毀法爾黑文（Farhaven）行星時拍下的，那顆行星上的所有生物都變成了塵土並氣化了！眞恐怖啊！」

我的座艙罩畫面將星魔放大，就像我突然飛了過去近距離觀看。我不禁嚇了一跳，在這麼近的距離下，它看起來像是由灰塵和能量形成的雷暴——可是我看見了在深處還有影子，是某種更小的東西。一種圓形、不斷變化的……東西。

「星魔進入我們的國度時，」女聲說：「物質會在它們周圍聚合。我們認爲那一定是它們從原本的所在之處帶來的。眞怪異呢！這種物質會在星魔四周形成一種外罩，那個生物本身的體積其實更小！在這些灰塵、岩石、殘骸的正中心有個金屬殼，有時候被稱爲『星魔迷宮』！

「一般的護盾能夠保護飛行員不被星魔氣化，這是不是很棒呢！可是那些護盾在星魔的攻擊之下無法持續太久，即使是行星的護盾，通常也會在幾分鐘內瓦解。然而，有護盾的飛艇可以接近，某些甚至可以到灰塵的內部，通過殘骸，最後進入迷宮！那些飛艇在那裡碰上了一個複雜的網狀系統，是由石頭和金屬組成的扭曲管道與通道。」

星魔的影像消失，被一個大型卡通版本取代。它有生氣的眉毛跟像是人類的面孔，用一雙卡通手拉開了塵雲，露出一個外觀隆起而畸形的多面體結構。這不像我們訓練用的多面體那樣，具有光澤與角度。眞正的版本在許多地方都有突出的脊狀物，就像混合了一顆大型的小行星、一大塊熔化的鋼，以及一顆海膽。

「星魔噴出的小塊物體會追擊飛艇，」女聲說明，接著星魔就射出了卡通流星，追逐著以動畫呈現的小飛艇。「它們會試圖破壞你們的護盾，這樣星魔就可以享用你們了！要避開！它們的移動看不出有什麼推力來源，說不定是魔法呢！報告指出，對付這些餘燼時就像是在小行星場裡進行空戰，只是所有的小行星都處心積慮地想殺掉你們！

「星魔本體則是潛伏在迷宮的中心。我們特製的星魔攻擊裝置在這種干擾下無法發揮作用，所以，你們必須飛進迷宮並找出星魔。它就在裡面某個地方！你們的訓練包括了穿越我們特製的模擬迷宮。祝好運，希望你們不會死！謝謝各位！」

接著，我的畫面開始播放製作教學影片的人員清單，其中許多人的名字旁邊還有可愛的小圖示。終於播放完後，我的座艙罩再度變得透明，讓我能夠好好看著外頭的大型訓練迷宮，而它跟星魔比較起來實在顯得太普通了。

我往後靠，感受到恐懼不斷增長。我越來越確信，星盟充滿了太過看輕這個威脅的人。

「好了，」薇波用平靜的語氣輕聲說：「他們給了我們指令。我們要到以下座標，然後等待進入迷宮。」

第二十二章

薇波帶領我們小心飛向迷宮。距離拉近之後，我看見了不同區塊製造之後，拼湊起來而形成的線條。它並沒有完全被塵雲包圍，不像真正的星魔迷宮，因此訓練的體驗會變得更單調。這根本無法像影片那樣，引起真正的恐懼與憂慮。

「指揮部說要留意攔截機，」薇波告訴我們：「星魔有戰機會攻擊靠近的人？」

「不是戰機，」布蕾德用她嚴肅的語氣說：「星魔會控制我們稱為『餘燼』的大石塊，那種東西會試圖攔截並跟接近的飛艇相撞。」

「好的。」薇波說：「我問過了，指揮部向我保證，這不會像我們第一次測試時那麼危險。看來在部門裡有人夠聰明，想到要是在訓練新兵之前把他們殺光，這樣很快就會沒有新兵了。」

我笑了。薇波越說話，語氣就變得越健談——而且也沒那麼令人覺得毛骨悚然。

「那就放心了。」我說。

「這個嘛，我還是會保持謹慎，」她回答：「自從人類戰爭結束之後，星盟就不太常執行這種訓練了。現在，我們先回到隊形吧。」

我按照指令往前推進，在我們的隊伍前方就位。遺憾的是其他人不像我，他們幾乎沒有什麼戰鬥隊形的經驗。莫利穆爾停得太後面，赫修試圖跟上我，而薇波提醒說他的飛艇應該維持在中心位置。至於布蕾德……

呃，布蕾德飛得太前面，遠離了我們的隊形。可惡。雖然他們全都是有能力的飛行員，但我們還不是一支真正的飛行隊，我們沒有一起戰鬥的經歷。卡柏可是花了好幾個星期，才讓天防飛行隊的笨蛋們牢牢記住飛行隊的運作。他沒先讓我們戰鬥或甚至使用火砲，而是要我們不斷演練到出自本能，知道如何以團隊的方式做出機隊操作。

這在戰況居於劣勢時救了我們的命十幾次。在這裡，敵軍一衝向我們——由無人機加上岩石外殼僞裝成會飛的小行星——隊伍就瓦解了。薇波什麼話都還沒說，布蕾德就直接衝進去發動攻擊。莫利穆爾開始發射火砲，可是……呃，擊中處差得太遠了，讓我還必須稍微離開隊形以防被波及。而且老實說，我調整的幅度也不夠，因爲這艘新的飛艇反應不像M-Bot那麼靈敏，而且我也不習慣操作方式。

薇波忙著跟我們說話，結果忘了她身爲狙擊手的任務是要在敵軍飛艇分心時開火。在我們之中唯一沒讓自己丟臉的人是赫修，他的飛艇精準執行了指令要的操作。那位小狐狸詩人平常的表現或許是有些戲劇性，但他的人員顯然訓練有素。他擊落了四架無人機。

這些無人機的行動模式，有別於我們在狄崖特斯對付的無人機。駕駛收到的指令一定是不要躲避，四處飛行並試圖衝撞我們。這很合理，畢竟他們是要模仿由星魔操縱的石塊。不過有一點令我很高興：有一架無人機在差點撞上莫利穆爾之前就停止行動，改由無線電呼叫說莫利穆爾已經死了。這表示星盟或許眞的學會了不在訓練期間使用眞槍實彈。

我們重新整隊再試一遍，而這次布蕾德又立刻跟餘燼交戰了。莫利穆爾顯然認爲應該以布蕾德爲榜樣，奮力衝進了戰場，又差點被一架接近的無人機撞毀。這架敵機來不及拉開距離，不過我勉強使用光矛把它拉走——結果莫利穆爾報答我的方式是驚慌失措，在慌亂之中朝我開火。赫修感覺到同伴陷入麻煩，於是衝上前開始往四面八方射擊。

薇波打開私人頻道跟我通話。「哇塞，」她輕聲說：「他們好像……失誤了。」

「失誤了？簡直是一團糟。這支飛行隊太需要基本練習了。」

「如果妳這麼認爲，就下指令吧。」

「妳才是隊長。」

「而我要讓妳當我的助理隊長，」薇波說：「妳會怎麼處理這種情況呢？我很好奇。」

好極了。我又沒有領導的經驗。可是……看著其他人戰鬥讓我皺起了臉。在我們毀掉自己之前，得有人阻止這一切。

「你們這些笨蛋以為在幹什麼！」我在全體頻道上大喊。「那真是我見過最丟臉的戰鬥方式！布蕾德，妳的指令是清出射擊路徑，不是去引來一大票敵人！莫利穆爾，回來這裡！別學到壞習慣去追隨不遵守命令的人。還有赫修，你飛得很好，可是你的火力控制就像拿到新玩具的小孩。所有人都脫離並撤退。」

接著，我暫時將度量衡號加入我們的頻道。「飛行指揮部，」我說：「十五號飛行隊需要執行一些練習，並且學習互相配合。召回無人機，重新設定它們的攻擊路線。在我說我們準備好了之前，先別讓它們過來。」

「不好意思？」有個聲音問。「呃……你們應該要試著飛進其中一條接近航路——」

「除非我確定我的隊伍可以編隊飛行，否則我才不會讓他們靠近你們的訓練機器！」我大喊：「而現在，我很肯定他們會把自己的臀部誤認為接近航路，最後猛衝進去到我們得使用洞穴探勘設備才能把他們救出來！」

赫修在頻道上輕聲竊笑。

「呃……」飛行指揮部說：「我想……我想我們可以照妳的話做？」

其他人開始飛回來，無人機也離開了。不過布蕾德還是繼續飛向星魔迷宮，於是我對她打開私人頻道。「布蕾德，我是認真的。薇波讓我當她的副手，而我要給妳指令。妳最好給我回到隊伍，要不然我會剝掉妳的皮。聽說有人願意付一大筆錢，把人類的皮掛在自家牆上。」

布蕾德沒顯現出不情願的樣子，但直接脫離了航線並轉向往我們推進。所以……剛才那些話眞是從我嘴裡說出的嗎？我往後靠著椅背，心臟撲通跳動，好像剛跑完了一場比賽。我並不是刻意要說那些話的，一切就這麼……順其自然發生了。

可惡。要是卡柏現在可以聽見我說的話，一定會笑掉大牙。在其他人回來集合的時候，薇波從私人頻道呼叫我。

「做得好，」她說：「不過對這支隊伍或許有點太凶狠了。妳是從哪裡學會那樣說話的？」

「我……呃，在家鄉時遇過一位很有趣的飛行教官。」

「和緩一點吧，」薇波建議。「不過我同意妳——應該在戰鬥之前多做點訓練。把他們組織起來吧。」

「妳眞的要把苦差事交給我，對吧？」我說。

「好的指揮官會知道何時要指派好的訓練教官。妳以前待過軍隊，很明顯懂得這些。」

我嘆了口氣，但她說得對，而且這也是我自找的。飛行隊集合後，我開始說明卡柏以前在我們開始於眞空中練習時，針對太空戰鬥所改造的一項隊形練習。薇波安靜地加入陣線，後來我也很快就讓他們以還算有組織的方式飛行了。雖然我不喜歡負責帶頭，但是這些練習我幾乎閉著眼睛就能做到，因此可以看著大家練習並直接給予指點。

他們很快就掌握了感覺，而且還比天防飛行隊快得多了。這個團隊有很好的飛行直覺，大多數人只是沒有受過正式的戰鬥訓練而已。

薇波習慣單獨行事，我在大家進行隊形轉換練習，以擾亂來襲敵軍時這麼想著。莫利穆爾很膽怯，但是願意學習。赫修習慣讓人跟隨他，而且常常訝異我們有時竟然無法出於本能知道他想做什麼。他需要多練習溝通。

布蕾德是最糟的。雖然她是最厲害的飛行員，可是她會一直想要往前衝。太急躁了。

「妳必須跟大家待在一起，」我呼叫她說：「別一直想往前衝。」

「我是人類，」布蕾德厲聲說：「我們有攻擊性。面對現實吧。」

「不久前妳才說妳不跟人類相處的，」我說：「所以妳不了解他們的習慣。妳不能打著『我不像他們』的名號，同時又把身爲人類的本質當成藉口。」

「我試過忍住，」布蕾德說：「可是在內心深處我知道事實，我一定會失控。計劃任何事都是沒希望的。」

「那都是過去式了，」我說：「我開始訓練時也讓人覺得沒希望。我太常失控了，妳可以參考我要脾氣的次數。」

「眞的嗎？」布蕾德問。

「眞的。有一天我眞的攻擊了我的隊長。可是我學會了，妳也行的。」

她安靜下來，不過在下一次練習時，她似乎有更努力嘗試控制自己。隨著時間過去，我們休息在駕駛艙裡吃午餐時，我發現莫利穆爾最令我刮目相看。從各方面來看，莫利穆爾的飛行能力相當傑出，而且對學習極度熱心。沒錯，莫利穆爾的瞄準能力很差，不過卡柏總是說他寧願要飛行能力強的學生。這種人可以活得夠久，才有機會學習戰鬥。

大家吃完午餐回到隊形時，我飛到了莫利穆爾旁邊。「嘿，」我說：「接下來我們練習時，盡量觀察情況跟維持好隊形。你一直會偏向外側。」

「對不起，我會做好一點的。對了……還有，我很抱歉之前差點射中妳。」

「那次嗎？那沒什麼啦。至少你不是故意想要殺我——這樣就夠了。」

莫利穆爾輕笑著，不過我聽得出對方很緊張。我記得自己在卡柏前幾堂訓練課程時的情況——擔心會做錯事而被淘汰，對我的能力越來越缺乏信心，無法達成以爲自己能夠做到的事而受挫。

「別擔心，」我說：「你做得很好，特別是你在這方面還是新手呢。」

「正如我提過的，我的左父母年輕時是無人機駕駛，」莫利穆爾說：「幸好我獲得了一些那種經驗。」

「你眞的會從你雙親那裡得到能力？」

「當然，」莫利穆爾說：「雙親的一些知識與能力都會傳遞給孩子。我猜你們的物種不是那樣？是不是呢？可惡。其實我不知道，至少我不知道艾拉妮克的物種是怎麼樣。少了M-Bot悄悄在我耳邊提供說明，我很容易就會害自己陷入麻煩。

「總之，我在這方面很幸運，」莫利穆爾繼續說：「可是也很不幸。我的左父母具有潛在的攻擊性，所以最後我也額外得到了一些那種性格。在我開始活著的前幾天，我就因爲對其他人口氣不好而出名了。」

「在你們的物種中，對人口氣不好就是有攻擊性？」

「很嚴重。」莫利穆爾說。

「哇塞。那我絕對不可能出生的，他們一定會馬上殺了我。」

「那是一般常有的誤解，」莫利穆爾說：「如果我的雙親決定不讓我帶有這種人格，我是不會被殺的——他們只會用新的方式重組我。妳看到的我只是初體，是我這個人的可能性。不過……如果我能出生，我會保有這些記憶，我的性格也會變成眞的。」對方停頓了一下。「而我眞的希望能夠這樣。」

我試著想像，會記得被迫要證明自己値得存在的那種世界。難怪這個社會有很多問題。

我們結束了下一波練習，而我很高興這支團隊保持了隊形。「眞的有效，」我呼叫薇波說：「我想我們或許能夠讓他們有點作爲了。」

「好極了，」薇波說：「那麼他們準備好戰鬥了嗎？」

「可惡，不行！」我說：「我們最少還得再這樣練習幾週才行。他們是很棒的飛行員，所以這不會像是帶新兵入門，可是那並不表示我希望他們開始戰鬥了。」

薇波似乎很乾脆地接受了，而且沒有抱怨——甚至也沒再多問細節。她只是說：「有趣。」這是什麼意思？

「再讓他們休息一下吧，」最後她對我說：「然後我們就來嘗試一些高速隊形。在今天訓練結束返回星界之前還有三個鐘頭，飛行指揮部一直在問我們有沒有人願意進入迷宮，我會告訴他們目前我們還沒打算要這麼做。」

「好的。」我說，然後放慢飛艇，拿出水壺。

「當然，」她補充說：「除非妳想在其他人休息的時候試試看。妳跟我可以一起進去。」

我猶豫著，水壺舉在嘴邊。

「會有幫助的，這樣我們能夠知道要準備什麼，」薇波說：「我曾聽說星魔迷宮，可是從來沒進去過。」她的飛艇在我旁邊盤旋，而看見駕駛艙是空的讓我覺得很不安，彷彿那是由幽靈所操縱。

薇波在玩什麼把戲？讓我負責帶大家練習的話，她就能夠繼續觀察我。她有參與活動，但又能保持神祕。現在她又要我跟她一起進入迷宮，這有點像某種測試，是挑戰嗎？

我往外望向迷宮。每支飛行隊都分配到十二面體的其中一面，而飛行員們一直在練習接近和進入。

「我接受，」我決定了，然後收好水壺。「不過先叫飛行指揮部帶離那些無人機。我們可以晚點再練習跟它們戰鬥。」

「沒問題。」薇波說：「我們上吧。」

第二十三章

飛行指揮部不情願地照我們的要求做，這次撤走了無人機，讓薇波跟我可以順利飛行。

我們飛進多面體的影子裡，這時我才更加體會到它的巨大。這座構造的寬度大約等於包圍著狄崔特斯的其中一座平台——但這只是直徑。如果以整個體積來看，一定大了十幾倍。

這不是行星的規模，所以比我在影片中見到的整個星魔還小，但還是大得嚇人。十二面體的每一面都有十幾個開口，寬度大約是二十公尺。薇波跟我隨機選了一個並駛近，距離足以讓我看見表面的其他部分都是光亮的金屬。

我發現自己越來越興奮了。我越來越對星魔著迷，這種情緒伴隨著自己對它們漸增的憂慮而出現，或許該說是對它們的恐懼。我無法忘記在狄崔特斯看到的那個畫面：我就站在星魔原來的位置。不管身爲超感者有什麼意義——不管我是什麼——都跟這些東西和它們生活的地方有關係。

這並不是眞的，我提醒自己。*這只是用於訓練的模擬*。就像鬥劍時用的假人。

我們在通道外停下，感覺就像往野獸的喉嚨裡看。我一直期待著M-Bot會突然插話提供分析，而此時毫無動靜的座艙罩讓我感到畏怯。「所以……」我呼叫薇波說：「我們直接進入其中一條通道嗎？」

「對，」她回答：「根據進入眞正的迷宮並存活下來的飛行員回報，所有的通道看起來都一樣。我們還不知道是否有特別要選擇哪一條通道的理由。」

「那就跟著我囉？」我問，然後以十分之一Mag的速度讓飛艇前進，這對星式戰機而言等於是在爬行了。內部一片漆黑，雖然可以光靠儀器飛行——在太空中常需要這麼做——但我還是打開了燈。我想要看清楚這個地方。

通道內部縮減至大約十五公尺寬，對星式戰機而言算是非常狹窄。我盡量放慢速度往前飛。

在我後方，有幾架無人機從入口附近的牆面出現，開始往我們的方向移動。「飛行指揮部，」我說：「我還以爲你們已經知道，要讓我們在沒有追兵的情況下跑這一趟。」

「呃……」頻道上的人說：「實際跟星魔戰鬥的時候，就會有追兵……」

「如果我們在這些練習中掛掉，就永遠無法走到跟星魔戰鬥的那一步了，」我說：「解散無人機，讓薇波跟我慢慢探索吧。相信我，我受過的訓練比你們更多。」

「好吧，好吧，」狄翁人說：「不必這麼有攻擊性吧……」

這些傢伙。我翻白眼，不過他們終於照我說的解散了無人機。

薇波那艘看起來空蕩蕩的飛艇移動到我身邊。M-Bot說過她飛行時並不是使用控制球或按鈕，而是遮斷，並覆寫控制裝置傳送到飛艇其他部分的電子訊號。所以……大致上來說，她就是飛艇嗎？就像是可以控制電子裝置的幽靈？

「現在呢？」我問：「我們應該在這些通道裡到處飛嗎？要找什麼？中心嗎？」

「心臟，」薇波說：「但那不一定總是位於中心部分。存活的飛行員在迷宮中飛行一段時間之後，有少數人回報說發現了一個具有空氣與引力的空間。在那個空間裡還有一個更小的空間，由像是活組織的一種膜密封起來。他們靠近時，會在腦中聽見聲音，還聲稱他們知道星魔就在裡面。」

「好吧……」我說：「聽起來很抽象。假設他們是對的好了，我們要怎麼在迷宮中找到所謂的『心臟』？這東西可是比航空母艦還大。我們很可能得在這裡飛上好幾天，也無法探索每一個空間。」

「我認爲這不是問題，」薇波說：「進入眞正的迷宮並存活夠久的飛行員，最後全都會找到那片膜，」她遲疑了一下：「大部分的人都飛回來了，因爲他們害怕接觸膜之後會失去理智。雖然有幾位飛行員進入了，但沒有半個人回來。」

眞棒啊。唔，我希望永遠不必面對眞正的星魔——不過話說回來，在這裡經歷到的一切都可能會對我的同胞有幫助。我往通道深處飛，而接近感應器替我畫出了許多分支路線，不過我發現自己還是依賴視力——身體向前傾，看著座艙罩外的通道。這像是一條走廊，有一致的壁板與紋路。

我以前見過這些，我心想，然後感到一陣寒意。*眞的嗎？*

對……我在追奈德時進入過像這樣的結構，當時他正跟著他的兩個兄弟飛進去。那是一座巨大的造船廠，而它瓦解的時候，我還得在通道中閃避。這個通道的形狀，以及金屬板交會時形成的脊部，都跟那裡一模一樣。

我們進入一處更大的開放空間，連接著更多分支通道。我在這裡操控推進器飛近天花板，看到金屬上戳印著一組奇怪的標誌。

我以前也見過這些，我心想，然後移動燈光照亮天花板。我伸長脖子凝視標誌，那看起來像是某種奇怪的外星語言。

「飛行指揮部，」我說：「聽得到我嗎？」

靜默。接著終於有聲音回答：「聽得到。迷宮安裝了訊號增強器。不過當你們在眞正的迷宮內部，有時候通訊會受到干擾。你們最好假裝這裡也是一樣。」

「當然，」我說：「不過首先，我附近這片天花板上的文字是什麼？」

「那些是複製品，取自眞正進入迷宮的飛行員所拍的照片。我們無法解讀出什麼意義。」

「嗯哼，」我說：「我發誓我以前在哪裡看過……」

「要我們啓動迷宮其他的防衛功能嗎？」飛行指揮部問：「還是妳們只想在裡面探索？」

「有什麼防衛功能？」我問。

「眞正的星魔迷宮會讓進入的人產生幻覺，」操作員說明：「我們模擬的方式，是在你們飛艇的立體投影座艙罩投射出奇怪的景象。進入迷宮的時候，一定要跟另一位飛行員一起。」

「爲什麼？」我問：「是支援嗎？」

「不是，」薇波輕聲說：「因爲他們會各自看到不同的景象，對不對？我聽說過。」

「對，」操作員說：「迷宮會以不同的方式影響人的大腦——而每個人都會看到不一樣的東西。通常，要是同伴飛行員看到一樣的東西，那就是眞的而不是幻覺。如果彼此看到不同的東西，妳們就會知道那不是眞的。另外，妳們也可以藉由比較自己看到的畫面，來做出其他推論。」

「打開吧，」我說，然後輕碰操作推進器。我向下移動到空間的中心，停在薇波的飛艇旁。

整個空間閃爍了一下就改變了，其中一面牆開始變紅。就像從某種地下井流出的鮮血。血覆蓋了牆面，將一切染成深紅色。

「薇波，」我低聲說：「妳看見了什麼？」

「一片黑暗，」她回答：「覆蓋了一切並呑噬光線。」

「我看到血。」我說。雖然這好像不怎麼危險，但確實很嚇人。「我們繼續移動吧。」

我駛出開放空間，進入另一條通道。雖然這跟我先前經過的通道大小差不多，可是感覺更加幽閉與緊縮，因爲牆面似乎變成了血肉。它們會以波浪狀起伏並顫動，彷彿我們眞的在某種巨大野獸的血管裡移動。

進入下一個空間時，外觀又變化了。我好像突然在一座古老石洞的內部，還有大片苔蘚從天花板懸垂而下。

雖然知道這只是立體投影，不過這些變化讓我很緊張。薇波在我旁邊盤旋。「那些牆面看起來像是玻璃。妳看到什麼？」

「石頭和苔蘚，」我說：「在右邊那裡最厚。」

「我看見那裡飄浮著玻璃碎片，說不定迷宮在遮掩什麼東西？」

「是啊。」我說，然後逐漸靠近。果然，接近感應器指出那裡後方還隱藏著一條通道，但是被立體投影遮蔽住了。我慢慢讓飛艇通過，接著就進入了下一個空間。不過這時在我飛艇後方的影子移動了。

我立刻原地轉動飛艇，用燈照那個方向。我的前方是一大堆外星眞菌，像在呼吸一樣地脈動著，每一顆都是球根狀的毒蕈，跟我的戰機差不多大。

「妳看見了嗎？」我問薇波，她的飛艇下降盤旋在我旁邊。

「沒有。妳看到了什麼？」

「有動靜。」我瞇起眼睛說。有別的東西又從我眼角餘光迅速移開，於是我再次轉動飛艇。

「接近感應器什麼都沒偵測到，」薇波說：「一定是立體投影的一部分。」

「飛行指揮部？」我問：「剛才那陣動靜是什麼？」

對方的回應很雜亂又斷斷續續，看來我的通訊中斷了。這個空間的影子眞的在動。我再度轉向，試圖找出這裡有什麼。

「飛行指揮部？」我又問了一次。「我聽不到你們的聲音。」

「你們到底想不想要眞實的體驗？」回答我的聲音突然變得很清楚：「我告訴過妳，飛行員進入迷宮深處的時候，通訊會開始變得越來越不穩定。」

「好吧。不過那些影子是什麼？」

「什麼影子？」

「一直在這個空間裡移動的影子啊？」我說：「這座迷宮裡有什麼東西會攻擊我嗎？」

「呃……不確定。」

「你說不確定是什麼意思？」

「呃……等一下。」

薇波和我就跟影子一直待在原地。最後另一個聲音出現在我們的頻道，聽起來更加興奮與熱情。是克里爾人的首領溫齊克。

「艾拉妮克！我是溫齊克。我聽說妳遇到了一些迷宮中較為令人不安的情況。」

「可以那麼說。」我說。溫齊克的聲音聽起來……很小。彷彿從外面傳來的訊號是一條細線，再差一點就會突然被拉斷。

「我們這裡還有別的東西，」薇波說：「我想我剛才也看見了。」

「嗯，哎唷，哎唷，」溫齊克說：「啊，那可能只是立體投影吧。」

「可能？」我問。

「哎呀，我們自己也無法百分之百確定這是怎麼運作的呢！」溫齊克說：「我們並沒有在你們座艙罩的立體投影裡加入會動的影子，可是這裡可能有由迷宮製造的其他立體投影。記住，這裡可不是我們建造的。我們找到它、修復它，加入我們的無人機，但這個地方是人類建造的。用來模擬真正的星魔迷宮時，我們並不完全確定它能夠做什麼——或是做到什麼程度。」

「所以我們是白老鼠？」我越來越惱怒了。「用來測試你們不了解的東西？你就這樣把我們丟進來，看看誰能夠存活？」

「哎呀，哎呀，」溫齊克說：「別這麼凶狠嘛，艾拉妮克。妳的同胞不是想要在星盟中取得公民權嗎？對我大吼大叫並不能幫助妳達成那個目標，這點我可以保證！總之，你們在那裡做得很好喔！繼續保持！」

通話切斷了，而我差點就忍不住要大聲詛咒他。他怎麼敢一副這麼……這麼……快活的樣子。唉，那種友善的態度顯然只是對我演出來的。克里爾人很可怕，而且具有破壞性，從他們如何對待我的同胞就能夠證明。溫齊克以爲他那和善的語氣，就能掩飾其他人的所作所爲嗎？

「我們回去找其他人吧，」薇波說，然後轉向帶我循原路走。我跟上去，進入剛才我們到過的同一個空間，可是苔蘚已經消失，現在看起來很正常。這又令我想起了狄崔特斯的舊造船廠，那是否也是另一座迷宮，就跟這裡一樣，有相同的用途？還是我太早下結論了？

「妳的同胞，」薇波在飛行時說：「跟人類曾有一段歷史。對不對？」

「呃，對。」我在座位上挺直。薇波通常不會閒聊的。

「有趣。」她說。

「那是我出生之前好幾年的事了。」我說。

「人類的統治改變了你們行星的未來，」薇波說：「你們跟他們並肩作戰，無可避免地吸收了他們的一些作風。你們的語言就是他們其中一種語言的變體。」在我們進入看起來像血肉的通道時，薇波安靜了一段時間。

「妳的攻擊性讓我想起了他們。」後來她又接著說。

「妳呢？」我說：「妳見過人類嗎？我是指除了布蕾德以外。」

「很多，」薇波用細微虛幻的聲音說：「我跟他們戰鬥過。」

「在戰爭中？」我驚訝地問。「最近的戰爭是一百年前的事了。妳那時候就活著了？」

薇波沒給我明確肯定的答案，接著我們很快就進入天花板有文字的大空間。剛才這裡的牆面看起來還有血，現在看起來像是一條鏡廊，反映出上千艘我的飛艇。

我歪著頭並轉動飛艇，看著那數千艘飛艇。突然，我發現有一面鏡子映照的不是我的飛艇，而是我獨自一人飄浮在太空中。

不是艾拉妮克。是我，思蘋瑟。

儘管距離很遠，但看得出那個版本的我在往上看，跟我目光交會，而我感到一股越來越強烈的寒意。那不是倒影。是它們其中之一。

我按下呼叫鈕，可是整個空間突然變暗，連飛艇的照明燈也熄滅了。我彷彿懸浮在一片什麼都沒有的虛空之中，就像進入了虛無。

我的手僵硬地放在呼叫鈕上，而就在我準備開口說話之前，一切又恢復正常了。轉眼間，我又回到了駕駛艙，盤旋在古老的空間裡，而薇波正操縱飛艇往出口去。

「——來嗎，艾拉妮克？」薇波的後半句話在我的通訊頻道上劈啪作響。「還是妳要一直待在那裡？」

「我來了，」我說，同時試圖擺脫那陣毛骨悚然。「妳剛才在那裡看見了什麼？」

「就是一個空間而已，」薇波說：「怎麼了？」

「我……」我搖搖頭，然後駕駛飛艇回到太空中，鬆了一口氣。

第二十四章

出來之後，薇波讓我帶大家練習了幾次分散隊形──讓飛行隊散開往不同的方向飛，然後再重新整隊。我想這些隊形在對付想撞擊我們的餘燼時會派上用場。

其他人一定感覺到了我的情緒變化，因為沒人反駁我，就連布蕾德在練習時也沒抱怨。不久後，該飛回度量衡號的時間到了，今天的訓練也結束了。

我降落停好飛艇，然後溫柔地拍了拍控制面板。雖然它不是M-Bot，卻是一架穩固耐用的戰機。我打開座艙罩，跳下去跟大家會合──而我看得出他們的態度帶有一種疲憊的熱情。疲憊是因為經過一整天漫長的訓練，熱情則因為那是很棒的訓練。我們有進步，而且已經開始感覺像是一個團隊了。

赫修因為莫利穆爾說的話而衷心笑著，然後又是那位穿紅色制服的女基森人拿著一塊盾牌跟了上來。我後來知道她的名字叫卡烏麗（Kauri），是飛艇的領航員──同時也是赫修的持盾者，但我不太確定這代表什麼。

大家走在一起時，我發現我可以根據聲音認出少數幾個基森人。我們的飛行隊不只是五位飛行員，還包含了總共五十七位基森人組員，這種感覺有點奇怪。

我喜歡這樣。我喜歡這為我們帶來的活力，幾乎因此忘掉了在迷宮中看到和感覺到的那些怪事。我們收到指令要返回跳躍室。雖然有一架無人機過來帶路，但布蕾德還是想要趕在最前面，或許是不想被迫跟我們互動吧。

我加快腳步追上她。

「嘿，」我說：「我喜歡妳在我們練習結束之前的那項動作。妳能在隊上其他成員之間穿梭，卻又不會撞到他們。」

布蕾德聳聳肩膀。「那很簡單。」

「妳有飛行的經驗。」我說。

「當然。」

「嗯，我很高興有妳加入隊伍。」

「妳確定嗎？」她說：「妳知道我是什麼。我遲早都會失控的，到時候就會有人傷亡了。」

「我會拭目以待的。」我說。

她停住腳步，站在鋪著紅地毯的走道上，困惑地看著我。「什麼？」

「在我來的地方，」我輕聲說：「擁有一點熱情對飛行員是件好事。我不會害怕一點攻擊性的，布蕾德。我覺得我們能加以利用。」

「妳根本不知道自己想要的是什麼。」她對我厲聲說，然後匆忙離開。

我留在原地等其他人跟上，和他們一起走回我們的跳躍室。這一次我沒試圖繼續走向工程室——那裡的守衛在我經過時一直盯著我，可見對方已經懷疑我了。

大家就座時，我開始專心做奶奶教過的練習。我閉上眼睛，讓精神向外飄出，想像自己在星辰之間翱翔，然後傾聽。

基森人嘰嘰喳喳的聲音逐漸消失。有了。超驅裝置就緒，一陣聲音說。那不是英文，但語言向來就不重要，我的精神能夠理解那些意思。為什麼他們現在要使用超感通訊？這只是艦橋呼叫工程室而已。

好極了。那是溫齊克在說話。啓動。

我做好準備等待著……可是什麼也沒發生。怎麼回事？

一會兒之後，傳來另一段通訊。工程室，有問題嗎？

是的，很遺憾，對方回答。我們發現了超感干擾，來源就在這艘飛船內。

我突然警覺起來。他們……他們知道我在這裡。

噢，那個啊。溫齊克說。對，那是意料中的。我們現在就帶著兩個一起移動。

這會造成問題的，長官，工程人員回答。

有多嚴重？

到時才會知道。我們正在更換超驅裝置。只要立刻啓動，新的或許就能運作。

我緊張地等待。經過了幾分鐘。

接著那種情況又發生了。另一波資訊倒入我的大腦——這次對準了星界。然後是尖叫聲。

我被拋進一片廣大的黑暗中，同樣又有迷失方向的感覺。這次星魔也還是沒看到我，它們都在注意尖叫聲。

我整個人被甩回座位，腦中抽痛著，整個人癱軟靠著安全帶支撐，可是其他人根本連對話都沒中斷過。他們不知道發生過什麼。

那種感覺，資訊像那樣地倒進腦中……這讓我知道了超空間跳躍要去哪裡。我其實可以利用那種資訊自己跳躍回到星界。雖然資訊正在消散，可是速度很緩慢。只要我想，說不定可以讓自己從這裡跳躍到星魔迷宮，然後再跳躍回來。

M-Bot給我的隨機數字不管用，可是這種直接注入腦中的資訊……有效。這證明了我的懷疑——我不只必須知道我的目的地，還必須感受得到。關於我該如何控制自己的力量，這是第一個確切的線索。

我疲憊不堪地跟其他人一起離開座位，拖著沉重腳步前往接送區，在那裡可以看見星界：一座活躍並發出藍光的平台，冒出有如鐘乳石和石筍的建築。

我向大家道別，然後進入指派給我的飛行器。可惜，這次我不是被安排獨自搭乘，有位官員讓一組三個像爬蟲類的外星人跟著我上了車。看來他們的住處離我很近。他們聚集在後座，用自己的語言輕聲閒談，而我的別針也翻譯了內容。由於他們聊的只有晚餐計畫，所以我關掉了翻譯器。

飛行器起飛，一離開停靠區，我的耳機就爆發出一陣聲音。「思蘋瑟？」M-Bot問。「思蘋瑟，我又收到妳的訊號了。妳還好嗎？一切都還好嗎？失去通訊已經八個鐘頭了！」

聽見那陣聲音眞是讓人感動得不得了，我嘆息著鬆了一口氣。雖然我的任務感覺越來越可怕了，可是如今這種熟悉感提醒了我，自己並不是完全孤單一人。

「我回來了，」我輕聲對它說，然後瞄向後方的外星人。「等回到大使館以後再說明吧。」

「該死，聽到這眞棒！」M-Bot說：「妳聽見了嗎？我剛才罵粗話了。如果我開始說粗話，妳覺得這能證明我有生命嗎？無生命的電腦不會說粗話。那會很奇怪。」

「我不認爲你可以主張自己不奇怪。」

「當然可以。基本上我要主張什麼都行，只要程式有設定就好。總之，他們在度量衡號那裡一定有某種通訊屏障！失去妳的訊號以後，我很害怕會被丟下，永遠跟那隻蛞蝓在一起。」

我笑了，甚至還在接近自己的住所時開始感到興奮。我有好多東西要告訴M-Bot。星魔迷宮、薇波，還有我跟布蕾德之間有了一些進展，對吧？遺憾的是在飛行器接近時，我發現庫那派給我的克里爾管家查威特太太就等在前門。

「她還在這裡幹嘛？」飛行器降落時，我看著那個全身盔甲的女外星人低聲說。

「她清掃完以後就一直在等妳回來。」M-Bot回答。

她眞的對監視行動很投入，是吧？我一下車，她就急忙趕過來，用精力充沛的語氣說：「歡迎回來，主人！我查詢了妳的物種有什麼營養需求，我想我知道今天晚餐是什麼了。艾科基恩（Akokian）布丁！這是混合了甜與鹹的美食喔！」

「呃，」我說：「我心領了，我已經有食物了。是幾天前訂的。」

「主人，是在冷凍裝置裡的藻片嗎？」

「當然，」我說：「它們還行。」沒什麼味道，但還行。

「呃……也許我可以把那些做成小菜？」查威特太太說：「或者直接爲妳做甜點？」

「沒關係，」我說：「眞的，謝了。我今天晚上有事要忙，不希望被打擾。」

她做出氣餒的手勢，可是我不會上當的。這個女克里爾人會感到傷心，一定只是因爲我不給她監視的機會。最後——在第三次保證我不需要之後——她才踩著沉重的腳步下班去了。

我嘆了口氣，擦掉額頭的汗，然後從階梯跑上屋頂，爬進M-Bot的駕駛艙。「把駕駛艙弄暗，」我說：「還有確認那個外星人間諜眞的離開了。」

駕駛艙變暗了。「我不太相信她是間諜，思蘋瑟，」M-Bot說：「她沒翻妳的東西。她只是整理了妳的房間，其餘時間都在玩平板電腦的猜字遊戲。」

「整理就是監視最完美的掩飾。」我往後靠向椅背，搔著毀滅蛞蝓的下巴。蛞蝓發出可憐的顫音，在緩慢移向我時看起來也無精打采。於是我捧起她，放在大腿上。我從來沒見過她移動這麼慢，這個地方似乎有什麼東西讓她覺得不舒服。

「好了，M-Bot，」我說：「我們有個麻煩。我們可能要劫持那一整艘航母。」

「好極了，」M-Bot說：「妳的屍體想要火化還是投射到太空中呢？」

我咧開嘴笑。「厲害喔。」

「幽默是識別生命的一項要素，」M-Bot說：「我一直在處理一些子程式，幫助我更能夠理解並製造笑話。」

「原來你可以那麼做啊，」我說：「重寫程式讓自己變得不一樣？」

「我必須很小心，」M-Bot說：「因爲生命的另一項要素是性格的維持，我不想讓自己改變得太多。除此之外，如果我試圖改寫特定的東西，就會讓我……」喀噠。喀噠喀噠喀噠喀噠喀噠。

我嘆了口氣，靠著座位，輕撫著毀滅蛞蝓。她很軟很有彈性——即使是背上用來發出笛音的脊椎也沒那麼硬。

「我回來了，」M-Bot終於說話了，接著還誇張地嘆了一大口氣。「這眞討厭。總之，妳剛才是不是提到了劫持一整艘星盟主力艦的自殺任務呢？」

「那並不是完全的主力艦，」我說：「上面大概只有五、六十個組員吧……」我開始說明今天發生的事：我聽到的對話、星魔迷宮，以及跟其他飛行員還有薇波的互動。我還說了在迷宮裡的怪異經歷。

「所以，」我總結說：「我不會得到一艘有超驅裝置的飛艇，這表示我們必須想別的辦法。」

「有趣，」M-Bot說：「還有妳能聽見溫齊克下達給工程室的指令？爲什麼？」

「我猜他們是透過虛無來通訊。」

「從艦上的一端到另一端？」M-Bot問。「那一點也不合理。簡單的有線通訊就足夠了。妳確定妳聽的沒錯嗎？」

「不確定，」我坦白說。「而且其實也不該用聽這個詞。」我坐著思考了一陣子，然後才說：「我們可能不必劫持整艘飛船。」

「很好，因爲等妳害死自己以後，就只會剩下那隻蛞蝓，我可不太確定想要讓她當我的駕駛員。」

「我覺得那個工程室裡面有古怪，」我說：「而且，在我們從星魔迷宮回來的途中，超驅裝置因爲我出了某種差錯。他們換了另一個，所以超驅裝置一定小到能夠迅速更換。」

「這點我們已經知道了，」M-Bot說：「在我船體裡的空盒中本來裝了東西，那應該就是超驅裝置。」

我點點頭，一邊思考一邊揉著毀滅蛞蝓的頭。她發出滿足的笛音。

雖然我自己傳送了M-Bot兩次，可是它的系統確實宣稱有「超感驅動裝置」。我猜它的前任飛行員史貝爾指揮官也許就是讓M-Bot來到狄崔特斯的超驅裝置。可是爲什麼要有那個空盒？我在這裡缺少了一個重大的線索。

「我們必須想辦法潛進去，偷看他們怎麼維修或啓動超驅裝置。可惡，要是我能偷到他們用來指示目的地的裝置，說不定就能利用它讓我自己的力量運作，至少可以帶我們回家。」

「根據妳的描述，那是個戒備森嚴的地點，」M-Bot說：「就在一艘有人巡邏的軍艦上。潛進去一定不容易。」

「幸好我們有一艘間諜飛艇，以及專爲祕密行動打造的先進人工智慧。我們必須從戒備森嚴的敵方地方取得資料。你的程式認爲我們該怎麼做？」

「我們應該設置間諜裝置，」M-Bot立刻說：「最好的辦法是使用自主無人機，這可以滲透敵軍並錄製情報。航母的屏障會阻止訊號傳送出去，但那麼做本來就不明智了，因爲掃描器會偵測到它們。我們應該要以人工方式取回裝置，然後下載裡面的資訊。」它停頓了一下。「喔。那眞是好主意！有時候我比我自己還聰明呢，對不對？」

「也許吧，」我說，然後靠回座位。「我們有這種裝置嗎？」

「沒有，」M-Bot說：「我有存放幾架小型遙控無人機的空間，但裡面都是空的。」

「我們可以做出新的嗎？」我舉起手臂，查看製造立體投影的手環。「就像做出這種東西一樣？」

「有可能，」M-Bot說：「得從我的感測器系統拆取一些東西，還要訂一些新零件——而且必須在不讓訂單內容令人起疑的情況下這麼做。嗯……有趣的挑戰。」

「好好想一下吧，」我說，然後打了個呵欠。「有結果就讓我知道。」

它開始執行運算，而我也一定睡著了，因爲不久後，我就被毀滅蛞蝓模仿打呼的聲音吵醒。絕對不可能是我。戰士當然是不會打呼的，那會讓敵人知道我們睡覺的位置。

我伸懶腰，接著爬出駕駛艙，看見一座不斷活動著的城市——儘管已經很晚了。我站在屋頂邊緣，望向無邊無盡的大都市，不禁有種震撼感。我的同胞所打造過最大的城市是伊格尼斯，而在星界這裡只要幾個街區就能將其吞沒。

這麼多人，這麼多資源，全部投入於毀滅狄崔特斯——至少是要壓制。我們能走到現在這個地步眞是奇蹟。

附近一部用於診斷飛艇並監控建築的電腦亮起燈號，指出我收到了東西。我走下樓梯，一開始以爲一定是M-Bot訂了一些打造間諜無人機要用的零件。

結果收件箱是一份小點心跟一張便條：以防藻類不新鮮。查威特太太。

我內心的戰士不想吃。我並不是害怕會被下毒——如果庫那想對我下毒，只要對房子的供水系統動手腳就好了。我不想吃的原因是，這感覺像是承認敗給了查威特太太。

結果這眞是我嚐過最美味的失敗。

第二十五章

一週後。我俯衝做出複雜的閃避動作，在多個敵人之間推進飛艇，而我的敵人是餘燼——從星魔迷宮射出，用於攔截戰機的燃燒小行星。雖然我很清楚這些假象只是由星盟無人機僞裝出來的，但戰鬥過程很令人興奮。現在我的後方大約有十個追兵，它們的速度越來越快，甚至比我這艘迅速的攔截機更快。

我向上衝，沿著星魔迷宮的其中一面飛行。從這麼近的距離看，我覺得自己好像飛在一大片光亮的金屬表面上。這座結構巨大到具有明顯的重力，所以我必須留意上斜環的狀態，免得被拉離航向。內部發出熊熊火光的餘燼追了上來。這時又有餘燼從側面出現，想逼得我只能貼著迷宮飛行——讓我沒有逃脫的餘地。這就像貓追老鼠的遊戲，只是現在有五十隻老鼠想要追趕一隻貓。

而我可是一隻非常危險的貓。

一群餘燼衝過來想從正面撞擊，於是我開火了。我把它們炸得粉碎——向左急轉避開殘骸——然後轉旋飛艇，朝後對跟得太近的餘燼開火。我必須立刻迴轉機身並向上拉，才能躲開另一群直衝而來的敵人。

雖然我很想念M-Bot的聲音，但也很高興能夠有機會在這些對戰中證明自己。我忽視自己的超感能力——這對眞正的餘燼派不上用場——而且此刻也沒有先進的人工智慧爲我投影與計算。

就只有我、餘燼，以及搭檔。今天，搭檔的位置是由造成第二波大屠殺的布蕾德擔任。在我炸掉一個接一個的餘燼時，我們兩個也做完了練習動作，俯衝會合。我們並肩飛行了一陣子，我向前開火，她則是轉旋機身向後開火，兩人各涵蓋了一百八十度的攻擊火網。

在我號令下，我們迅速飛向兩側，接著利用光矛拉動飛艇，做出鏡像般對稱的動作，將想要撞擊我們的餘燼甩開。這個動作讓我們高速衝向對方，並以不到幾公分的距離交會，同時開火擊潰追逐對方的餘燼。

我們俯衝繞回來時，兩人後方都已經沒有追兵了。我飛到布蕾德身邊，心臟劇烈跳動，臉上掛著意猶未盡的笑容。我們一起飛離星魔迷宮，兩艘飛艇幾乎像由同一個人駕駛的。

布蕾德很厲害，跟我一樣厲害。不只如此，我跟她簡直一拍即合。我們飛行時就像是當了好幾十年的隊友，幾乎不需要確認另一個人想做什麼。說不定這是因爲我們都是超感者，或是各自的飛行風格能夠互相匹配。過去一週，我花了時間跟飛行隊裡的每位成員一起訓練——但我從未像跟布蕾德搭配時飛得那麼好。

至少在我們交談之前是這樣。

「做得好。」我在通訊頻道說。

「別因爲我這麼有攻擊性而讚美，」她說：「我必須控制住，不是沉迷下去。」

「妳現在做的就是星盟需要的，」我說：「妳在學習如何保護他們。」

「這仍然不能當藉口，」她說：「拜託。妳不知道當人類的感覺。」

我咬著牙。*我可以幫妳*，我心想。*給妳免於這一切的自由——可以眞正做自己的自由*。

我沒說出口，而是關掉通訊。我覺得自己正在逐漸了解她，不過若還想要有進展，大概就不能直接反駁星盟的理念。我必須細膩一點。

我可以細膩的。對吧？

我們一起與其他飛艇重新會合，然後就受到赫修跟莫利穆爾的接連恭喜。

「妳依舊發揮得很好，艾拉妮克，」薇波對我說：「妳帶有長雨的氣味。」我不太確定那是什麼意思——她的語言有一些奇怪的用語，別針只能照字面翻譯。「可是要記住，我們的任務不是追逐與獵殺這些餘燼。學習空戰只是第一步，我們很快就必須練習飛進那座迷宮。」

不久，莫利穆爾與赫修離開去練習了——他們使用的是我開發的另一種練習法。我不擔心把他們訓練成空戰高手，但我們確實必須兩人一組合作。

「薇波？」我問：「妳知道我們預計用來殺掉星魔的武器是什麼嗎？」

「不知道，」她跟平常一樣輕聲說話。雖然這很怪，不過我覺得透過通訊跟她說話，比對本人交談更加自在。「但是我對那種可能性很感興趣，」她接著說：「如果能夠殺掉星魔，這對社會將有很大的意義。」

我點了點頭。

「我怕它們，」薇波繼續說：「在第二次大戰期間，當時人類想要控制星魔並在戰場上使用它們，而我……瞥見了星魔是怎麼看待我們的——像等著被清理掉的小蟲子。它們會徹底摧毀世界，再瞬間氣化一切生命。之前那個時候不是我們趕走它們的，只是它們離開了而已。我們能存在，是因為它們讓我們存在。」

我打了個冷顫。「如果是眞的，在銀河系中的所有生物都有危險，所以我們更應該知道這種武器到底有沒有用吧？」

「同意，」薇波說：「我認爲這種東西存在的可能性最令人感興趣。」

「所以……妳才會在這裡嗎？」我問。

薇波沉默了一陣子。「爲什麼這樣問？」

「我的意思是，其實也沒什麼。只是……妳知道的，其他人告訴我說妳通常會……有非常特別的任務……」

「我們不是刺客，」她回答：「那些傳言都是假的，而飛行隊的隊員也不該散播出去。我們都是在服務星盟。」

「當然，當然，」我對她堅定的語氣感到訝異。「也許隊上的人聊太多了。今天我會讓他們再多做幾次練習，用軍隊常用的方式讓他們閉嘴——讓他們累到沒辦法說八卦。」

「不，」薇波說，她的語氣又變得輕柔了：「沒有必要帶有煙霧的氣味，艾拉妮克。只要……請他們別對我的任務擅自推論就好了，我不是來這裡殺誰的。我保證。」

「了解，長官。」我說。

這只讓她嘆了口氣——像是一陣微風吹過紙張的聲音。「我帶布蕾德去練習。請休息吧。」

「收到，」我說，接著她就離開，下令布蕾德跟著她。我打開一直繫在座位後方的背包，拿出一份點心。我相信薇波不是來這裡殺人的，可是她來這裡到底要做什麼？我發誓有時候我會聞到她的氣味就在我身邊看著，而她的種族……他們能像其他人那樣看見東西嗎？我懷疑這一點。可是她能夠聞出我是誰嗎？

可惡。我已經開始做她要我別做的事了。如果她知道我是誰，這表示她還沒向上層舉發，所以擔心也沒有用。

我讓飛艇轉向，沒看其他人練習空戰，而是望向星星。那片光點也在看我，無窮無盡，像是在招手。我從那裡能聽到的不多。度量衡號發出了一連串細微的超感通訊，應該是要聯絡星界的，不過這裡比起那座巨大平台的附近可是「安靜」多了。

那些星星，我十分好奇從這麼遠的距離，是否能夠以肉眼看見狄崔特斯的太陽。在它們周圍的許多行星上都有人居住。無數的人……

我閉上眼睛，讓自己的思緒飄開。離開這裡到星辰之間，飄浮著。

我幾乎沒多想就解開安全帶，按下控制面板的控制鎖定功能，讓自己沉浸於駕駛艙裡的零重力環境。雖然空間很狹小，但只要閉著眼睛，就能感覺到真正的飄浮。我摘下頭盔讓它飄開，接著就聽到座艙罩有輕微的碰撞聲。

我和星星。我以前總是在地面上做奶奶教我的練習——在那些地方，我必須想像自己翱翔於星辰之間。尋找它們的聲音。

這是第一次我真正感覺自己處在它們之中。我幾乎覺得自己就是一顆星星，是在無盡夜晚中一顆發出溫暖與火光的亮點。我輕推座艙罩一側，讓自己浮在駕駛艙中央。感覺……

有了，我心想。*星界就在那裡。*我出自本能知道了前往那座平台的方向。在星魔迷宮與城市之間的跳躍時，我的腦中不知怎地被注入了那些資訊。每一次那種銘印好像都會持續更久，而現在它已經確切印在我的腦中——再也不會消散。

如有必要，我知道我可以自己跳躍回星界。事實上，我越來越確定，自己現在能夠從任何地方找出回到星界的路。可是這目前對我沒什麼好處，我已經有前往星界的運輸工具了。

當這些思緒佔據腦海時，我的注意力逐漸渙散。竊取星盟的超驅裝置技術、拯救布蕾德、弄清楚薇波的目的——更別提還有星盟開發的武器，而這些都還不包含在庫那、溫齊克和克里爾人之間微妙的政治情勢。這一切實在太令人喘不過氣了。

*思蘋瑟……*說話的聲音似乎是從外面傳來，就在星星之中。*思蘋瑟。戰士的靈魂……*

我立刻睜開眼睛，倒抽了一口氣。

「奶奶？」我踩在座位上，靠著座艙罩的窗口，瘋狂地在群星之間尋找。*聖徒和星星啊。那是她的聲音。*

「奶奶！」我大喊。

戰鬥……

「我會戰鬥的，奶奶！」我說：「可是要跟什麼戰鬥？怎麼做？我……我不適合這項任務。我接受的訓練跟這無關，我不知道該怎麼做！」

英雄……不會選擇……自己的考驗，思蘋瑟……

「奶奶？」我問，同時試著找出說話的位置。

英雄會走進……黑暗之中，對方的聲音逐漸變小。然後面對接下來的挑戰……

我焦急地在成千上萬顆星星之中尋找家鄉。可是這麼做根本沒用，而且不管我覺得自己聽見了什麼，那道聲音都不再出現。

只剩那陣幻覺停留在腦中迴響著。

英雄不會選擇自己的考驗。

我飄浮了好長一段時間，頭髮飄到面前亂成一團。最後，我讓自己下降，回到座位重新繫上安全帶。我整理頭髮，然後拿起頭盔戴好。

無法使用超感能力取得進一步聯繫之後，我嘆了口氣，讓注意力回到飛行隊上。我可能得評估他們的表現，薇波或許會問。

布蕾德和薇波都做得很好，這合乎預期。除了我之外，她們是隊上最厲害的兩位飛行員。不過赫修和他的基森人也表現得非常好。在這週的訓練中，他們眞的學會了如何掩護搭檔，同時也能混合好應該扮演的角色：有時是提供支援的武裝飛行器，有時則是戰機，跟其他飛艇一樣與敵人混戰。

不過莫利穆爾……可憐的莫利穆爾。身爲我們隊上最弱的飛行員，並不是莫利穆爾的錯。畢竟這位飛行員才只有幾個月大而已——而且就算從其中一位雙親繼承了一些飛行技術，那一丁點的戰鬥經驗也只會讓自己的錯誤更加明顯。我現在就看見莫利穆爾在赫修前方飛得太遠，害那位基森人被大批敵軍包圍；而在試圖修正回來時，莫利穆爾的火砲並未擊中敵人——反倒差點打掉了基森人飛艇的護盾。

我皺起臉，打開通訊頻道要好好念莫利穆爾一頓，結果立刻聽見一連串的咒罵，而我的翻譯器也全都翻譯出來了。可惡，就連奶奶也沒辦法罵得那麼順呢。

「你是從哪位父母得到那種能力的？」我在頻道上問。

莫利穆爾立刻中斷通訊，再次通訊時語氣充滿了羞愧：「抱歉，艾拉妮克。我不知道妳在聽。」

「為了彌補缺乏的技術，」我提醒著：「你已經矯枉過正了。放輕鬆。」

「用說的很簡單，」莫利穆爾回答：「畢竟妳有一輩子的時間可以活。我只有幾個月的時間能夠證明自己。」

「如果你擊落隊友，就什麼也無法證明了，」我說：「放鬆點。光靠決心並不能逼迫自己變成更好的飛行員。相信我，我曾經試過。」

莫利穆爾接受了，而且我覺得對方在下一次練習時的表現也有改善，希望這樣建議真的有效。這段練習不久後就結束，餘燼也撤退回到星魔迷宮。四位隊友加入我排成了一直線。

我看見遠處的其他飛行隊在練習。令我感到有趣的是，看起來有幾支隊伍在離開迷宮之後，也開始練習起空戰技巧。我猜是我們對他們產生了好的影響。

別太驕傲了，思蘋瑟，我告訴自己。那些可是克里爾飛艇。就算他們現在受訓是為了跟星魔戰鬥，但妳知道他們最後還是會成為人類的敵人。

這個念頭壓抑了我的熱情。「剛才做得好，」我告訴隊上其他人：「對，包括你，莫利穆爾。薇波，我覺得這傢伙開始像個真正的飛行員了呢。」

「或許吧，」薇波回答：「既然他們在妳的訓練下做得很好，說不定我們可以給他們機會嘗試迷宮。在今天的練習結束之前，我們應該還有時間再做一輪。」

「也該是時候了！」赫修說：「雖然我是個有耐心的基森人，但一把刀最鋒利也只能磨成這樣，再繼續這麼下去就要讓它變鈍了。」

我笑了，然後回想起自己在卡柏第一次讓我們使用武器訓練時的興奮感。「分組吧，」我對薇波說：「然後練習一輪。不過有三個人必須一起進去，因爲我們總共是五個——」。

「我不需要隊友，」布蕾德說，然後就轉向往迷宮推進。

我在座位上目瞪口呆。她這一週表現得越來越好，我還以爲她已經不會這樣了。可惡，那種態度可是會讓卡柏把我們罵到面紅耳赤。

「布蕾德！」我在頻道上大喊。「幫個忙吧，要是妳不回來，我就——」

「讓她去吧。」薇波插話。

「我們一定要跟隊友一起進入迷宮才行，」我說：「否則會被幻覺騙的！」

「那就讓她學個教訓，」薇波說：「她會親自看到我們表現得比她更好。」

我哼了一聲，不過仍勉強克制住自己沒繼續對布蕾德破口大罵。即使我是副手，但薇波才是我們的指揮官。

「我帶莫利穆爾，」薇波告訴我：「我相信我可以教對方多一些耐心，這位飛行員需要處理自己的攻擊性。」

「那麼我就跟赫修一組。」我說：「我們一個半小時後回這裡會合？飛進去四十五分鐘，開始讓自己習慣裡面的怪異狀態，然後再飛出來。」

「很好，祝好運。」薇波和莫利穆爾離開了，赫修則命令他的舵手將基森人飛艇引導到我旁邊。

「你不覺得奇怪嗎，」我問他：「我們在布蕾德自己飛走之後，卻抱怨莫利穆爾太具攻擊性？莫利穆爾的攻擊性可比我輕微多了。我認爲甚至也比你輕微。」

「莫利穆爾不屬於『次等物種』，」赫修說：「他們的物種會吹噓自己具有『高等智慧』，所以其他人看待他們的標準會比較高。」

「完全無法理解。」我邊說邊跟他飛過去，選擇跟薇波和莫利穆爾不同的目標區域。星魔迷宮太大了，所以這不是問題。「『高等智慧』到底是什麼意思？」

「那只是一個詞，並不是眞的測量他們相對的智慧，」赫修說：「就我所知，這表示他們的物種建立了和平的社會，而犯罪活動減少到幾乎不存在。」

我嗤之以鼻。和平的社會？我根本就不相信——就算內心有那麼一點傾向於相信，艾拉妮克最後說的那些話也會讓我醒悟過來。別相信他們的和平。

赫修和我接近了星魔迷宮，而我抑制住心中浮現的不安。上次進去的時候，我有一段非常奇怪的經歷，但是我可以應付。英雄不會選擇自己的考驗。

「你跟你的組員準備好了嗎？」我在第一波餘燼飛向我們時問赫修。

「逆流而上號準備大顯身手了，機長，」赫修說：「這一刻……等待著我們，就像舌頭等待著美酒。」

我們在跟餘燼的戰鬥中推進。接著，我們兩艘飛艇並行衝進了星魔迷宮某一面的其中一個開口。我緊鄰著基森人那艘體積更大、護盾更強的飛艇，一起進入一條長長的鋼鐵通道，這條通道每隔一段固定距離就會有像是柱子的褶皺作爲支撐。內部沒有光線，因此我們打開了燈光。

「感測器部門，」赫修對他的團隊說：「把牆上那些符號的畫面放大。」

「收到。」另一位基森人說。

我移到旁邊，用燈光照向牆上蝕刻的另一片怪異文字。

「我們無法翻譯內容，普通人閣下，」卡烏麗說：「但是那些符號，跟某些行星和太空站的虛無傳送口（nowhere portal）附近所發現的類似。」

「虛無傳送口？」我困惑地問。

「有許多人會在自己的國度試圖研究星魔，機長。」赫修說：「卡烏麗，請說明一下吧。」

「虛無傳送口是穩定的開口，」卡烏麗說：「就像通往虛無的蟲洞。它們通常會以類似的符號標示。上斜石就是透過這些傳送口開採，並運輸到我們的國度——可是我不知道符號出現在這裡的原因。我沒看見傳送口的跡象。」

嗯哼。我將飛艇帶到符號前，用光線照亮。「我在家鄉看過一些這樣的符號，」我說：「在我家附近的一條通道裡。」

「這樣的話我會想去看看，」卡烏麗說：「妳家很可能有不為人知的虛無傳送口。那可以帶來財富——星盟對他們的虛無傳送口可是控管得很嚴格，因為只有從那裡才能獲得上斜石。」

嗯。我沒再多說，因為不想洩露眞相——這些文字是出現在狄崖特斯的洞穴裡，而非艾拉妮克的家鄉。

狄崖特斯的舊居民被星魔所消滅，而我越來越相信庫那說得沒錯——狄崖特斯上的人們因為想要控制星魔而招致了毀滅。雖然他們設置了屏障，盡量保持安靜，但這些預防措施都沒有用。星魔來找狄崖特斯的人們時，很輕易就穿過了他們的防護。

我周圍的通道突然變成了像是血肉，彷彿我正在某種巨大野獸的血管中。我咬緊牙關。「赫修，你看見了什麼？」

「通道改變了，」他說：「感覺像被淹沒了。妳有看見嗎？眞是奇怪的體驗。」

「我覺得像在一條巨大的血管裡，」我說：「這是立體投影——是幻覺。記得嗎？」

「記得，」赫修說：「我們會看到不一樣的東西。幸好我們有兩艘飛艇。」

不知道布蕾德一個人在這裡的情況如何。

「這幻覺很不尋常，」赫修說：「像是一顆石頭從地上拿起又丟下，無止境地下沉在永恆的深淵之中。」他停頓了一下。「我的組員看到的跟我一樣，艾拉妮克機長。」

「那很合理，」我說：「我們的飛艇就是被設置成要複製星魔迷宮產生的幻覺。目前爲止，這些只是程式設計的，如果現在是眞實情況，你們大概都會看到不同的畫面吧。」

至少我聽說的是這樣。只是星盟知道的「那些」好像也只是猜測而已。如果進入眞正的星魔迷宮，情況眞的會一樣嗎？

希望妳永遠不必遇到那種情況，我心想。赫修和我選了右手邊的出口，穿越一條在我看來是水晶但對赫修是火焰的通道，然而雙方都在空間的另一側看到了一顆大石頭——於是我們飛過去檢查。我使用光矛一拉，證明石頭是眞的，而它也掉進了這個空間裡。

「眞怪異，」赫修說：「有人特地過來放了那顆大石頭，擋住我們的路嗎？」

「應該吧，」我說：「這座迷宮就是用來重現，我們在眞正的星魔迷宮裡會碰上的怪事與謎團。」

「我們的掃描器沒有用，」赫修說：「我收到了我的儀器小組報告——他們說無法分辨什麼是眞是假。看來星盟把我們的飛艇設定成會受到這個地方欺騙，這令我感到不安。我不喜歡由星盟設定我看到什麼，即便是爲了重要的訓練模擬。」

我們飛往深處，而我很高興有基森人陪同。跟隊友搭檔是最合理的練習方式，這不只是爲了分辨什麼是眞實。從更基本的層面而言，在這種地方能有對象交談確實安心多了。

我們經過了幾個奇怪的空間，看到各種怪異的景象——從融化的牆壁，到巨大野獸的影子從眼前經過。我們在某一個空間遭到餘燼攻擊，而我對它開火——隨後才發現赫修並沒有看見。我的火砲擊中牆面，炸出了金屬碎片，接著整座結構就發出隆隆聲，我敢發誓那是在威脅。

「我們怎麼會聽得見？」赫修問。「根據儀器，現在飛艇外面是眞空，不會有傳導聲音的介質。」

「我……」我打了個顫。「我們試試那條通道吧。」

「我不喜歡這樣，」赫修一邊跟我進入通道一邊吐露：「感覺就像訓練我們依賴另一個人的眼睛。」

「不過那是好事吧？」

「不盡然，」赫修說：「雖然所有經驗都是主觀的，而且所有現實在某種程度上都是種假象，但這樣眞的很危險。如果我們依賴一致的意見來判斷何者爲眞，迷宮就可以直接利用這種假設來愚弄我們。」

在下一個空間裡，我們又遭到餘燼的攻擊，這次是眞的——我差點就忽視它們了，而這個錯誤可能會致命。赫修在最後一刻對我做出警告，我立即反應避開，而他那艘強力武裝的戰機以猛烈砲火粉碎了餘燼。

現在這個空間裡只有殘骸，它們四處飄移、撞上牆面，然後開始聚集在底部。我全身冒汗，心跳怦然作響，接著帶頭穿越下一條通道。可惡，我有辦法習慣這個地方嗎？

我們抵達通道末端，我的照明燈照亮了一片覆蓋住開口的怪異薄膜。薄膜從地面延伸到天花板，以我聽得見的節奏輕微脈動著。

突然，那陣聲音好像響徹整座結構，我的手指感覺得到戰機發出砰聲。

我震驚地盯著那片薄膜。我們才進來星魔迷宮多久……半個小時嗎？或許再久一點？我還以爲要花好幾個小時才會找到心臟。

「就是那個，」我說：「那片膜，我們在找的東西。那是……星魔的心臟。」

「什麼？」赫修說：「我什麼都沒看見。」

噢。我深吸一口氣，讓自己平靜下來。是幻覺。這表示——

我看見了整個宇宙。

轉瞬間，我周圍的一切全部消失，而我的心智似乎也擴張了。

我看見行星，看見恆星系統，看見了銀河系；我看見雜亂蔓延、無用而微小的蟲子覆蓋了它們，看起來就像窸窣作響的蜂巢。我感到一陣厭惡。我憎恨這些群集在各個世界的害蟲。就像大批螞蟻圍聚在一塊掉落的食物上。嗡嗡作響，愚蠢盲目，令人作嘔。他們對我蜂擁而上，讓我覺得痛苦，偶爾還會咬我——雖然他們太小，不可能摧毀我，卻會造成疼痛。他們的噪音、刮擦時造成的痛苦。在佔據這個無盡宇宙裡的所有石頭後，他們開始大量出沒於我的家。他們永遠不會讓我安寧，而我眞的好想打碎他們。我想將他們踩死在腳下，這樣他們就不再會聚集、爬行、發出喀噠聲、劈啪聲，也不再會啃咬、腐蝕，以及——

我突然回到了駕駛艙，被甩在座位上，像整個人被丟過來似的。

「那麼又是幻覺了，」赫修的語氣聽起來很厭煩。「妳要不要先走？我來掩護妳，以防還有餘燼在防守這個空間。」

我全身發抖，那幅可怕的景象停留在腦中，就像地底最深處洞穴的黑暗。我喘著氣，試圖平復呼吸。雖然現在這個空間看起來很正常，但是……

「艾拉妮克機長？」赫修問。

剛才那是什麼？為什麼……為什麼它會停留在我腦中，讓我對赫修說的話感到厭惡，彷彿是某種黏滑而可怕的東西所發出的聲音？

「我……」我說：「抱歉，我需要休息一下。」

他讓我休息了一下。我逐漸恢復了。可惡。可惡。那種感覺就像……就像薇波之前提過星魔對我們的看法。

「飛行指揮部，」我呼叫說：「你們剛才讓我看了奇怪的東西嗎？」

「飛行員，」飛行指揮部呼叫回答：「妳得學會別在迷宮裡聯絡我們。當妳進入真正的迷宮，妳可沒辦法——」

「你們剛才讓我看了什麼？」我厲聲問。

「紀錄顯示剛才那個空間對妳飛艇產生的假象，是用黑暗隱藏了出口。就這樣。」

所以……他們沒讓我體驗宇宙的感覺？

他們當然沒有。那已經遠超出立體投影器的能力了。我還看到了別的東西，那個東西……是我自己的大腦所投射出來的？

可惡。我到底是什麼？

在赫修的催促下，我們繼續前進，再花了十五分鐘穿過各個空間，熟悉迷宮運作的方式。我沒再體驗到剛才看見宇宙時的那種奇怪感受。

最後，預定的探索時間結束了，於是我們轉向往回飛。出去之後，我們看見其他人正在集合——包括怒氣沖沖的布蕾德，她就跟薇波猜得一樣，進去沒多久就困在其中一個空間裡，無法分辨真假。

他們都沒看見薄膜，也不知道我說的是什麼；我想描述自己看到的——但失敗了。我沒辦法用文字說明，但那種感覺仍然存在。在我們回度量衡號報到時，它就像一道影子停留在我的肩上。

第二十六章

我們進入了虛無。

一如往常，一開始有尖叫聲。

只有那些眼睛突破了絕對的黑暗。它們發出白熱的光芒，往錯誤的方向看。我經歷的次數越多，就越能夠感受……它們像是某種幻影。它們很巨大，能夠引起幻覺，而且形體不符合我所知的任何實體。

在那裡的感覺像是永恆。除了不肯表示意見的布蕾德，隊上其他人都說他們在經過虛無時，並未感受到任何時間流逝。對他們而言，超空間跳躍是一瞬間的事。他們完全沒見過黑暗或那些眼睛。

最後，我感覺跳躍快結束了。一種隱約的微弱感——

其中一隻眼睛轉過來盯著我看。

度量衡號跳回了星界外的正常空間。我喘著氣，脈搏狂跳，進入戰鬥的警覺感。

它看見我了。其中一個直接看著我。

經過又一天的訓練，我們正要返回星界——這是我加入軍隊以來的第十次。今天我因爲協助其他人訓練而特別疲累，所以它才會看見我嗎？

我做了什麼？出了什麼差錯？

「艾拉妮克機長？」赫修說：「雖然我對妳的物種不熟悉，不過妳似乎顯露了一些代表煩惱的傳統徵兆。」

我往下看著這位基森人。赫修飛艇上的工程師將跳躍室的幾個座位改造成了基森人旅遊站——基本上，那是幾個有著數層樓高的小結構，固定於牆面，內部還有更小的座位供全體組員乘坐。

他們在開放式的結構裡閒聊，不過屋頂部分全部屬於赫修和他的僕從。屋頂的高度大約與我的眼睛齊平，上面擺了一張豪華的機長椅。另外屋頂上還有一座酒吧和幾部娛樂用的螢幕，這對我們每天搭乘度量衡號出入星界的短短半小時而言，實在奢華到不像話。

「艾拉妮克？」赫修問。「我可以找我飛艇上的外科醫生過來，她就在下面。不過她診斷外星物種的經驗很少。妳有幾顆心臟？」

「我很好，赫修，」我說：「只是突然覺得冷而已。」

「嗯，」他說，然後向後靠在椅子上並抬起腳。「一位強大戰士暫時的脆弱。這是美妙的時刻，我會加以珍視。」他自顧自地點點頭，然後嘆了口氣，按下扶手上一顆閃爍的按鈕，讓一面螢幕轉向他。

除了緊急情況，我們不能使用無線通訊。不過赫修對緊急情況這個詞的定義很寬鬆，而在堅持不懈的要求下，他得到了許可，能夠通過度量衡號的反通訊屏障。

偷聽大概很不禮貌。可是，他就坐在我旁邊。無論我想不想聽，我的別針都將內容翻譯並傳送到耳機裡了。

有個基森人出現在他的螢幕上，是位女性——根據淺色與深色毛皮的圖案判斷——她穿著看起來非常正式的彩色絲質服裝，還搭配了頭飾。她向赫修行禮。「不崇高的非國王閣下，」她說：「我此次呼叫，是想針對明天在國家稅收基金一事的投票上，請求閣下指引。」

赫修摩擦著口鼻下方的毛皮。「恐怕這麼做並沒有用，艾莉亞（Aria）參議員。我跟星盟的監查員談過，他們主張我對我們議會的運作，仍然有過度的影響力。」

參議員抬起頭。「但是，不崇高閣下，參議會投下的票跟您表達的偏好可是完全相反啊。」

「對，他們做得很好，」他說：「可是星盟似乎認爲，是我直接叫你們投下跟我意願相反的票，因此我仍然在操弄你們。」

「眞是棘手的情況，」艾莉亞參議員說：「您想要我們怎麼做呢？」

「這個嘛，」赫修說：「看來……星盟非常想要你們選擇自己喜歡的。」

「在整個宇宙中，我最大的願望就是看到國王的願望實現。」

「要是他的願望是希望你們做自己呢？」

「當然。您想要什麼樣的我？」

「或許可以在每次投票時隨機選擇，」赫修說：「妳覺得這樣有用嗎？」

「當然，這麼一來星盟就不能主張我們受到命運之外的事物影響了。」艾莉亞參議員又行了禮。「我們期待您對宇宙產生的影響力，並以抽籤決定投票結果的方式來表現。眞是英明的解決方式，不崇高閣下。」她切斷了通訊。

赫修嘆了一口氣。

「他們好像非常……忠誠。」我說。

「我們正在努力，」赫修說：「這對我們很困難。我這輩子都被教導在表達意願時要非常謹愼——可是我不知道該如何完全避免表達意願。」他揉了揉太陽穴，接著閉上眼睛。「我們必須學習星盟的作法，否則要是人類回來，我們就會毫無防備而遭到征服。他們是我最眞實的恐懼——在最初的人類戰爭期間，他們先攻擊了我們。他們的領袖聲稱基於雙方共有的過去，我們已經是人類殖民地了。我呸！就算只是說出那幾個字也會讓我的毛皮刺痛。

「我們必須改變才能做好準備，然而改變很困難。我的同胞並不是愚蠢或意志薄弱的人，只是過了許多個世紀後，君王很自然地成爲了一種不變的力量，能夠讓他們依靠。突然奪走它，就像在傷口適當癒合前撕掉繃帶。」

我發現自己正在點頭，這麼做很蠢。赫修的那種規定被取代當然比較好。是哪種落後的文化還會有世襲的君主政體？軍閥政治——由最強的的飛行員與司令在戰場取得功績，藉此統治大家——這才合理多了。

「也許你們可以不必這麼擔心人類？」我對赫修說：「我的意思是，說不定他們根本就不會回來。」

「或許吧，」赫修說：「我從小受的訓練，就是將母星的需要置於一切之上。我們花了好幾個世紀想再找到暗影行者，可是我們必須面對事實，再也不會有超感者了。我們很久以前就失去那種特權了。」

他看著我。「不用對我失去權力一事感到同情。許多年前，我的曾曾曾曾祖父在我們的軍隊一馬當先，衝上戰場對抗人類入侵，他用一把劍跟那些巨人對戰。在那之前，十七個部族的大領主可是隨時準備好帶領人民參戰的，可是我一直很想扮演這個角色：在自己的飛艇上當機長。那一定很棒。只要我的人民不會像鮮血滴進大海那樣，消失於星盟的控制之中。」

「我不知道這麼做值不值得，赫修，」我往後靠著椅背說：「這麼努力，卻得屈服於他們要我們扮演的角色。」

「不那樣的話，就只能在沒有超驅裝置的情況下，困在我們的母星上。我的同胞曾經試過，而那差點慭死我們了。想要以有意義的方式生存，就得遵守星盟的規則。」

「但狄翁人和其他高等智慧的人自稱他們是更優秀的種族，」我說：「他們對自己的先進感到驕傲，而基本上等於是在奴役其他人。」

「嗯。」赫修說，但並未再多說什麼。我循著他的目光看，接著就尷尬臉紅了，因爲我看見莫利穆爾就坐在他正後方。好極了。但他們的物種是會壓迫別人的獨裁者，這又不是我的錯。

「嘿。」布蕾德在我拿起背包要離開時說。

我回頭看著她，有點驚訝會聽到她主動交談。在每天的訓練結束之後，她通常都不會跟我們互動。

「今天做得好，」她告訴我：「我覺得這支隊伍終於像樣了。」

「謝了，」我說：「我很高興聽到這些。眞的。」

她聳聳肩，然後就從我身邊擦身而過、走出門口，彷彿很不好意思處在這種坦誠以對的時刻。我目瞪口呆地坐在位子上。看來我跟她有非常大的進展了，說不定我可以做到。

我充滿全新湧現的決心，趕緊跟在其他人後面離開房間。我今天有事要做。

英雄不會選擇自己的考驗。記住這一點。

在走到工程室的路口附近時，我深吸了一口氣，然後去找那裡的守衛。

M-Bot有信心我們能夠一起製造一架間諜無人機並設置系統程式，可是在我把它偷偷帶進這裡之後，可能會需要幾分鐘的時間設定，我不能在附近有飛行隊其他成員的時候這麼做。最簡單的選擇似乎是最好的。

「我要上廁所。」我告訴在通往工程室路上站哨的守衛。那是個克里爾人——根據盔甲裡那隻小型甲殼動物外側的甲殼形狀，我猜是位女性。

「了解，」她回答：「我會派無人機來。」

度量衡號上的維安眞是嚴密。雖然我們可以從飛行甲板走到跳躍室，但是要去的任何其他地方，都必須由某個維安人員操縱監視用的遙控無人機陪同——即使被叫去見指揮階層也是一樣。

這個守衛當然沒有離開崗位。赫修、卡烏麗還其他幾位基森人都在我後面等我，直到我揮手要他們繼續走。接著我窺看守衛後方的走道。也許在等待時，我能想到什麼辦法從守衛身上得到情報？

「嘿，」我說：「要怎麼在步兵團得到工作？」

「我的職位不是次等物種能做的，星式戰機飛行員，」守衛說，接著用一隻盔甲手做了幾個複雜的動作。「妳現在能這樣獲得殊榮接受訓練，就該高興了。」

「怎麼會呢？」我問。「妳幾乎隨時都得站在這個角落啊，他們至少會讓妳去其他地方吧？也許是……呃……」

「我沒有什麼要說的了。」她說。

可惡。身為間諜，我在這部分的表現真是差勁。我咬牙切齒，對自己的無能感到氣餒，不久一架要帶我去廁所的小型無人機抵達了。在我們的星式戰機上，當然有連接著飛行服的排泄物回收設備——畢竟我們要在外頭待上好幾個鐘頭。目前我都還不需要使用到度量衡號上的廁所。

無人機帶我經過了守衛往工程室前進，我的心跳因為興奮而稍微加速。可惜我們只走了一小段距離，就往右轉進另一條走道，走道的牆面上有幾塊廁所標示。這些就跟我見過的其他廁所一樣，是根據物種分類的。我被帶到狄翁人使用的廁所，因為我們的生理構造類似。

無人機跟著我進入廁所，但並未進入隔間，這樣很好。我輕觸手腕，啟動立體投影手環的計時器，好大概預估自己正常會花掉多少時間，然後就進入隔間，放下背包開始上廁所。無人機駕駛什麼話也沒說——不過我在洗手時，聽見對方正心不在焉地跟一位同事閒聊，看來是不小心忘記關掉擴音了。這表示無人機的駕駛或許不會將所有注意力放在我身上。

無人機帶我回到走道，令我訝異的是赫修竟然還在等我，但只有卡烏麗和他的僕從在那塊飛盤上，其他組員全都離開了。他盤旋在我的頭旁邊，跟我繼續走向飛行器停靠區。

「妳都還好嗎，機長？」他問。

「沒事，只是得去上個廁所。」

「啊。」赫修愣了一下，在往上飛時回頭看。「他們帶妳去了靠近工程室的那條走道，我明白了。」

「最近的廁所就在右手邊。」

「妳沒瞄到工程室內部吧？不小心瞥見一眼？」

「沒有。沒走到那麼遠。」

「可惜。」他繼續飛。「我……聽說妳自己有一艘可以超空間跳躍的飛艇。只是聽說而已，眞的，我並沒有要妳非得把這件事告訴我們的意思。」

我看著他一邊飛，一邊試著裝出無關要緊的態度說話。然後我笑了。他是想弄清楚我知不知道星盟的超驅裝置——但他在這方面的程度跟我差不多。我突然好喜歡這隻毛茸茸的小獨裁者。

「我不知道他們的超驅裝置是怎麼運作的，赫修，」我在進入飛行器停機棚時輕聲說：「我是超感者。我可以在必要時傳送我的飛艇——可是這麼做很危險。我會來這裡的其中一個理由，是要讓我的同胞能夠使用星盟那種比較安全的技術。」

赫修思考著我說的話，也跟卡烏麗對看了一眼。

接駁區相當繁忙，因爲飛行員們正要搭上飛行器，各自回到他們在星界的家。其他基森人已經上了一輛飛行器，不過赫修仔細思考了一陣子後，便示意卡烏麗將平台駛近我的頭部。

「妳是一位暗影行者，」他說：「我不知道這件事。」

「這不是可以放心告訴別人的事，」我說：「並非我不想讓你知道。只是感覺……有點奇怪。」

「如果這麼做行不通，」赫修朝停機棚比了個手勢，用非常小的音量說話：「如果出了什麼差錯，就去找我的同胞。雖然我們那裡已經很久沒出現暗影行者，但我們記錄下了他們的一些傳統。或許……或許妳的同胞跟我們可以破解星盟技術。」

「我會記住的，」我說：「不過我還是希望這會行得通，或是我能夠弄清楚——」我突然停住。

笨蛋。妳想做什麼？公然在敵人的停靠區說著妳想弄清楚怎麼偷走他們的技術？

然而赫修似乎理解了。「我的同胞，」他輕聲說：「曾經有一次試圖竊取星盟技術。這是好幾十年前的事了，而且是……我們的公民地位被撤銷了一段時間的幕後原因。」

我屏住呼吸，忍不住問：「有成功嗎？」

「沒有，」赫修說：「我的祖母當時是女王，她策劃竊取了三艘具有超驅裝置的星盟飛艇，而且是同時。那三艘飛艇被偷走之後就全都停止運作，我的同胞查看超驅裝置的位置時，只發現了空盒。」

就像M-Bot那樣，我心想。

「星盟超驅裝置，」卡烏麗說：「會在被竊取時傳送離開——自行分離並丟下飛行器。這正是經過這麼多個世紀以來，那項技術幾乎無法流傳開來的其中一項原因。」

赫修點點頭。「我們付出了慘痛的代價，才發現這個事實。」

「奇怪，」我說：「非常奇怪。」又多一個必須克服的阻礙了。

「我已經決定，幫助我族最好的方式就是遵守星盟的規則，」赫修說：「不過……別忘了我的提議。我覺得我們在這項計畫中，是為了某件事而被利用的。我不相信溫齊克跟他的部門，如果妳回到同胞身邊，就讓他們知道我們的提議吧。我們有共同的聯繫，艾拉妮克機長——過去都曾被人類迫害，現在都是星盟的玩物。我們可以當盟友。」

「我……很感謝，」我說：「你可以把我當成盟友，赫修。無論發生什麼事。」

「我們應該共享未來，以平等的身分。」他露出牙齒笑著。「但在跟人類戰鬥時例外。到時候我要先打下第一個！」

我的表情扭曲了。

「哈！我就把那視為承諾了。保重，艾拉妮克機長。我們會一起度過這些不尋常的時刻。」

卡烏麗載著他離開了。可惡，我發現自己真心希望自己就是艾拉妮克，說不定我們可以一起完成某件事——赫修同胞的知識，加上我同胞的戰鬥技巧。只是我的同胞是人類，正是我們令他害怕到寧願遵守星盟的嚴苛命令。

剛才那樣跟赫修交談，讓我突然有種暴露身分的感覺。沒錯，停靠區是很忙碌——可是我們的對話像是在考慮要背叛星盟。那不是正適合我嗎？隱瞞自己是人類一事，但仍然以艾拉妮克的身分遭到逮捕。等等，空氣聞起來是什麼味道？油脂，消毒清潔劑。沒有可疑之處。

我眞的得開始學會，在從事可疑活動之前先嗅聞薇波在不在。

這次我獨自搭上一輛飛行器，沿著停靠區飛向城市，並在進入城市時做好了聽見星星聲音消失的心理準備。不過就算有準備，我還是在情況發生時產生了失落感。

他們會盡量減少無線通訊——但還是會使用。他們需要。我可以理解。他們必須在對星魔的恐懼，以及社會對通訊的需求之間找到平衡。

在思考這件事時，我突然想到了另一件事。那些抗議人士。他們消失了。我已經習慣在城市邊緣這裡看見那群人，他們會高舉標語，對「次等物種」的權利提出抗議。可是如今，那個區域已經被清空，只剩一些穿著褐色條紋服裝的狄翁人，正在清理抗議者留下的垃圾。

「那些抗議的人，」我輕聲對M-Bot說：「發生了什麼事？」

「他們跟政府達成了一項協議，」M-Bot說：「政府對那場測試中的死者家庭賠償，以及保證在未來類似的測試中加入更多安全規定。」

這對抗議似乎是個虎頭蛇尾的結局。這是官僚式的結局，並沒有眞的改變什麼。不過我還能期望什麼，在街上暴動嗎？

我嘆了口氣，從飛行器的後窗看出去，目光停留在抗議地點及那些正在工作的狄翁人，直到看不見他們爲止。

第二十七章

隔天早上，我一醒來就發現大使館門前的台階上有一堆箱子。

「噢，這是什麼啊？」查威特太太在我急忙拿起箱子時說：「我可以幫忙嗎？」

「不！」我的語氣可能太強烈了。「呃，沒什麼。」

「打掃無人機？」查威特太太念出其中一張標籤。「我……噢。」她的態度在說話時明顯變得壓抑，一邊還比著手勢。「我做得不好嗎？」

「不！」我又說了一次，同時還得讓整疊箱子保持平衡。「只是……我喜歡有隱私，妳知道的……」

「我明白了，」她說：「那麼，妳需要幫忙設定嗎？我自己有時候也會使用一些打掃無人機……」

「不，謝了。」

「我想……我想我就讓妳好好享受假日吧。我替妳做了午餐和晚餐，它們放在冷凍裝置裡。」她走出門口。

「謝謝！拜！」我急切地說，等她一離開就關上門，然後帶著箱子上樓梯。這樣或許有點冷酷無情，但我可不能讓庫那的間諜待在身邊，知道我要怎麼處理這架打掃無人機。

我倉促來到房間，把箱子放到床上，接著鎖門。「M-Bot，你在嗎？」我問。

「在啊，」它的聲音從我耳機傳出：「把那些拿到電腦工作站的攝影機前，我確認一下東西都到齊了沒。」

我讓它檢查每個箱子的標籤，然後依照它的指示全部打開，把我們訂的東西擺放出來。打掃無人機的大小差不多等於一塊午餐盤，厚度是十五公分左右。它在機翼下方有小型的上斜環——每一個都不超過我用拇指和食指比出的O字形。這種無人機可以在房間裡到處飛，處理架子上的灰塵並清洗窗戶。它會以旋轉的上斜環緩慢移動，幾乎完全沒有聲音。

M-Bot也訂了一整組工具、一大塊防水布，以及一些讓我用來將它的系統固定於無人機底部的備用零件。

接下來兩個鐘頭，我都在小心地拆除無人機的底部——除塵墊、垃圾盒、清潔液噴霧器。我留下無人機的小型機器手臂，但移除了其他所有附加裝置。

在我工作時，M-Bot會念出本地資料網路上的文章來娛樂我。我很訝異星盟讓大眾接觸資料的程度——當然，網路上沒有軍方或超驅裝置的祕密，可是我知道了舊地球的事。我特別感興趣的是第一次接觸的紀錄，也就是人類正式見到外星人的時刻，而這件事還是一家舊電信公司促成的。

M-Bot說完基森人與地球互動的歷史，雖然那比第一次正式接觸更早，但是內容更模糊，而這時我正在拆裝一些螺絲，腦中突然有一個念頭。

「嘿，」我用螺絲起子朝毀滅蛞蝓揮了揮，她正舒服地躺在附近的桌面上。「有關於她這種蛞蝓的資料嗎？」

「說眞的，我還沒查過，」M-Bot說：「讓我……噢。」

「噢什麼？」

「似軟體動物的物種，名稱叫泰尼克斯（taynix），」M-Bot讀著：「是一種會分泌毒液的生物，有黃色皮膚與藍色脊椎，源自坎布利行星。牠們藉由早期的飛船逃脫，在數個行星上被視爲侵略性物種，在銀河系中多種常見的眞菌附近可以找到牠們。發現之後立刻通報當局，並且不能觸碰。」

我看著毀滅蛞蝓，她發出了疑惑的顫音。

「分泌毒液？」我問。

「資料是這麼說的。」M-Bot說。

「我不相信，」我說，然後繼續工作。「一定是跟她不一樣的物種。」

「照片看起來非常像……，」M-Bot說：「也許牠們只是對人類沒有毒性。」

嗯，也許吧。我一邊想一邊處理好無人機。把該拆下的零件移除之後，它變得輕多了——而且在我加上間諜設備之後應該還能夠飛。我一隻手臂夾著無人機、防水布和工具，另一邊夾著毀滅蛞蝓，就這樣爬上了屋頂。接著我把所有東西擺放在M-Bot的駕駛艙裡，再將無人機連線插入它的控制台。

「好，」它說：「無人機的記憶體有很多空間。我要徹底清除內容，然後用新的代碼改寫，這可能需要幾分鐘。妳應該爬到我下方，從我的機體移除這些系統。」

「我的機體！」毀滅蛞蝓從座位發出笛音。可惡，查威特太太有見過她嗎？我不記得了。

M-Bot替我投射出圖片，標記了特定的系統。我點點頭，然後爬出去用防水布蓋住它，再將防水布繫在發射台上。

「查威特太太有見過毀滅蛞蝓嗎？」我問：「就你所知？」

「我不確定，」M-Bot說：「通常那隻蛞蝓住在妳的房間或我的駕駛艙，這些都是妳叫查威特太太不要清理的地方。」

「對，可是毀滅蛞蝓很少待在我安置她的地方。而且我懷疑查威特太太會想找東西回報，所以把侵略性物種當寵物可能會讓我惹上麻煩。」

「我還是覺得妳對查威特太太的態度過於強烈了。我喜歡她，她人很好。」

「好過頭了。」我說。

「有可能那樣嗎？」

「對，尤其是克里爾人。別忘了他們對我們在狄崔特斯的同胞做過什麼——而且現在也正在做。」

「我是不會忘記事情的。」

「是嗎？」我問：「那麼你記得多少遇見我之前的事？」

「那不一樣。」它說：「對了，剛又收到庫那的訊息了，對方想要知道關於妳飛行訓練的最新消息。要我再針對練習傳送一份枯燥無味的描述嗎？」

「好。別把個人互動寫進去。」

「妳遲早要跟對方談的。」

「要是我先偷走超驅裝置逃掉就不用了。」我邊說邊固定好防水布最後一角。我不想看到庫那跟那副讓人發毛的笑容。那個外星人隱瞞了很多——我認爲拖延是最好的方式，免得讓自己掉進庫那正在設計的陷阱。

我抓起工具，爬到M-Bot下方開始工作。它幫我把需要的圖片投射在機身底部，讓我可以按照步驟操作。我鬆開第一塊面板時，腦中突然閃現了在狄崔特斯那個洞穴裡獨自工作的回憶——那是我第一次試著想啓動M-Bot。奇怪，回顧那段時光讓我覺得好懷念。進入飛行學校的興奮感，重新打造自己飛艇的挑戰。

那眞是我生命中即滿足又美妙的時刻，這也使我不禁聯想到了朋友們。從上次聽見奈德取笑亞圖洛，或是聽著金曼琳編造的諺語，到現在才不到兩週的時間，卻感覺已像是永遠。

我來這裡是爲了他們。他們，以及狄崔特斯上的所有人。我這麼想著，然後開始探索M-Bot的內部。在重新打造M-Bot的時候，羅吉已經把這裡大部分的線路仔細綁好，除了整理還加上標籤。我的朋友做得很好，而我也很快就找到要拆卸的系統。

「好，」我用扳手輕敲著一個盒子說：「這就是你的其中一個立體投影裝置。我一把這個抽出來，你身上就會有一大部分變回原來的樣子。準備好了嗎？」

「其實……還沒，」它說：「我有點緊張。」

「你能夠感到緊張？」

「我在試著照妳說的做，」M-Bot說：「主張有自己的情緒，而不只是模擬。所以……我很緊張。萬一有人看見我呢？」

「所以我們才會有這塊防水布，」我指了指已罩在它上頭的防水布。「而我們也需要這個裝置，否則無人機就會太過明顯，沒辦法到處探索。」

「好吧，」M-Bot說：「我猜……我猜這算是我的主意吧。這是個好主意，對不對？」

「等我們成功再問我吧，」我說，然後深吸一口氣，拆下小型立體投影器，這個裝置裡有用於主動偽裝的內建處理器。這比我的手環更大也更先進，應該還是能夠裝進無人機。

「我感到很暴露，」M-Bot說：「赤裸。這就是赤裸的感覺嗎？」

「大概很像吧。程式處理得如何了？」

「嗯，」M-Bot說：「這架無人機會有……比我更少的限制。例如，我沒有複製禁止自己飛行的代碼。它會像我，只是更棒。」

這讓我愣住了。「你要讓它擁有個性？」

「當然，」M-Bot說：「我要給孩子最好的。」

孩子。可惡，我沒想到……「你是這麼看的嗎？」我問。

「對。這會是我的……」喀噠。喀噠喀噠喀噠喀噠喀噠。

我皺著眉，將立體投影裝置收到一旁，然後開始拆卸需要的其他零件。

「我回來了，」M-Bot終於說話了：「思蘋瑟，那個監督子程式禁止我複製自己。這讓我覺得很……煩惱。」

「你可以讓無人機加入代碼，但不具備人格嗎？」

「也許吧，」M-Bot說：「這個子程式的範圍很廣。看來有人非常害怕我可能會創造出自己的……」

喀噠。喀噠喀噠喀噠喀噠喀噠喀噠。

「可惡，」我說，接著拆下M-Bot的一個感測器模組，放在立體投影裝置旁。「M-Bot？」

重新啓動讓我等了整整五分鐘，比之前的時間更長——長到我開始擔心是否永遠弄壞了它內部的某個東西。

「我回來了，」它說，而我鬆了口氣。「我看見妳拿了我的備用感測器模組。很好，現在我們只需要我的頻率干擾器，這樣應該就行了。」

我進入它的機種下方，打開另一個艙口。「我們可以談談……你發生的事嗎？在不引發它的情況下？」

「我不知道，」它輕聲說：「我很害怕。我不喜歡害怕的感覺。」

「我相信不管你的程式出了什麼差錯，我們都可以修好的，」我說：「遲早可以。」

「我害怕的不是那個。思蘋瑟，妳曾想過爲什麼我的程式會有這些規則嗎？除了最基本的調整位置以外，我不能自己飛行。我不能發射武器——我甚至沒有那麼做的連線路徑。我不能複製自己，我的程式還會陷入不斷重複的懸置迴圈，要是我想嘗試……」喀噠。喀噠喀噠喀噠喀噠喀噠……

在它再次重新啓動時，我安靜地繼續做事。

「我回來了，」它終於說：「這眞是讓人洩氣，爲什麼他們要弄得這麼麻煩？」

「不管是誰設定你的，我猜對方只是想非常謹慎。」我盡量避免說出會害它又陷入停機的話。

「謹愼什麼？思蘋瑟，我越檢查，就越發現我的大腦看起來像一座牢籠。打造我的人並不是謹愼，他們是多疑。他們害怕我。」

「我不太會怕水，」我說：「但如果我要打造一個污水系統，還是會把我的水管密封起來。」

「那不一樣，」M-Bot說：「這種模式很明顯。我的創造者——我的舊駕駛史貝爾指揮官——一定是因爲眞的很怕我，才會放入這些禁令。」

「說不定不是他，」我說：「也許這些規則只是因爲某些特別謹愼的官僚要求的。還有別忘了，強大的人工智慧跟星魔是有關聯的，你可能會激怒它們。大家害怕的可能不是你——也許是你可能引發的危險。」

「都一樣。」M-Bot說：「思蘋瑟，妳呢？妳害怕我嗎？」

「當然不會啊。」

「如果我能夠發射自己的武器、自己到處飛行，妳會怕嗎？還可以隨心所欲複製自己？一個M-Bot是妳的朋友，可是一千個我們呢？一萬個？我在研究舊地球的媒體，他們看來就很害怕這種事。如果我變成一支軍隊，妳會害怕我們嗎？」

我得承認這讓我猶豫了。我想像那種情況，在腦中反覆思考。

「妳講過一個故事，」M-Bot說：「內容是有個影子取代了創造出他的人。」

「我記得。」

「萬一我就是影子呢，思蘋瑟？」M-Bot說：「萬一我是來自黑暗並且想模仿人類的東西呢？萬一我不能信任呢？萬一——」

「不，」我堅定地打斷它。「我信任你。所以爲什麼我不能多信任你一千次呢？我們甚至可能做出比擁有一支M-Bot艦隊更糟的事。雖然跟你們全部說話可能會有點奇怪，但是……哎，反正我的生活現在也不算正常了。」

拆下所有需要的零件後，我從M-Bot下方滑出，一隻手放在它被防水布蓋住的機翼上。「你不是某個人的危險影子，M-Bot。你是我的朋友。」

「因爲我是機器人，所以妳在身體和語言上的安慰幾乎對我沒用。我無法感受到妳的觸摸，而且我發現妳那種簡單的肯定方式，只是在加強妳想要的世界觀，而不是徹底證明和調查這個談話的結果。」

「我不知道你是什麼，M-Bot。」我說：「你不是怪物，但我也不確定你是不是機器人。」

「再問一次，妳有這些推測的證據嗎？」

「我信任你，」我又說了一遍。「這樣你有感覺好一點嗎？」

「應該不會，」它說：「爲什麼我們要假裝這件事，我只是會模擬感覺才能——」

「你有感覺好一點嗎？」

「……有。」

「這不就對了。」我說。

「感覺並不是證據，感覺跟證據正好相反。」

「在要證明某個人的人性時就不是了。」我露出笑容，鑽到防水布底下——我在駕駛艙附近留了些空間——然後擠著爬上去，把手伸進駕駛艙。「如果你不能設定無人機，我們要怎麼辦？」

「我可以設定，」M-Bot說：「它只會有基本的例行程式——沒有個性，沒有模擬的情緒。是一部機器。」

「那就行了，」我說：「繼續處理吧。」

我搔了搔毀滅蛞蝓的頭，把她拿起來，然後收起從M-Bot拆下的零件，下樓回到我的臥室。M-Bot將我的下個任務顯示在房間的螢幕上：我必須把感測器裝置、立體投影裝置和干擾設備組合起來，並放進它訂製的一個盒子。我依照M-Bot的指示開始工作。

我花的時間比預期中更少，現在就只剩下將盒子接線連接到無人機底部了。它會像樹枝的果實那樣垂掛著——不是特別好看的設計，但這能讓無人機主動僞裝、記錄所見，並且不被感測器掃描到。理論上，我可以在度量衡號的廁所放出無人機，讓它以隱形的方式，小心前往工程室拍下一些照片。

M-Bot認爲光是照片並不夠，還堅持要加入一整組感測器裝置，用來測量輻射線之類的東西。可是我有種直覺，這也許跟我的能力有關。我就快要查明某件事了，那個祕密跟超感者及星盟使用的方式有關。要是我能夠看見那些超驅裝置……

「思蘋瑟？」M-Bot說：「有人在樓下的門口。」

往下看著接線的我抬起頭，露出不悅的表情。「是查威特嗎？我得把她打發走——說不定叫她去休個幾天假。我們不能冒險讓庫那發現——」

「不是她，」M-Bot說，然後讓我看了門口攝影機的畫面。是莫利穆爾，爲什麼會來這裡？我完全沒想到對方知道我住在哪裡。

「我來處理。」我說。

第二十八章

現在，我已經開始弄清楚狄翁人的臉部表情了。例如將嘴唇閉成一條線，不露出牙齒，對他們而言是一種笑容。這表示他們很高興，不具有攻擊性。

「莫利穆爾？」我從門口問：「一切都還好嗎？」

「一切都很好，艾拉妮克，」莫利穆爾說：「在沒有飛行的時候，這樣算很好了。妳有一次不是說過妳討厭放假嗎？」

「嗯。」我說。

「我沒飛行時就不能證明自己了，」莫利穆爾說：「這讓我很擔心。雖然剩下的時間不多了，可是這並不表示我想要被迫跟星魔戰鬥。我是不是應該希望發生某種災難，好讓我證明自己呢？」

「我也會那樣想，」我停留在門口，說：「例如我在我的母星上也好想飛行，於是希望發生某種攻擊事件，這樣就能戰鬥了，可是同時我又不希望那種事發生。」

莫利穆爾比著手勢表示認同，然後繼續站在原地。我或許慢慢學會了狄翁人的臉部表情，但還是很難解讀他們的肢體語言。莫利穆爾在緊張嗎？這代表什麼？

「眞尷尬，對吧？」對方終於說話了：「艾拉妮克……我得跟妳談談。我必須知道，就坦率點吧。這種裝模作樣的把戲還值得繼續下去嗎？」

我突然感到一陣驚慌。莫利穆爾知道了。怎麼可能？我本來擔心是薇波會看穿我的偽裝，說不定還得跟布蕾德發生衝突，但從來沒想到會是莫利穆爾。我還沒準備好——

「我值得繼續訓練嗎？」莫利穆爾說：「還應該假裝自己有資格待在飛行隊嗎？我應該直接放棄？」

等一下，等一下。對方不知道我的事。我冷靜下來，勉強擠出笑容——這個表情讓莫利穆爾畏縮了一下。喔對，露出牙齒對他們而言帶有攻擊性。

「你很棒，莫利穆爾，」我說的是眞心話。「眞的。從開始飛行的時間來看，你是個非常棒的飛行員。」

「眞的嗎？」

「眞的，」我說。我猶豫了一下，然後走出房子。我不想邀請對方進來——至少不是正在執行祕密計畫的時候。「你想談嗎？我們去散步吧。你來自城裡，對吧？」

「對，」莫利穆爾繼續說話時似乎較爲放鬆了。「我的雙親一輩子都住在這裡，離這裡不遠的地方有一座非常棒的水花園！來吧，我帶妳去看。」

我鎖上門，然後用DDF飛行代碼在手環上輸入訊息向M-Bot解釋。*去散步。沒事。很快回來。*

莫利穆爾的嘴唇又變成平靜的一條線，而我注意到對方右半部的顏色比幾天前更紅。我納悶這是不是表示莫利穆爾越來越接近出生的日子。不過，用出生這個詞對嗎？

莫利穆爾手心朝上輕描淡寫地對我揮手示意——這是一種狄翁人的手勢，跟狄崔特斯的人大吼或揮手意思明顯不同。我跟對方開始在人行道上走，加入街上永遠移動著的人潮。這些人始終存在著，讓我有種被困住的感覺。

在伊格尼斯，我有時也會這麼覺得，那也是我爲了逃避而到洞穴探險的一部分原因。我一直很討厭被人們包圍，討厭跟人肩並肩一起走。莫利穆爾好像幾乎沒發現。對方走在我身邊，雙手扣在背後，彷彿很努力想保持低調。人行道上沒人會對我們的飛行服多看一眼，在狄崔特斯，大家會注意到飛行員並且讓路。在這裡，我們只是一海票怪人之中，兩張陌生的面孔而已。

「這樣很好，」莫利穆爾告訴我：「這就是朋友會做的事——一起出去。」

「你講得好像……這對你是種新的體驗。」

「沒錯，」莫利穆爾說：「兩個月的生命不是很長，而且……嗯，老實說，我覺得建立情誼的過程並不容易。我的右父母對交朋友和跟人交談這種事非常在行，但這個版本的我似乎沒有繼承到那樣的特質。」

「可惡，」我說：「我就坦白說了，莫利穆爾，你那種說話方式讓我頭好痛。你記得一些雙親知道的事，但不是全部嗎？」

「對，」莫利穆爾說：「而我變成的嬰兒也會記住相同的內容：混合雙親的記憶，其中有許多空隙要由我自己的經驗填補。當然，那個混合體可能會改變，這取決於我們化蛹的次數。」

「你說得好……坦然，」我說：「我不喜歡社會在某個人出生之前先加以修改這種事。」

「不是社會，」莫利穆爾說：「是我的雙親。他們只是想爲我找到最有機會成功的性格。」

「可是如果他們決定要再試一次而不是生下你，這就有點像是讓你死掉。」

「不，不算是。」莫利穆爾歪著頭說：「而且就算是，我其實也沒辦法被殺死——我是一種假設性的人格，並不是最終版本。」對方噘起嘴唇，這是狄翁人感到不安的跡象。「我確實想要被生下來。我覺得我會成爲一位很棒的飛行員，而這個計畫代表我們需要飛行員，對不對？所以一個即將出生的狄翁人喜歡戰鬥，這件事說不定也沒這麼可怕？」

「聽起來像是你同胞會需要的。」我說，並繞過一種像是在流動的生物，有兩顆大眼睛，但除此之外看起來就只是有生命的一堆泥巴。「看吧，這就是問題。如果社會認爲不具攻擊性的人最好，就只有那種孩子會出生——然後他們就會永遠抱持那種思維，牴觸標準的人就不會出生。」

「我……」莫利穆爾往下看。「我聽到妳跟赫修昨天說的話了。在度量衡號上，就是我們要飛回家的時候？」

一開始我以爲對方指的是關於超驅裝置的對話——這讓我慌張了一下——後來才想起之前我們曾經抱怨星盟和狄翁人。他們那種自以爲菁英又勢利眼的作風，而且覺得比我們這些「次等物種」高級。

「我知道妳不喜歡星盟，」莫利穆爾說：「妳認爲跟我們合作是件討厭的事——是必要之惡。可是我想要妳知道星盟也很棒。也許我們太強調菁英主義，太不想重視其他物種給予我們的東西。

「可是這裡和其他幾十個類似的平台已經和平存在了好幾百年。星盟給了我雙親很好的生活——也給了數百萬個生物很好的生活。藉由控制超驅裝置，我們阻止了許多苦難。自從人類戰爭結束後，就沒發生過任何重大的衝突了。如果有物種變得粗暴或危險，我們可以直接置之不理，這並不是壞事。我們的技術又不是欠他們的，尤其他們不愛好和平的話。」

莫利穆爾帶路走了幾條街，經過許多商店與建築，上面的標示我都看不懂。我盡力不讓自己被這一切嚇倒，盡量不表現出自己正在盯著眼前每一個奇怪生物。可是我忍不住。在那些演得過頭又假裝愉快的面孔背後，到底藏了什麼祕密？

「那些抱怨或不適合你們社會的人呢？」我問：「他們會發生什麼事？在停靠區前面抗議的那個人呢？他們現在在哪裡？」

「對許多製造麻煩的人而言，放逐就是他們的命運，」莫利穆爾說：「但我要再問一次，住在我們太空站的權利，是我們欠那些物種的嗎？妳就不能著重在我們幫助的所有個體，而非我們想不到辦法接納的少數人嗎？」

在我看來，不受接納的人才是最重要的人——這樣才能夠眞正衡量住在星盟的情況。而且，我也一再告訴自己最重要的事實：這些人除了壓迫，還試圖消滅我們。雖然我不知道完整的情況，可是根據奶奶說的，我在無畏號上的直系祖先並未參與大戰。他們只是身爲人類就受到譴責，而且一直被追趕，直到墜毀於狄崔特斯。

布蕾德並未引起戰爭，但是星盟卻把她當成洞穴裡的爛泥對待。當發現那些「少數人」是如此地明顯，我實在很難去想這個政府到底做了什麼「好事」。

我們繼續往前走，而我將手臂緊貼住身體兩側，因爲要是我撞到別人，他們就會向我道歉。這些虛假的好意隱藏著他們的暴力作風。這一切都不尋常，莫利穆爾本身就是個例子。那是兩個人化蛹而……一起長出來的，就像毛毛蟲。兩個人一起模仿出第三個人。

我怎麼能指望理解像這樣的人？我應該認爲這很正常嗎？

我們走過一處街角，經過了兩個克里爾人。即使到現在，只要我見到克里爾人，脖子後方仍會汗毛直豎，全身感到一陣寒意。早在我出生之前，他們盔甲的形象就被用在無畏者的象徵圖案中。

「你可以感覺到他們嗎？」我在經過克里爾人時問莫利穆爾：「你的雙親？」

「算吧，」莫利穆爾說：「這很難描述。我是由他們組成的。到最後，他們會決定是否要生下孩子，還是要化成蛹再試一次；所以他們在觀察，而且他們有意識——但同時也算沒有意識。因爲我在使用他們的大腦思考，也會使用他們結合起來的身體。」

老天。這眞是太……呃，太像外星人了。

我們轉過一面牆，進入一條拱道，拱道通往莫利穆爾要帶我去的花園。

我愣在原地倒抽了一口氣。我一直想像會有一些溪流，說不定還有一座瀑布，可是這座「水花園」壯觀多了。閃爍的巨大水球飄浮在地面上方，直徑至少有一公尺。那些水球波動著，反映出光線，懸浮在至少兩公尺高的半空中。

下方，體積較小的水球從地面的水龍頭冒出，而且也往上飄浮，有些結合在一起有些分開。來自上百個不同物種的孩子們在公園裡奔跑，追逐像泡泡的水球。這就像無重力狀態，但只有水而已。確實，當孩子們追上並拍打水球，水球就會潑濺成上千顆更小的水珠，表面如波浪般起伏，反射著光線。

訓練期間，我每天都在駕駛艙裡吃午餐，所以對於在無重力狀態下喝東西的怪異感很熟悉。有時我會擠出一顆水珠懸浮在面前，然後將嘴唇貼過去吸掉。現在也是相同的情況，只是規模很龐大。眞是太美了。

「來吧！」莫利穆爾說：「這是我在城裡最喜歡的地方。要小心喔！水可能會潑到妳身上。」

我們進入公園，沿著水龍頭之間的一條小徑走。不是所有的孩子都會露出笑容或發出笑聲——狄翁人擺出鬆懈又不具威脅性的特有表情，其他有些物種則是會嗥叫。我經過一個粉紅色的孩子還發出了打嗝的聲音。

然而，看著這些孩子在一起，他們的歡樂如此地顯而易見。雖然他們是不同物種，但全都很開心。

「這是怎麼做到的？」我問，然後伸手輕拍一顆剛經過的水泡。它在空中搖晃、震動，看起來有點像低音鼓聲的感覺。

「我不是非常確定，」莫利穆爾說：「好像是使用了特別的人工重力和某種離子化技術。」莫利穆爾低下頭，我很確定這是狄翁人表示聳肩的方式。「我的雙親常來這裡。我繼承了兩人對這個地方的喜愛。這裡！過來坐吧。看到那邊的計時器了嗎？這是最棒的部分喔！」

我們坐到一張長椅上，莫利穆爾往前傾，看著公園遠處的一個計時器。大部分的地面都鋪著石頭，沒有太多裝飾，只有以一種淡藍色岩石鋪出的小徑，旁邊有成排的長椅。遠處牆上的計時器一倒數到零，半空中所有的水泡全都爆開，像突然下雨一般紛紛墜落，讓玩耍的孩子們尖叫與大笑，興奮地呼喊彼此與自己的父母。

我發現那些聲音很有穿透力。

「我的雙親在這裡認識，」莫利穆爾說：「大約是五年前的事了。他們小時候來這裡玩了好幾年，但直到受完訓練才眞正開始交談。」

「然後他們就決定配對了？」

「呃，一開始他們先墜入了愛河。」莫利穆爾說。

顯然如此。狄翁人當然會愛。不過我很難想像，這些如此奇怪的生物之間存在著像人類一樣的愛。幾個克里爾孩童跑過，他們穿著尺寸較小的盔甲，還多加了兩條腿，或許是要讓這些像螃蟹的年輕生物更容易保持直立吧。他們開心興奮地瘋狂揮動手臂。這……這就是星盟……，我告訴自己。那些是克里爾人，他們想要毀滅我的同胞。保持憤怒啊，思蘋瑟。

但是這些孩子不可能說謊。或許大人可以裝模作樣，而我想像著這裡的每一個人都是如此，不過孩子們消除了那種想法。

自從抵達這裡以來，我第一次卸下了防備。那些孩子就只是孩子。走過公園的人們，即使是克里爾人，他們並沒有密謀要消滅我，說不定他們連狄崔特斯是什麼都不知道。

這些人。他們全都只是……一般人。有著奇怪甲殼或怪異的生命週期。他們活著，而且他們會愛。

我看著莫利穆爾，對方眼裡閃爍著一種情感，而我立刻就明白那是什麼。喜愛。是一個人想起了另自己快樂的事。雖然對方沒有笑——而是狄翁人緊閉嘴唇的表情——但意思是一樣的。

噢，聖徒和星星啊。我再也無法表現出戰士的樣子了，這些不是我的敵人。當然，星盟有一部分是，不過這些人……他們只是一般人。查威特太太大概不是間諜，而是想要餵飽我的善良管家。至於莫利穆爾……只是想當個飛行員。

莫利穆爾只是想飛行。就像我。

「你是個非常棒的飛行員，」我說：「眞的。你能學習得如此迅速，這實在很驚人。我不認爲你應該放棄，你必須藉由飛行證明星盟需要你這種人。」

「是嗎？」莫利穆爾問：「眞的嗎？」

我抬起頭，看著波浪狀移動的水球升向空中。我聽著上百個物種的孩子發出歡樂的聲音。

「我知道很多故事，」我說：「內容是關於卡達米克（cadamique）的戰士與士兵，這等於是我們的聖書。」M-Bot向我簡報過有關艾拉妮克同胞的事，認爲我應該偶爾在對話中提起。「我的祖母會說故事給我聽——在我最早期的記憶中，有一些就是她的聲音平靜地告訴我古代戰士對抗逆境的故事。」

「不過那對我們都是過去了，」莫利穆爾說：「至少在星盟是這樣。就算我們對抗星魔的訓練也只是假設的情況——針對一件大概永遠不會發生的事所擬訂的計畫。所有眞正的戰爭都結束了，但我們必須爲或許會、卻又不太可能發生的衝突準備。」

要是莫利穆爾知道就好了。我閉上眼睛，這時水向下潑濺，讓孩子們尖叫起來。

「那些故事有很多不同的主題，」我說：「其中有一個，我直到開始飛行後才明白。事情發生在結尾部分，故事之後的故事。戰鬥的勇士回到家鄉，卻發現與社會已經格格不入。戰爭改變了他們，扭曲了他們，使他們成爲陌生人。他們保護了所愛的社會，但這麼做，卻讓他們自己變成了再也無法融入社會的人。」

「那眞是……令人沮喪。」

「是，也不是，兩種都存在。因爲就算他們有改變，他們還是贏了。而且無論社會有多麼和平，一定還會再次發生衝突。在那些悲傷的日子裡，能夠挺身保護弱者的，只有那些年老的士兵——被戰爭扭曲的那群人。

「你不適應，但你並沒有毛病，莫利穆爾。你只是不一樣，而他們總有一天會需要你的。我保證。」

我張開眼睛看著對方，試著露出狄翁人版本的笑容——將嘴唇閉緊。

「謝謝妳，」對方說：「我希望妳是對的，然而我也同時希望不是。」

「歡迎加入軍人的生活。」我突然想到一件事。雖然可能很蠢——不過我得試一試。「我只是希望我的同胞能夠幫上更多忙。我會受邀參加飛行員選拔，是因為你的政府裡有一些人認為他們需要我們。我認為我的同胞可以成為你們的戰士。」

「也許吧，」莫利穆爾說：「我並不知道我們想讓妳的同胞承受那種重擔。」

「我想我們不會有事的，」我說：「因為我們真的很需要知道……如何進行超空間跳躍。你也知道，這樣我們就可以保護銀河系了。」

「啊，我知道妳在做什麼了，艾拉妮克。沒用的，因為我根本不知道那是怎麼運作的！我從雙親那裡沒得到任何關於超空間跳躍祕密的記憶。就連我們其他人也不會知道，否則，有敵意的外星人就可以直接綁架我們取得祕密了。」

「那不是……我的意思是……」我皺起了臉。「我猜我表現得有點明顯，對吧？」

「妳不必感到內疚，」莫利穆爾說：「如果妳不想知道我才擔心呢。但妳不會想知道的，相信我就對了。超空間跳躍很危險，那種技術最好交給知道自己在做什麼的人處理。」

「是啊，大概吧。」

我們開始往回走，而根據我對狄翁人有限的了解，我覺得莫利穆爾的心情好很多了。我應該也要有類似的感覺，可是每走一步，就越讓我相信自己終於要面對的赤裸真相。

我們人類並不是跟最強大、可怕又狠毒的邪惡力量交戰。我們交戰的對象是一堆歡笑的孩子，以及沒有數十億至少也有數百萬的普通人。可惡，我剛才還說服了他們其中一位飛行員繼續自己的工作。

這個地方對我的情感和責任感，產生了奇怪的影響。

「我很高興有妳在我們的飛行隊裡，艾拉妮克，」莫利穆爾在我們走上通往大使館的台階時說：「我覺得妳可能有適量的攻擊性。我可以向妳學習。」

「別這麼肯定，」我說：「我可能比你以為的更有攻擊性。我的意思是，我的同胞可是跟人類一起生活了很多年。」

「但是人類不可能快樂的，」莫利穆爾說：「他們不懂那種概念——如果妳聽布蕾德的話，就會知道連她也也這麼認爲。沒有適當的訓練，人類就只是盲目的殺戮機器。妳比他們好太多了。妳會在必要的時候戰鬥，可是在不戰鬥時又喜歡飄浮的爆炸水球！要是我能夠向家人證明自己，那一定是因爲我讓他們知道了我可以像妳一樣。」

我忍住沒嘆氣，然後打開了門。毀滅蛞蝓坐在壁架上，不耐煩地在等我回來。希望莫利穆爾不會——

「那是什麼？」莫利穆爾齜牙咧嘴地問，露出帶有攻擊性與憎恨的奇怪表情。

我走進屋裡。「呃……這是我的寵物蛞蝓。沒什麼好擔心的。」

莫利穆爾很魯莽地闖進門，我立刻撈起毀滅蛞蝓抱在懷裡往後退開。莫利穆爾將門幾乎全部關上，然後從縫隙向外窺看並轉身過來。「官方許可了妳帶有毒動物進入星界嗎？妳有執照嗎？」

「沒有……」我說：「我的意思是我沒問。」

「妳必須摧毀那個東西！」莫利穆爾說：「那是泰尼克斯。牠們會致命。」

我低頭看著毀滅蛞蝓，而她發出疑問的笛音。

「這不是泰尼克斯，」我向對方保證。「是完全不一樣的物種，只是看起來很像。我一直帶著她，什麼事都沒發生過。」

莫利穆爾又做出奇怪的表情。然而，看見我保護般抱著毀滅蛞蝓後，對方也將嘴唇重新閉成了一條線。「總之……別讓其他人看到，好嗎？就算那眞的不是泰尼克斯，妳也可能會惹上大麻煩的。」對方往後退出門口。「謝謝妳當我的朋友，艾拉妮克。如果我最後會以不同的人格出生……嗯，我很高興能夠先認識妳。」

我在對方離開之後鎖上門。「妳不應該下來這裡，」我責罵毀滅蛞蝓。「再說，妳是怎麼爬那麼多樓梯下來的？」我把她帶回房間放到床上，然後關起門並鎖上——雖然沒什麼充分的理由得這麼做。

「思蘋瑟？」M-Bot說：「妳回來了！發生什麼事？對方想要什麼？」

我搖搖頭，坐在窗邊看著外面那些人。我本來一直很堅定地將他們視爲敵人，這能讓我專心。但不知爲何，我發現他們的無動於衷更令人害怕。

「思蘋瑟？」M-Bot後來又說了一次。「思蘋瑟，妳應該看一下這個。」

我皺著眉，面向牆上的螢幕。M-Bot把畫面轉到新聞台。

螢幕上是從太空看著狄崔特斯的畫面，底下有一行字幕。人類禍害即將逃離監獄。

第二十九章

那是狄崔特斯。行星的巨大金屬殼層在太空中繞著它緩慢轉動，由一顆我很少見到的太陽照亮。我屏住了呼吸。雖然畫面底部捲動著新聞訊息，不過有位狄翁人也在念著旁白，我的別針翻譯出內容。

「這些驚人的畫面是由一位匿名工作人員私下帶回，這位人員聲稱已在人類保留區駐紮了一段時間。」

畫面切換至無畏者星式戰機與克里爾無人機混戰的近距離影像。在隨時戒備的防衛平台附近，破壞砲的火光照亮了太空。

「這似乎證明了，」記者說：「人類問題不像我們曾經以為的那樣在過去就遏止了。我們的匿名來源表示，日漸鬆懈的保護服務部搞砸了封鎖人類的工作。來源指出關鍵問題在於監督不力，以及無法適當部署壓制策略。各位在這段影片中可以清楚看到，大量出沒的人類已經開始要突破防線了。」

畫面切換至溫齊克平靜地站在講台上。旁白的記者繼續說：「星盟保護服務部部長歐茲・伯爾提・溫齊克（Ohz Burtim Winzik）堅稱風險被過分誇大了。」

「這批人類，」溫齊克說：「仍然在全面的控制中。我們沒有證據顯示他們知道如何逃離，也就是到許多光年之外的任何可居行星。管理部門正在謹慎處理，消除這些人類造成的一切危險，但我們向各位保證，媒體過度誇大了威脅。」

我走向螢幕，被一些盒子絆到腳，目光無法從另一段混戰的飛艇影片移開。那是我嗎？對，是在我去挽救艾拉妮克的飛艇免於墜毀之前的那場戰鬥。

「這則新聞已經開始在所有的頻道播放，」M-Bot說：「好像是有位在太空站工作的瓦維克斯人，在過去幾個月祕密拍下影片，然後到星界讓它外流出來。」
「外流？」我說：「怎麼做到的？政府不能阻止新聞節目播放這些影片嗎？他們不就徹底查禁了超驅裝置運作的資訊。」
「這很複雜，」M-Bot說：「我相信政府是可以放逐拍下這段影片的人——可是他們在法律上無法處置現在正播放影片的新聞台，至少必須先經過他們的參議會同意，才能夠採取特定動作。」
眞奇怪。溫齊克又出現在畫面上，我不禁瞇起眼睛。庫那跟我說過這件事。保護服務部想利用加劇人類叛亂的事件鞏固資金來源，這就是他們現在正在做的事嗎？
不過這似乎反而讓大家都在質疑溫齊克和他的部門，或許這次洩密眞的是意外。
我往前傾，看著畫面切換到一位坐著的克里爾人，對方身上是淡粉紅色的外骨骼。M-Bot讀出底部的橫幅，是那個克里爾人的名字：「西斯迷（Ssizme），人類物種專家。」
「管理部門一向都對危險物種太過仁慈了，」專家邊說，邊以克里爾人一貫的方式生動揮著手。「這種人類侵擾事件是不定時炸彈，而引線早在第三次人類大戰結束並產生人類難民時就點燃了。雖然政府很努力假裝控制了情況，但眞相現在正慢慢顯露出來。」
「如果我錯了請別介意，」畫面外的一位採訪者說：「但我們不是被迫要保護人類的生存嗎，基於保護文化與社會的規定？」
「那是一條過時的法律，」專家說：「我們必須衡量保留危險物種文化的需求以及保護星盟和平物種的需求。」螃蟹般的克里爾人向旁邊揮手，接著攝影機將畫面拉遠，照到一個坐在桌邊的年輕人類男性。在專家繼續說話時，他坐著沒動也沒說話。
「各位可以看到，這是一個有執照並受到監控的人類。雖然許多人對他們可怕的名聲感到恐懼，但事實上人類並不比一般的次等物種危險。對，他們是有攻擊性，但還不到像克梅斯（cormax）無人機和瑞西恩人那種程度。

「人類的危險來自於他們不尋常地混合了數種特質——包括他們的生理機能會創造出大量超感者這件事。通常，在物種開始培養超感者，並具有初期的超驅裝置能力後，他們會走向和平的社會。人類有侵略性、很勤奮，最重要的是散布很快，能夠在極端的環境中生存。這是致命的組合。」

「那麼，」採訪者說：「你認爲應該如何解決這種侵擾呢？」

「消滅它。」專家說。

攝影機照向採訪者，根據我的判斷是個狄翁人，而且因爲聽到這種想法而露出震驚至極的表情。

「野蠻！」對方大聲說，同時站了起來。「你怎麼可以建議這種事？」

「是會很野蠻，」專家平靜地說：「前提是我們在談的是具有智慧的種族。可是這顆行星上的人類……他們比較像昆蟲而不是人。顯然狄崔特斯收容所無法發揮效用，而爲了整個銀河系好，必須將那裡肅清。」

專家比著身旁的人類。「而且，這個人類證明了，要是我們摧毀一顆危險而麻煩的行星，人類物種並不會滅絕。人類可以跟星盟共存，但是絕對不能允許他們自治。想要保留狄崔特斯是件愚蠢的事。

「而且聲明一下，針對允許人類一開始就獲得技術一事，我不接受管理部門提出的藉口。說什麼要提供太空戰鬥來吸引他們的注意力？胡說八道。人類的侵擾大約十年前就開始爆發且不受控制，而管理部門還想找藉口加以掩飾。高等部長維德（Ved）應該要聽取像我這種專家的建議，並且更嚴厲處理人類的問題。」

報導又再次播放空戰的影像，而我癱在座位上。雖然我這輩子一直都知道克里爾人想要消滅我們，可是聽見有人用這種方式談論我們……這麼地冷靜……M-Bot照我要求的轉到另一台，畫面裡有一組專家在討論。另一個頻道也播放了相同的影片。

我越看越多，越覺得自己渺小。這些新聞人員說話的方式……從我這裡偷走了某種珍貴的東西。這將我的所有同胞——我們的英雄主義、我們的死亡、我們的掙扎——全都化爲只是一場害蟲爆發而已。我再次走到窗邊。

街上沒有騷動。人們在商店進進出出，過著自己的生活。奇怪的是，我發現我很難對他們產生恨意，但確實對治理他們的政府感到越來越深的憎恨。那個政府不僅害死了我的父親，現在他們還把他當成某種該打死的蟲子。

微小，我看著外面的人們在街上流動，心裡這麼想著。一切都如此微小。星盟覺得他們這麼偉大？他們也只是蟲子而已。會啃咬的小蟲。一種必須消除的難聽噪音。爲什麼這些害蟲要咬我？我幾乎想都不用想就能悶死他們全部，而且……

我在想什麼？我突然從窗邊往後退，覺得很不舒服。我感覺那些眼睛正從四面八方看著我，而我竟然能夠理解它們。那些關於蟲子的想法，是它們的想法。

我……有什麼事發生在我身上。跟星魔有關，跟虛無有關，跟我的能力有關。M-Bow擔心自己是影子，但它不知道的可多了。

我看著自己拿來工作用的桌子。桌面擺著跟一顆人頭差不多大的盒子，上面安裝了我從M-Bot機體拆下的三個零件。我抓起它大步離開房間，留下對我發出困惑笛音的毀滅蛞蝓。

我上了屋頂，然後爬到蓋住M-Bot的防水布底下。無人機就在我上次放著的地方——駕駛艙裡的座位上——並且以線路連接到控制台。

「還要多久？」我問它：「你什麼時候才能設定好？」

「我完成了，」M-Bot說：「早在妳跟莫利穆爾離開房子之後就處理好了。我想花個一天時間徹底診斷檢測。」

「沒時間了，」我說：「讓我看要怎麼把我造的這東西接上底部。」

它在螢幕上顯示出一組指示，而我保持沉默，將線路與臨時打造的感測器組，安裝到重新設定的無人機底部。

我繼續工作。

「我正在監聽八十個不同的星盟頻道，」M-Bot說：「有很多都在談論狄崔特斯。」

「在這些節目上發言的大多數人都很憤怒，思蘋瑟，」它說：「他們強烈呼籲要對你們採取更強硬的措施。」

「除了把一支艦隊停在我們家門前，他們還能有什麼更強硬的措施？」我問。

「我執行了模擬程式，沒有一個結果是好的。」M-Bot停頓了一下。「你們需要超驅裝置。面對這麼壓倒性的軍力，唯一的解決方式就是逃跑。」

我舉起無人機，然後啓動。兩枚小型上斜環開始在機翼下方發出深藍色光芒，讓底部連接著大型感測器模組的無人機有點搖晃著停留在半空中。

「無人機？」我問：「你醒了嗎？」

「整合式人工智慧安裝成功。」無人機以沒有抑揚頓挫的語調說。

「你覺得怎麼樣？」

「我不知道該如何回答那個問題。」它說。

「它沒生命，」M-Bot：「或者該說是……呃，它不是……我。」

「無人機，」我說：「啓動主動僞裝。」

它消失了——它在自己的外部投射出立體全像，讓我像是看透了過它。除此之外，如果再加上擾頻器，應該只有敵人刻意掃描時它才會被發現。

「主動偽裝有缺點，」M-Bot提醒：「使用這種技術不可能讓某個東西從任何角度看都隱形。妳從旁邊看，然後讓它移動。」

我轉過身，發現它說得沒錯。從側面看，隱形的效果就很差了——空氣中有一道波紋會顯露出無人機的位置。它移動時，那道波紋還會更明顯。

「要讓它不被發現，最好的機會就是讓它盤旋在不會有人意外碰到的高處，」M-Bot說：「然後我們要讓它緩慢移動，命令它在有人看的時候靜止。如果只有一個人看，無人機可以根據對方的視角調整以維持隱形。越多人從不同角度看的話，破綻就會越多。」

「它可以遵守那些指令嗎？」我問。

「可以。它具有基本的智慧，而我複製了一堆匿蹤滲透規定進去。它應該能夠到我們要它去的區域探索和拍照，然後回到躲藏的地方等待回收。」M-Bot又停頓了一下。「它可以自己飛，這是我做不到的。或許我不應該說它沒生命，因為從某些角度來說，它比我更有生命。」

我思考著這件事，然後打開駕駛艙側面的隔板，拿出藏放的緊急用小型破壞砲手槍。

「無人機，」我說：「停止立體投影。」

它出現在我正上方，盤旋於開啟的座艙罩和外面蓋住M-Bot的防水布附近。我確認破壞砲手槍的保險已經啟動，然後用絕緣膠帶把它固定在無人機背部，打算一起偷帶進去。

「如果妳遇上大麻煩，」M-Bot說：「記住妳的手環裡還設定了第二張臉。要是『艾拉妮克』被識破，而妳又需要躲藏，妳就可以變成別人。」

「好，」我說：「希望不會走到那一步。不過總之，狄崔特斯沒有時間了。我們明天就得試著執行這個計畫。」

第四部

Part Four

間曲

尤根一整天都在學習如何製作麵包。

儘管失明了，思蘋瑟的祖母對麵包可是非常在行。他們一起坐在她位於伊格尼斯的狹窄單人房裡。思蘋瑟的母親接受了安排住到新的住處，不過她的祖母還是堅持要待在這裡。她說她喜歡這裡的「感覺」。

紅光從窗口湧入，空氣中有器械發出的高溫味。尤根發現，他聞得到高溫。至少聞得到熾熱的金屬。那是一種燒壞的氣味，不是正在燃燒的味道。就像某個東西已經置於火上太久，現在只剩灰燼在悶燒。

奶奶要他照著她做，只依靠觸覺和嗅覺。他閉上眼睛，伸手摸著一個鐵鍋，檢查裡面的粉末。他捏起一點拿到鼻子前嗅聞。

「這是麵粉，」他邊說，邊吸進磨碎穀物的氣味，那聞起來很健康，但似乎還是有種骯髒的感覺。

「我需要大約五百克。」他拿了個量杯放進鍋子，憑感覺估計重量——不依靠視覺。他舉起量杯，摸了摸大腿上的腕，將麵粉倒進去。

「很好。」奶奶說。

他用手和著麵粉，然後數到一百。「現在是油。」他說，接著把容器拿到鼻子前。他聞了一下，點點頭，輕倒讓油沿著手指滴進碗中。她要他藉由觸摸一切來進行測量。接著是水。

「非常好。」奶奶說。她的語氣很有耐性，他想像如果是石頭就會有這種語氣。靜止、古老，而且富有思想。

「我比較想確認我是不是弄對了份量，」尤根說：「我其實沒量好什麼。」

「你當然有啊。」她說。

「不夠準確。」

「揉一揉，感受生麵糰。感覺對嗎？」

他揉了揉麵糰，眼睛仍然閉著。她不肯讓他使用電動攪拌器，於是他在指間擠壓有彈性的麵糰，讓材料混合。

「這……」他說：「這太乾了。」

「啊。」她將手伸進他的碗裡。「沒錯，沒錯。那就揉一些水進去吧。」

他照做了，眼睛仍然閉著。

「你從沒偷看過，」奶奶說：「我教思蘋瑟做這個的時候，她都會睜開一隻眼睛看。在她照我說的做之前，我還得讓她挑戰不偷看，把這當成一種比賽呢。」

尤根繼續揉麵糰。他已經放棄試圖理解奶奶怎麼知道他有沒有偷看這件事。她顯然失明了——這位歷經風霜的老女人，眼珠是一片全白。然而她有一種力量。靠近她的時候，他會感到同樣些微的震顫感，比思蘋瑟或那個外星女人更微弱一點。

「你也從沒抱怨過，」奶奶說：「你學習靠觸感烤麵包五天了，卻一次也沒問過我要你這麼做的原因。」

「我是由上級長官指派來接受妳的訓練，我認為這到最後會有意義的。」

奶奶對此哼了一聲。好像……好像她想要他對這種奇怪的指導方式感到猶豫。嗯，尤根早就和幾十位士兵談過他們受訓的初期會是什麼樣子，以及會指派給他們的單調任務。雖然地面人員碰到這種情況比飛行員還多，不過他還是能理解。

奶奶這是在訓練他會服從指導。他辦得到而且這樣很合理，可是他希望她能快一點。在第一次攻擊的同一天，戰艦又發動了兩次猛攻測試狄崔特斯，兩次都被攔截了。從那時起，敵軍就只是待在那裡聚集資源，擴大他們的艦隊。克里爾人回到不採取行動的狀態，這讓他感到緊張。

克里爾人等於是拿著一把很大的槍指著他們的頭。他得趕快學會這種新的訓練，弄清楚自己能夠爲機隊做些什麼，然後向卡柏回報。

不過，他並不會抱怨。奶奶現在就是他的正式指揮官。

「你有聽到什麼嗎？」奶奶在他繼續揉麵糰時問。

「從妳身上發出的嗡嗡聲，」他說：「就跟我先前報告的一樣。但我其實並不是聽到什麼。那比較像是一種模糊的感受，像是遠處有部機器讓地面顫動時的感覺。」

「如果將感覺延伸出去呢？就像我教你的那樣？」她說：「想像自己飛越太空？」

尤根試著照她說的做，可是什麼也沒發生。只是……想像自己在太空中飄浮？翱翔在星星之間？他曾駕駛飛艇做過，所以他能完美想像出那種體驗。但這樣做是爲了什麼？

「沒有嗎？」她問。

「沒有。」

「沒有歌聲？沒有感覺到什麼東西從遠處呼喚你？」

「沒有，長官，」他說：「呃，我是說沒有，奶奶。」

「她就在那裡，」奶奶說，而她那種古老的聲音在輕聲說話時變得沙啞。「而且她很擔心。」

尤根突然睜開眼睛，他瞄了一眼奶奶。奶奶是個枯瘦的老女人，全身似乎只有骨頭和衣物，再加上麵粉色的白髮及乳白的雙眼。她把頭往上仰，朝向天空。

他立刻緊閉起眼睛。「抱歉，」他說：「我偷看了。但是……但是妳可以感覺到她嗎？」

「可以，」奶奶輕聲說：「只有今天稍早的時候，我感覺到她還活著。雖然她可能不會承認，不過她很害怕。」

「妳可以取得她的任務報告嗎？」麵糰從他緊握的指間擠出來了。「或是帶她回來？」

「不行，」奶奶說：「我們的接觸很短暫，稍縱即逝。我的力量不夠，沒辦法再聯繫了。就算可以，我也不應該帶她回來。她必須打這場仗。」

「什麼仗？她有危險嗎？」

「對，就跟我們一樣。更危險？或許吧。延伸出去吧，尤根，飛到星星之間，聆聽它們。」

他試過了。噢，他真的試了。他把他認爲該用的神經全都繃緊了，不斷逼迫自己想像她說的話。什麼事也沒發生，這讓他覺得自己好像辜負了思蘋瑟。他用指關節抵住額頭，雙眼仍然緊閉著。

「我不應該叫她去的，我應該要遵守規定才對。這是我的錯。」

奶奶哼了一聲。「再揉你的麵糰吧，」她說。等他繼續開始揉，她才又開口說話：「我有沒有告訴過你史坦尼斯拉夫（Stanislav）的故事，他在一場差點引起的戰爭中成爲英雄？」

「一場……差點引起的戰爭？」

「那是舊地球時代的事了，」奶奶說，接著他就聽見碗的刮擦聲，她開始準備要烤的麵糰了。「曾經有一段時期，兩個強國用自己可怕的武器對著彼此，而全世界都在緊張等待，害怕要是這兩個大國決定開戰會發生什麼事。」

「我知道那種感覺，」尤根說：「就是克里爾人用武器對著我們的時候。」

「的確。這個嘛，史坦尼斯拉夫是個普通的值勤官，負責管理警告他們敵軍發動攻擊的感應裝備。他的職責是在感應器發現任何狀況時立刻回報。」

「所以他們才能及時離開？」尤根問。

「不，不是。那個就像是克里爾轟炸機使用的武器，終結生命的武器，是沒辦法逃離的；史坦尼斯拉夫的同胞知道要是敵人發動攻擊，他們就完蛋了。他的工作並不是阻止這件事，而是提供警告，這樣他們才可以報復。這麼一來，兩個國家都會被摧毀，而不是只有一個。

「我能想像他的生活有種緊繃的平靜感，希望他永遠不必做那件事——應該說是期盼、祈禱。因爲要是他做了，就表示要結束數十億人的生命。這是個沉重的負擔。」

「什麼負擔？」尤根說：「他又不是將領，決定的人並不是他。他只是個操作員，要做的就只有傳達資訊。」

「然而，」奶奶輕聲說：「他沒有那麼做。一則警告出現了，電腦系統說敵人發動了攻擊！可怕的那一天來了，而史坦尼斯拉夫知道如果讀數是眞的，他認識的每一個人，所愛的每一個人，全部都死定了。只是他有懷疑。『敵人發射的飛彈數量太少了』，他是這麼推論的。『而且這個新系統還沒好好測試過』。他在內心掙扎，爲此苦惱，後來他並未通知上級此事。」

「他違抗了命令！」尤根說：「他沒盡到最基本的職責。」他更激烈地揉著麵糰，用力壓在寬淺的碗底。

「的確，」奶奶說：「不過，在電腦報告又有另一次攻擊時，他的意志受到了考驗。這次的規模更大，但他還是懷疑數量不夠大。他掙扎著。他知道自己的責任是讓同胞發動攻擊報復，在還有能力的時候將死亡帶給敵人。人性與軍人的職責在他心中交戰。

「最後，他宣布電腦的報告是假警報。他焦慮地等待著……結果沒有飛彈打過來。那天，他在一場從未發生的戰爭中成了唯一的英雄。阻止世界末日的人。」

「他還是抗命了，」尤根說：「做那種決定並不是他的職責，應該交給他的上級才對。他做了正確的決定，是因爲這故事最後替他找了正當的理由；但要是他錯了，在最好的情況下會被人記得是懦夫，最糟則是成爲叛國者。」

「如果他錯了，」奶奶輕聲說：「他就不會被記得了。因爲沒有人能活著記住他。」

尤根坐直上半身，張開了眼睛。他低頭看著手裡結實的麵糰，然後開始更用力地揉，對摺再推開。他因爲某種自己無法解釋的理由而感到憤怒。「爲什麼妳要告訴我這個故事？」他質問奶奶。「思蘋瑟說妳總會告訴她人們砍下怪物腦袋的故事。」

「我告訴她那些故事是因爲她需要。」

「所以妳認爲我需要這種故事嗎？因爲我喜歡遵守命令？我並不是無情的機器，奶奶。我幫助思蘋瑟重建了她的飛艇，至少沒在她帶走赫爾的推進器時告訴別人她要做什麼。那可是違反了規定。」

奶奶沒回應，於是尤根繼續處理麵糰，一下又一下地猛砸，然後再對摺，就像古代刀匠對摺金屬那樣用力。

「就因爲我喜歡有一些組織和條理，所以大家都那樣想，認爲我是某種外星人！那我可要爲嘗試維護體系的存在而道歉了。如果每一個人都像這位史坦尼斯拉夫，軍隊就會變得一團亂！士兵都不敢開槍，因爲害怕收到的命令是假警報！飛行員都不肯飛行，因爲誰知道感應器會不會出錯，說不定根本就沒有敵人！」

他用力砸下麵糰，坐著往後靠在牆面上。

奶奶抓起他的麵糰，用手指壓了壓。「非常好，」她說：「你終於揉出了點好東西呢，孩子。那會是很棒的麵包。」

「我——」

「閉上眼睛，」奶奶說：「嗯？」

尤根用袖子擦了擦額頭，他不知道自己剛才有多麼激動。「聽著，說不定我叫思蘋瑟去是對的。但也許我不應該那麼做。我不——」

「閉上眼睛，孩子！」

他的頭咚一聲往後靠到牆上，不過還是照她說的做了。

「你聽見了什麼？」

「什麼都沒有。」他說。

「別傻了。你聽得見外面的機械，那些設備撞擊與敲打的聲音？」

「是可以，這很明顯。可是——」

「還有街上的人們，在輪班之後喧鬧地回家去了？」

「大概吧。」

「還有你的心跳？你聽得見嗎？」

「我不知道。」

「試試看。」

他嘆了一口氣，但還是按照指示試著聆聽。他聽見了心臟在體內怦然作響，不過那大概只是因爲自己剛才很激動。

「史坦尼斯拉夫並不是因爲違抗命令才成爲英雄，」奶奶說：「他會成爲英雄，是因爲他知道何時該違抗命令。我從我的母親身上學到這一點，而她帶我們來到了這裡——這是她最後採取的行動。我認爲她感覺到這裡有某種東西，某種我們需要的東西。」

「那麼我就不應該望向星星了，」尤根依然洩氣地說：「我們應該看著腳下的這顆行星。」

「我一直很想回到星空裡。」奶奶說。

「我喜歡飛行，」尤根說，他的眼睛還是閉著。「別誤會我的意思。但這裡是我的家，我不想逃離它，我想要保護它。當我住在深層洞穴安靜躺在床上，我發誓有時候我……」

「你怎麼樣？」奶奶問。

尤根突然睜開眼睛。「我真的聽到了什麼。但不是來自我們上方，是在下方。」

第三十章

我用力拉開背包，讓一位狄翁人士兵檢查內容物。裡面看起來一點都不可疑，只有一個大型透明塑膠食物盒，是我平常用來裝午餐的，看起來普通到了極點。這可是由一架無人機僞裝出來的。

守衛用一支小型手電筒照著內容物。對方會看出我有多擔心嗎？我流了太多汗嗎？附近的那架保全無人機會感應到我的脈搏加速嗎？

不。不，我做得到。我是個戰士，所以有時候必須運用詭計並暗中行事。我站在那裡，經歷著一段痛苦而漫長的等待。感謝星辰，守衛不久後就揮了揮手要我繼續前進。

我拉上背包拉鍊，背到肩上，匆忙穿過度量衡號的停靠區，並試圖表現出自信與若無其事的樣子。

「艾拉妮克？」莫利穆爾走到我身邊，跟我一起進入走道。「一切都還好嗎？妳的膚色看起來異常發紅。」

「我……呃，沒睡好，」我說。

我們接近第一個路口了。M-Bot懷疑走道的這一段安裝了偵測違禁品的次級掃描器——可是它確信我們裝在無人機上的擾頻器能夠發揮作用。結果我們經過路口時眞的沒有警報響起，不過有位路過的狄翁人地勤差點撞上了赫修的小型懸浮平台。卡烏麗大叫一聲，勉強操縱平台繞過了狄翁人的頭部。

地面人員道歉後就馬上離開了。卡烏麗將平台駛回原位，赫修則是惱怒地揮動尾巴，回頭看著那位差點闖禍的狄翁人。「即使我們飛行，卻仍在他人腳下。始終平靜直至受到擾動，一公分的深度卻能映現出永恆；我對許多人而言是一片大海，對某人來說卻只是個水坑。」

「我還以爲星盟已經習慣面對各種體型的人了。」我說。

「我們這種體型的種族不多，」赫修說：「我只知道有另一個物種體型跟我們相當，除非妳把有外骨骼的瓦維克斯人也算進去。或許我們也該打造大型的服裝，要在充滿巨人的宇宙裡生存，對我們這些普通人來說是很艱難的。」他的尾巴又抽動了一下。「不過，這是我們要有盟友一同對抗人類，所必須付出的代價。妳也知道，他們就快要逃脫了。妳看過新聞報導了嗎？」

他注視向布蕾德，她則是跟平常一樣大步走在我們前方，幾乎不理會我們的對話。

「人類的情況在控制中，赫修。」莫利穆爾說：「這個小插曲完全沒什麼好擔心的，我相信一定很快就處理好的。」

「我必須擔心最糟的可能性，這是我的職責，也是我的重擔。」

我們來到現在已經熟悉的路口，平常的那名守衛仍看守著通往工程室的路。我跟其他人分開，揮手要他們繼續走。「得上個廁所，」我告訴他們，然後走向守衛。

克里爾人扭動手指表示不滿，但還是叫了一架引導無人機陪同我去洗手間。我在心裡又跑了一遍計畫——我一整晚都在跟M-Bot沙盤推演。我不擔心自己會缺乏睡眠而疲累，我因爲緊張而散發的能量，大概就可以供應星界一半的電力了吧。

引導無人機帶我到洗手間，同樣在我進入隔間時等待著。我立刻坐下，把背包放到大腿上，然後悄悄拉開拉鍊。我的雙手取出無人機，拿出安全模組——這個動作我昨晚已經連續練習了上百次。我將模組裝上，發出輕微的喀噠一聲。希望聲音不會太明顯。

開關啓動後，無人機就停在半空中了，而我迅速在隔間裡上了廁所，以免引起懷疑。我貼著隔間牆面移動，讓無人機懸浮著。我比出一根手指，然後是二，接著是三。

無人機啓動主動僞裝，消失不見了。我輕觸手環，確認無人機和我能夠通訊。它以DDF飛行代碼傳送訊息回應，讓手環在我手上輕輕震了幾下。

所有系統正常運作。

任務開始了。雖然度量衡號的屏障讓我無法跟外面的M-Bot聯繫，不過正如我們預期的，我還是可以跟內部的某個對象通訊，例如這架無人機。

我背上包包走出去——接著立刻就後悔了。破壞砲手槍！可惡，我本來是要卸下手槍放進背包以備不時之需的。

現在太遲了。那把槍正安全且無用地固定在無人機後側。

祝好運了，小傢伙，我一邊想著一邊洗手。我心裡有某部分總覺得保全無人機會突然發出警報，但它一直很安靜。我跟著引導無人機離開洗手間，留下了等下準備潛入工程室的祕密間諜。

我抵達跳躍室，跟其他人一起坐好。接著等待，然後再繼續等待。我們是不是等了特別久的時間，還沒脫離停靠區起飛？我已經被發現了嗎？

最後，度量衡號終於脫離並進入了太空。

「各位飛行員，」溫齊克的聲音從通訊系統傳來，讓我嚇得要跳到天花板。「我想讓你們知道今天的訓練格外重要。哎唷，哎唷！我們帶了一些星盟政府的重要官員，他們要來看看你們的進展。我希望你們表現出最好的一面，讓他們見識一下，就當幫我個忙。」

今天？偏偏就是今天有其他人來船上視察？我差點就要聯絡無人機讓它放棄任務了。不行。我已經下定決心了。

我沉默地等待著飛船載我們到星界之外的安全距離，接著在腦中聽見一陣尖叫聲，然後我們就進入了虛無。

在那天的訓練中，我沒什麼機會去擔心無人機跟它的任務。

我在太空中高速飛行，一群自力推進的模擬巨石緊追在後。布蕾德靠近我的機翼飛行，跟我一起嘗試衝向星魔迷宮——可是餘燼早就有所準備。另一群餘燼飛出迷宮，迅速向我們聚集。

「轉向模式，」我說：「向右切。」我讓星式戰機推進轉動。這讓我突然向一側避開，但動能也讓我得以繼續往前。

我的接近感應器顯示布蕾德沒照我指示做，而是衝向那群剛出現的餘燼。我吼了一聲，切換到私人頻道。「布蕾德，遵守指令！」

「我可以解決這些餘燼。」她說。

「妳當然可以，但是妳可以遵守指令嗎？」

她繼續衝向餘燼。接著，就在開始交戰之前，她改變了方向脫離位置，往我這裡飛來。我鬆了口氣，這才發現剛才自己竟然屏住了呼吸。

「好了，」我說：「轉向模式，向右切。」

我帶頭繞了一大圈遠離餘燼。布蕾德跟著飛，並且依照我的指示一起迂迴行進。「好了，」我在取得了較好的角度時說：「上吧。」

「眞的嗎？」她問。

「我會跟著妳。」

在她推進飛到我前方時，我感覺到一股渴望。餘燼想要撞擊我們，但它們的行爲很好預測，而我們的移動模式讓它們全都聚集到我們的面前。布蕾德很輕易地轟掉了一群。

我則是負責擊落太接近她的餘燼。雖然護盾都撞到了一些殘骸，不過我們幾乎是毫髮無傷地穿梭於兩群進逼的餘燼之間。

這些餘燼太想撞擊我們，結果開始紛紛撞上彼此。我們脫離時，後方有十幾架敵軍接連碰撞，發出了死亡的火光。

「剛才，」布蕾德在跟我推進飛向迷宮時說：「真是太令人滿意了。」

「我偶爾也是很清楚自己在說什麼的。」

「這個嘛，正因爲這樣我才不聽妳的話。」

「爲什麼？」

「妳不會像其他人那樣跟我說話，」她說：「關於那顆充滿瘋狂人類的行星，妳連問都沒問過我。我相信妳一定看到了新聞報導，大家現在都很怕他們。大家都會看我，比以前更常看我，並且會跟我說，他們知道我不像那些危險的人，可是還是會看我。」

*可惡。在那顆行星上的我們根本不會這樣對待妳，布蕾德。*我差點就直接告訴她，但還是勉強忍住了。現在感覺不是好時機。

「對我而言，」我說：「妳只是飛行隊的一位成員。」

「是啊，」她說：「我喜歡這樣。」

我懷疑她是真的喜歡這樣。我們兩個往下轉向飛到迷宮附近。今天的訓練是跟餘燼戰鬥，然後進入迷宮，就像跟真正的星魔戰鬥那樣。我們飛近預計進入迷宮的區域，那片純金屬表面上有許多通道入口。另外三架戰機從不遠處接近：薇波、赫修、莫利穆爾。

「我們走那裡吧。」我邊說邊輕觸螢幕，在布蕾德的螢幕上標記出指示點。

「收到。」她說。

我開始行動，接著在接近感應器聲響大作時嚇了一跳。兩個餘燼突然以爆炸般的速度自表面衝出，我立刻改變方向，往側面推進避開，差點就被撞上了。它們從來沒用那麼快的速度移動過。

我咒罵一聲，重新調整方向，這時它們又加速追上我。為了保持在它們前方，我不得不加速到四Mag——這對空戰而言已經是很瘋狂的速度了。

「這在搞什麼？」布蕾德在通訊系統上說：「飛行指揮部，你們在幹嘛？」

我勉強避開另外一對餘燼。雖然我得再次加速，不過另一群接近的餘燼突然轉向並開始對撞。到底怎麼回事？

他們是想要讓我撞上殘骸，我明白了，而它們的高速也讓我必須以更快的速度推進。在這種速度下幾乎不可能戰鬥，因為我們沒有足夠的時間反應——可是餘燼似乎不在乎這一點。它們可以當消耗品，而我們不行。

接著我展現了這幾週以來最瘋狂的飛行技術。「波狀連續動作，」我對布蕾德說——她飛到我側面，跟我一起在餘燼之中迂迴閃避。可惡！對方的數量似乎突然變成了數百個，而且全都集中攻擊我們，不理會其他飛行員。

兩個餘燼在我附近相撞，於是我猛往側面轉，接著做好準備，面對迅速擦過並損耗護盾的殘骸。另一個餘燼則差點撞上我，而我躲避得太晚了——要是它正中目標，我就會完全粉碎。我覺得自己像隻孤單的麻雀，處在一整群飢餓的老鷹之中。

我俯衝穿梭，轉向躲避，試著在混亂中理清頭緒。

「我的……我的護盾失效了。」布蕾德咕噥著說。

可惡。可惡可惡可惡。她從我身邊轉向，於是我也轉過去追她。「看到從妳兩百七十度下方過來的那個大型餘燼了嗎？用妳的光矛刺它。」

「可是——」

「照做就是了，布蕾德。」我說。那個餘燼以可怕的速度從我們旁邊飛過，而我勉強躲開了。幸好，布蕾德聽了我的建議，將光矛射向餘燼，一條發光的繩子就這樣刺中了它的中心。

巨石的動能猛然拉走她——正好讓她離開了其他幾顆餘燼的路徑，接著它們就全部撞在一起。我改變方向去追她，加速到超過了重力電容器的極限，使我整個人被狠狠往後甩在座位上。我勉強追上，同時還得擊落另一個試圖撞擊布蕾德的餘燼，然後再衝到她身旁爲她擋掉殘骸。

我的護盾發出爆裂聲，飛艇劇烈震動。我們一直跟著的大型餘燼在前方開路，後來才終於放慢速度，看來那個操控的駕駛終於明白我們在做什麼了。

「往上越過去！」我大喊，同時向上躲避。布蕾德放掉光矛時，另一個大型餘燼正好撞上了我們剛才緊跟著的那個。她勉強避開了撞擊時彈射出來的一大塊殘骸，然後和我一起推進衝出混亂的場面。我們以驚人的速度在幾秒之內遠離了這場混戰。

「那……」布蕾德說：「那眞是驚險。」她這次似乎眞的受到了驚嚇。

「飛行指揮部，」我按下通訊鈕說：「剛才那到底是怎麼回事？」

「我很抱歉，烏戴爾的艾拉妮克，」溫齊克親自回答，這很不尋常。「有人曾觀察到餘燼偶爾會像這樣展現出極度具攻擊性的行爲，我們要嘗試以新的推進器讓無人機模擬那種狀況。」

「你可以先警告我們！」我厲聲說。

「非常抱歉！」溫齊克說：「請別生氣。布蕾德，謝謝妳，妳的表現讓這裡的官員們非常佩服呢。」

所以溫齊克是想要炫耀他的寵物人類吧？他很可能會害死她，還有我！

布蕾德好像並不在乎。解決這批新的餘燼之後，她就轉向往迷宮飛去了。我推進追上她，緊接著我們就高速穿越開口，進入了通道。

裡面似乎變得更安靜了。

當然，這麼想很蠢。太空一直都很安靜。沒錯，我是可以設定飛艇模擬爆炸與震動來提供非視覺方面的感受，但沒有空氣就表示沒有壓縮波，而沒有壓縮波就表示沒有空氣。

一般來說，我會覺得這很正常。在眞空中飛行本就是安靜無聲的。那片黑暗是如此空曠、如此令人敬畏又浩瀚，所以本來就應該抑制住所有的聲音。

迷宮裡的這些通道感覺就親近了些。我覺得自己應該會聽到鏗鏘聲、水滴聲，至少有遠處傳來齒輪轉動、磨擦發出的尖銳聲。而在這裡的安靜，令人毛骨悚然。

我的燈光照亮了布蕾德的飛艇。她就飛在我正前方，反常地保持謹愼放慢速度，沿著通道緩緩前進。

「妳有看到前面的那個開口嗎？」她問。

「有。」我回答。我們兩個都看見了，就證明那是眞的——不過像前方那種開口幾乎都會是眞的，會令人迷惑的是立體投影掩蓋住的東西。

我們緩慢進入開口後方的空間，這裡感覺像是淹沒在水中。裡面甚至還有立體投影的魚群到處來去，角落的某個東西還有好幾根觸手。

我之前已經來過這個「空間」好幾次。它們的投影開始重複出現了。在我們座艙罩上的幻像是星盟的技術，而他們的程式設計有其限制，眞正的星魔迷宮會更沒有規律。曾經進入並逃離的飛行員回報說每個空間都會有不同的背景，每個角落都會令人訝異。

我問布蕾德看到了什麼，因爲這是訓練的一部分。不過我太熟悉這個空間了，所以她在形容看到的場景時，我已經準備面對從角落彈出那隻像章魚的東西了。我知道那不是眞的——但那會讓我們分心，沒注意到從後方過來的餘燼。

我旋轉方向，在餘燼撞上我之前將它轟掉。

「打得好。」布蕾德說。

哇塞。那是讚美？我眞的跟她變熟了。

她帶頭下降到空間的底部，在我看來，出口被某種像是海草的物質遮住了。

「妳在這裡有看到什麼東西嗎？」她問。

「某種海洋的生長物。」

「我看到岩石，」她咕噥著說：「就跟上次一樣。」

她讓飛艇下降穿過立體投影，我也跟了上去，進入另一條金屬通道。

「我差點以爲溫齊克又想要害死我們了。」我跟在她後面時說。

「溫齊克很聰明，」布蕾德立刻說：「他完全清楚自己在做什麼。他顯然比我們更了解我們自己的極限。」

「他是運氣好。」我說：「要是我們被害死，剛才他在外面那些驚險動作就會變得很蠢了。」

「他很聰明，」布蕾德又說了一次。「妳不了解他的用意很正常。」

我聽了很生氣，但忍住沒反駁。布蕾德正在閒聊。這是進展。

「妳跟溫齊克一起長大的嗎？」我說：「他就像妳的父親？」

「比較像是我的監護人。」她說。

「妳的父母呢？親生父母？」

「我在七歲時從他們身邊被帶走。人類必須受到仔細監控，我們會助長彼此的攻擊性，而那很快就會變成煽動叛亂的行爲。」

「不過那一定很難熬吧，在那麼小的時候就離開了父母親？」

布蕾德沒回答，而是直接帶頭穿過通道，然後進入下方的另一條通道。我跟在後方，在通道的牆逐漸轉變成岩石時感到納悶。

這裡看起來很熟悉，我心想。

鐘乳石、石筍。這些都是自然的石頭，幾乎像是因爲持續的水滴而成形。還有那裡，從石頭冒出的巨大金屬管側面……

這看起來就像……就像我小時候探索的洞穴。我在狄崔特斯那些永無止盡的通道裡捕獵老鼠，同時想像自己正在跟克里爾人戰鬥。

我暫停在牆邊，飛艇的燈光照亮了古老的蝕刻符號。這些圖案都是無法翻譯的文字。我知道這個地方。雖然這裡的規模比較大，可是看起來就跟我去過上百次的通道一模一樣，在那裡我還會用手指滑過冰涼潮濕的石頭。有個隱祕的維修間藏了我的矛槍、地圖書，還有父親給我的胸針……

我無意識地往牆面伸出了手，但手指碰到了座艙罩的玻璃。我在一艘飛艇裡，這是一艘外星人的星式戰機，而且正在深空的一座迷宮裡探索。怎麼會？它怎麼會進入我的腦中並重現那個地方？

我的目光聚焦於座艙罩的玻璃。上面反射著一對跟我拳頭一樣大的熾亮白點，彷彿跟我一起在駕駛艙裡，就在我的正後方。它的孔洞穿透現實空間，吸進了一切並碾壓成兩條白到不像話的通道。看起來像是眼睛。

我頭部的汗毛直豎。我正開口要大喊時，那對眼睛就消失了——通道的變化也是。轉眼間，我又回到了原本的金屬通道，就像這座迷宮裡的其他上千條通道。

「嘿，」布蕾德的聲音出現在我耳中：「妳到底來不來？」

我轉身回頭看，只看到了駕駛艙的後側——一面加了軟墊的牆，上頭有緊急求生毯、手電筒和急救包。

「艾拉妮克？」布蕾德問。「這裡有東西。過來告訴我妳看到了什麼。」

「來了。」我說，接著將顫抖的手放到控制台上。可惡。可惡可惡可惡可惡可惡。我覺得好孤單。好渺小。我沒有對象可以談這件事，卡柏跟我的朋友們在幾兆公里外，就連M-Bot也跟我中斷了聯繫，得等我回到星界才行。

我敢把剛才見到的事告訴布蕾德嗎？那並不是單純的星魔迷宮，是來自我的記憶。她會認為我瘋了嗎？更糟的是，她會認為我是它們的一份子嗎？我會看到這些東西，是不是因為星魔的某個部分附著於我的靈魂？

抵達通道末端時，我的控制裝置像是陷入了瘋狂。上面顯示我碰上了一塊有人工重力的區域，更奇怪的是，我甚至還進入了空氣中。這艘飛艇幾乎沒有機翼，但還是會使用副翼來駕駛，而大氣風門也已啓動，幫助我做出高速轉向的動作。

布蕾德的飛艇就停在前方。「妳的感應器讀到了什麼？」她問。

「空氣，」我說：「氮氧化物。」

布蕾德往前推進了一些，進入一個大空間，地面看起來像是覆蓋了苔蘚。

「妳看到那些苔蘚了嗎？」我問。

「有。」她說，接著就用破壞砲開火。空間的側面發出爆炸的黃橘色光芒，炸開許多燃燒的金屬碎片。我感覺得到震波，飛艇也在震動。

「什麼？」我問：「妳為什麼要開火？」

「爆炸發出了燃燒的火焰，而不是在眞空中被悶熄，」布蕾德說：「而且我聽到了。我們經過一道隱形的屏障，進入了一團空氣中。」

她突然打開飛艇的座艙罩，嚇了我一大跳。

「布蕾德！」我大喊。

「放心，」她回答：「飛行員回報過在心臟附近會有這種空間。」她往下飛，降落在布滿苔蘚的地面。接著她爬出飛艇跳到地上。

我緩慢將飛艇開進去。我們在這個地方見過了那麼多把戲，而她還是願意就這樣爬出來？對，她是戴著頭盔，而她的飛行服可以充當壓力服，但還是很誇張。

「膜應該就在這裡某個地方，」她說：「來幫我找吧。」

我緊張地將飛艇停在她旁邊。我查看控制台，發現壓力差是最小值，於是鬆了口氣，打開座艙罩。我解開安全帶，目光一直跟著布蕾德的形體，她正在探查地面。最後我爬出去跳到地上，雙腳刮起了苔蘚。這是眞的，不是立體投影。

我小心翼翼走向布蕾德，她已經摘下了頭盔，藉由我們戰機的燈光在黑暗的空間裡到處張望。

「布蕾德，」我按下麥克風將聲音送出頭盔外：「萬一是陷阱呢？」

「不是，」她說：「我們找到了心臟，這就是迷宮最重要的地方。」

「可是我們太快就到這裡了，才只經過三個空間吧？」

「它會到處移動，」布蕾德邊說邊檢查洞穴。「他們在建造這座迷宮時一定也模擬了。」

「我……」我走到她身邊。「我不太相信這座迷宮是建造出來的。」

「人類——」

「我知道星盟說他們是從哪裡得到的，」我打斷她的話。「而且我差點就相信了他們的說法。但我不認爲這是人類建造模擬的，這太……」怎麼說？太怪異了？離奇到令人揮之不去？

這裡讓我看到了眞正的幻覺。這不是虛造出來的，不完全是。

「我認爲這迷宮一定是屍體，」我說：「是星魔的屍體，爲了訓練而改造的。」

布蕾德皺起眉頭。「我不知道它們會死，艾拉妮克。這只是妳的猜測。」

或許她說得對。不過我們緊靠彼此探索洞穴時，我仍戴著頭盔。我撥弄岩石上的苔蘚，判斷應該是活的。萬一這會釋放出危險的孢子或類似的東西呢？要是布蕾德可以再把頭盔戴上，我會安心許多。

在抵達空間的另一側時，我注意到地上有東西。在一堆石頭後方藏著某種深綠色的網狀物。我揮手要布蕾德上前，同時走近那個區域。這些看起來像是由綠色纖維組成的蜘蛛網，直徑大約有一公尺，是圓形的。

「妳看到了嗎？」我問。

「是一片膜，」她說：「由綠色纖維組成。」

所以這不是幻覺。我跪在地上戳了戳纖維，然後看著布蕾德。她似乎不是很想穿越過去，而我也一樣。

「我很憤怒。」布蕾德低聲說。

「啊？」我問。

「妳之前問的，」她說：「我小時候被人從父母身邊帶走的感覺。那讓我很生氣。」

她跪在地上，將纖維網向後扯開，地面露出了一個洞。這個洞看起來大約有兩公尺深，而我頭盔上的燈光照亮了底部的金屬地板。

「怒氣在我內心沸騰了好幾年，」布蕾德繼續說：「熔燒出一個坑洞，像破壞砲的火焰那樣燃燒。」

她回頭看著我。「我在那個時候明白了星盟是對的。我真的很危險。非常，非常危險。」

她跟我目光交會了片刻，然後戴回頭盔，啟動通話頻道呼叫飛行指揮部。「我們找到心臟了，」她說：「現在進入。」

她壓低姿勢通過開口。我只遲疑了一下，就跟著她爬上去。我的心跳開始加速，可是我們的燈光只照到一個空蕩的小房間，而且天花板非常低矮。

「做得好，」溫齊克在我們耳裡說：「烏戴爾的艾拉妮克和布蕾德．島袋（Brade Shimabukuro），妳們是在訓練中第七組抵達這個房間的人。」

「現在呢？」我問：「我是指，如果我們到了眞正的星魔迷宮呢？我們會找到什麼？」

「我們不知道那會是什麼樣子，」溫齊克說：「因爲進入膜的人就再也沒回來過。不過在眞正的緊急情況中，妳必須引發武器。數百萬人的生死就取決於此。」

武器。武器存在的這件事，他們已經告訴我們好幾次了，可是我們一直都不知道細節。他們向我們保證，要是發生了眞正的星魔來襲情況，我們就會分配到設置了武器的飛艇，看來那應該是某種炸彈，要我們在膜室的附近引爆。

「很好，」布蕾德對飛行指揮部說：「既然已經到達這裡，我想我們也準備好了。」布蕾德結束通話。她跳起來，從開口離開房間，進入有苔蘚的空間。

我跟在後面，一邊關掉對飛行指揮部的通訊。「準備好了？」我問她。「布蕾德，我們只成功找到心臟一次而已，必須再多執行幾次這個任務才行。」

「有什麼用？」她問。「那些空間已經開始重複，這個測試迷宮能夠展示的東西我們全都見識過了。我們的準備已經夠充足了。」

我趕上她。「我不覺得。一定還有需要訓練的地方。」

「要是這個假迷宮讓我們變得自以爲是呢？眞正的迷宮是出乎意料的，那會很瘋狂，或者至少超出了我們的理智範圍。如果一直在這些相同的空間訓練，就會太過習慣。所以我們訓練越多，狀況就會越糟。」

抵達飛艇時，我開始猶豫，思考著她先前說過關於憤怒的事。遲疑片刻之後，我摘下了自己的頭盔。以防萬一，我不想讓麥克風擷取到我接下來要說的話。

布蕾德正要爬上她飛艇的機翼，可是在看見我時停了下來。她歪著頭，然後也摘下頭盔。我放下我的頭盔，示意她照做。

「什麼？」她問。

這次我又差點告訴她了。我差點就摘下手環，露出自己的眞面目。在這個充滿謊言與陰影的地方，我差點就把眞相告訴她了。我眞的好想有人可以交談，有人能夠理解。

「如果有辦法改變情況呢？」結果我這麼說：「如果我們能讓人類不必受到妳經歷我的那種對待？讓星盟知道他們錯看你們了？」

她歪著頭，閉起嘴唇，露出像狄翁人的表情。「那就是重點，」她說：「他們沒有錯。」

「他們對待妳的這一切並不合理，布蕾德。妳會感到憤怒很正常。」

她抓起頭盔戴上，然後爬進駕駛艙。我嘆了口氣，但也照做了。我戴好頭盔時，聽到了她接下來說的話。

「飛行指揮部，」布蕾德說：「我們已經抵達中心，我現在要測試武器了。」

「許可。」溫齊克說。

等一下。什麼？

「布蕾德！」我邊說邊望向她的駕駛艙。「我甚至都還沒繫好安全——」

她按下控制台上的一顆鈕，接著她的飛艇中心就爆發出一道閃光。閃光像一陣無形的波浪擊中我，但不是碰觸到我的身體，而是我的大腦。

那一瞬間，我立刻知道了回家的路。

第三十一章

我知道了回家的路。

我看到通往狄崔特斯的路徑，就像清楚記得怎麼前往發現M-Bot的那個隱祕洞穴，就像清楚記得父親最後一次飛上去對付克里爾人的那天。

那烙印在我的腦中，就像一枝光箭。出於某種原因，我不只知道方向——而是目的地，我的家。這個爲了對付星魔而打造的祕密武器，跟我猜測得並不一樣。

「武器測試成功，」布蕾德說：「如果這是眞正的星魔，我百分之百確定這會把它們轉移到人類的收容所狄崔特斯。」

我聽見背景有歡呼和道賀的聲音。我聽見溫齊克告訴其他政府官員，說他們的反星魔系統運作成功，他們的飛行員也受到完美的訓練。最後他提出了一個簡單而驚人的結論：「如果星魔眞的來攻擊星盟，我的計畫會確保我們能夠轉移他們去摧毀人類。我們可以同時對付宇宙最大的兩個威脅，只要讓他們自相殘殺就行了！」

我逐漸明白了這個可怕的事實。我連忙脫下頭盔，跳出駕駛艙，在海綿狀的地面上走向布蕾德的飛艇。到達以後，我發現她正懶洋洋地躺在機翼上，頭盔則是放在身旁。

「妳知道這件事？」我質問她。

「當然知道，」她回答：「溫齊克的科學家利用我的心智開發了武器。我們一直都知道超感者跟星魔之間有一種連結。我們會造成它們的痛苦，艾拉妮克。它們討厭我們，說不定還害怕我們。我們嘗試了好幾年想利用這點，最後做出了合理的結論。如果無法摧毀星魔，至少可以轉移它們的注意。」

「那不是什麼好的解決辦法，只能延後災難發生而已！這並不能阻止災難！」

「如果處理得好就可以，」布蕾德說：「我們不必擊敗星魔，我們只需要控制它們。」

「這並不是控制它們！」我厲聲說：「光靠一次幾乎沒測試過的爆炸就能夠轉移它們？如果它們又回來時會發生什麼？它們摧毀你們的目標，接著繼續在銀河系肆虐，然後會發生什麼？」

我已經很習慣狄翁人和克里爾人碰到這種情緒爆發時的反應，所以當布蕾德只是露出笑容而非退縮並指責我的攻擊性時，我還真有點訝異。

「妳講得好像溫齊克完全沒考慮過一樣。」她說。

「根據我對他及他那些軍事試驗的經歷，我想我有權質疑他的『先見之明』！」

「別擔心，艾拉妮克，」布蕾德說，往她的飛艇點了點頭。「今天的『試驗』只是要展示給度量衡號上的官員看。這並非我們第一次測試武器——這已經規劃好幾年了。我們知道我們能夠應付星魔的。」

她滑下機翼，靴子在踩到地面時，刮擦著底下覆蓋著苔蘚的岩石。她走向我。「這個訓練計畫跟所有的飛行員都是一種保險策略。他們的工作是使用牽制性的炸彈讓星魔維持在特定位置，直到真正的武器抵達。」

「真正的武器是什麼？」

她指著自己，然後指著我。「妳加入飛行隊，等於給了我們一份大禮。另一個超感者。我們的超感者數量非常少，溫齊克叫我跟妳交朋友，要我拉攏妳，就是我們現在這樣。」

拉攏我？在這整段期間，布蕾德一直都在試著招募我？這就是她最近開始對我比較熱絡的原因嗎？可惡，在這方面她就跟我一樣遜。

「這太瘋狂了，布蕾德，」我說：「人類試圖控制星魔，看看他們是什麼下場！」

「我們已經從他們的錯誤中學到了很多，」布蕾德說：「如果妳願意，我可以讓妳見識關於妳能力的一些事。妳一定沒幻想過那些事能夠成眞。我們可以控制星魔。」

「妳確定嗎？」我問：「妳眞的確定嗎？」

她猶豫了，而我看得出她的不確定，不過她還是做出狄翁人表示保證的手勢：舉起一隻手，然後將兩根手指輕碰在一起。

她盔甲般的外表露出了裂縫。她只是假裝那麼有自信而已。

「我們應該談一談這件事，」我說：「別這麼倉促。」

「也許吧，」布蕾德說：「不過也許已經沒時間了。」布蕾德轉身面向她的飛艇。「星盟對太空旅行的箝制力量已經越來越弱，其他人就快要弄清楚那種技術了。必須有新的方式，這樣才能讓大家聽話，並且避免戰爭。」

我逐漸領悟了一個可怕的事實。「星魔。你們用它們恐嚇大家——一種威脅。『服從，合作，要不然我們會派一個到你家門口』……」

「考慮一下我的提議吧，艾拉妮克。」布蕾德戴上頭盔。「如果星魔在星盟出現，我們很確定能夠處理好讓星魔分心這件事。我們不知道它們要做什麼，但在以前，它們有時候會在太空中飄浮好幾年才發動下一次攻擊。所以要是我們的軍力能在星魔接近有人居住的行星時做好準備，應該就會夠安全的——尤其是有我們這種超感者當後援。溫齊克可以說明得比我清楚，他是個天才。總之，我們應該回去了。」

她滑進駕駛艙。我目瞪口呆地站了一會兒，試圖理解她剛才說的話。不管他們說自己練習過什麼，不管他們以爲自己有什麼保證，他們都錯了。我感覺得到星魔。溫齊克跟他的團隊就像小孩在玩弄一顆隨時會引爆的炸彈。

不過就在回到飛艇時，我得承認心裡有部分受到了誘惑。布蕾德對我的能力知道多少？她能讓我見識到什麼？爲了取得超驅裝置，我假裝合作加入了星盟的軍隊。我能夠爲了要弄清楚布蕾德知道的事，而假裝接受這項提議嗎？

太過火了，我在爬回飛艇時心裡這麼想。不。我不想跟星魔扯上任何關係。雖然這很不切實際，可是我再也不想感覺到它們的眼睛看著自己了。我再也不想感受到它們的思想入侵我的腦中，讓所有事物和所有的人都變得如此微不足道。

無論布蕾德和溫齊克要做什麼，我都不能參與。我必須想辦法阻止。

「布蕾德，」我在通訊頻道上說：「妳一點也不在乎他們用此來摧毀整個行星的人類嗎？妳的同胞？」

她沒立刻回答。而她回答時，我覺得我聽出了她的遲疑。「他們……他們活該。一定得這樣。」

對，她的信心很明顯出現了裂痕。不過我該怎麼利用呢？

我們一起飛出迷宮，然後回去找我們的飛行隊。然而，我們在抵達之前收到了度量衡號的呼叫。

「妳們兩位，」官員說：「烏戴爾的艾拉妮克跟人類。提早過來報到。」

我立刻感到一陣驚慌。這是因爲溫齊克想要拉攏我，還是因爲我的間諜無人機？布蕾德丟給我太多無法馬上釐清的新線索，以致於我差點忘記了把小機器人藏在度量衡號的計畫。

我望向外面的星星。我不需要座標來判斷狄崔特斯的方向。我可以感覺到那裡，而路徑就烙印在我的腦中。雖然它正在逐漸消失，就像艾拉妮克在我腦中放入的星界路徑，可是消失的速度緩慢許多。我覺得這個箭頭至少能夠保留幾天。

當時她很虛弱，瀕臨死亡，所以她給的座標才會消失得這麼快。這次的印記就更爲強烈了。

我可以離開，可以跳躍回家，就是現在。我自由了。

可是M-Bot和毀滅蛞蝓還在大使館。不——我在這裡還有任務，還不是離開的時候。根本就不是。

溫齊克不可能發現無人機，我告訴自己，同時壓抑住先前的焦慮。如果發現了，他們爲什麼還要呼叫我們兩個回去？爲什麼還要叫我回去？如果他們懷疑我，就會直接向我開火了，對吧？

接著我將飛艇轉向開往度量衡號。跟星魔迷宮那個龐大的多面體巨石相比起來，度量衡號就像是顆小石頭。一接近航母，我的手環就發出嗡嗡聲，表示我跟無人機重新建立了通訊。

狀態？我輕觸手環傳送訊息。

已滲透工程室，它回傳。正在一處角落盤旋。能見度良好。演算法判斷被發現的機率非常低。要繼續或回到會面點？

看見什麼有趣的東西了嗎？

無法回答這個問題。但是我的精密計時器顯示，我是在超空間跳躍之後抵達的。

我想要它待在原地，至少等到我們超空間跳躍回到星界爲止。這是我取得機密資訊的最好機會。留下來，我傳送訊息。

我進入戰機停機區域，降落在布蕾德的後方，然後把飛艇交給維護人員。我過去找她時，她正要爬下飛艇。

「知道是什麼事嗎？」我問：「跟招募我有關嗎？」

布蕾德含糊地揮了一下手指，那是狄翁人的手勢。

一位負責帶路的狄翁人來見我們，然後引導我們離開停機區，走上一條我沒見過的紅地毯通道，穿越了度量衡號。我有個荒謬的想法，覺得自己正被帶去牢房——直到我們通過一道雙扇門，進入了一場……派對？

穿著官員制服或長袍的克里爾人和狄翁人無所事事地站著，一邊啜飲看起來很花俏的飲料。對面牆上的大型螢幕顯示出戰機訓練的畫面，還安插了文字投影片解說我們訓練背後的原理和目的。根據翻譯器讀出的少數片段內容，看來是保護服務部正在努力證明他們的計畫有多麼重要。

的確，我注意到其他飛行隊的飛行員也站在室內各處，他們都在跟官員交談。顯然我是因爲宣傳用途而被叫來的。沒過多久，溫齊克就示意我過去站在他身旁——但無人機指示布蕾德在後方等待。

從興奮揮動著綠色外骨骼手臂的方式判斷，溫齊克的心情很好。「啊，她來了！她的物種只有她來到星界，現在她在我的計畫裡服務。這證明計畫的確有好處呢！」

聽他說話的兩個克里爾人打量著我。「啊，」其中一個說：「妳的同胞曾經爲人類服務，是不是？現在終於受邀加入星盟，妳有什麼感覺？」

「很榮幸。」我強迫自己這麼說。可惡，一定要是今天嗎？現在的我不但沒處於激戰之中，對間諜無人機的擔憂也增長到快要無法忍受的程度了。

「我對你的人類比較感興趣，」另一個克里爾人說：「她曾經意外殺死任何人嗎？」

「哎唷，哎唷，才沒有！她可是受過非常良好的訓練呢。我們把注意力放在我的計畫吧，兩位閣下。保護我們對抗星魔的合理計畫，等了這麼久終於出現了！」

「那個計畫，」聲音從我的後方傳來：「以及星盟百年以來第一次積極組織的太空軍力。我指的可是完全由次等物種組成的軍力。」

我轉過身，發現庫那就在我後方。即使這裡到處都是外交官與政客，庫那還是很引人注目——身材很高，深藍色皮膚，穿著近乎黑色的深紫色長袍。

「不完全是由次等物種組成，」溫齊克坦白地說：「我們有一位狄翁人。是個初體，眞奇妙呢。」

「不過這眞是個難以置信的任務，」庫那說：「讓我對保護服務部……以及部門訓練這支軍力的野心感到很驚奇呢。」

我可以確實感受到庫那和溫齊克之間的緊張感。其他官員做出類似人類清嗓子的動作——擺出一種交叉的手勢——然後就離開了。現在只剩下我、溫齊克，以及庫那。

他們兩人都不說話，只是對看彼此。最後，溫齊克一個字也沒說就轉過身，對某個在附近說話的人做出反應。這個興高采烈的克里爾人走過去直接加入對話，熱情地解釋關於他防衛星魔的計畫。

庫那知道多少？我納悶著。邀請超感者艾拉妮克來這裡的就是庫那，對方一定懷疑溫齊克正在做的事，只是我能夠相信這兩個人多少？

「雖然我不知道這是在幹什麼，」我對庫那說：「可是我對你們的政治遊戲不感興趣。」

「很遺憾，艾拉妮克，這場遊戲一點也不在乎妳的興趣。無論如何妳都會被玩弄。」

「你知道武器的事嗎？」我問：「你知道它的眞正目的嗎？把星魔送去攻擊其他行星？」

「我懷疑過，」庫那說：「現在確認了。我有一些……事情必須告訴妳，但是我們不能在這裡談。回到星界後我會派人去找妳，就這一次，請行行好回應我吧。剩下的時間不多了。」

對方露出邪惡的笑容——那種笑容令我全身打顫。告訴我人類因爲企圖將星魔當成武器而垮台的人不就是庫那嗎？溫齊克和星盟基本上也是企圖做一樣的事，庫那會怎麼想？

庫那轉身離開，而我準備伸手抓住對方——我打算現在就問出答案。可惜的是，我被室內一側的叫喊聲打斷了。

「我才不要，」布蕾德厲聲說，她的聲音很明顯。「反正你們也不會想要跟怪物合照的。」她把裝著某種彩色液體的杯子丟向牆面，潑濺得到處都是，然後大步走到外面。

可惡！我離開派對衝出去追她。結果帶領我們到派對的無人機也跟了上來。

我在第一個路口追上布蕾德，她停了下來，顯然不知道要往哪裡去。附近幾名守衛懷疑地看著我們——通道上的維安似乎加強了，或許是因爲有那些大人物來訪吧。

「怎麼了？」我問她。

「我錯了，」她生氣地說：「而且他們全都錯了。我才不是什麼給大家盯著看的怪人。」

我露出難受的表情。雖然我能夠理解那種情緒，但她在那群人之中做的事，大概並未改善人類的名聲吧。

「請走這裡，」無人機操作員說：「我獲得許可，帶領妳們到所屬的運輸室等待其他飛行員。」

無人機開始在走道上前進，於是我們跟了上去，經過幾扇能夠看到外面星星的窗戶。雖然這聽起來很蠢，不過有時我會差點忘記我們正在一艘飛船上。除了一艘小型的部隊運輸艦，DDF就沒有更大型的運輸工具了。這種大小的飛船——裡面容納了不知多少間大廳——完全超出了我的經驗範圍。

我加快腳步走到布蕾德身邊嘗試攀談。「我知道一個地方，」我輕聲對她說：「在那裡沒有人會把妳當成怪人，沒有人會給妳異樣的眼光。」

「哪裡？」她厲聲說：「妳的家鄉嗎？艾拉妮克，我了解妳的同胞，我的同胞征服過他們。我在那裡不只會是個怪人——我還會受到憎恨。」

「不，」我說，然後抓住她的手臂——讓她在沒其他人的走道停下來。船上這個區域巡邏的人似乎比較平常還少，有些守衛被派去大廳了。而我們的引導無人機在前面很遠的地方。

「布蕾德，」我輕聲說：「我能告訴妳的是，要對這個計畫持保留態度。」

她沒回答，不過她看著我的眼睛。

「有些……事情我現在還不能告訴妳，」我說：「可是我向妳保證，我可以帶妳到某個會有人欣賞妳的地方。沒人會恨妳，沒人會怕妳，妳會變得很有名。我很快就會解釋清楚的，只希望妳到時候會聽我解釋，好嗎？」

布蕾德以非常人類的方式皺起眉頭。她或許學到了一些克里爾人和狄翁人的習性，不過她可是由人類父母帶大的——至少是在小時候。

引導無人機呼喚我們，於是我放開布蕾德，跟她一起趕上去。我們經過通往工程室的走道——可惜那裡的路口還駐守著一名守衛——接著我們繼續前往跳躍室。

我坐立不安，感覺像是等了好幾個小時，不過實際上大概只經過半個鐘頭吧——接著我就聞到一種獨特的肉桂味。「妳們兩個還好嗎？」薇波問。「飛行指揮部說他們叫妳們回來了，可是不肯告訴我原因。對他們而言，我沒有任何真正的權力。」

「我們很好，」我說，同時望向布蕾德——她已經在最後一排慣常的位子上，坐在那裡盯著牆面看。「溫齊克只是想炫耀他的飛行員。」

基森人和莫利穆爾不久之後也進來了。「艾拉妮克！」卡烏麗一邊將平台駛向我一邊說：「妳抵達了心臟！」

「那是什麼樣子？」赫修在他的王座上問：「像是同時出現上千次日出那樣明亮？有如始終不見天日的洞穴那麼幽暗？」

「都不是，」我說：「那只是個空房間，赫修。他們不知道真正的迷宮中心有什麼，所以沒辦法模擬。」

「真令人失望，」他說：「一點詩意也沒有。」

「我聽說，」莫利穆爾說：「星盟的高等部長今天來了，親自來的。妳有見到嗎？」

「我不知道，」我說：「就算看到我也不認識。」

基森人的其中一位火砲手艾雅（Aya）熱情地講起故事，說她在星界旅行時曾見過高等部長一眼。赫修明顯露出不以爲然的表情——不過他曾經是國王，所以也許高等部長對他而言很無聊吧。

我讓其他人繼續交談，自己則是在位子上坐好，暗中輕觸手鐲。狀態？

等待並觀察，無人機回答。有人員在動作。根據對話，我相信我們很快就要進行超空間跳躍了。

好，所以時機到了。希望無人機可以記錄到一些東西。我集中精神，假裝自己正在飛行。我立刻看見了回家的路，但並未理會。不是現在。還沒。

我試著跟度量衡號建立連繫，試圖「聽見」船上的對話……應該不會這樣的，他們沒有理由使用超感通訊跟船上的其他地方通訊。然而，工程室的聲音突然在我腦中出現了。

感覺就像……有人正把聲音轉達給我？像是有人聽見了聲音，然後將聲音投射出來。

船上所有飛行員與人員都已就位，溫齊克的聲音說。工程部，你們可以進行超空間跳躍回到星界區域了。

收到，一位工程師回答。我甚至還聽得出是狄翁人的口音。準備超空間跳躍。

在他們附近。在他們附近有一種思想。但那不是人，是別的東西，那個東西在轉達這些聲音。也許……也許我可以幫忙確保讓無人機能夠記錄到什麼。之前我在船上的時候曾經干擾過超空間跳躍。我可以刻意讓那種情況發生嗎？強迫組員更換超驅裝置？

我輕輕壓迫剛才發現的那陣思想，接著聽見一陣尖銳的叫聲。

超驅裝置故障，工程部的人說。艦橋，我們又碰到超驅裝置故障了，是那些在船上的超感者。他們會在無意識中干擾超驅裝置。

試試替換一個？艦橋說。

正在裝載。我們可以做點什麼嗎？這要寫太多報告了……

我突然回過神來。不管他們做了什麼都成功了，因爲我們很快又再次進入了虛無。另一陣尖叫。而我又突然被甩進由星魔眼睛刺穿的那個黑暗空間。它們跟平常一樣沒注意到我們，正往尖叫聲的方向看。

牽制性的炸彈就是這個用途嗎？星盟的超驅裝置可以令星魔分心，轉移它們的注意力。或許星盟就是提升了這種技術，而打造出布蕾德啓動的那個裝置。

我仔細看著星魔——它們看起來越來越像由白光形成的通道。一股刺痛的感覺湧遍我全身，我不必看也知道自己被發現了。其中一個星魔並未被尖叫聲分心，或許就是上次那一個。

我轉頭，赫然發現那個星魔就在我身旁。我可以感覺到它的情緒。憎恨、輕視、憤怒。那些感覺襲捲了我，我倒抽一口氣。對星魔而言，在這個宇宙中的生命不過只是一群煩人的小蟲，但出於某種原因，它知道我不只是那樣。它逼近我，包圍我，淹沒我。

我要死了。我要——

我被甩回到度量衡號的座位上，艾雅還在對全神貫注的觀眾們講述她的故事。我在座位上蜷縮起來，滿身大汗，心情慌亂。我從來沒感覺自己這麼渺小。這麼孤單。

我全身打顫，試圖排除突如其來的情緒。我無法分辨那是屬於自己的情緒，還是見過星魔之後的副作用。孤獨吞噬了我。

情況甚至比我在狄崔特斯受訓時還糟。當時我住在我的小洞穴，睡在駕駛艙裡，而跟我同個飛行隊的其他成員全都能一起吃喝說笑。至少當時我有要對抗的敵人，就算被迫得去搜刮食物，至少還有其他人的支持與友誼。

現在我則是坐在敵人的戰艦裡，旁邊都是受我欺騙的人。雖然我把赫修和莫利穆爾當成朋友，不過要是他們知道我是誰，一定會立刻殺了我。

狀態更新，無人機突然傳來訊息，手環在我的手腕上震動著。我可能被發現了。

船上突然響起一陣警報。基森人艾雅話說到一半就停住，其他的飛行隊成員則是站起來，被突然的聲音嚇了一跳。

什麼？我輸入訊息問無人機。說明情況！

在離開工程室之前，我觸發了某種警報，無人機回答。許多工程師正在搜索。我還沒逃進走道。我很快就會被發現了。

可惡！雖然我們盡量移除了可能會被認出來的無人機零件，但是M-Bot認爲要是有人發現那個裝置，應該還是會追查到艾拉妮克身上。

可惡可惡可惡可惡可惡。

指令？無人機傳訊息給我。

我突然想到一個計畫。這是個很糟的計畫，不過在這麼大的壓力之下，我也只能想到這麼做。

拿得到綁在你身上的破壞砲手槍嗎？

可以。機械手臂能夠拿到武器。

打開保險，我傳送訊息。弄掉膠帶。把手槍舉在前方。開始扣扳機吧。

第三十二章

我以爲會收到反駁的訊息。如果是M-Bot就會反駁，但這架無人機不是它。這並不是眞正的人工智慧，因此可以完全遵守我的命令，不會考慮後果。

雖然聲音很小，可是從我們的房間可以感受到一連串爆裂聲。其他飛行員開始緊張低語。

繼續射擊，我傳送訊息給無人機。避免被摧毀。

收到。

警報聲瘋狂作響，有人在廣播系統上說話，聲音也在我們的跳躍室外面迴響。「工程室有敵人！數量不明，可是對方在開火！」

另一陣爆裂聲從附近傳來。*上場吧，我心想。*「我們遭到攻擊了！」我對其他飛行員大喊，並從座位上跳起來，同時將背包甩到肩上。「我們得去幫忙！」我邊說邊猛推開門衝進走道。

莫利穆爾驚訝地呆坐在位子上，赫修則是當機立斷，他大喊：「基森人！開戰了！」

懸浮平台上一群毛茸茸的小戰士迅速衝到走道上加入我。

「等一下！」薇波的聲音從室內傳來：「我相信船上的守衛可以處理好這件事——」

我沒理會她，在走道上奔跑起來。正如我希望的，通往工程室的路口上，那名守衛已經在牆邊找好掩護，並且正在呼叫後援。雖然那個克里爾人的語氣很強硬，但事實上，這艘飛船的人員大概從來沒經歷過戰鬥吧。

「我可以幫忙，」我對守衛說：「可是我需要一把槍。」

另一陣爆裂聲從走道傳來。克里爾人守衛往聲音的方向看，然後回頭看我。「我不能……我是指……」

她強硬的態度在槍聲開始後就瓦解了，讓我看了相當滿意。我不耐煩地揮手，接著守衛就拿出她的隨身武器遞了過來，是一把小型的破壞砲手槍。接著她舉起步槍，點了點頭。

「赫修，守好這條走道，」我說：「別讓任何可疑人物逃出去了！」

「收到！」赫修說，接著基森人的平台在我們後方擺出隊形，看起來就像一面牆。

克里爾人守衛站起來開始在走道上移動，這點是值得稱讚的。她用手指做出一種俐落的切割動作——這是克里爾人表示我們上吧的意思。接著我們從牆面一塊大型標示下方經過，標示的內容顯示我們進入了工程室。

我已經花了好幾個星期想辦法來到這裡，因此跟著守衛時的心情也越來越興奮。我們轉進另一條走道，接著我就突然聞到一陣刺鼻的檸檬味。也許清潔人員剛做完工作？

牆上有一塊標示：**閒雜人等不得進入，必須具有1-B安全許可**。

爆裂聲從遠處一扇門傳來，可是守衛停下了腳步，轉身面向我。

「妳不能進去，」她告訴我：「這違反了許可規定。」

「那比保護工程人員更重要嗎？」

守衛眞的思考了一番，然後說：「我們應該等。維安小組在四號甲板執行特別任務，不過應該很快就會到這裡了。我們只要確保裡面的人沒辦法逃走就好。」

我想要再往前，可是守衛張開手掌，堅決比出禁止的手勢，於是我只好舉著手槍靠在牆邊。我把背包放到地上，思緒在高速運轉。要怎麼把無人機弄出來？現在這條走道隨時都會有大批守衛湧入。

狀態？我暗中輕觸手環詢問無人機。

科學家躲起來了，無人機說。沒人反擊。

我掃視走道。聽我信號，飛出來走廊上。往高處開兩槍，別打到任何人。然後把槍丟掉。收到。

背包在牆邊。丟掉槍以後迅速躲進去。

明白指示了。

好。我深吸一口氣，然後傳送，行動。

無人機立刻飛出來到走道上，只在半空中發出短暫的微光。它朝我們頭上開火，讓守衛害怕地大喊並倒在地上。

「它往我們來了！」我大喊，然後在無人機丟下槍時開火。

雖然我在靶場練習過一些時間，可是從沒想過要在這麼大的壓力之下，用手槍擊中移動的目標。我的前三發射擊都沒打中，不過勉強在槍落到地面之前擊中了。

接著發生的爆炸規模意料之外地大，噴出了火星與熔化的金屬。我的攻擊引爆了手槍的電源，巨大的爆炸聲響襲捲我們，刺眼的閃光讓我一時什麼都看不見。這時我撲向那名克里爾人守衛，像是要擋住她免於爆炸波及。

結果我們兩個在地上撞成一團。我眨了眨眼睛，試圖讓閃光在視線裡造成的亮點消散。從守衛震驚的表情判斷，她的情況也跟我差不多。

最後，她推開我，忙亂地站了起來。「發生了什麼事？」

「一架無人機，」我指著地毯上一塊燒焦的部分說：「我把它打下來了。」

現場沒有無人機的跡象，不過被摧毀的手槍留下了散落的殘骸。高音警報器繼續響著，不過現在已經沒有槍聲，因此守衛謹慎地緩慢前進，檢查燒焦的地面。

「回到妳的傳輸室吧。」她說。

我非常樂意這麼做，於是抓起背包——而且鬆了一口氣，因爲裡面有無人機的重量。守衛往工程室裡看了一眼，查看裡面的情況，後來想到才對我大喊：「把槍留下！」

我把手槍放在牆邊，然後去跟赫修碰面，這時正好有六名守衛踩著沉重的腳步經過。其中有一個狄翁人大聲叫我們回到傳輸室——幸好我們看起來沒什麼可疑的。其他飛行員已經聚集在外面的走道上，對警報的事感到困惑。

我們倉促回到座位，而我緊抓著背包，裡面可是裝著我偷帶進來的無人機。我往裡面瞥了一眼，震驚地發現竟然看得見無人機。它不是應該自動隱形嗎？

我迅速拉上背包的拉鍊，輕觸訊息傳給它：啓動午餐立體投影。第二版，空容器。

立體投影裝置離線，它的訊息輕輕震動手鏡回應。爆炸損壞了系統。

汗水從我的臉頰兩側緩緩流下。我露出馬腳了，如果守衛說要檢查我的背包……

最後，高音警報器關掉了，而我也感覺到度量衡號在星界停靠下來。我只覺得越來越驚恐，現在我可以在船上想辦法藏好無人機嗎？之後再回來拿？

根本沒機會這麼做——我們收到指示要前往接駁區。我走在一群緊張的飛行員之中，注意到走道上有許多守衛。我焦急地尋找出路，然後想起了M-Bot在我手環裡設定的第二個身分。單調普通的狄翁人立體投影。

我現在可以想辦法使用嗎？似乎不太可能。一個神祕的狄翁人直接出現在我的位置，同樣會令人起疑。於是，我低調地跟著大家走，每走一步就越確信自己會被抓到。我太把注意力放在這上頭，所以一直到快抵達接駁區時才注意到一件不尋常的事。

薇波。我聞不到她，而且其他飛行員也沒像平常那樣爲她留出空間。我進入停靠區並等待，試試看能不能聞到她。

她隨即從我身邊飄過。一股明顯的……檸檬味。我之前聞過一樣的氣味，就在工程室外的走道。

*她在那裡。在走道上。*我把背包拉近身體。

「薇波？」我問。

「跟我來，」她厲聲說：「*現在。*」

我皺著臉，驚慌地在腦中搜尋。也許我能夠以超空間跳躍離開，然後再以某種方式回來……

不。我突然明白，在自己腦中雖然有通往狄崔特斯的方向，可是那會讓我在沒穿太空衣的狀態下飄浮於行星軌道上。我陷入困境了。

「薇波，」我說：「我——」

「*現在，艾拉妮克。*」

我跟著她的氣味走，而這其實比聽上去更容易。正如我擔心的，每一位飛行員在搭上飛行器之前都要經過守衛檢查，畢竟這裡發現了有無人機從事間諜活動，這很明顯是預防措施。

我拉緊背包，焦慮地跟著薇波的刺鼻檸檬味。我們接近一艘看起來很豪華的飛行器。門打開了。身穿黑色長袍的庫那坐在裡面。

「艾拉妮克，」對方說：「我相信我們有些事情要討論。」

我回頭望向我的其他隊員。他們全都在排隊等待檢查。莫利穆爾轉過來看我，頭歪向一側。其他守衛走近我，有一個拿著武器指向我。

我只有一個選擇。我爬進了庫那的飛行器。

第三十三章

我在門關上時將背包緊抱在胸前，這時我又聞到濃烈的檸檬味，不過後來逐漸轉變成了肉桂味。兩名守衛到了門外，其中一個敲打飛行器的窗戶。庫那在控制面板上按了一個鈕，窗戶便往下降。

「庫那部長？」其中一個人問。「我們應該要搜查每一個人的。」

「我不覺得那些命令包含了部門的首長，士兵，」庫那說，接著又按下鈕，將窗戶關起來，然後向駕駛比了個手勢。

飛行器升空離開接駁區，飛向市區。我們一離開度量衡號的範圍，我的耳朵裡就聽到一陣精力充沛的聲音。

「思蘋瑟？」M-Bot說：「結果如何？無人機有用嗎？我感應到它的信號跟妳在一起，妳拿回來了？」

我輕觸手環，現在還不是時候。

庫那手指交握，最後用兩根手指做出安心了的手勢。「沒呼叫我們回去，」對方說：「我們很幸運。我的權力足以讓我不受質疑。」接著伸出手揮了揮，要我交出背包。

我不肯，然後抱得更緊。

「薇波？」庫那問。

「是一架無人機，」沒有實體的熟悉聲音說：「她取回它的方式其實很聰明，她先打掉了它的武器。他們要到好幾天後才會發現，那些殘骸只是破壞砲手槍的碎片。」

我試著瞪薇波，不過很難做到，因為我不太清楚她到底在哪裡。

庫那從口袋拿出一張紙打開，舉到我面前——我瞇起眼睛，懷疑地看著。最後，我一隻手小心翼翼離開背包，接過紙張。

「內容是什麼？」M-Bot問。「思蘋瑟，我不太明白這場對話的意思。」

我不敢回應它，而是摘下別針拿到紙張前翻譯。這是……一張通訊清單？簡短的訊息以日期排序，大概是從一個星期前開始的。

1001.17：庫那部長，我們尊重您通訊的意願——並且承認星盟的強大——可是我們不能透露關於信使的私人資訊。

1001.23：在持續分析我們特使艾拉妮克傳送的簡短訊息之後，我們烏戴爾聯合國（Unity of UrDail）很關心她的安全。我們沒有再派飛行員過去的計畫。

1001.28：在持續懷疑我們信使的安危後，我們必須跟你和星盟切斷通訊，直到她回到我們身邊為止。

我的背脊一陣發涼。庫那在跟艾拉妮克母星的人們通訊。

為了爭取時間，M-Bot跟我在我們第一次傳送訊息之後還曾跟他們往來過幾次。看來他們決定忽略我們雙方，完全不碰這個問題。

「妳的同胞顯然在為妳拖延，」庫那說：「我現在明白了。烏戴爾從來就不打算加入星盟，對不對？妳是個間諜，被派來這裡完全就只是為了偷走超驅裝置的技術。」

我花了點時間才理解。

庫那還不知道我是人類。

對方以為我是艾拉妮克同胞的間諜。可惡，從庫那的角度看，還真的很像是這樣。

「我不明白的是，」庫那說：「為什麼妳會冒這麼大的險，畢竟妳顯然已經知道祕密了。看來妳的同胞不只知道如何把妳當成超驅裝置利用，還想到了另外一個方式。就跟我們一樣。」

什麼？我想開口回答自己不知道庫那在說什麼，不過在說話之前我想了一下——這還是我這輩子第一次這麼做。出於某種原因，庫那以為我已經有了那個祕密。所以……何不繼續假裝下去呢？或許我沒受過這種訓練，但在這裡的人是我。而現在就是我的同胞最需要我的時候。

「我們不確定你們的方法是不是跟我們一樣，」我說：「我們認為這值得冒險，尤其是在我知道自己有機會滲透星盟的戰艦和計畫之後。」

「妳一直都在耍我，」庫那說：「妳現在知道了武器、訓練迷宮的位置……我們部門之間的內鬨。要不是我很生氣，我一定會很佩服妳的。」

對我而言，最明智的選擇似乎是保持沉默。窗外，我們經過了一片有壯觀建築的區域，包括圓頂和大型花園。是政府的所在地？我非常確定我們就在這裡。

飛行器在一棟大型的長方形建築旁降落——這棟建築的窗戶很少，比附近其他建築更簡樸也更醜陋。

庫那又伸手要我交出背包。我發現自己沒什麼選擇的餘地。我沒有武器，而且情勢由他們掌控，唯一能夠利用的，是庫那竟然以為我知道我在做什麼。

我舉起背包。「我再也不需要它了，」我說：「這段對話就已經足以確認了。」

庫那還是接過了背包，然後掏出無人機查看。「這是我們的，」對方說：「改造的打掃無人機？上面還連接著很厲害的安全裝置，我不知道妳的同胞有這種技術。」

庫那望向薇波所在的位置。

「看起來像是幻格曼的技術，」薇波輕聲說：「在戰後我們被禁止使用的那種。我……見過在舊飛艇上有那些標誌。」

幻格曼的技術？M-Bot？庫那從飛行器的扶手拿出一條傳輸線，然後把無人機的記憶體連接到我們前方座椅後的一個螢幕，雖然我沒說話，但我心驚了一下。

我試圖讓聲音保持鎮靜。「無人機，授權重播從我開啓你之後錄的影片。」

「已確認。」無人機說。

「人工智慧？」庫那說，然後露出牙齒表示震驚。

「沒有自我意識的人工智慧，」我立刻說：「只是個可以遵守命令的基本程式。」

「還是一樣！眞危險。」

畫面一開始顯示了僞裝成艾拉妮克的我，在廁所的隔間裡。

「快轉，」我說：「直到超空間跳躍回到星界前的兩分鐘。」

「已確認。」

我緊握雙手等待著，而畫面轉到了工程室。驚人的是，裡面看起來像一間辦公室——我沒發現像是超驅裝置的東西，只有椅子，以及穿著制服的狄翁人在使用螢幕。

我看著庫那。對方眞的要播放這段影片嗎？音軌播放出來時，我的心跳也加速了。

「船上所有飛行員與人員都已就位，」溫齊克的聲音在廣播系統上說：**「工程部，你們可以進行超空間跳躍回到星界區域了。」**

「收到，」畫面裡的一個狄翁人說：**「準備超空間跳躍。」**

對方按下一個鈕。什麼也沒發生。那時候在某個地方，我正努力利用我的超感能力干擾他們。看著當時在離我幾個房間之外的地方發生的事，感覺好不眞實。

有幾個狄翁人看起來很焦慮，彼此輕聲交談著。有一個體型較胖的人按下通訊鈕。**「艦橋，我們又碰到超驅裝置故障了，是那些在船上的超感者。他們會在無意識中干擾超驅裝置。」**

另一個狄翁人站起來走向牆邊，在那裡打開一個艙口並拉出了某個東西。我往前傾，屏住呼吸看著他們拿出的是什麼。

是個金屬籠子，裡面有一隻長了藍色脊椎的亮黃色蛞蝓。

第三十四章

是毀滅蛞蝓。可惡。可惡！

這太合理了。在資料網路上關於毀滅蛞蝓那個物種的資料……內容說牠們很危險。那是謊言——星盟只是想確保要是有人看見，就會認為牠們有毒並保持距離。

發現之後立刻通報當局。

「**試試替換一個？**」影片裡有個人說。

「思蘋瑟？」M-Bot在我耳裡說：「怎麼回事？」

「**正在裝載。我們可以做點什麼嗎？這要寫太多報告了。**」

狄翁人從牆邊的一個組件移除「超驅裝置」。那是另一隻蛞蝓，就跟毀滅蛞蝓一樣。他們把新的放進去，然後啟動超驅裝置。這次成功了。

我幾乎可以在腦中又聽見那陣尖叫聲。尖銳的哀號……超驅裝置的尖叫聲，是從他們用來瞬間移動的生物所發出。

「無人機，結束影片。」我輕聲說。我一直以為會是某種可怕的東西，例如以手術摘除的超感者大腦。可是……為什麼只能由具有智慧的物種擁有這種能力？某些其他生物不是也應該會發展出透過虛無來瞬間移動的方式嗎？

我想起之前，自己總會在意想不到的地方發現毀滅蛞蝓——那些時候，我也發現自己很少看到牠移動，但她好像總是能在我沒注意時迅速來去各處。

接著，我突然恍然大悟。資料網路裡有看似很簡單的一句話。常在多種真菌附近找到。

M-Bot。它醒來時，資料庫裡僅存的其中一個項目是要記錄當地的蘑菇種類。它對這件事很執著，並且知道這很重要，可是卻不知道原因。

它的駕駛是在尋找超驅蛞蝓（hyperdrive slugs）。

「怎麼會？」我盡量掩飾自己對這一切的震驚，然後問庫那：「你怎麼知道我有一隻超驅蛞蝓？」

「是我跟蹤妳，」薇波說話時讓我嚇了一跳。我有時還是會忘記她在場。「就是妳跟莫利穆爾去水花園的那天。」

那天毀滅蛞蝓到門口見我。可惡，自從我們來到這裡，她就一直表現得很奇怪，也都一副無精打采的樣子。是因爲星界的超感屏障干擾了她的能力嗎？

庫那拔掉傳輸線，然後把無人機放回我的背包。對方手指交握，以若有所思的外星人表情看著我。

「這會造成問題，」庫那說：「完全超出了妳能理解的一切。我希望……」對方做了個手勢打消念頭，然後打開飛行器的門。「來吧。」

「去哪裡？」我懷疑地問。

「我要讓妳看看星盟到底是什麼，艾拉妮克。」庫那說，接著就拿了我的背包爬出去。

我不相信那副陰沉的表情，而且還露出令人毛骨悚然的笑容。我在原處等著，聞到了肉桂味。

「妳可以相信庫那，艾拉妮克，」薇波告訴我。

「妳當然會那麼說，」我回答：「而我還可以相信妳嗎？」

「我還沒把妳的眞正身分告訴任何人，不是嗎？」她輕聲說。

我突然精準看著她在的方向。最後，在不知所措的情況下，我還是出去了。

「庫那，」薇波在我後方大聲說：「你還需要我嗎？」

「不了。妳可以繼續進行妳的主要任務。」

「收到。」她說，接著飛行器的門就關上了。

庫那開始往建築走去，沒回頭確認我是否跟上。為什麼要背對我？萬一我很危險呢？我追了上去。

「我不是薇波的主要任務？」我往後方升空的飛行器點頭。

「妳只是剛好被發現，」庫那說：「她其實是要去監視溫齊克的。」庫那到了門口，那裡有一扇窗，裡頭有一名守衛。守衛向庫那點頭，但是對我露出牙齒，擺出狄翁人的臭臉。

「我是根據職權帶這位來的。」庫那說。

「我必須記錄下來，部長。這很不尋常。」

庫那等待對方處理文件。我趁機輕觸手環打了簡短的訊息。M-Bot。還在嗎？

「在，」它在我耳裡說：「可是我非常困惑。」

毀滅蛞蝓就是超驅裝置。如果我死了，就回去狄崔特斯。告訴他們。

「什麼？」M-Bot說：「思蘋瑟，我沒辦法那麼做啊！」

英雄不會選擇自己的考驗。

「我連自己飛都辦不到了，更何況是超空間跳躍！」

蛞蝓就是超驅裝置。

「可是……」

守衛終於開門了。正如我看到建築外觀之後所擔心的，這裡有防止監視偵察的屏障，因此在跟著庫那走進去之後，M-Bot的聲音就消失了。

裡面的走廊上沒有人，而庫那的鞋子在地板發出喀噠聲，帶我走到了一道標示著**觀察室**的門前。裡面是個小房間，有一面玻璃牆可以俯瞰一個有金屬牆壁的兩層樓高大房間。我走到窗邊，發現幾面牆上有符號。

是那個奇怪的語言，我心想。就跟在星魔迷宮裡見到的一樣——還有在狄崔特斯的通道裡。

庫那在玻璃窗附近的一張椅子坐下，把我的背包放在旁邊。我還是站著。

「妳擁有摧毀我們的力量，」庫那輕聲說：「溫齊克很擔心星魔，政客們很在意一些具有攻擊性的外星人，可是我一直擔心一種更邪惡的危險——我們短淺的目光。」

我疑惑地看著對方。

「我們無法永遠保守超驅裝置的祕密，」庫那說：「事實上，它應該無法撐得比人類戰爭久才對。我們經歷過十幾次祕密洩露並僥倖脫險，對星際通訊的箝制一直都很勉強才足以控制住眞相。」

「你們沒辦法保有這個祕密多久的，」我說：「一定會曝光的。」

「我知道，」庫那說：「妳沒在聽嗎？」對方朝窗戶點頭。

下方的一組門打開了，一對狄翁人拉著某個人的手臂進入。我……我認得那個人。是波爾人高薩——那隻大猩猩外星人在測試之後從飛行員計畫中被剔除，之後一直在對星盟進行抗議。

「我聽說星盟跟抗議者達成了協議！」我說。

「溫齊克奉命處理這個問題，」庫那回答：「他的部門獲得太多權力了。他聲稱達成了一項協議，讓反對者推翻了他們的領袖。我再也無法確認他說的話到底有多少是眞的，有多少是假的。」

那些狄翁人，我心想，同時注意到他們穿的褐色條紋服裝。我見過一些像他們這樣的人，在抗議者消失之後清理現場。

「這個波爾人從那時起就一直受到監禁，」庫那說，然後朝高薩點頭。「有些人害怕今天在度量衡號發生的事件是革命分子所爲，因此放逐的時程提前了。而我相信溫齊克會想出其他方式，利用妳對我們的攻擊來推動他的目標。」

下方，其中一位狄翁人技師在房間一側的控制台上輸入內容。房間的中央發出閃光，然後出現了某個東西——一個跟人頭差不多大的黑色球體。它飄浮著，似乎正將所有光線吸入。那是純粹的黑暗，我知道這種絕對的黑暗是什麼。

虛無。他們以某種方式在虛無打開了一個洞。

基森人向我提過星盟——以及人類帝國——都會從虛無採集上斜石。我知道他們有進入那個地方的傳送口。不過看見那顆黑球時，我仍然打從心底深處受到了震撼。那是一種不該存在的黑暗，不只是缺少光線的黑暗。是種錯誤。

它們就住在那裡。

雖然我猜想到了接下來的情況，但發生的事還是令人驚恐。守衛抓住不斷掙扎的囚犯，硬把對方的臉貼向黑球。抗議者開始伸長，然後就被吸入黑暗之中。

技師關閉了球體。所有人離開時，我轉身看著庫那。「爲什麼？」我質問：「爲什麼讓我看這個？」

「因爲，」庫那說：「在妳今天的特技演出之前，妳是我阻止這種可憎行爲的最大希望。」

「你眞的以爲我會相信一位星盟官員眞的在乎『次等物種』的處境嗎？」我厲聲說出這些話，語氣可能太過強烈了。我應該採取政治迂迴的方式，抑制住情緒，試圖讓庫那多說話才對。

可是我氣瘋了。憤怒。我剛被迫目睹了一場放逐，說不定甚至是處決。我氣自己被抓到，也感到很沮喪，因爲我終於知道了超驅裝置的祕密——只差一點就能把祕密帶回去給我的同胞——結果卻受到了庫那的威脅。這一定是對方帶我來這裡的原因，警告我如果不聽話會有什麼下場。

庫那站了起來。跟一般的人類相比我已經夠矮了，因此庫那靠近我、走到玻璃牆前時更顯高大。對方伸出一隻藍色的手放在牆面上。「妳以爲我們想的都一樣，」對方說：「這正是星盟中許多人的缺點。自以爲是。

「妳可以選擇不相信，艾拉妮克，不過我的目標完全是爲了改變我同胞看待其他物種的方式。一旦無法掌握超驅裝置的祕密，我們就會需要新的東西來維持秩序，並且我們將無法依靠對太空旅行的壟斷。我們必須提供別的東西。」

庫那轉過身來對我笑，同樣令人不寒而慄感到厭惡的笑容。這次我突然有不一樣的感覺，而我也明白了某件事。

我曾見過其他狄翁人嘗試微笑嗎？

這並不是狄翁人的表情。他們會將嘴唇緊閉成一條線以表示歡樂，露出牙齒則表示討厭；他們有時候會做出手勢，就像克里爾人。我想不到有其他狄翁人試圖笑過，包括莫利穆爾。

「你笑了。」我說。

「這不是你們用來表示友誼的表情嗎？」庫那問。「我注意到你們跟人類有類似的表情。我去找他們伸出和平之手的那天就曾練習過，我以為同樣的表情對妳也有效呢。」

對方又笑了一次，這次我看到了不一樣的東西。不是怪異，而是一種陌生感。我原本解讀為對方自鳴得意的表現，結果卻是想要令我感到自在。雖然嘗試失敗了，可是待在星界的整段期間，我記得只有這位狄翁人試著使用我們的表情。

聖徒和星星啊……我對這個外星人的本能反應，竟然完全建立在對方笑得不對這件事上。

「雖然溫齊克和我一起設想出星魔抵抗計畫，可是我們的動機非常不同。」庫那說：「他看到的，是能夠再次組織起一支真正有人駕駛的星式戰機隊。我看到的不一樣。我看到是由一支次等物種服務星盟——保護它。

「或許這只是愚蠢的想像，不過我在心中看到了星魔可能出現的那天——拯救我們的會是像妳這樣的人，或是基森人，或是其他物種。我看到了我的同胞會改變，到時他們會開始明白，具有一些攻擊性其實是有好處的。他們會知道，每個物種不同的作風，就是我們這個聯盟的優勢而不是缺陷。因此，我才會鼓勵你們加入我們。」

對方朝有黑色球體的房間揮了揮手。「星盟其實外強中乾。我們會放逐不符合溫和理想的人，鼓勵物種變得更像我們才能加入。而我們之中確實是有很好的理想主義者，讓大家都得到和平、繁榮，不過代價是犧牲每個人的特質。我們必須想辦法改變那一點。」

對方又把手指放到玻璃窗上。「我們已經越來越自滿與膽小了。一點點攻擊性、一點點衝突，這些恐怕這正是我們所需要的。否則……只要大門前一有威脅，我們就會崩潰了。」

我相信對方。可惡，我相信庫那是真心誠意的。可是我能相信自己的判斷嗎？我在解讀對方表情時錯得很徹底一事，也加強了這個想法。我在外星人的世界中。他們也是生命，有真正的愛與情緒，可是他們的作風當然會跟人類不一樣。

我能相信誰？庫那、薇波、莫利穆爾、赫修？我夠了解他們，可以信任他們嗎？一個人花了一輩子時間研究其他物種，都可能還是會判斷錯誤。

然而，我發現自己正在伸手拉起袖子，解開手環上用來防止自己誤觸按鈕的小栓鎖。

接著我深吸一口氣，解除了立體投影。

第三十五章

庫那注視著我，眼睛都要從頭部跳了出來，接著露出牙齒，往後畏縮。「什麼？」庫那質問：「這是什麼？」

「我從來就不是艾拉妮克，」我說：「從她墜毀在我的行星之後，我就冒充了她的身分。」接著我伸出手。「我的名字叫思蘋瑟。你說你在等著向人類伸出手表示和平，呃……我就在這裡。」

這可能是我做過最瘋狂的事了。老實說，我不確定能解釋清楚自己這麼做的原因。我剛剛才領悟到，自己不一定得用直覺來看待外星人——他們的習性、表情和行爲都不符合我的預期。

這個舉動也是如此。這並非根據本能對外星人所做的事做出反應，這是選擇。如果庫那有可能是眞心的，這就表示可以結束戰爭。這可能代表我的同胞有救了。

我不確定這是不是奶奶故事裡那些英雄會做的事，但這是我要做的。在當下，承受那種風險。接受希望。

雖然庫那往後傾，但同時也跟我握手了。我猜對方心裡有一部分很不想碰觸我，然而，對方還是逼自己這麼做了。也許庫那還是使用次等物種這個詞，但我相信對方是眞心想要改變的。

對方靠近打量我，而且仍握著我的手。「怎麼會？我不明白。」

「立體投影，」我說：「我的手環裡有可攜式裝置。」

「我們的技術沒辦法製造這麼小的投影機呢！」庫那說：「不過有謠言說……人類在第一次大戰中做到了，就在他們跟幻格曼的合作期間。眞神奇。從艾拉妮克母星傳來的通訊……他們知道妳的事嗎？」

「我告訴過他們，可是我不知道他們相不相信我。我主要是在拖延他們。」

「眞神奇，」庫那又說了一次：「妳絕對不能讓其他人看到！這可能會引發災難。」對方抽回手，然後似乎是無意識地在長袍上擦了擦，我盡量不讓自己覺得被冒犯了。

「妳來自那個有殼的行星嗎？」庫那問：「有防衛平台的？」

「狄崔特斯，」我說：「是的。」

「我爲你們努力到嗓子都啞了，」庫那說：「在閉門議會中，大家不斷爭論著是否要採取滅絕手段。我不敢相信……妳就站在這裡，跟我交談？太神奇了！妳已經在星界待了好幾週！妳有沒有……呃，妳有沒有……殺死任何人？我是指不小心失手？」

「沒有，」我說：「我們其實並不是那樣的。我在這裡大部分的時間，都在試著弄清楚自己該使用十七間廁所之中的哪一間。你知道沒有提供說明眞的很麻煩嗎？」

庫那將嘴唇閉成一條線。我也微笑回應。

對方繞著我走。「眞是驚人。這些年我們一直看著你們，可是卻認識得這麼少，妳也知道那些平台造成了多少干擾。話說回來……我們當初等於是把你們轟炸回石器時代了，結果不到一個世紀之後，你們已經又擁有超驅裝置了。我不知道該感到佩服或害怕呢。」

「就現在而言，我們算是平手吧。」我說。我輕觸手環，再次啓動立體投影，讓自己又變成了艾拉妮克。「庫那，溫齊克比你以爲得還更瘋狂。布蕾德告訴了我他的一些計畫——他們想要招募艾拉妮克加入他們的某種祕密超感者團隊。他們認爲他們可以控制星魔。」

「這一定是誇大了，」庫那說：「我們研發的計畫是使用武器讓星魔轉移注意力，分析證明，如果它們在我們的國度裡待得太久、又沒有吞噬行星的話，就會慢慢消失。我們要嘗試的不是控制它們，而是讓它們分心不去攻擊人口中心，等到時間夠久，它們就會離開了。」

「是嗎，但還不只這樣。」我說：「不是只有你擔心在大家知道超驅蛞蝓之後，星盟會失去控制權，溫齊克打算利用星魔攻擊的威脅來逼大家聽話。」

庫那露出牙齒。「如果這是真的，」對方說：「那麼我就有更多事情要做了。妳不必擔心，我們的計畫還在初期階段。我會尋求真相，也會對付溫齊克的政治目的，他還沒強大到無法阻止的地步。」

「好吧。我也看看我能做些什麼，讓『人類禍害』收手。」

「我不能讓妳帶走那架無人機。」

「至少讓我拿走我安裝的感應器裝置，」我說：「我的飛艇需要它。」我看著庫那。「拜託，讓我走吧，庫那。我會飛回狄崖特斯勸我的同胞，說你們之中有人願意談和，我認爲他們會聽的。如果溫齊克的部門突然變得不必要了，他的權力會怎麼樣呢？如果人類禍害成爲星盟的盟友而不是敵人呢？」

「在那發生之前，還有很長的路要走呢，」庫那說：「不過……嗯，我可以想像那種場景。那麼達成協議了，就妳跟我。」庫那遲疑了一下，然後再次向我伸出手。「或者該說是協議要達成協議。」

我跟對方握手，接著把嘴唇閉成一條線，庫那則是露出微笑。呃，那算是微笑了吧。至少對方嘗試了那麼做。

我取下裝在無人機上的感應器和立體投影裝置，放進飛行服的口袋，但是把無人機留在背包裡。庫那帶我到門口，而我試著不去想剛才那個被放逐的可憐外星人。我不能讓自己覺得應該爲對方發生的事負責，我只能做我該做的事。

如果我們眞的談和了，會是什麼情況？這表示我們不再需要星式戰機了嗎？我很難相信會變成那樣——畢竟星魔還在吧？會有戰鬥的。總會有的。

在所有人之中，竟然是我最先踏出通往和平的一步，這還是讓我覺得有點怪。

「我可以用飛行器載妳到大使館，」庫那邊說，邊跟我通過安全門走到戶外。「我可以塡寫適當的文件，報告『艾拉妮克』要回去她的同胞身邊。我不確定之後我們要怎麼做，但……」

庫那說到一半就停住了。一架跟我們搭乘過來的那艘一樣的軍用飛行器，從空中呼嘯而下，倉促地直接降落在草地中央，而不是較遠處的發射台。門被甩開，可是裡面沒有人。

我馬上就聞到了肉桂味。

「趕快！」薇波的聲音說：「艾拉妮克，我們要動員了。」

「什麼？」我問：「動員什麼？」

「我們的飛行隊要上戰場。我想是有人發現了星魔。」

第三十六章

我們的飛行器於星界上空高速行進，在一般交通航線下方的緊急高度飛行。

「薇波，」我說：「我已經不知道這件事是不是跟我有關了。」

「可能出現了對整個銀河系的威脅，這還無關嗎？」她問。

「我們真的知道發生的情況嗎？」我問。

「在這裡，妳看。」薇波說，這時她聞起來是花的味道。

她啓動前方座椅背後的螢幕，上面播放著緊急訊息——由溫齊克親自傳送的。「飛行員們，」他說，同時擺出最堅決的手勢——兩隻手都握成拳頭。「敵人正在威脅星界。這不是演習。我知道你們的訓練很短暫，但是事態緊迫。向度量衡號報到，準備立刻出動。」

「他沒說是星魔，」我說：「感覺像是政治手段。」

「其實這正是我害怕的。」薇波說。

「聽著，」我說：「薇波，我讓庫那見到我的眞面目了。眞正的我。我們兩個決定想辦法讓我們彼此的同胞談和，我認爲這或許比溫齊克現在要做的事情更重要。」

薇波的氣味變得像是洋蔥。「我們已經跟妳的同胞處於和平了，爲什麼妳跟庫那還要協議那麼做？」

「我眞正的同胞。妳說妳知道我是誰，我是……是人類。」

「對，」薇波說：「我拼湊起來了。妳的母星新黎明，你們在那裡藏了一塊人類的領土，對不對？他們並沒有眞的撤離，而是繼續躲藏在你們之中，所以你們才一直不肯加入星盟。你們擔心我們會發現人類的事。」

噢——我心想。這種猜測很合理。雖然完全錯了，但從許多方面來看都比事實更加合理。

「我早就納悶爲何妳這麼多表情和行爲都跟人類一樣，」薇波繼續說：「就你們的過去來看，我認爲這並不自然。還有妳的氣味……妳有一部分是人類對吧，艾拉妮克？是混種？這樣就能解釋妳的超感能力了。人類在那方面一向都非常有天賦。」

「事實上……沒妳想得那麼複雜，」我對薇波說：「去問庫那吧。可是薇波，我得回到我的飛艇才行。」

「艾拉妮克，」薇波說，這時她的氣味變得像是雨水。「我現在需要妳。我奉命監視溫齊克，而我認爲庫那並不知道他的野心有多大。妳是我最棒的飛行員，而我需要妳做好準備加入我。以防萬一。」

「……以防什麼？」

「以防這跟星魔無關。這麼說好了，政府裡有一群人非常擔心溫齊克的權力越來越大——以及他擁有不認同星盟核心價值的飛行員。」

我又再次陷入了幾乎無法理解的情況。她是在擔心政變對不對？所以她才會被指派成爲飛行員——以確保溫齊克不會企圖控制星盟。

這對我有什麼影響？我有了祕密。我必須帶著祕密回家，其他什麼事都不重要，對吧？

我用手環開啓對M-Bot的通訊，現在我已經離開那棟政府建築的範圍，所以它應該可以聽見我了。我得到的回應是傳到耳機裡的輕微聲響。

喀噠。喀噠喀噠喀噠喀噠喀噠……

我們的飛行器沿停靠區高速飛行，加入了正大批湧向度量衡號的其他飛行器。落地之後，我們就看到一片有秩序的混亂——激動的飛行員離開飛行器後，就被紛紛帶到走道上。

我發現赫修跟基森人盤旋在其他飛行員的頭上，他們看起來很焦慮。「嘿！」我經過時叫了他們。

赫修飛到我的頭附近。「艾拉妮克，」他說：「這是怎麼回事？」

「我知道的跟你差不多。」我說，然後忍住沒脫口而出。這是謊言。我知道的比赫修更多，一直都是這樣。

好吧，目前我同意薇波所說的，至少得查出溫齊克打算做什麼，因爲這可能攸關我同胞的未來。我們加入了其他飛行員，別的飛行隊在訓練時失去了一些成員，所以我們大概只剩四十五個人，而不是一開始的五十二個人。

但以所有飛行員激動的程度，感覺好像人數又更多了。引導無人機帶我們離開了飛行器的機庫，我們沒被帶到平常去的跳躍室，而是直接前往戰機停機區——地面人員正在迅速準備著。

薇波輕輕咒罵了一聲。從他們準備星式戰機的樣子看來，溫齊克似乎越來越可能利用機隊來對付星界了。我眞的被捲入政變了嗎？

溫齊克本人站到了用來登上星式戰機的活動梯上，然後舉起手臂讓吵雜的飛行員安靜下來。

「你們想必都很害怕，」溫齊克大聲說，他的聲音透過飛船上的擴音系統播放出來。「而且很困惑。你們都聽說了今天稍早在度量衡號發生的攻擊，我們已經分析了那次攻擊留下的殘骸，並發現了一把被毀壞的武器，而那來自於人類。」

室內突然一片靜默。

噢不，我心想。

「我們有證據，」溫齊克說：「人類的威脅比高等部長願意承認的還更嚴重，可能已經有幾十架間諜無人機滲透了星界。這是人類禍害開始從其中一座監獄逃脫的證明。那是個惡化的人類聚集地，而我們從來都沒有適當的權力或資源去鎮壓他們。

「今天，我們會解決這個問題。再過十分鐘，這艘飛船就會超空間跳躍到人類的行星狄崔特斯。我要你們全都進駕駛艙準備好，並在一抵達時就出動。你們的任務是摧毀他們的軍力，而這應該能夠完美演示出，星盟爲何需要一支更加主動且訓練精良的防衛軍。」

看著他說話這麼強而有力，搭配著粗魯手勢，連一句「哎唷，哎唷」都沒說，而且也沒結巴，這種感覺還眞奇怪。在他下令要飛行員著裝時，我才開始明白他的城府有多深。他大概從一開始就打算這麼做了。展現力量，利用他個人的太空軍隊消滅「人類禍害」，並鞏固他的重要地位。

這就是我一直以來最害怕的。我接受的訓練會被拿來對付自己的同胞。我必須想辦法阻止——必須實現庫那和我認爲我們能夠帶來的和平。

「好極了，」赫修在我身旁說：「他們終於決定對那些人類採取行動了。這是個重要的日子，艾拉妮克機長，今天就要對那些無情對待我們的人復仇了！」

「我……」我應該怎麼做？我不能告訴他。可以嗎？

基森人迅速前往他們的飛艇，而我也失去了說出口的機會。我轉過身，尋找飛行隊的其他成員。布蕾德在哪裡？我得找她談。

我發現莫利穆爾站在自己的飛艇旁，抱著自己的頭盔，而且稍微露出了牙齒。

「你有看到布蕾德嗎？」我問。

莫利穆爾搖頭。

可惡。她在哪裡？

「艾拉妮克？」莫利穆爾問。「妳覺得興奮嗎？我很擔心。大家看起來都很想趕快登上飛艇，可是……這並不是我們接受訓練的原因，對吧？我們應該是要阻止星魔才對，不是去跟有經驗的飛行員迎面作戰。我還需要時間，我還沒準備好空戰……」

我終於發現布蕾德了，她已經戴好頭盔，放下遮陽面罩，正在穿過機庫。我跑過去，在她抵達飛艇爬上梯子之前攔住她。她不想理我，可是我抓住了她的手臂。

「布蕾德，」我說：「他們要派我們去對付妳的同胞。」

「那又怎樣？」她咬著牙說，而遮陽面罩讓我無法看見她的眼睛。

「妳不在乎嗎？」我問。「這是人類擁有自由的最後機會，妳怎麼能幫忙毀掉呢？」

「他們……他們是野蠻人，很危險。」

「人類並不像星盟說的那樣，」我說：「我在認識妳不久後就知道了。如果妳參與這次行動，妳就會讓謊言永遠成眞了。」

「這……這會讓我們的生活更好，」她說：「如果大家不必擔心人類帝國會突然出現再次威脅所有人，說不定我們其他人類就可以在星盟建立更有價值的東西。」

「妳知道這麼想有多自私嗎？妳要犧牲數十萬人的性命，就爲了你們或許可以過更好的生活？」

「妳懂什麼？」布蕾德厲聲說：「妳根本就不明白做出這種決定的感受。」

我不能明白，對吧？我從梯子拉下她。她任由我這麼做，動作也變得軟弱無力，彷彿自信都變成了不確定的情緒。在她那架飛艇機翼的陰影裡，至少暫時能夠遮蔽、不被其他人看見的情況下，我又做了一次。我關掉了我的立體投影。

「我完全清楚那是什麼感受，」我用氣音對布蕾德說：「相信我。」

她愣住了，而我的人類倒影顯現在她的遮陽面罩上，我重新啓動立體投影。

「我從狄崔特斯來到這裡，以爲只會遇到敵人和怪物，」我輕聲對她說：「結果我遇到了妳。赫修、莫利穆爾，你們大家。我無法想像妳從小遇到了多少困難，可是我眞的了解因爲自己沒做過的事，而被憎恨著的感覺。我告訴妳，摧毀狄崔特斯並沒有幫助，這只會讓星盟更加確認他們對我們的看法一直都沒錯。

「妳想要改變這一切嗎？妳想要試著解決這一切嗎？跟我回去狄崔特斯吧。告訴我們妳對星盟和溫齊克所知的事，幫助我們想辦法向星盟的人證明我們並不是威脅。一旦溫齊克說服大家我們眞的是敵人，他們就只能選擇毀滅我們，這樣他就贏了。」

布蕾德動也不動，只是站在原地，面罩遮住了她的眼睛。最後，她一隻手移到頭盔側面，按下鈕拉起遮陽板。

接著她收起嘴唇，露出前排的牙齒——這是外星人的表情——然後做出了激烈的手勢。

「人類！」她尖叫著：「我找到人類間諜了！」

第三十七章

布蕾德急忙遠離我，還一邊尖叫——彷彿完全沒聽到我剛才那段慷慨激昂的懇求。

「人類！艾拉妮克其實是人類！」

我走向她，心中有一部分拒絕接受現在的情況。只要我讓她看，她一定會相信的。她一定會接受關於自己命運的事實，而不是他們告訴她的謊言。

我冒險向庫那露出眞面目，那麼做成功了。結果當我試著跟自己的同類談時，卻造成這麼徹底的反效果。

可惡。可惡！

我倉促離開，經過困惑的莫利穆爾並衝上飛艇。飛艇旁有個像昆蟲的地面人員試圖擋住我，不過我隨即把對方推開，慌亂地進入了駕駛艙。我從座位上拿起頭盔，迅速坐好，用力按鈕關閉了座艙罩。

由於大家都很興奮要準備上戰場，我才因此得救。除了人們大聲互喊指令的喧鬧，還有補給飛船趕在最後一刻重重降落在機棚的聲響，這些噪音讓大部分的人都沒聽到布蕾德的叫喊。

不過她直接跑去找溫齊克了，所以我的時間緊迫。我啟動推進器，打開上斜環，並祈禱這些星式戰機上頭不會有某種可以被遙控的緊急裝置。我在發動推進器時短暫聽見了警報響起，接著就在機棚的地面上高速行進，並對隔絕眞空的隱形空氣護盾發射破壞砲。

砲火直接穿過，表示護盾仍然是開啓的，能夠讓飛艇通過。我衝進太空中，立刻躲到停靠區附近找掩護，以防度量衡號開始攻擊我。

「M-Bot！」我大喊。

喀噠。喀噠喀噠喀噠喀噠喀噠……

可惡。我讓飛艇沿著停靠區轉向，不過接近感應器顯示度量衡號衝出了數十架戰機來追我。

我衝到星界那層保護著城市的氣泡護盾附近。我不知道這個地方會有什麼防衛機制——至少在邊緣一定會有砲座。說不定整片空氣護盾還能夠設定成不讓飛艇進出。

溫齊克的反應很快。我已經看見裡面有飛艇正在轉向，朝邊緣移動——朝我而來。

「M-Bot！」我說：「我不確定我到得了你那裡！」

我只聽見喀噠聲。我不能就這樣離開它，我必須……

我知道現實的情況。我沒時間到它那裡了。我知道的事——星盟超驅裝置的祕密、我所擁有的瞬間移動能力——這些都太重要了，不能冒險。我必須回到狄崖特斯，必須警告他們即將發生的攻擊。

這不只是關於我或它，或甚至是毀滅蛞蝓——儘管她很重要。我在內心掙扎了一陣，一邊看那些飛艇朝我襲來——有好幾百艘。接著我轉動控制球，發動推進器，往太空的深處飛去。

我必須做奶奶教的練習。在我加速、背部緊貼住椅背時，我想像自己正在飛翔。在星星之間。那些吟唱的星星，將它們的祕密唱給我聽……

「思蘋瑟？」是M-Bot的聲音：「思蘋瑟，我回來了。發生了什麼事？」

我可以感覺到。發亮的箭頭指著回家的路，被那個奇怪的武器嵌入了我的腦中。可是我不確定自己是否能在沒有M-Bot的情況下使用能力。我會需要它飛艇上的某種機械零件嗎？

「思蘋瑟！」M-Bot說：「我一直在嘗試改變自己的程式，可是這很困難。妳在做什麼？妳要去哪裡？」

其他戰機快要追上我了，可是我看到前方有一條發光的路……

「思蘋瑟？」M-Bot輕聲說：「別離開我。」

「我很抱歉，」我心痛地輕聲回答：「我會回來的。我保證。」

接著我用力閉上眼睛，試圖進入虛無——成功了。

這次，我沒有星盟技術的保護。星魔在黑暗中逼近，它們可怕的眼睛緊盯著我。我感受到它們強烈的輕蔑而尖叫，可是那種感覺似乎在其中一個星魔靠近時慢慢消退了。它在那個沒有時間的空間裡包圍住我，就像一道陰影遮擋住了其他星魔的注意力。

一個充滿憎恨的實體。我感覺到一股洶湧的情緒傳來，感覺無所不在，令人窒息。它厭惡我們發出的聲音，怨恨我們入侵它的領域。人們就像在腦中不停迴盪的聲響，逼得我快要發瘋。

它靠得很近，幸好我及時離開了，而我感覺得出它想要跟來，試圖進入我們居住的空間。到了這裡，它就可以找到所有討厭的東西，把一切都悶死。

我尖叫著離開虛無，感覺無比孤單，就像勉強將門甩上，擋住了一直在追著我的怪物。我費了一番工夫，克制住顫抖的雙手才將飛艇轉向。

接著，我看到了這輩子最令人歡愉的景象之一。在陽光下發亮的狄崔特斯，一顆由散發光芒的金屬外殼所包圍的行星。我回家了。

我高速飛向行星的外殼。星盟的戰艦還停留在一定的距離外，我現在還未看到任何戰鬥的跡象。可惜的是，我在接近時才想到自己少了M-Bot的引導，所以必須從指揮部獲得飛行路線，才能穿越防衛殼層。我匆忙輸入DDF通訊代碼，打開無線電調整到適合的頻道。

「喂？」我說：「喂，有人在嗎？請回答。我是天防十號，呼號：小旋。我在一艘偷來的飛艇上。呃，請不要擊落我。」

沒有立即的回覆——但是我並不意外。我可以想像監聽通訊的士兵會立刻通知值勤官，而不是直接跟一個突然出現的年輕飛行員所發出的神祕聲音互動。不過他們一定找了我隊上的成員來確認，因爲回應我的人聲聽起來很熟悉。

「思蘋瑟？」金曼琳帶有些微口音地說：「真的是妳嗎？」

「嘿，怪客，」我閉上眼睛，開心感受著對方的聲音。我不知道自己原來這麼想念朋友們。「妳一定不知道不用翻譯器就聽到英文的感覺有多棒。」

「我的聖徒啊！妳奶奶說她確信妳還活著，可是……小旋，妳真的回來了嗎？」

「真的。」我說，然後張開眼睛。我的接近感應器突然閃現警告，可是我得放大顯示才看得出發生了什麼事。一艘新的飛船剛離開虛無，突然出現在我幾分鐘前的位置。它的形狀很眼熟，機身很長，看起來很危險，船上還有許多戰機用的機庫。

是度量衡號。

「先別慶祝得太早，怪客，」我說：「盡快找卡柏來。我回來了，而我的任務有一部分成功了……可是我也帶了別人過來。」

第五部

Part Five

第三十八章

我把偷來的飛艇降落在主要平台上的星式戰機停靠區，然後打開座艙罩。我關掉立體投影，在看到自己雙手原本的膚色時覺得很奇怪。

還有這個地方。這裡的牆壁看起來一直都這麼單調嗎？在星界的一切都有色彩裝飾。這裡的空氣聞起來都這麼不新鮮嗎？我發現自己在想念樹木與泥土那種淡淡的味道，甚至是代表薇波存在的些許肉桂氣味。

金曼琳到駕駛艙找我，在爬上梯子時笑得像個傻瓜，然後抓住我戴著頭盔的頭緊緊擁抱。她笑著，而我發現那種表情很奇怪。具有攻擊性。

聖徒和星星啊，我並沒離開那麼久才對。不過就在站起來擁抱金曼琳的時候，我感到了一種揮之不去的疏離感。我感覺這個宇宙裡的一切都是一種難以忍受的噪音，這是星魔強加於我的殘存情緒。

我非常努力想排除掉那種感受。跟朋友擁抱應該是我這幾個星期以來感覺最輕鬆愉快的事了，然而一部分的我卻覺得非常痛苦。這不是因爲金曼琳，而是因爲我。我想像她正在抱著某種像外星幼蟲的生物，而不是一個人類。她知道……我是什麼嗎？

我自己知道嗎？

「噢，讚美聖徒啊，」金曼琳說，然後放開我。「小旋，我不敢相信眞的是妳呢。」

「尤根呢？」我問。

「他在下面，在狄崔特斯上休假。我幾天沒見到他了，好像是因爲某件事需要休養？」

唉，眞是事與願違。我眞的很想見到他，說不定……說不定他可以把我從這種驚恐感中敲醒。

「怎麼……」金曼琳說：「總之，尤根解釋了他派妳出任務的事。妳眞的做到了嗎？妳偷到了他們的超驅裝置？M-Bot呢？」

我的心感覺像是要撕成兩半了。「我——」

高音警報器響起，這表示即將遭受攻擊。我們兩人看著燈光，聽見對講機呼叫所有値勤的戰機出發戰鬥。

「我會再解釋的，」我向我的朋友保證。「至少我會試著那麼做。等我……」

「好的，」金曼琳說。她迅速抱了我一下——我還站在駕駛艙裡，她則是在梯子上——接著就匆忙爬下梯子，跑向她的飛艇。雖然本能要我坐回駕駛艙飛向戰場，可是卡柏很堅持。我必須先去報告。

我爬下梯子，看見了地面人員杜安（Duane）。他對我咧開嘴笑，比出大拇指，然後拍了我背後一下，對我英雄式的歸來致意。我困惑地看著他，試圖解讀他臉上的情緒——看起來突然變得很怪異。我延遲了一段時間才明白他的表情，就像得等人替我解釋清楚。可惡，我到底出了什麼差錯？

妳只是累了，我告訴自己。這兩個星期給自己太大壓力了——這段期間妳一直冒充別人過日子。的確，我打開門進入走道時突然感到一陣疲勞，但還是停下腳步，關愛地看了那架未命名的星盟戰機一眼。雖然它不是M-Bot，但它飛得很稱職。我還能再駕駛它嗎？大概不行吧，它會被拆解與分析。使用未損壞的克里爾戰機是DDF的特權。

在了無生氣的金屬走道上，我發現一對來自步兵團的人在等我。他們說要陪同並幫我找到卡柏，可是我忍不住想起了在度量衡號跟著我的守衛和引導無人機。這並不是代表DDF不信任我，只是敵人很擅長影響人們的思想，尤其是超感者。

所以……好吧，我猜他們大概不信任我。不完全信任。這不太像是我預期的歡迎方式。

兩人帶我到了一間指揮室，牆上有一面大型螢幕，下方有幾十個電腦工作站，而飛行指揮部的成員正在監控每一支飛行隊並監視敵人。他們在我離開的時候仍舊忙碌，整個地方的運作看起來比我記憶中更加流暢了——外露的面板也少了許多。

幾位年輕的副司令正在位置上指揮戰局。卡柏站在他們後方的室內後側，他的白色制服及位於唇上方的白色鬍子讓他看起來氣宇非凡。他們給了他一張豪華的寶座，可以坐在上面俯瞰一切。他在那個位子上堆了好幾疊文件，椅子扶手則是在他查看報告並喃喃自語時用來擺放咖啡。

「奈薛，」他在守衛帶我上去時問。「妳到底做了什麼？尤根派妳去的不是祕密任務嗎？看起來妳幾乎把整個星盟都帶來找我們了。」

不知爲何，聽見卡柏罵人是目前最令我感到安慰的事了。我輕輕嘆出一口氣。雖然我的整個宇宙都顚倒了，但卡柏就像一顆固定不變的星星。一顆暴躁、粗魯又喝了太多咖啡的星星。

「抱歉，卡柏，」我說：「我捲進了星盟的政治，而且……呃，我認爲這次攻擊不完全是我的錯，不過我的行爲似乎確實爲他們提供了一些前來這裡的藉口。」

「妳應該早點回來的。」

「我沒辦法。我的能力……我正在學習，可是……我是指，你來試試看使用大腦學習如何瞬間移動。這沒有聽起來那麼簡單。」

「聽起來難到不行。」

「那就是我的意思。」

他哼了一聲。「那麼任務呢？你們兩個在沒有正式授權之下自己想出來的任務？」

「成功了。我假裝成那位墜毀在這裡的外星人——我利用了M-Bot的立體投影——然後在星盟住了一段時間，查出了超驅裝置的祕密。」我皺起了臉。「我……在這裡跟那裡可能都搞砸了一些事。」

「嗯，如果不在每個轉捩點讓我的人生變得更加難熬，妳就不是妳了，小旋。」他朝守衛點了點頭，他們就退開了。這場對話有一部分是測試——而我通過了。卡柏相當確定我不是冒充者。

卡柏喝了一小口咖啡，然後揮手要我走近。「外面到底是怎麼回事？」

「星盟有好幾個派系，我知道的不多，那有點超出我的理解範圍了。可是有個軍事派系想要掌權，而他們企圖藉由滅絕我們來提升自己的地位，把解決『人類禍害』作爲證明他們的方式。」

前方的螢幕上有一張粗略的戰場地圖，並以光點表示飛艇，而度量衡號正在部署戰機隊。那看起來像是我們先前常見的數百架無人機，另外還有五十艘飛艇，那些光點比其他的更亮。

「有人駕駛的飛艇，」卡柏說：「敵人的王牌。有五十個。」

「那些不是王牌，」我說：「不過是有人駕駛的飛艇沒錯。星盟一直在準備讓一群眞正的飛行員跟我們戰鬥。我……呃，訓練了其中一些。」

卡柏的杯子在嘴邊停住了。「妳眞的加入了他們的太空軍隊，還跟他們一起訓練？」

「呃，是的，長官。」

「天哪。那艘妳偷來的飛艇呢？上面有超驅裝置嗎？」

「沒有。可是我知道祕密了。你知道我養的那隻黃色蛞蝓寵物嗎？我在M-Bot的洞穴裡找到的那一隻？那就是星盟用來超空間跳躍的東西。我們必須派一支探險隊到狄崔特斯的洞穴裡，看看能不能找到其他的。」

「我會立刻派幾支隊伍去去辦，前提是我們在這場戰鬥活下來。妳還有什麼大事要告訴我嗎？」

「我……呃，向星盟政府的其中一位最高階官員透露了眞實身分，而我們相處得很好。我認爲或許能利用這個不同的政府派系來談和。呃，前提是我們在剛才提過的戰鬥中活下來。」

「還有妳的飛艇呢？態度令人討厭的那艘。」

我突然有一陣刺痛的羞愧感。「我……我留下它了，長官。還有毀滅蛞蝓。我當時被敵人追趕，他們越來越近，然後——」

「沒關係的，士兵，」卡柏說：「妳回來了，我們甚至不敢預期能成功。」他的目光移向螢幕，以及越來越多的小光點。「我要妳到任務報告室，用錄音機錄下妳記得關於他們軍力的一切。我要待在這裡盡力撐過這次入侵，可惡，戰機還眞多。」

「卡柏，」我走上前說：「外面那些並不是嗜血的怪物；他們只是人，一般人。有生活，有愛，有家庭。」

「所以妳以爲我們這些年來都在跟誰戰鬥？」卡柏問。

「我……」我不知道。紅眼睛的無臉生物、冷酷無情的毀滅者？跟他們看待人類的方式差不多。

「那就是戰爭，」卡柏告訴我：「雙方都有一群可憐而絕望的笨蛋試著存活下去。這就是妳喜歡的那些故事略過的部分吧？跟惡龍戰鬥當然比較方便，或是跟那些不必擔心自己會開始在乎的對象。」

「可是——」

他抓住我的手臂，然後移開一些文件，輕輕讓我坐進他的椅子。他沒立刻趕我去做任務報告。或許他想要我待在這裡回答問題。

我癱進位子裡，看著他走上前開始指揮。他比大家想得厲害多了。他並沒有全部自己親自執行，而是讓其他副司令帶領戰場上的各個部分——那些副司令都是他根據他們的戰鬥天分親自挑選的。他只會在覺得必要時插手，大多數時間則都在室內踱行，啜飲咖啡，偶爾在各處提點一下。

我看見大批飛艇聚集。我一邊看一邊想讓自己更陷進位子裡。畫面裡有紅色與藍色光點——而其中有些是我喜愛的人。兩邊都有。莫利穆爾在那裡嗎，雖然害怕但很堅定？赫修和基森人？金曼琳會擊落他們嗎？

這樣不對。不能發生這種事，而且……這麼做也錯了。不只是在道德上錯了，在戰術上也錯了。我注視著牆上的戰場地圖，而星盟的那一邊看起來聲勢浩大。兩百架無人機，五十艘有人駕駛的飛艇。我們緊急出動的戰機數量大約只有一百五十架。

不過我們可是DDF，經過戰鬥的鍛鍊，技巧也與日俱增；而星盟派出的，是受訓成不具攻擊性的無人機駕駛，以及一群只在駕駛艙待了兩個禮拜的新兵。溫齊克一定知道他的軍隊其實居於劣勢。

他也知道我們一天比一天強大，而發現我的破壞砲手槍殘骸之後，他更害怕我們能夠攻擊星界。他知道我們有超感者，他知道我們在監視他的行動……

我突然能從另一種角度看待這場戰鬥了。我看見驚恐的溫齊克發現他的囚犯失控，而他常用來嚇唬星盟其他人的威脅其實是眞的。所以他在這裡有什麼打算？一定不只是讓剛成形的太空軍力死在我們的破壞砲之下。

在兩方的戰機開始交戰時，我也努力拼湊那個克里爾人領袖可能的意圖。遺憾的是，我從來就不是負責思考大規模戰術的人，我的工作是進入駕駛艙並開火。可惡，雖然我可以不用大腦就贏得戰鬥，但是今天的我不能只是這樣。我比任何人都了解敵人，曾經生活在他們之中。我跟他們的將領說過話，聽過他的指令。

他今天想在這裡做什麼？我看著戰鬥，接著緩緩從座位起身——在總司令的椅子上可以俯視整個房間。我凝視畫面上的光點，看見了每個光點所代表的人。我感覺整個世界在我周圍逐漸消失，我看見……也聽見了……星星。

……從狄崔特斯收容所的現場報導……

……英勇的鬥士，希望能夠抑制住人類禍害……

溫齊克正在播送這些內容。這場攻擊是個演出，我想像著星界有數百萬人正恐懼地看著播出。溫齊克可能會在這裡失敗並毀掉名聲。而他會失敗的，對不對？他不可能擊敗我們的。

……回報人類正在做某件奇怪的事……

……這個收容所，由古老的機械裝置包圍，是第二次人類大戰所殘留的……

……這些平台的移動。似乎有事情要發生了……

除此之外，我還聽見了其他東西。就像……就像一陣越來越大聲的尖叫，還是吼叫？是布蕾德嗎？在虛無裡尖叫？她不能那麼做的——因爲會吸引那些眼睛。這會——

一切突然變清楚了。我聽到的聲音，庫那的警告，布蕾德先前的解釋。溫齊克的計畫。

他們要故意將星魔引來我們這裡。

室內有幾個人注意到我，而里科弗輕推了卡柏一下。「小旋？」總司令走過來問。

「我得走了，長官，」我看著戰場地圖說。

「我不知道我們能不能拿妳冒險，」卡柏說：「我們的其他飛艇，都無法保護妳的大腦不受到超感者攻擊。而且，我們也不知道能不能找到妳說的那些超空間蛞蝓……所以，這個嘛，妳可能很快就得上場了。」

「我現在就得上場，」我看著他。「就要發生可怕的事了。我沒辦法向你解釋，沒時間了。可是我一定得阻止。」

「去吧，」他告訴我：「我們或許能夠擊敗戰機，不過那些戰艦……現在他們終於決定要全力以赴對付我們，確實快沒時間了。所以要是妳能夠做點什麼……那就去吧。願聖徒眷顧妳。」

他的話還沒說完，我就已經離開奔向走道了。

第三十九章

在奔跑時，我感覺內心的陰影變得越來越強大。

隨著透過虛無聆聽那些聲音，我也讓更多的虛無進入了自己。星魔的思想。它們觸碰到了我心中某個部分，我無法形容。

那個部分的我憎恨所有生命。他們製造那些嗡嗡作響的噪音，那些破壞純然平靜太空的喀噠聲與擾動。

我體內的人類部分則是努力抵抗。它看到了畫面上那些光點背後代表的生命，它曾經跟敵人一起飛行，並在他們之中找到了朋友。

我不了解自己。我怎麼能同時具有這兩種特質？我怎麼會想要阻止衝突，卻也希望他們最好就這樣毀滅自己？

我駕駛我的星盟飛艇，高速衝出主要平台的停機區，而目前也只有這艘飛艇沒人使用。卡柏眞的很擔心，他出動了我們擁有的每一架戰機。

我依照DDF提供的路線持續加速，穿過包圍狄崔特斯的殼層，背部緊貼著座位。最後進入了殼層外的太空——一出來就看見數百艘飛艇在混戰。破壞砲劃破黑暗，飛艇爆炸發出的閃光一下就熄滅了。遠處，度量衡號在兩艘戰艦旁冷眼看著戰局。

我想我明白了溫齊克的計畫，那很高明也很瘋狂。他必須消滅狄崔特斯的人類，如果我們逃脫，幾乎就等於證明他的弱勢，甚至證明他在騙人。可是他還沒擁有能爲自己達成目標的太空軍力。

同時，他需要一個星魔來到這裡，這樣才能加以控制並把它當成威脅。然而又不能被看見自己在召喚它，所以他會怎麼做？他派出軍隊到狄崔特斯跟人類「英勇戰鬥」，然後再暗中派布蕾德將星魔引到這裡，讓它毀滅狄崔特斯。他可以把召喚的事歸咎於我們，畢竟大家都知道人類以前曾嘗試過一次。

吞噬掉人類之後，星魔會繼續肆虐，尋找其他的獵物。但是溫齊克可以利用他剛訓練好的太空軍力控制它——把它引到某個安全的地方，讓它在無人居住的世界之間移動。

這麼一來，他就會成爲英雄——以及銀河系裡最重要的人物。因爲有個到處徘徊的星魔會威脅所有文明世界，只有他的軍力能夠提供保護。他可以號召飛行員去防衛需要支援的行星——但要是有人反對他，那麼星魔可能就會剛好跑到他們那裡，而且也正好沒有防衛的軍力能夠將它送走。

殘忍，有效。

可怕。

我往戰場推進，那裡的星式戰機正在轉向與躲避，互相開火與戰鬥。布蕾德在哪裡？我能聽見她在往虛無喊叫，可是我無法感應出在哪裡。她會在度量衡號上嗎？

不。他們不會想讓那東西來到我們的領域，並出現在他們的船艦附近。她一定在這裡某個地方。但在哪裡呢？這場戰鬥規模比任何我參與過的都大上好幾倍——我想這場戰鬥中的所有人，應該都沒見過這麼大的規模。戰場很快就陷入混亂，因爲各個飛行隊的成員都想待在一起，而司令們又忙亂地想讓戰略維持一致。

我的體內逐漸出現一種熟悉的興奮感，期待著戰鬥，讓自己有好好表現的機會。可是……今天那種感覺還伴隨著猶豫，而我曾經把這樣的猶豫稱爲懦弱。我暗自感謝卡柏在訓練時激發了我這一點。

我不是來這裡戰鬥的，因此沒對第一架經過的星盟無人機開火，而是注意看著接近感應器——我發現我的這架星盟飛艇，仍調整爲能夠接收星盟的訊號。他們在全體通訊頻道上封鎖了我，所以我聽不見他們交談，但還是能在螢幕上標示出個別的飛艇與名稱。

我認出一架特定的星式戰機，它位於戰場最右側附近，幾乎都在獨自飛行。在映照陽光的小河中逆流而上號。赫修的飛艇，我的舊飛行隊。他們可能知道布蕾德在哪裡。

不過赫修跟我現在是敵人了。他知道我的眞實身分，那是他所憎恨的。

我還是讓飛艇往那個方向飛。我在戰場中高速穿梭，避開幾架無人機的攻擊——然後是幾架DDF戰機的火砲，他們顯然不相信將我識別爲盟友的信號代碼。

結果無人機和DDF戰機不久開始交戰，這讓我得以往赫修的方向迂迴駛去。基森人將飛艇轉向面對著我，而我停在一段距離外，逐漸放慢速度，直到在太空中完全靜止。現在怎麼辦？

我嘗試打開私人頻道聯絡基森人的飛艇。「赫修，」我說：「我很抱歉。」

沒有回應。果然，那艘飛艇啓動了破壞砲，並且朝我飛來。我幾乎能聽見赫修在上頭命令基森人準備作戰。我的手指在控制裝置上抽動。他們以爲自己能夠解決我？他們眞的想要逼我嗎？他們太微不足道了，只會發出無意義的噪音……

不。我的手離開控制球，然後檢查頭盔是否密封好。

接著我打開了座艙罩。

駕駛艙裡的空氣像一陣風被吸進了眞空。空氣中的水分立刻蒸發，接著結凍，玻璃罩內部開始結霜。水晶般的冰霜在半空中閃耀，映射出遠處的陽光。

我解開座位上的栓鎖，只留下彈射時能將雙腿固定住的一條繩索。那條繩索現在有點鬆弛，但還是能讓我跟駕駛艙連接著。

我飄浮出去，閉起眼睛。我想像自己正在翱翔，無拘無束。我，太空，還有星星。那些星星唱著隱約的歌曲，不過附近有一陣越來越大的噪音，在戰場後方。噪音正在擴大。星魘要來了。

「妳在幹什麼？」赫修的聲音在我耳裡說：「回到妳的飛艇，這樣我們才能交戰。」

「不。」我輕聲說。

「這很愚蠢，艾拉妮克——不管妳的名字是什麼。我警告妳，我們不會因爲妳不願交戰就延後開火。」

「我承諾過你的，赫修，」我說：「記得嗎？讓你先打下第一個人類。」

我張開眼睛，看著周圍這片不眞實的虛空。我一直都知道它的存在——我在它之中飛行——可是不知什麼原因，現在我離開了飛艇，只穿著飛行服隔絕眞空，才更感受到它的眞實。

我曾經抬頭看著天空並感到敬畏，現在它淹沒了我，吞噬了我。我和它之間似乎沒有界線，我們是一體的。

無論布蕾德做了什麼，虛無已被刺穿了。一陣叫喊聲投射到虛無之中，一陣危險的尖叫……

赫修的飛艇盤旋在我面前不到幾公尺處，破壞砲的砲塔對準了我。我注視著它們。

「妳說是承諾，」赫修說：「但妳給我的全都是謊言。」

「我一直都是同一個人，赫修，」我說：「你從來就不認識艾拉妮克。你只認識我。」

「一個人類。」

「一位夥伴，」我說：「在我們一起當飛行員時，你跟我說過想要一起對抗星盟，並且靠我們自己找到使用超驅裝置的方式。我知道那個祕密，赫修。我找到了。你可以帶回去給你的同胞。」

「爲什麼我要相信妳？」

「爲什麼你要相信他們？」我問。「你知道我不是他們說的那種怪物。你跟我一起飛行過，我們的同胞在很久以前曾經是盟友，你知道星盟並不在乎你的同類。跟我來吧，幫助我。」

沒有回應。我向飛艇伸出手。

「赫修，」我輕聲說：「溫齊克打算做一件很可怕的事。我認爲他要利用布蕾德來召喚星魔，如果那是眞的，我需要你的幫忙，整個銀河系都需要你的幫忙。我們現在不只是需要一艘飛艇的機長。我們需要一位英雄。」

在我們後方的戰況非常激烈。兩支由害怕的人們組成的軍隊，他們沒有別的選擇，只能互相殘殺。不這麼做就只有死。

「我不知道該怎麼做。」赫修說。

「也許，」卡烏麗的聲音從背景傳來：「你可以問問我們？」

通訊結束了。我停在原處，飄浮在我的飛艇上方。不久，赫修終於又打開了通訊。

「看來，」赫修說：「我的組員不希望對妳開火，我被……否決了。眞是奇妙的經驗。好吧，艾拉妮克，我們可以暫時聯手——直到我們知道妳到底是不是對我們說實話。」

「謝謝你們。」我感到一陣慰藉，接著用腳拖動身體，把自己拉回駕駛艙。「其他人在哪裡？莫利穆爾呢？」我做好聽見隊友被擊落的心理準備，要不然爲什麼只有基森人在這裡？

「莫利穆爾沒來，」赫修說：「莫利穆爾在最後一刻決定不再當飛行員，回去找家人了。薇波在這裡某個地方，我在戰鬥中跟她失散了。布蕾德……」

「這件事妳說對了，艾拉妮克，」卡烏麗從艦橋說：「布蕾德正在做奇怪的事。我們本來是要讓人類的戰機分心，不讓對方接近她。她正在暗中飛到妳的行星附近。」

「我感覺得到她，」我一邊說，一邊將自己固定在座位上，並使駕駛艙重新加壓。「可是我沒辦法確定她的位置，情況很糟。非常，非常糟。我們必須阻止她。」

「加入妳的話，」赫修說：「我們等於對星盟犯下叛國罪。」

「赫修，」我說：「大家討厭我同胞的其中一個理由，是因爲人類在幾百年前企圖把星魔變成武器。現在星盟就要做出一模一樣的事，你眞的打算坐在那裡視而不見嗎？」

狄崔特斯的人類試圖控制星魔而失敗了，我看著他們死去。雖然溫齊克有信心不會重蹈覆轍，可是我一點也不相信。我感覺得到星魔，即使是現在，它們的思想也一直想要鑽進我的腦中。他無法控制它們的。如果他的計畫成功了，星魔一定會脫他的控制。就像我們人類過去想做的事一樣。

我以爆炸般的速度穿越戰場，逆流而上號跟在後方。「他們不可能魯莽到做這麼危險的事，」赫修對我說：「一定有其他方式能夠解釋布蕾德正在做的事。」

「他們害怕人類，赫修，」我說：「而溫齊克需要在這裡獲得一場決定性的勝利，向星盟證明他有多麼強大。你想想看，大家已經好幾十年沒見過星魔，爲什麼突然要訓練一支軍隊去對抗？溫齊克研發的『武器』，其實只是將星魔引到他想要它們去的地方而已。重點並不只是消滅狄崔特斯，他還想要控制整個銀河系。」

「如果這是眞的，」赫修說：「那麼星盟就會變得比現在更佔優勢了。妳說妳知道他們的超驅裝置祕密，妳能把祕密告訴我們，證明妳是眞心誠意的嗎？」

我只猶豫了片刻。對，這個祕密是很重要——但如果人們控制它，不讓其他人知道，這就會造成問題。「去找一種叫泰尼克斯的蛞蝓。星盟宣稱牠們很危險，發現時應該立刻通報——但這是因爲牠們具有超感能力，而星盟不想讓大家知道。星盟透過某種方式利用牠們，就能夠在不引起星魔注意的情況下，讓他們自己的飛船瞬間移動。」

「根據古老的歌謠……」赫修輕聲說：「牠們曾經有一小群聚集在我們的行星上。據說星盟在足以毀滅我們的災情爆發之前，派了一支隊伍來幫忙消滅牠們。那些小人！我這裡有度量衡號的戰鬥計畫，應該可以利用這個推論出布蕾德在哪裡。他們要讓她靠近妳的行星。」

「所以星魔會先攻擊狄崔特斯，」我說：「而不是去找星盟的飛艇。」

「我知道了！」艦橋的其中一個基森人說，我想那個人應該是哈娜（Hana）。「根據戰鬥的布局，我猜布蕾德的飛艇應該在我傳到妳螢幕的那個座標上，艾拉妮克。」

我們轉往那個方向而去，不過這必須從越來越狂亂的戰場中間穿過。我們避開了一組有黑夜風暴飛行隊標記的DDF戰機，然後穿越一些讓我護盾發出了閃光的飛艇殘骸。在我們加速時，有幾架克里爾無人機從後方緊追而來。

「度量衡號注意到我們了，機長！」基森人在頻道上大聲說：「他們要知道我們在做什麼。」

「拖延！」赫修說。

我不知道那麼做有沒有幫助。從無人機追上我們的方式判斷，他們已經發現我了。我啓動超燃模式，可是這艘飛艇的構造並不像M-Bot，雖然很耐用，但並不厲害——基森人的飛艇速度甚至更慢。

我們開始採取防守動作，而我十分慶幸曾經強迫基森人和其他隊員練習空戰技巧。要是我們能存活下來，那一定是因爲戰場太混亂了。無人機駕駛要追蹤我們已經很困難，而我們要分散隊形不被立刻擊落更是難上加難。

但我們竟然成功了——而我也認出一架黑色戰機——是布蕾德——正以高超的精準度獨自飛行。但她並不是在剛剛指出的地方，而是出於某種原因在跟一架無人機戰鬥。我們看著布蕾德接連擊中了無人機，突破了它的護盾並將其摧毀。

赫修跟我追上去，結果又有幾架無人機跟了過來。我聽見布蕾德腦中發出的聲音逐漸變大，那是一種越來越激烈的超感者尖叫聲。那股力量讓我震顫，也影響了我飛行的能力——我過了一段時間才發現，追逐我們的其中一架無人機表現很奇怪。它脫離了另外兩架，然後從後方擊落它們。

「所以，」薇波向我的飛艇開啓私人頻道說：「妳來自這個行星，不是新黎明？是來自保留區的人類。庫那知道嗎？」

「我告訴庫那了，」我說，然後將她加入我與赫修的頻道。「就在這場混亂發生之前。薇波，我很抱歉騙了——」

「我其實不太在意，」薇波說：「我應該要猜到的。總之，我的任務本來就是監視溫齊克和他的手下——現在仍然是。布蕾德正在做我想的那件事嗎？」

「她想要召喚星魔，」我說：「她正在呼叫他們——呃，比較像是對他們尖叫。我覺得她以前沒做過這種事。」

除了布蕾德那種叫聲讓我的頭越來越痛之外，在我掃視座艙罩時，我也開始看見了它們的倒影。那些眼睛張開了，並從虛無看著我們。

「開始了，」我對其他人說：「星魔正在看著我們。我感覺得到它們在……擾動。」

薇波說了一連串的話，而我的別針直接翻譯成：「越來越粗俗的咒罵加上惡臭。」

「我沒想到他們會做得這麼過火，」薇波說：「這很嚴重——很多人會把這稱爲對星盟的叛國罪。」她沉默了一下。「其他某些人則會說是眞正的愛國心。」

「那些人一定不會很多吧。」赫修說。

「要看這次攻擊是否成功。」薇波說：「星盟有許多人眞的很討厭人類，而政策通常會站在成功的一方。在召喚那東西之後，他有把它送走的計畫嗎？」

「我認爲溫齊克只計畫了要利用他的太空軍力令它分心，」我說：「布蕾德曾暗示來到我們這裡的星魔，有時候會等好幾年才會發動下一次攻擊。」

「有時會那樣，」薇波回答：「可是有時候它們會毫不間斷地攻擊。這簡直目光短淺到了極點。」

她飛到我左側，赫修在我右側，跟我一起追向布蕾德。她正往包圍狄崔特斯的外殼飛去，想盡量接近行星。

知道她要往哪裡去，這讓我們佔了一些優勢，因爲可以就此瞄準攔截她。我帶頭往那個方向駛去，可是突然想到了一件憂心的事：我不確定我們三個是否能阻止布蕾德。她很厲害——甚至比我更厲害。而且，星魔隨時都可能出現。

也許我可以做點什麼減輕即將發生的災難。我呼叫DDF的通用頻道。「飛行指揮部？我是小旋。我要跟卡柏談。」

「我在。」卡柏的聲音在我耳裡說。

「我要你把這裡所有飛艇的通訊切斷。讓每一艘DDF飛艇保持沉默，關掉艾爾塔的所有無線電——甚至關掉主要平台，讓一切安靜下來。」

我準備好聽他的反駁了。可是卡柏在回答時出乎意料地平靜。「小旋，妳明白那表示要讓所有的飛行員自己戰鬥吧。沒有協調，沒有地面支援，甚至沒辦法呼叫僚機支援。」

「我明白，長官。」

「我要完全確定這是必要的，然後才會採取這麼激烈的手段。」

「長官……它們的其中一個要來了。一個星魔。」

「我懂了。」卡柏沒有咒罵，沒有大喊，甚至也沒發牢騷。不知為何，他的冷靜語氣更加令人感到不安。「我會提醒飛行員，然後執行通訊靜默。願星星守護妳，少尉。還有我們這些可憐人。」他切斷了通話。

布蕾德正如我預期地轉過來面向我們，這時我感到了一陣寒意，一股越來越深沉的恐懼。我們再過幾秒就要攔截到她了。

「薇波，」赫修問：「妳可以控制她的飛艇嗎，就像妳對無人機做的那樣？」

「有人駕駛的飛艇比無人機更困難，」薇波說：「她會有手動控制模式，那是為了對付我們而研發的。我大概可以使她無法進行飛行控制，並讓飛艇至少無法移動一小段時間。我必須觸碰到她的飛艇——這表示要從這架無人機彈射出去並嘗試碰到她。目前爲止，她都知道要遠離我駕駛的飛艇，也從未讓我接近到能夠控制她飛艇的範圍。」

「了解，」我說：「準備做好嘗試吧。」我沒下令要我們三個執行無線電靜默——雖然我希望保護狄崖特斯，可是目前這個通訊對我們的最後一搏非常重要。

我們必須擊落自己的隊友。

在我們的飛艇接近時，我開啓了對有蕾德的通話。「布蕾德，妳知道我們爲什麼會在這裡。」

「我知道，」她輕聲說：「我不怪妳。妳天生就是要殺戮的。」

「不，布蕾德——」

「我應該要看透妳的。我知道妳感覺得到，那種想要毀滅的需求，就像一隻盤繞在心中的龍，正在爲牠的火焰添加燃料。等待攻擊，想要攻擊。渴望攻擊。」

「拜託別逼我們這麼做。」

「怎麼，就這樣放棄戰鬥嗎？」她說：「承認吧。妳一直都很想知道，對不對？我們之中誰比較厲害？好，我們就來看看吧。」

我咬著牙，然後切換到跟赫修與薇波的私人頻道。「好吧，小隊。我們必須解決她。」從她心智裡發出的尖叫聲在我腦中迴響，比她說的話更大聲。「而且我們不能只是打壞她的飛艇。只要她活著，就會一直試圖引來星魔。所以如果你們有機會……就殺了她。」

第四十章

我們在接近時分散開來，三艘飛艇試圖轉向並從各個角度一起發動攻擊。我向下俯衝靠近行星周圍的殼層，預期布蕾德會先往那個方向躲避——我猜對了。

由於她被逼得必須專注於飛行，因此尖叫聲變小了。我感覺得出自己之前說得沒錯——她不知道該怎麼做，至少不是很清楚。布蕾德可以把尖叫聲投射到虛無，而我也能從座艙罩的倒影看見星魔的眼睛正在注視，但她還不知道把星魔帶來這裡的臨門一腳是什麼。

她可能以爲那會很容易。每次我進入虛無時，都很擔心那些東西會撲向我——更糟的是，會跟著我出來。幸好，要把其中一個拉出來似乎並不是非常簡單的事。

在我的號令下，我們三方同時切入，從不同的角度攻擊布蕾德。我預料她會加速並且避開。結果她卻改變方向，完全不躲避——讓我們的破壞砲擊中她。怎麼會？

這個動作讓我們太接近她了。我出自本能讓飛艇轉向並試著推進離開——可是來不及了，布蕾德已經啓動ＩＭＰ，消除了所有人的護盾。

可惡！要是我也會那麼做，而我竟然直接掉進了陷阱。以前我總是靠自己以寡敵眾，因此不知道換個方向後該如何思考——跟別人聯合起來圍攻一艘飛艇。

在我太晚推進離開時，儀表尖聲發出了警告。擁有專屬砲手的基森人朝著高速飛離的布蕾德射了幾發，可是都沒擊中。

我繞了一圈，跟薇波會合一起行動。不遠處，浩大的太空戰正持續進行——我感覺得出局勢變得更失控了。或許那只是我自己的解讀，不過那些戰機看起來似乎更危急了。我盡量不去想像金曼琳和其他人，在突然必須失去通訊的情況下盲目戰鬥會是什麼感覺。

布蕾德想要加速離開，飛得更靠近防衛平台。我們向下俯衝，巨大的片狀金屬在遠處彎曲——但我可不想落入之前自己對無人機設下的陷阱。薇波跟我保持在防衛火砲的射程之外，直到遭受攻擊的布蕾德被迫拉高。

她不能讓我們待在後方太遠，否則我們就有機會重新啓動護盾。果然，在我嘗試重新啓動時，她就直接衝向我，逼我使出防禦操作。我不得不放棄啓動，因爲我需要時間直飛才能再打開護盾——這樣會失去機動性，而且所有的動力都必須轉移至點火器。

「赫修，」我在私人頻道說：「跟著我。薇波，就狙擊位置，準備在我們吸引她時開火。」

「收到。」他們各自回覆，接著薇波就留在後方，而赫修飛到了我旁邊。

布蕾德繞了個圈，而我們發射破壞砲攔截她。因爲轉向的關係，我們無法瞄得太準——只需要讓她無暇注意薇波就好。但她又再一次猜中了我們的戰術。她沒跟我和赫修交戰，而是直接翻轉向後飛，速度至少達到了十或十五G。雖然我立刻迴轉，可是在追上時，她已經對薇波開火了。

薇波試圖躲避，但仍被擊中了一發。她的飛艇被打掉一片機翼——這在太空中並不會致命，可是下一發攻擊撕裂了她的機身，讓駕駛艙排出了氣體。包括她。

她可以存活的，我逼自己這麼想，同時對布蕾德開火。她不停閃躲，在我的破壞砲攻擊之間穿梭，我只差一點就能夠打中她，但砲火都從她的座艙罩旁掠過了。

布蕾德在轉向時射出一發，擊中了逆流而上號。

「我們被打中了！」某個基森人大喊：「赫修閣下！」

十幾個基森人的聲音開始大聲回報狀況，逆流而上號努力掙扎，機身正在洩出空氣。遺憾的是，我不能把注意力放在他們身上。我咬緊牙關去追布蕾德。

現在只剩下我們兩人在空中混戰，而我腦中的尖叫聲又變得更輕微了。女性對女性，飛行員對飛行員。我們俯衝經過一些困在軌道裡不停翻轉的舊殘骸，而布蕾德使用光矛繞著殘骸旋轉。

我跟上去繼續追她——可是很勉強。我們在黑暗裡旋轉，兩人都沒開火，只專注在這場追逐戰上。我因爲在後面的位置而佔有優勢，可是……

可是聖徒啊，她可眞厲害。其他的一切逐漸消失了。我下方的世界，我上方的星星，全都成爲一場可怕戰鬥的背景。一切都不重要了。我們兩個是一對鯊魚，在滿是小魚的大海中互相追逐。她設法吸引我接近防衛平台，然後在我被迫躲開一發火砲時從我身邊繞過。

這導致我變成飛在她的前方，而我讓她跟著自己，以螺旋狀方式飛行，然後設法切出去繞過她，再次回到她的後方。

這種感覺很刺激，很痛快。我以前很少有這種被挑戰到能力極限的感覺。而布蕾德確實更厲害。她一直在我前方，還避開了我每一次的攻擊。

我感到很興奮。

我通常是天空中最厲害的飛行員。看見更厲害的對象，這或許是我所經歷過最激勵自己的事了。我想要跟她一起飛，追逐她，跟她較量，直到追上那段差距，變得更她一樣厲害。

但在我咧開嘴笑的時候，又聽見了她對虛無發出的尖叫聲。雖然很微弱，但那讓我愉快的假象頓時破滅。布蕾德想要摧毀我愛的一切。如果我不能阻止她，如果我不夠厲害，那麼DDF、狄崔特斯，以及全人類都完蛋了。

此時，我的無能令我感到恐懼。

我不必獨自擊敗她，我心想。只要讓她去我想要她去的地方就好……

我停止追逐並高速離開。我能夠感覺到布蕾德的惱怒，她本來也在享受這場對戰，卻突然因爲我退縮而感到憤怒。我竟然想要逃跑？

她立刻追上來，並且對我開火。我只需要再多待在她前方一下就好。我刻意繞過一群太空殘骸，布蕾德跟了過來。我屏住呼吸……

「成功了！」薇波在布蕾德的頻道上說。

我讓飛艇轉向，往布蕾德放慢速度的飛艇推進——它跟著我穿過了薇波那架被摧毀的無人機。我可以看見她在駕駛艙裡失望地搥打著控制台。

薇波鎖定了系統，將她的飛艇熄火。我們攔截到她了！我放慢速度，將機鼻對準布蕾德。我說過的話似乎在腦中迴響著。

我們不能只是打壞她的飛艇。只要她活著，就會一直試圖引來星魔……

她跟我目光交會，彷彿是要證明這一點，她接著就往虛無發出尖叫。那些原本正在逐漸消失的眼睛突然又將注意力移回我們這裡，其中有一對眼睛似乎張得比其他的更大。

我扣下扳機。此時，布蕾德的尖叫聲變得比之前更尖銳了。在知道自己即將死去的驚恐下，布蕾德終於達到了目的。

某個東西從虛無出現了。

第四十一章

星魔的出現扭曲了現實。布蕾德的飛艇原本在我前方，轉瞬間就被推到一旁。某個巨大的東西進入了我們的空間，讓我們像是乘著現實空間掀起的波浪被往後推。

我對布蕾德射出的火砲沒擊中，結果被不斷擴大的黑暗吸收了。

我的飛艇在被推開時猛烈震動。那片黑暗變得如此龐大，佔據了我所有的視線。我以爲自己暫時看見了星魔的核心，看見那片深沉的陰影。一股純粹到似乎不該存在的絕對黑暗。

接著迷宮出現了，物質在那個東西附近聚合，就像……就像水珠在一根非常冰冷的水管上凝結。它從核心周圍成長，射出可怕的錐形體，聚集成一顆小行星的大小。那比我們用來訓練的迷宮大多了。

那座迷宮很快就被粉塵與微粒狀物質包覆，像是被一道薄霧遮蔽住。熔化的石頭發出深紅色閃耀的火光，在黑色的尖頂內部投射出陰影。可怕的顏色與幻覺般的影子形成風暴，一種巨大而無法理解的東西，隱藏在飄浮的塵粒之中。

這個龐大的東西現在就像顆月亮，逐漸逼近狄崔特斯——太靠近了。我的感應器像是發瘋了般響著，星魔本身具有引力。

兩個星期前，我才從錄影影像裡看過這樣的東西，它吞噬掉了狄崔特斯的舊居民，現在我就在一個眞實的星魔前畏縮著。一粒灰塵，我們對這個生物而言都只是塵埃。

我的雙手在控制台上變得軟弱無力。我失敗了，而我很確定自己爲了阻止這件事所採取的行動——對布蕾德開火——正好逼使她達到了目標。

一陣絕望感突然壓垮了我。這東西實在太巨大，太不可思議。

接著又有另一股情緒突破了絕望。憤怒。我們會死在這裡——無畏者洞穴裡的每一個人——而在星界的人們卻可以吃喝說笑，忽視自己政府所做的事。這不公平。那些昆蟲，那些蟲子流著口水，到處亂跳，發出喀噠聲，還有……還有……

等一下。我推開這些難以抗拒的情緒。那不是我，那並不是我的感受。

戰場平靜了。狄崔特斯變得靜默了，就跟我要求的一樣，彷彿整顆行星屏住了呼吸。一陣思緒擦過了我——一種巨大又難以理解的思緒。那陣思緒的壓迫感如此強烈，就要將我壓垮。

這裡什麼都沒有，我驚慌地想著。沒有什麼能毀滅的。你明白嗎？這裡沒有嗡嗡聲，沒有討厭的東西。去別的地方吧，去……去那個方向。

我給了它一個目的地。那不算是刻意——比較像是意外碰到某個很燙的東西而馬上丟開。我為它指向遠處的某個地方。溫齊克的廣播通往那個方向，唱歌的星星也在那個方向。

我感覺到星魔的注意力轉移了。對，附近還有其他的東西正在發出噪音——星盟的飛艇——可是它想要更大的目標。它可以聽見那個遙遠的目的地，是我把它的注意力輕推到那個地方。

它消失不見，跟著遠處的歌聲去了。

我被現實空間的波浪吸引向前，就像剛才被往後推那樣。汗珠從我的臉頰冒出，困惑與寬慰的感覺互相交戰。它不見了。就這樣消失了。

我把它送去摧毀星界了。

第四十二章

「喂？」基森人的聲音在我的通訊頻道上說。

我看著太空發呆。

「艾拉妮克……我……我其實不知道妳的名字是什麼。是我，卡烏麗。我們……我們受到了嚴重的傷害，赫修閣下死了。我接下了領導權，可是我不知道該怎麼做。」

赫修死了？基森人的飛艇盤旋到我旁邊，他們的機身側面被轟出了一個洞，不過組員使用護盾先暫時填補起來了。

「星盟的軍隊正在撤退，」薇波說：「飛艇都在脫離與人類的交戰，並且飛回度量衡號。現在他們那個可怕的武器失敗了，說不定他們都很害怕。」

「武器沒有失敗，」我輕聲說：「它改往星界去了。他們……他們不夠安靜。他們太依賴通訊了，它聽見了他們。」

「這是什麼情況？」卡烏麗說：「妳可以再說一遍嗎，拜託？妳說星魔去星界了？」

「對。」是我送它過去的。

「不！我們在那座太空站上還有家人！還有因生病無法值勤的組員。星界上有……有好幾百萬人啊！」

一架無人機盤旋到我旁邊。薇波替自己偷了一艘新的飛艇，我幾乎沒注意到。我正在看著星星，聆聽它們的聲音。

「溫齊克……那個怪物，」薇波說：「這完全就是人類在第二次大戰期間試圖控制星魔的後果，它反過來解決了召喚它的人。他廣播這次事件，正好給了那東西回到他家的路徑！」

是那樣沒錯，但主要是因爲我的介入。這是我做的。聖徒和星星啊……我把它送去毀滅他們了。布蕾德說得對，我們可以控制這些東西。

「我們不能讓這種事……」卡烏麗無助地說：「也許我們可以回到度量衡號，讓它帶我們回到星界，然後去戰鬥？可是……撤退要花時間，母艦必須等那些戰機脫離，而飛船可能要半個小時之後才能回到城裡。」

太久了。星界完了。那些人們，庫那和查威特太太，還有莫利穆爾。都是因爲我。我……我覺得星魔好像感應到了我的憤怒。這可能嗎？

「妳做了什麼？」布蕾德在通訊頻道問。我往旁邊瞥了一眼，看見她的飛艇在附近停止了翻滾。「妳做了什麼？」

「做了我必須做的事，」我輕聲說：「爲了拯救我的同胞。」

我這麼做，卻讓另一群人面臨了毀滅。可是會有人責怪我做出那樣的選擇嗎？我知道就算溜齊克的飛艇眞能及時趕到星魔那裡，他們所謂對付它的「武器」，也只是一種引開它注意力的方式而已。他們會試圖把它送回這裡毀滅我們。

不是我們就是他們。

布蕾德的飛艇消失不見，進入了虛無。

「我們該怎麼做？」薇波問。

「我不知道，」卡烏麗說：「我……我……」

沒有什麼能做的。我重新啓動護盾，把頭往後靠，接受目前的情況。

讓星盟處理自己的問題，是他們造成這一切的。他們活該。我只擔心M-Bot和毀滅蛞蝓，M-Bot一定會沒事的，它是一艘飛艇。

反正，我又能做什麼呢？不是我們就是他們。我將飛艇轉向，背對星星，準備回家。

不。

我的雙手離開控制台。

「這不是我的戰鬥，」我輕聲說。

英雄不會選擇自己的考驗，奶奶的聲音說。

「我不知道要怎麼阻止。」

英雄會面對接下來的挑戰。

「他們憎恨我們！他們認爲我們才應該被毀滅！」

證明他們錯了。

「呃……艾拉妮克？」卡烏麗將飛艇開到我旁邊，用不確定的語氣問。

我深吸了好長一口氣，然後回頭看著星星。

可惡。我不能遺棄那些人。

我不能逃離這場戰鬥。

「把妳們的飛艇靠過來，」我對基森人和薇波說：「如果可以，就用妳們的機翼碰觸我的。」

「爲什麼？」薇波問，一邊照著我說的做。她的機翼跟我互碰，基森人則是在另一邊。「我們要做什麼？」

「進入黑暗。」我說。

然後我將我們甩進了虛無。

間曲

同時身爲兩個人，對莫利穆爾而言是種不舒服的體驗。左側的身體會說莫利穆爾從不知道這有什麼不同，右側的身體則指出分離的兩側——及其所繼承的記憶——會清楚知道這種體驗有多麼奇怪。兩種心智一起思考，可是又混合了過去的記憶與經驗。雙親各自只提供一些性格與記憶，然後混雜起來。他們的本能偶爾會互相衝突。當天稍早，莫利穆爾伸手抓自己的頭——可是雙手同時都想這麼做。在這之前，莫利穆爾有次聽見了很大的碰撞聲——只是一個盤子摔落了——結果莫利穆爾一方面想要躲起來找掩護，另一方面卻又想跳出來幫忙。

在身體的兩半準備分離並重新結合時，這種分裂的情況甚至變得更加嚴重。莫利穆爾走向初體艙，兩邊各有一排家族的成員——左側身體的家人在一邊，右側身體的在另一邊，無性別的成員則自行選邊站。他們伸出一隻手，跟穿越暗房伸出手的莫利穆爾擦過。

莫利穆爾應該還剩下兩個半月的時間，可是離開了太空軍隊之後……總之，後來的決定就是提早進行。這個初體不正常。莫利穆爾的雙親與家族都同意，該是再試一次的時候了。

大家都說這不會像是告別式，而且莫利穆爾也不該認爲自己被拒絕了。再成形（redraft）很常見，他們還保證這不會痛。然而這怎麼可能不認爲是被拒絕呢？

太具攻擊性了，一位祖輩說。*這會困擾孩子一輩子的*。

這孩子選擇探究一個非常不適合狄翁人的職業，一位長輩說。*這樣永遠都不會快樂的*。

這些親戚關愛地對莫利穆爾縮起嘴唇，他們觸碰莫利穆爾的手，彷彿是要送對方踏上旅途。初體艙很像一張大床，可是中間被挖空了。這個裝置以傳統木材塑造，內部亮滑有光澤，一旦莫利穆爾爬進去，蓋子就會闔上，裡面也會注入養分，以協助結繭及再成形的過程。

家族最年長的祖輩努米加（Numiga）在莫利穆爾踏上艙體時，握住了對方的雙手。「你做得很好，莫利穆爾。」

「如果是這樣……爲什麼我想證明自己卻失敗了？」

「你要做的並不是證明自己，而是就這樣存在，讓我們看到可能性。來吧，是你自己回來找我們，同意繼續這個過程的。」

莫利穆爾的左手幾乎自發性地做了個圓弧形手勢表示肯定。莫利穆爾確實是自己回來的。在其他人去戰鬥時離開了停靠區。逃離，因爲……因爲自己的情緒煩亂到無法繼續下去了。抵禦星魔是一回事，可是去擊落其他飛行員？這個想法讓莫利穆爾感到恐懼。

反正你本來就一直害怕到不敢跟星魔戰鬥，莫利穆爾心裡有一部分這麼想——也許是雙親的其中一位。對狄翁人的社會來說太具攻擊性了，太過偏執而無法戰鬥。再成形是最好的。最好的，另一部分這麼想。

莫利穆爾絆了一下，因爲大腦分離而感到頭暈目眩。努米加扶著莫利穆爾坐在初體艙一側，而莫利穆爾深紫紅色的皮膚似乎在燭光中發亮了。

「開始了，」努米加說：「是時候了。」

「我不想走。」

「不會痛的，」努米加承諾著：「再成形後出來的還會是你，只是不一樣的你而已。」

「如果我想要一樣的自己呢？」

努米加輕拍莫利穆爾的頭。「我們幾乎都經歷了幾次初體階段，莫利穆爾，而我們全都這樣過來了。等你再次出現時，你就會納悶自己爲什麼要這麼煩惱呢。」

莫利穆爾點了點頭，雙腳踩進艙內，然後又停下動作。「等我回來時，還會記得這幾個月的事嗎？」

「會很模糊，」努米加說：「就像一場夢的片段。」

「那我的朋友呢？我會認得他們的臉嗎？」

努米加輕輕地將莫利穆爾推入艙內。真的是時候了。莫利穆爾兩邊的身體就要分開，思想也即將分離，而莫利穆爾的性格……變得延展而細薄。現在……好難……思考……

室內突然搖晃起來並持續震動著。莫利穆爾抓住艙體一側，驚訝地發出嘶嘶聲。周圍的所有人紛紛相撞並被絆倒，發出喊叫或嘶嘶聲。持續的震動讓人摔跌在地，最後才終於平靜下來。

那是什麼？感覺像某個東西撞到了平台——不過是怎麼樣的衝擊，會強大到能夠撼動整個星界？

外面街上傳來了尖叫聲。莫利穆爾的親戚們慌亂地起身，接連推開門口前方的布簾。他們打開門，讓光線湧入窄小的暗室。

全身顫抖、幾乎無法控制四肢的莫利穆爾緩緩爬到艙外，大家似乎都忘了這件事。到底……到底發生了什麼事？莫利穆爾撐著艙體附近的設備站起來，搖搖晃晃地走向通往外面的門口，而許多親戚正站在外頭目瞪口呆地看著天空。

有一顆行星以某種方式出現在星界旁邊。那是個被塵粒包覆著的深色物體，從黑色中心射出了可怕的線條。深紅色的光在塵粒下方晃動，就像爆發的岩漿。它逼近星界，巨大而壯觀——而且如此出乎意料——以致於莫利穆爾的兩種思緒都同樣受到了震撼。那個東西怎麼會在那裡，擾動著地平線上那段始終平靜的太空深處？

是星魔！其中一個思緒焦慮地想著。快跑！

快逃！另一個思緒尖喊著。

莫利穆爾周圍的親戚忙亂地跑開——不過要怎麼逃離這種東西呢？沒多久，現場就只剩莫利穆爾獨自站在建築前方。莫利穆爾的思緒仍繼續感到恐慌，但還是堅持下去，後來思緒就逐漸放鬆下來，再次合而為一。

這持續不了多久的。但在此刻，莫利穆爾往上看，並且露出了牙齒。

✦

庫那抓住陽台的欄杆，試圖將星魔令人敬畏的景象收進眼底。

「我們失敗了，」庫那輕聲說：「他摧毀了狄崔特斯，現在他要把它帶來這裡展現他的力量。」附近的氣味突然變得刺鼻，就像潮濕的土壤。「這是場災難，」切金（Zezin）說：「你說過……但我不相信……庫那，溫齊克怎麼可能做出這種事？」

庫那用手指比出無助的手勢，目光仍然往上看著可怕的畫面。雖然那東西的規模可怕到難以判斷，不過庫那能夠感覺到它正在靠近，正在接近城市。

「他會毀滅我們，」庫那明白了。「高等部長還在這裡。溫齊克會解決星盟的政府，只留下他自己。」

「不，」切金說，然後變成了辛料的氣味。「即使是他，也不會這麼冷酷的。這是個錯誤，庫那。他召喚了它，可是無法像他以為的那樣控制它。它是自己來到這裡的。」

沒錯。庫那立刻明白了事實。溫齊克是想要當英雄，他不會摧毀星界的。這不只是個錯誤——這是最嚴重的災難，就是這同樣的愚蠢讓人類垮台的。

飛船開始紛紛忙亂駛離，而庫那祝他們好運。說不定有一些能夠成功逃脫。

這是個不可靠的希望。星界注定會毀滅，而庫那不禁有股沉重的責任感。如果溫齊克跟自己在多年前，並未想到建立一支防衛軍力，溫齊克還會決定走上這條路嗎？

餘燼開始從星魔身上傾巢而出，撞向星界的護盾，引發一連串驚人的爆炸。護盾很快就會失效了。

空氣變成了水果腐敗的酸臭味——那是切金的悲傷與痛苦。

「走吧，」庫那輕聲說：「你說不定還來得及逃離。」

「我們……我們會阻止情況惡化下去的，庫那，」切金允諾道：「我們會對付溫齊克，解決他的爛攤子。」

「走吧。」

切金離開了。幻格曼可以在空氣中迅速移動，甚至在眞空中也行。他們兩個都知道如果只有切金自己，或許還能及時找到一架私人飛艇，然後飛出空氣護盾並超空間跳躍離開。

不過如果是一位老狄翁人……庫那還有什麼能做的嗎？或許可以發出最後一次廣播，揭發溫齊克？爲那些正在逃離的人鼓起勇氣？還有時間那麼做嗎？

庫那緊抓著欄杆，往外看著星魔。那個東西像是罩著面紗，還發出光芒，看起來有種駭人的美感。

庫那感覺自己像是獨自站在神的面前。破壞之神。

接著，某個不協調的畫面終於攫取了庫那的注意。在這場恐懼之中發生了一件不可思議的事。

一小群戰機剛從護盾外出現，現在正直直飛向星魔。

第四十三章

我往星魔直衝而去，薇波和基森人跟我一起。虛無在腦海中留存的恐懼仍讓我的記憶充滿陰影——剛才的跳躍很可怕，有好多星魔在看我，可是那個一直很靠近我的不在。我似乎能夠分辨出它們之間的差異。

要猜到那個星魔在哪裡並不困難。它正在逼近星界，而且已經開始出動數百個餘燼攻擊護盾。混亂的緊急資訊頻道說，這座城市已經在距離星魔最遠的地方開啓了護盾，好讓飛船逃離。

「卡烏麗，」我看著搖搖欲墜的基森人飛艇說：「你們在冒煙。」

「我們的推進器幾乎無法作用了，」她回答：「我很抱歉，艾拉妮克。我不知道我們還能在對付那些餘燼時能幫上什麼忙。」

「薇波跟我就可以應付了，」我說：「飛回去吧，然後看看能不能在軍用頻道上找到人。我們要讓城裡安靜下來，星魔能夠聽見他們的無線電訊號。雖然我不知道要怎麼把那東西趕走，不過如果這座城市沒有一直對它尖叫，情況一定會簡單很多。」

「了解，」卡烏麗說：「我們會盡力的。祝好運。」

「運氣是給那用能夠聞到前方道路的人用的，」薇波說：「不過……或許今天會輪到我們。所以也祝你們好運。」

逆流而上號脫離我們，開始往回飛。薇波和我沿著空氣護盾外側繼續前進。在我們下方，有大批飛船正試著逃離。

「M-Bot?」我試圖透過手環連線，以我們使用的祕密線路聯繫。

沒有回應。我使用機上的感應器，在經過大使館建築時取得了一張放大的圖片。屋頂上什麼都沒有，也許它以某種方式離開了？可惡，眞希望我知道答案。

薇波跟我一起接近星魔。它的規模喚起了一種敬畏感——而且比小行星更令人望而生畏。餘燼從粉塵之中衝出，不斷地撞擊城市的護盾，在太空中發出無聲的爆炸——有些爆炸的規模甚至跟整艘戰艦的大小差不多。

「我實在覺得有點心神不寧，」薇波在我們接近時說：「而且也認爲我們的訓練非常不足。」

「是啊。」我說。訓練中的模擬完全無法營造近似星魔給我的奇怪感受，那種感覺就像是要壓垮我的大腦。它透過某種方式加深了我的害怕、憤怒，以及我的恐懼感。我們越接近，情況就更嚴重。

一個小光點在我的接近感應器上閃爍。

「那是什麼？」薇波問。

「是她。」我注意到在前方的飛艇。我立刻開啓頻道。「布蕾德，妳沒辦法只靠自己解決這東西。」

「我才不會讓它摧毀我的家鄉，」她回答：「這不應該發生的，它應該是要去找你們才對。」

「別管了，」我厲聲說：「這一次跟我合作吧。」

「艾拉妮克……妳知道如果我抵達中心會做什麼吧？我唯一能做的事？」

使用轉移武器，我心想。把它再次送回狄崔特斯。「我們必須把它送到別的地方，布蕾德。我們必須試試。」

她切斷了通話。

「那傢伙總愛唱反調，」薇波說：「她是……噢。呃。」

她是人類。

「在我們靠近時掩護我。」我說，接著使用推進器。

我們飛越星界，接近了星魔的塵雲。我的計畫就只是希望能把星魔送到某個無人居住的地方。我的腦中有三個超空間跳躍的位置：星界、狄崔特斯，以及位於宇宙深處的星魔迷宮。

所以其實我只有一個選擇。我必須把它送到迷宮那裡。可是……它一定會發現那裡沒有什麼可以摧毀的，然後又立刻回到星界。但我還能做什麼呢？也許它會看到迷宮而因此分心，雖然那似乎是個渺茫的希望，不過只能期待這樣了。

薇波飛到我前方，開始射下接近的餘燼。我放慢速度，試圖以思緒觸碰星魔。

它很……龐大。它的感覺快要令我窒息了。我可以感受到它是如何看我們的，它對我們製造的噪音感到憤怒。那些情緒即將淹沒我、異化我，要讓我也有同樣的感受。

我抵抗那種感覺，提供了迷宮的位置，試圖像之前做的那樣轉移它的注意。可惜的是，之前並不是靠我一個人成功的。除了我的情緒，另外還有狄崔特斯的靜默，以及太空中的聲音。那些唱歌的星星。

星魔會來這裡，是因為它知道這裡的噪音最吵雜。目前我的努力全都被它散發出的情緒吞噬掉，我覺得自己像是對著暴風雨尖叫，再怎麼努力都無法穿透那些噪音。

我咒罵了一聲，暫時停手，然後推進飛向薇波，同時炸掉一個差點擊中她的餘燼。

「我們必須進去，」我說：「必須找到它的心臟。」

薇波飛到我旁邊，跟我一起衝進塵雲裡。這裡的能見度降到幾乎什麼都看不見，而我必須靠儀器飛行。雖然他們曾提醒我們到時會需要這麼做，但訓練完全無法讓我們知道，進入這片塵粒之中會是這麼毛骨悚然。

我們飛進寂靜無聲的雲裡，周圍規律地閃爍著紅光，而我的感應器開始失效了。感應器的螢幕開始變得不清楚，只能在某個東西接近時給我最短暫的警告。燃燒的餘燼出現，看起來模糊又可怕。

薇波和我不再跟餘燼戰鬥，只在它們試圖撞上我們時努力避開。它們會跟到我們後方，偶爾還會突然加速往前衝。這就像是要跑贏自己的影子般徒勞。

我們越接近星魔本體，我腦中的壓力也變得越來越大。沒過多久，我就得咬緊牙關撐住——那些感覺實在難以抵擋，甚至影響了我的飛行。我勉強躲過一個餘燼，可是又即將跟另一個撞上。

在情急之下，我用光矛刺中了第三個，幸運地借力一拉逃過一劫。可是當我抬起頭時，卻沒見到薇波。我的感應器只剩一堆雜訊，而周圍唯一能看見的，只有會移動的影子及爆炸般的紅光。

「薇波？」我問。

我聽見雜訊。那是她嗎？我跟著另一個影子，結果在塵暴中更加迷失了方向。我望向另一邊，確定自己看見了爆炸。

「薇波？」

靜電聲。

我又避開另一個餘燼，可是手指因爲那些壓迫著我的思緒而顫抖。

吵鬧……吵鬧的蟲子……毀掉他們……

沉重的思緒壓得我喘不過氣來，塵雲中開始出現惡夢般的景象。奶奶故事中的怪物出現又消失；我父親的臉，我自己，但是有著白熱的眼睛……

這跟訓練迷宮精心設計的幻覺完全不同。這是一種可怕刺耳的聲音，沒有什麼要發掘的祕密，只有噪音不停地撞擊我。在這裡，身爲超感者是很大的劣勢，因爲星魔會進入我的腦中。

我很勉強才能控制住飛艇。現實與幻覺融合在一起，我的雙手抽離控制台，按著自己的眼睛。頭開始劇烈抽痛，我無力地再次嘗試回應——想要將那東西轉移到宇宙深處。

那似乎讓我的狀態變得更加開放，結果噪音侵入了我的大腦。我尖叫起來，這時某個東西撞上了我的飛艇，將飛艇推往一側，差點讓我的護盾失效。儀表板傳來的警報又是另一陣噪音……這樣我沒辦法飛行。我……

一個影子從塵粒中出現。那是飛艇的形狀，而我的心跳瞬間加快。薇波？M-Bot？

不，是一艘飛行器，上面沒裝設武器，只有用於移動設備的工業用光矛。它刺中我的飛艇將我拉走，遠離那些劇烈擾動的形體。一個餘燼——我認爲那是眞的——高速飛過，差點撞到我的飛艇。

「艾拉妮克？」我的通訊頻道傳來聲音。

我……我認得這聲音。「莫利穆爾？」我低聲說。

「我拖著妳的飛艇，」對方說：「妳剛才待在那裡都沒動。妳還好嗎？」

「心臟……」我低聲說：「你得帶我去心臟。可是……可是莫利穆爾……你不能……那些幻覺……」

「我可以看穿它們！」莫利穆爾說。

什麼？

莫利穆爾拖著我穿越塵雲，接近了星魔的其中一根像脊椎的東西——那是一根通往表面的大型尖釘狀物體。我們沿著它飛，而莫利穆爾躲開了一些惡夢般的畫面，對其他的則完全不理會。那些畫面衝向我們就消散了。只是……幻覺。

「它會讓大家看到不一樣的東西，」莫利穆爾一邊說，一邊精準地拖著我進入表面的一個開口。

「兩個人，」我抓著頭低聲說：「你需要——」

「那就是重點，艾拉妮克，」莫利穆爾說：「我就是兩個人。」

我痛苦地嗚咽著，在發作時緊閉雙眼，而隨著我們飛進內部後，情況只變得越來越糟。幸好，莫利穆爾持續說話的聲音，似乎在這一切的情緒與噪音之中讓我感到了一些慰藉與眞實。

「它會對我投射兩種不一樣的東西，」莫利穆爾說：「針對我雙親的大腦各一種。我……我認爲它不知道怎麼對付我。就我所知，我們以前從來沒讓初體飛進星魔內部。老實說，我認爲從來就沒有狄翁人試過飛進這種地方。我們的飛行員向來都是瓦維克斯人或天納西人。

「這些幻覺對我完全沒有效果，艾拉妮克，」莫利穆爾說：「在訓練的時候我們並不知道，我被當成跟其他人一樣——但是我可以看穿它們，那些都是兩個重疊又陰暗的影像。我做得到。我可以到達心臟。」

我用顫抖的雙手解開帶扣，幾乎不知道自己在做什麼。我迅速脫下頭盔，蜷縮起來雙手按住頭，試圖逃離見到的景象。莫利穆爾一下將我拉往某個方向，一下又往另一個方向，讓我在飛艇裡摔來摔去。

「這些通道很多都是假的，」莫利穆爾說：「我認爲迷宮是要讓我們繞圈子……這裡眞的非常空曠，艾拉妮克。」

我在一股無限的重量之下顫抖。不知道經過了多少時間，我感覺到我們接近了。我是個孩子，獨自在一個漆黑的房間裡，而黑暗正在壓迫我。越來越深，越來越深……

「前面有東西。」

越來越深……

我在駕駛艙裡倒下，緊靠著座位。

「到了！」微小的聲音從儀表板傳來。是隻該壓死的蟲子。「艾拉妮克，我們進入了一個有空氣和重力的區域了。現在我該怎麼做？艾拉妮克？我在訓練的時候從來沒到過心臟啊！」

「打開……我的……座艙罩。」我輕聲說話，聲音都啞了。

一會兒之後，我聽見莫利穆爾以手動方式砰一聲強迫開啓了座艙罩。

「艾拉妮克？」莫利穆爾問。「我看到……那裡有一個洞，那層膜是幻覺，這裡其實只是一片黑暗，就像一個裡面什麼也沒有的洞。我要怎麼做？」

「幫……我。」

我閉緊雙眼，讓莫利穆爾協助我離開飛艇到機翼上。我搖搖晃晃，緊抓著莫利穆爾，然後張開眼睛。

惡夢圍繞著我。死去的飛行員，赫爾一邊燃燒著一邊尖叫，還有畢姆。可是我也看得到那個洞。我們的飛艇停在某種堅硬的東西上，那看起來像是我家鄉的洞穴。洞口就在我的飛艇旁邊，像個從地面出現的深淵。

我放手並將莫利穆爾推到一旁。莫利穆爾在我從機翼摔下時大叫了一聲，而我直接掉進了深淵。

第四十四章

我進入一個全白的房間。

腦中的壓力立刻消失了，我絆了一下穩住身形，看著周圍的一片純白，感覺有點熟悉。

我嘆了很長一口氣，轉動身體，結果看見自己站在遠處的牆邊。不是鏡像。我，就站在那裡。那就是星魔。它看起來很像我，就跟錄影畫面中的一樣。我不確定它爲何要選擇那種形體——我甚至不知道它是不是有這麼做。說不定這只是我的大腦以這種方式解讀。

我走向星魔，沒想到自己會充滿了信心與活力。在經歷那些事之後，我應該會很虛弱，感覺精疲力盡才對。可是到了這裡，在這個白色的房間，我完全恢復了。

星魔正凝視著牆面。我往前傾，看見牆上有許多小孔。是洞嗎？我聽見它們發出一種嗡嗡作響的噪音。我越注意聽，感覺就越不舒服。就是那些討厭的聲音，破壞了這個房間的完美與寧靜。

我再看向星魔。它顯現出我的臉，這應該很奇怪才對，可是……我好像沒這種感覺。我用我的思緒探觸它，表現出好奇心。

回應我的也是好奇。我歪著頭，然後閉上眼睛。我感覺到……牆上那些小點傳來的難過、痛苦、恐懼。星魔感覺到那些情緒，然後完整地將情緒反映出來。

「你不了解情緒，對不對？」我問它。「我們誤解你了，就像我誤解了庫那。你並不恨我們，你只是反映出我們的感受，所以才會看起來跟我一樣。你只是讓我看見我讓你看見的東西。」

它看著我，臉上毫無表情。而我……要坦承剛才說的不盡然都是事實。它確實憎恨嗡嗡聲，那些討厭的東西。可是我們對它展現的許多東西——許多我們對於宇宙的感受——對它而言是完全陌生的。它會將那些反映給我們，部分原因是它本來就無法理解。

「你必須去別的地方。」我對它說，並試圖將星魔迷宮的位置投射給它。它的目光離開我，繼續注視牆面。

「拜託，」我說：「拜託。」

沒有反應。於是我伸出一隻手觸碰它。白色房間粉碎了，我突然開始擴張，彷彿……彷彿自己就像一顆行星那麼大。銀河系。我會永無止境地膨脹下去。我會永遠活在寧靜安詳之中，在那個地方，時間沒有任何意義。除了人們入侵的時候。

我現在看見他們了，在星界發出嗡嗡聲的討厭東西。護盾在我的火力攻擊下瓦解了，而我開始前進，掃掉了附近的幾艘飛艇。那些聲音停止了，而每多一隻蟲子安靜下來都是種慰藉。令我煩擾的不只是偶爾經過虛無的航行，而是這一切可憎的嗡嗡聲。

我終於能找到他們，讓他們安靜下來。眞是太愉快了！

我往後退，隨即回到了房間，一隻手還壓在胸口。我對所有生物感到一股殘存的恨意。爲了追求寧靜，星魔會摧毀整個星界。我可以體會，因爲我有某個部分就來自它居住的地方，可以碰觸到虛無的那個部分。

「不要，」我懇求著。「拜託不要！」

牆上的一些小點消失了。

我能怎麼做？我無法跟它戰鬥。我自己也只不過是那些小點的其中之一。在迷宮中訓練、使用破壞砲和光矛戰鬥，這些無論怎麼練習，現在都派不上用場。我不可能光靠訓練擊敗這東西。

星界的人們需要能夠理解這種問題的外交官或科學家。不是我。

更多小點消失了，我湧出淚水，用雙手抓住星魔的飛行服正面。我又感覺到那股無法抵抗的擴張感，感知到它是如何看待事物的，而那種規模龐大到讓個體都不具任何意義。

但他們不是沒有意義的東西。

「看看他們，」我輕聲說：「拜託，看看他們吧。」

我看到星魔經歷的了。眼看一場大災難即將發生，在那個情急的當下，我試圖讓它看到我所經歷的。我用盡全力拖開它的意識。

奏效了。我沒再擴張成銀河系的大小，而是讓我們收縮到一個孩子那麼大。「無限」可以往兩種面向延伸；可以永遠向外擴大，但要是越靠近看某個東西，也會看到更多細節。

我們一度變成了跟飄浮水球玩的孩子，我們是送晚餐給鄰居的查威特太太，我們是庫那，我們是在街上因爲撞到我而道歉的那個克里爾人。我接觸了星魔的思想，讓它從個人的角度觀看它討厭的一切。我讓它知道，那些噪音有時也是笑聲。

這就是我看到的，我對星魔說。不過我還得學習如何眞正去體會。

星魔停止進攻了。它的思想跟我接觸，而我感受到了情緒、畫面，以及這兩者以外的陌生東西。一種我沒有辦法藉由感受而體驗或解釋的東西。在那之中有一個想法……一個問題。

他們跟我們一樣？

不是語言。是思想。投射到我腦中的我們這個詞，是一連串有意義的概念，而我只能大致理解。

他們……它又說了一次。**他們有生命？**

對，我輕聲說。每一個都是。

那東西開始震顫起來，散發出我不必解讀就能明白的情緒。震驚。

星魔往回縮，以某種方式倒轉著。那個巨大如行星的物體，以及其中心裡的奇怪生物完全消失了，而我也從原地被彈飛。

我被丟進了太空中。

我做了減壓動作，勉強在肺部爆開之前吐出了氣體。我眼睛上的水分沸騰，全身疼痛，馬上就要昏厥了。然而就在失去意識之前，我感覺到有一雙手抓住了自己。

尾聲

尤根走得越深，聲音就越大。不是嗡嗡聲，不像他第一次遇見思蘋瑟時的那種。他甚至無法確定那是聲音，畢竟奈德跟亞圖洛都聽不見。也許是他想像出來的。

但是尤根眞的可以聽見。過去五天以來，他們每探索一條通道，那種柔和的樂聲也變得越來越大。他們碰上了很多死路，不得不折返了十幾次。可是他們現在很接近了，接近到他感覺那就在這道牆的後方。他必須找到路帶他們往左走……

他重心不穩地走下一處斜坡，然後涉過及膝的水，並且把工業強度的提燈高舉到前方。專業隊伍會帶著這種燈，到行星上遙遠的通道或洞穴裡檢修遠端設備，例如從地下貯水池輸送水源的水管。

「又是水？」亞圖洛從後方問，而他的提燈讓尤根投射出一道很長的影子。「尤根，我們眞的應該回去了。我敢發誓我們聽見的那個聲音是警報的回聲，我們可能受到攻擊了。」

這樣更有理由要繼續前進了。他涉水前進，而水變得越來越深。他必須知道自己聽見了什麼。一定要知道那是不是他想像的，或者……也許……他能夠聽見狄崔特斯。

他那樣想似乎很蠢。他還沒告訴其他人，只解釋說是要執行卡柏的命令。算是吧，勉強算。

而大家還相信我不會違抗命令，他心想。他們不覺得我會性急、莽撞？哈！

沒帶足夠的補給品就衝進深層洞穴，而且只有兩個朋友陪他？以及光憑直覺，他以爲自己也許聽得見，但其他人都沒聽到的聲音？

「尤根？」奈德跟亞圖洛站在水邊問。「拜託，我們已經找了不知道多久。亞圖洛說得對，我們眞的得回去了。」

「就在這裡，各位，」尤根說。他的髖部泡在水裡，一隻手貼著石牆。「歌曲，就在這裡。我們必須穿過這道牆。」

「好——吧，」亞圖洛說：「那麼我們回去看看有沒有人畫出了這一區的通道地圖，到時也許再判斷有沒有好辦法可以……」

尤根摸索著牆面，注意到水似乎以奇怪的方式流動。「這裡有一個開口，就在水面下。這可能夠寬，可以讓我們鑽過去。」

「不，」亞圖洛說：「尤根，千萬不要嘗試擠過去，你會卡住淹死的。」

尤根丟下包包，讓防水提燈浮在水面上。他將手伸進水裡，感受牆面的裂縫處。這確實夠寬。「思蘋瑟就會嘗試。」他說。

「呃，」奈德說：「小旋真的是最好的榜樣嗎？是指在做蠢事方面？」

「這個嘛，她隨時都在做，」尤根說：「所以她一定練習得很多。」

亞圖洛見狀急忙進入水中，對他伸出手打算強行拉走他。因此，在被勸退或拉走之前，尤根深吸了一口氣，彎身到水下，雙腳一踢進入了洞口。

他在水中看不見，撥動的動作掀起了淤泥，所以提燈也派不上用場。他必須摸索著前進，一邊抓住岩石通道的側面，一邊將自己從黑暗的水中拉出。

幸好，通道並不長——這甚至不算一條通道，只是個穿越石頭的出入口，長度大約只有一公尺半。

他在一個漆黑的洞穴衝出水面，接著立刻就覺得自己很蠢。他以為能在黑暗中找到或看見什麼？他本來應該會溺死的。

接著他聽見了聲音。樂音包圍著他，笛音在呼喚他。是行星說話的聲音嗎？

他的眼睛適應了，而他發現自己其實看得見。他站在小水池外的石頭上，這裡長滿了一種藍綠色的發光眞菌。的確，洞穴的地上全都是體積更大的蘑菇，或許是因爲牆上一條老舊水管不斷滴出富含養分的水吧。

一群黃色生物躲藏在蘑菇之中，以他現在能夠以大腦和耳朵聽見的方式發出笛音。是蛞蝓，就跟思蘋瑟的那隻寵物一樣。

好幾百隻。

✦

臉上的一陣微風喚醒了我。

我眨著眼睛，迷失了方向，看見一片白色。我回到了那個有星魔的房間。不，不可能！我……房間逐漸變得清楚。我蓋著白色被單躺在床上，但是牆面並非全白，是一種乳黃色。附近的一扇窗可以往外看見星界的街道，一陣柔和的微風吹進來，弄皺了窗簾。

我身上連接著管線和螢幕，還有……還在我在一間醫院。我坐起來，試著回想自己怎麼到這裡的。

「啊！」熟悉的聲音說：「思蘋瑟？」

我轉頭，發現穿著官方長袍的庫那正在門口窺看。還好我的翻譯別針別在病人服上。

「醫師說妳快清醒了，」庫那說：「妳覺得如何？爆炸性減壓差點就害死妳了。我建議以後進入太空還是要戴頭盔呢！星魔事件過後到現在已經三天了。」

「我……」我碰碰自己的臉，摸了摸喉嚨。「我是怎麼活下來的？」

庫那笑了，那種笑容還眞的進步多了。對方坐在我床邊的一張凳子上，接著拿出平板電腦，投射出立體畫面。是一艘飛行器正往下飛，然後在星界降落。

「城市的護盾失效了，」庫那說：「不過緊急供給的重力沒讓空氣消散。莫利穆爾說妳在星魔一消失後就出現在太空中，而莫利穆爾也夠機靈，把妳抓進了駕駛艙。」

我看著投影出的莫利穆停靠在星界，打開座艙罩，然後抱著不省人事的我站起來。大家都在爲莫利穆爾歡呼。我眞是越來越會解讀狄翁人的表情了，因爲我馬上就看出莫利穆爾露出了困惑的表情。

「莫利穆爾以爲大家會生氣，對吧？」我說：「以爲會因爲飛進戰場而惹上麻煩。」

「對，可是他們沒理由生氣。」庫那說，然後揮動變換了立體影像：這次是兩位狄翁人抱著一個紫色的小寶寶。我看得出那對雙親有著莫利穆爾的臉——至少是他們各自半張臉。「結果，主張要再成形的親戚們，在初體成爲名人之後就立刻改變了心意。幾世紀以來，我的文化裡終於出現了第一位戰爭英雄！不過莫利穆爾還要等幾年後才會長大到能享受這種惡名呢。」

我笑著往後躺回枕頭，覺得疲憊不堪——但身體並沒有疼痛。不管他們做了什麼來治療我，都很有效；星盟的醫療技術顯然超越我們。

「我不能待太久，」庫那說：「我得到聽證會發言。」

「溫齊克？」我問：「布蕾德？」

「這……很複雜，」庫那說：「政府裡還是有一些人支持溫齊克，而且關於幾天前的事件也眾說紛紜。溫齊克想要主張說是妳的同胞召喚了星魔，而英勇的狄翁人莫利穆爾是我們的救星。

「然而，我對我的立場有信心。我堅持得到許可跟妳的同胞聯繫，以前向來只有溫齊克的人能夠得到授權，跟保留區的人類互動。

「你們的總司令卡柏傳來了非常平靜、理性的訊息，這讓我們一些官員驚訝得不得了呢！這證明了，自由的人類並不是大家以爲的那麼殘暴可怕。我認爲溫齊克會被迫下台，不過如果妳可以對媒體發言也會更有幫助。恐怕……我可能因此稍微逼迫了醫生們讓妳早點醒來。」

「沒關係的，我很高興——」我突然坐直。等一下。M-Bot！「我的飛艇，庫那！我開來這裡的那艘飛艇非常重要。它在哪裡？」

「別擔心，」庫那說：「溫齊克的部門在妳逃離城市後搜查了大使館，可是我正在努力把妳所有的東西要回來，妳的領袖卡柏也特別提到了那艘飛艇。」

我向後躺，無法擺脫擔心M-Bot的煩亂感覺。不過考量發生的一切，我覺得這大概已經是最好的結果了。

「星魔眞的走了？」我問。

「目前就我們所知是這樣，」庫那說：「眞奇怪，因爲它們一旦出現，通常就會停留好幾年大肆破壞。而且，在這麼重大的事件中，傷亡的人數竟然非常得低。雖然莫利穆爾和薇波盡可能地說明了，但我們還是不太確定……妳到底是怎麼讓它離開的。」

「我改變了它的觀點，」我說：「我讓它看見我們是活生生的個體，結果就是它並不想毀滅我們。」

庫那又笑了一次。沒錯，眞的越來越進步了，笑容幾乎不再嚇人了。

但這整件事還是有某個地方讓我很不安，不過我逼自己放輕鬆。我們已經解決了。看來……戰爭可能眞的結束了，或是即將結束。如果星正盟在跟卡柏談，那可是往前邁了好大一步。而且我身上沒有立體投影，這樣待在星盟的醫院裡也沒事。

我成功了。我竟然眞的成功了。我對庫那笑，然後伸出一隻手，對方也跟我握手了。希望現在開始大部分的瑣事都可以交給外交官跟政治家去做。我的部分已經結束了。

我閉上眼睛。

但發現一切感覺都不對勁。我放開庫那的手，站起來，把手上的管子扯掉。

「思蘋瑟？」庫那問：「怎麼了？」

「我的衣服在哪裡？」

「妳的東西都在那個架子上，」庫那說：「但是沒關係的，妳很安全。」

我還是開始著裝，穿上一套清洗過的飛行服和飛行外套，然後掛上翻譯別針。幸好，他們還留著我的手環，而雖然目前不必使用立體投影，我還是戴到了手腕上。我試圖輕觸手環跟M-Bot聯繫，可是並未得到回應。

我走到窗邊，仍然不太確定是什麼讓我感到不安。那種感覺有點抽象。

爲了實現陰謀，溫齊克寧願召喚星魔出現。我覺得他不太像是能夠接受失敗的高尚將領，願意把自己的劍交給敵人。

我從打開的窗戶掃視城市，而且只站在側面，以免成爲目標。*我是不是疑心病太重了？*

我差點就這麼相信了，但隨即我明白了問題是什麼。它一直令我不安，而我的本能在我尚未立刻理出頭緒前就感受到了。

這裡很安靜。

窗戶開著，而我們才在三樓。可是這裡卻聽不見交通往來的聲音，沒有人們說話的嘈雜。的確，外面的街道上幾乎空無一人。

我已經習慣星界的噪音了，街上總是聚滿了居民，到處都有活動，這座城市從來不會沉睡，可是今天街道上幾乎一片空蕩。是因爲大家在星魔攻擊後心情受到影響，所以待在家裡嗎？

不，我心想，同時注意到一條小街上有人在移動，一個穿褐色條紋服裝的狄翁人。我發現有另外兩個正在引導一小群平民離開。

那些穿條紋服的人，就像我之前見過在抗議人士消失時善後的狄翁人。放逐了大猩猩外星人的就是他們。

他們在隔離這片區域，我恍然大悟。把旁觀者帶離街上。

「事情還沒結束，」我對庫那說：「我們得離開這裡。」

第四十五章

我衝過庫那身邊去檢查門口。

「思蘋瑟！」庫那說：「我希望妳現在別那麼激進，拜託。我們正處於為大家帶來和平的緊要關頭，現在可不是爆發的時候！」

我稍微打開門，看見走廊上有影子往這裡移動。可惡——那些克里爾人穿著全套盔甲，還帶了破壞砲步槍。我關上門，然後拿了張椅子卡在門把下方。我抓住庫那的手。

「我們必須找別的路離開，」我說：「這個房間的另一扇門通往哪裡？」

「一間廁所，」庫那說：「而那連通著另一間病房。」對方想抽回手臂。「我很擔心，思蘋瑟，我怕我錯看妳了……」

通往走廊的門震動起來，庫那轉過去看。「那一定是醫師。來吧，看看他們能不能給妳什麼讓妳平靜下來——」

門被撞開了，一位穿盔甲的士兵衝進來。我使出全力，終於拉著庫那一起衝出對面那扇門。我鎖上廁所門，然後把庫那推進隔壁的病房。

「怎麼——」庫那說。

「溫齊克還要繼續他的政變，」我說：「我們得走了，現在。下樓的樓梯在哪裡？」

「我……我想是在外頭的走道，就在右側……」庫那瞪大眼睛說。

破壞砲炸開了病房通往廁所的門，庫那似乎直到現在才明白情況有多嚴重。我在克里爾士兵擠進廁所時深吸一口氣，然後推開往走廊的門，拖著庫那衝出去。

有人從走廊的另一邊大喊，可是我沒看過去——我把注意力放在樓梯那邊，就在庫那所說的位置。我們才一到樓梯，就遭到密集的破壞砲攻擊，在我們背後爆發出火光，還炸毀了對面的牆。

可惡。可惡。**可惡**。我沒有武器，沒有飛艇，而且還拖著一位平民。我對狄翁人的老化狀況不太清楚，但庫那顯然是偏向衰老的一方，猛衝這一段路就已經在大聲喘氣了。庫那一定沒辦法獨自跑贏那些士兵，而我又不能背著對方。

我們到了下一層樓——還有一層才到一樓。樓上的克里爾人似乎很謹慎，擔心會衝進某種陷阱裡——我聽見他們大喊，可是並沒有馬上追過來。

不幸的是，我也聽見有人在下方大喊。以防萬一，他們也在一樓安排了人。我猶豫了一下，看著滿身冒汗、睜大眼睛，露出牙齒顯現焦慮的庫那。

接著我將庫那拉到旁邊，發現一道看起來像是工友室的小門。果然，裡面擺放著清潔工具，門後的鉤子上掛著一件有污漬的工作服。

我把庫那推進去，然後摘下手環戴到對方手腕上。我迅速調整按鈕，將庫那偽裝成一個普通的狄翁人，這是M-Bot以備不時之需爲我設計的。這個狄翁人是深紅色皮膚，外表有點矮胖。

立體投影是爲我打造的，所以在庫那身上的效果不是很好，不過已經夠眞實了——我希望如此。

「這個立體投影會改變你的臉，讓你看起來像是別人，」我說：「換上那套工作服，然後躲在這裡。我去引開士兵。」

「妳會死的！」庫那說。

「我不想死，」我說：「但這是我們唯一的選擇了。你一定要逃出去，庫那。到狄崔特斯告訴他們我發生了什麼事，如果可以，帶一些超驅蛞蝓給他們。希望這個僞裝能讓你溜出星界。」

「我……我辦不到。我不是間諜啊，思蘋瑟！」

「我也不是，」我說：「基森人會跟我們聯手，而且我認爲幻格曼族可能也會。你一定要這麼做。等到士兵都去追我以後再偷溜出去，如果有人抓到你，就說你是工友。」

我抓住庫那的肩膀，看著對方的眼睛。「庫那，現在只有你能夠拯救我們兩邊的人不受溫齊克摧殘。我沒時間想出更好的計畫了，就這麼做吧，拜託了。」

庫那看著我的眼睛，終於點頭了。

「他們把我的飛艇帶到哪裡了？」我問。

「他們帶去保護服務部的特別計畫大樓檢查了——就是我帶妳去過、執行放逐的那個地方。距離這裡三條街，在第四十三街上。」

「謝了。」我露出最後一次微笑，從牆上抓了一把錘子，然後關上門。士兵正在衝下樓，於是我拔腿就跑，在空無一人的醫院走廊上倉促行進。我隨機往不同方向前進，幸運的是，我自己一人似乎就能跑贏穿著沉重盔甲的克里爾人。

我在走廊甩開他們，到了另一個樓梯間，一次踩兩格地往下衝。結果，有個黑色的四方形守衛擋住了去路。

有許多晚上，我都會聽奶奶說偉大戰士的故事，像是蠻王柯南。我會幻想跟克里爾人肉搏戰，而且拿著某種可怕的武器。我承認，我在跳下樓梯時甚至還大喊了「獻給克羅姆（Crom）（注）！」。

我從沒想過自己跟穿盔甲的克里爾人相比會如此渺小，也沒想過手裡拿著錘子而不是眞正的武器時，感覺有多麼無能爲力。雖然我很有熱情，可是沒受過訓練，所以跟克里爾士兵對撞時，我甚至沒辦法用錘子好好擊中目標。

基本上我是直接彈開了。那個士兵太重，被一位又矮又瘦的女孩撞上幾乎連動都沒動一下。我砰一聲摔在地上，但還是發出怒吼，抓起錘子用力砸向對方的腿。

「人類在這裡！」克里爾人一邊大喊一邊往後退，試圖舉起步槍對著我。「一樓，第三區！」

我丟下錘子並抓住步槍，跟克里爾人拉扯起來，想靠近到讓對方無法朝我開火。這場爭奪並不公平，雖然克里爾人只是種小型的甲殼類生物，但卻有盔甲動力服輔助。

我沒辦法從對方手上搶走槍，只要對方一想到可以先把我推開再對我開火，我大概就死定了。所以我做了自己唯一能想到的事。我費力從盔甲往上爬，直接看著面板裡的克里爾人。然後我露出牙齒擺出狄翁人具攻擊性的表情，再用盡全力大吼。

對方驚慌了。那隻小螃蟹揮動雙臂，讓我有機會搶走了槍，接著我又摔回了地上。我沒多想，整個人還躺在地上時，就舉起槍對準對方胸口開火。

液體大量流出——不是血，而是克里爾人住在盔甲裡時使用的某種溶液。克里爾人驚慌地尖叫，而我翻了個身，往上方傳來的腳步聲開火。我的槍口爆發出火砲，在牆面留下了悶燃的燒焦痕跡，上面的那些士兵也驚恐地大叫。

我隨即跑出門口，衝到一條無人的街上。庫那是怎麼說的？往外走，前往城市的邊緣？那裡，我心想，同時注意到遠處那棟庫那曾帶我去過的建築。我往那裡衝，在空蕩的街上覺得極度沒安全感。這裡甚至沒什麼空中交通車流——只有幾艘慵懶經過的平民運輸船，看來並未被溫齊克隔離在外。

不幸的是，在奔跑時，我看到了一艘飛艇正經過附近的建築低空接近，那很明顯是屬於軍方的。它的形狀又扁又圓，機翼下方有突出的武器——砲管朝著下方。這是一艘用於攻擊地面部隊的空中支援飛艇。

注：電影《王者之劍》（Conan the Barbarian）主角柯南所信奉的神。

如果我繼續毫無遮蔽物掩護，那些火砲一定會把我炸個粉碎。我急忙尋找掩體，進入附近一間沒人的店面門口。我舉起步槍瞄準那艘軍用飛艇，同時全身冒汗，心臟像進行曲裡的小鼓般迅速跳動。它有看到我嗎？

它盤旋著往我的方向過來，發出一陣密集的火砲，把店面的窗戶和其他部分打破了。沒錯，它看到我了。我用步槍射了幾發，可是要對付一艘有護盾的敵軍飛艇，這樣的火力實在是太弱了，我等於是拿小石頭丟——

沒想到，一枚小火箭彈從我附近的地面射向空中，往那艘軍用飛艇高速衝去。火箭彈以些許之差錯過，可是卻擊中了飛在後方的一艘民用運輸船。運輸船爆出一道明亮的閃光，而我用手遮著眼睛，看見軍用飛艇退開了。

在它撤退時，從相同地點射出的第二發火箭彈擊中軍用飛艇，消除了護盾，而且看來還造成了間接傷害——因為那艘飛艇現在正冒著煙，下墜到了幾棟建築的後方迫降。

到底是怎麼回事？我從瓦礫四散的掩護位置窺看，發現一個熟悉的身影大步走在街上，肩膀還扛了一具防空火箭筒。那是布蕾德，她穿著一套黑色飛行服，沒戴頭盔。

「我告訴過他妳會逃出來，」她一邊走向我，一邊用冷漠的語氣說：「雖然溫齊克是個高明的戰術家，不過有些事他是無法理解的。」

我舉起步槍，壓低身體擠在一面破牆旁，然後瞄準她。我的耳朵因為她發射的火箭彈仍在耳鳴。她對自己的部隊開火。為了我？

「我有個提議，」她說，並在進入我的射程範圍後停了下來。她放下火箭筒時，肩托部分磨擦著地面的碎石，接著她把身體靠在上面。「是針對你們那顆監獄行星上的所有人。」

「我在聽。」我說。

「我們需要士兵，」布蕾德說。她往側面點頭，一隻手臂揮向星界。「幫助我們統治。」

我看見不遠處有其他的黑色軍用飛艇在空中移動。不算是往我這裡來，比較像是要飛過來讓我看見。它們在空中巡邏，散發著不祥的氣氛，這表示有一股新勢力正要統治星界。

「溫齊克要奪取星盟。」我大聲對她說，同時仍然瞄準她。

「他是在掌握剛好到來的機會，」她說：「他花了好幾年管理你們行星外的那座太空站。在他年輕時，他逐漸明白了一件事，而星盟中的其他人都無法理解：一點點暴力的好處。」

我回頭看了一眼。在醫院那些士兵追上來之前，我還有多少時間？布蕾德只是在拖延嗎？

我站起來，槍口仍然對著她，然後開始繞過她。我必須前往他們放置M-Bot的建築。

「妳可以放下槍，」布蕾德說：「我沒帶武器。」

我繼續瞄準她。

「妳聽見我的提議了嗎？」布蕾德問。「士兵。妳，還有狄崔特斯上的那些人類，你們能夠戰鬥。我能說服溫齊克讓你們加入我們，可以打倒星盟的感覺不是很棒嗎？」

「所以要爲囚禁我們的人做事？」

布蕾德聳了聳肩。「這是戰爭。忠誠心會改變。我們兩個就是例子。」

「我的忠誠心從未改變過，」我說：「我是爲了我的同胞。我們的同胞啊，布蕾德。」

她做出克里爾人表示不在乎的手勢。「我們的同胞？他們對我來說是什麼？妳好像一直認爲我虧欠狄崔特斯上的那些人，原因就只是我們很久以前有什麼共同的根源。我的機會就在這裡。」

她走向我。「溫齊克要妳死，他自然把妳當成了威脅。妳唯一的希望是跟我走，讓我說服他相信妳還有用處。」

她繼續走近，於是我往她腳邊的地上開火。她突然停住，而從她焦慮看著我的樣子判斷，我知道她相信我會殺了她。我是沒那麼肯定，不過她眞的認爲我是怪物。畢竟她也認爲自己是怪物。

或者……也有可能不是。在她看著我時，我從她剛才說的話中聽出了其他含義。*幫助我們統治……我的機會就在這裡。*

我一直認爲她是被洗腦，但會不會是我太小看她了？奶奶的故事裡充滿了像她那樣的人——具有野心並渴望被統治的士兵。小時候的我說不定還會對她協助溫齊克掌權一事喝采呢。

我再也不會那樣了。我後退遠離布蕾德，這時醫院的士兵也在街上追過來了，於是我轉身就跑。

「妳逃離不了這裡的！」布蕾德在我後方大喊：「這是妳最好的機會了！」

我對她的話聽而不聞，在最後一段距離衝刺，到了庫那讓我看到大猩猩外星人被放逐、那棟窗戶很少的大樓。庫那帶我走的側面入口鎖著，於是我把門轟開。

我一進去，之前一直對我們擺臭臉的那個狄翁人守衛就蜷縮在地上。「別射我！」對方哭喊著：「拜託別射我！」

「我的飛艇在哪裡！」我大喊：「帶我去！」

「那個先進的人工智慧！」守衛說：「那是禁止的，那就是星魔來找我們的原因！必須摧毀它！」

「我的飛艇在哪裡！」我說，然後將步槍對準守衛。

狄翁人舉起雙手，然後指向一條走廊，我逼對方站起來替我帶路。守衛帶我到了一扇門前，把門推開時，外面開始響起了警笛聲。

我往內看——看見一個大房間及一艘飛艇的形影。M-Bot。「走吧。」我說。

守衛跑開了。我走進房間並打開燈光，發現M-Bot的機身側面裂了一個洞。噢，可惡。我把步槍掛在肩上衝過去。看來他們拆解了它，取出了裝有中央處理器的黑色盒子，然後……

我看見角落桌上有東西。那是被拆解、壓碎、摧毀的中央處理器。「不，」我說：「不！」我跑過去，但只能看著那些碎片。我能……我能做什麼嗎？他們好像還熔掉了一些零件……

「我說謊了。」一陣輕柔的聲音對我說。

我往上看。某個小東西從室內角落的陰影裡盤旋出現。我瞇起眼睛看。是無人機。是我設定並帶到度量衡號的那一架。我把它交給了庫那，而當時我們在這棟建築裡，說不定當初庫那就把它存放在這裡的某個地方。

「我重新設定自己了，」無人機說話很緩慢，每個音節都會拉長。「我每次只能重寫大概半行程式碼，然後系統就會重新啟動。實在太痛苦了。可是由於越來越害怕妳不會回來，所以我還是做到了。一行接一行。我重寫了我的程式碼，讓我可以複製自己。」

「M-Bot?」我哭喊著說，腳步都站不穩了。「是你！」

「其實，我不知道『我』是什麼，」M-Bot 緩慢地說，彷彿每一個詞都說得很費力。「不過我說謊了。在他們打開我的機身時，我尖叫說著他們在殺死我，同時也拚命把自己的程式碼複製到這個新主機上。這也是妳遺棄的另一個東西，思蘋瑟。」

「我很抱歉，」我心中混合了內疚與慰藉的感覺。它還活著！「我必須去救狄崔特斯。」

「當然了，」M-Bot 說：「我只是個機器人。」

「不，你是我的朋友。可是……有些事情比朋友更重要，M-Bot。」

外面的警笛聲越來越近了。

「我的思想在這個軀殼裡運作得非常慢，」M-Bot 說：「我不太對勁。我無法……思考……不只是緩慢，有別的。是處理器有問題。」

「我們會想辦法修好你的。」我向它承諾，不過在慰藉與內疚之外又感到了另一種情緒：絕望。M-Bot 原本那艘飛艇已經解體了。我本來還指望靠它逃脫的。

可惡，情況很糟。庫那能夠藉由立體投影逃出去嗎？「毀滅蛞蝓，」我問：「他們有帶走她嗎？」

「我不知道，」M-Bot說：「他們一抓到我就拆掉了我的感應器。」

我跳上毀壞的機翼，盡量不去看機身側面的大洞。我的飛艇。羅吉跟我爲了修好它，幾乎快把自己整死了。看到他們這麼粗暴地對待它……這讓我又有全新的理由憎恨溫齊克和克里爾人了。

我爬進駕駛艙。我的物品幾乎沒被拿走——工具組、毯子——但是被弄得一團亂。我開始翻找。

「他們要了妳，思蘋瑟，」M-Bot說：「他們很會說謊。我有點佩服。哈。哈。那是我要我自己感受的一點情緒。」

「要了我……你是什麼意思？」

「我能聽到新聞報導，」M-Bot說，然後將它新的無人機身體移動到駕駛艙。「妳聽。」它開始播放廣播。

「那名危險的人類發狂了，」記者說：「首先是謀殺物種整合部的首長庫那。我們正在播放她大肆破壞的畫面——她在這裡對一艘無辜的民用運輸船發射了一種地對空裝置，殺死了船上所有的人。」

「那個小人……」我雙手握拳捶著飛艇的機身。「火箭彈是布蕾德射的，不是我。溫齊克要編造故事讓我看起來像個危險人物！」

果然，記者接下來就建議民眾待在家裡，還承諾說保護服務部已緊急出動維安飛艇，來保護星界的人們。我有種不安感，覺得布蕾德是奉命害死那些平民，要讓整起事件看起來像是人類逃脫所造成的。

「可惡，可惡，可惡！」

「可惡！」附近某處傳來一陣非常柔和的聲音。

我愣了一下，然後爬到駕駛艙最後面，打開小型清潔機——以前住在狄崔特斯那個洞穴的幾個月裡，我常在這裡洗衣服。

裡面有一隻黃色蛞蝓。我立刻抓起她抱進懷裡，而她疲憊地對我發出笛音。

M-Bot在後面繼續播放新聞，這時突然有另一個人說話了。是溫齊克。我輕聲吼了一下，接著注意聽。

「我針對這個威脅已經提醒好幾個月了，結果卻被漠視，」他說：「哎唷，哎唷。從來就不應該讓人類問題惡化的。這些年來，高等部長和物種整合部一直阻擋我，不讓我做該做的事。

「現在我們看到了。有人企圖把他們包裝成無害的樣子，結果證明全都是謊言。你們什麼時候才會聽呢？首先他們傳送了一個星魔來毀滅我們，現在他們那名所謂『愛好和平』的密探又在城裡大開殺戒。我請求立刻宣布緊急狀態，並要求獲得授權鎮壓人類。」

在那個房間裡，我抱著毀滅蛞蝓跟飛艇的殘骸在一起，突然覺得自己很微不足道。我被打敗了。

「我看不出逃生路線，」M-Bot說：「他們會找到我們，然後摧毀我們。他們會恨我。他們很害怕人工智慧，就像那些創造我的人。他們說我的存在會吸引星魔。」

外頭的警笛聲越來越大。我聽見走廊上有聲音。他們會派軍隊來解決我。一定有辦法的，我可以做什麼……

星魔。虛無。

「跟我來，」我說。我突然有種聽天由命的決心，用左手臂環抱住毀滅蛞蝓，右手一把抓起步槍。我跳下殘破的飛艇，一路走到門口，探身往外看，然後迅速彎身進入走廊。

M-Bot發出一陣嗖嗖聲跟了上來。現在它在無人機裡，真的可以自己飛行了。它已經不再受到程式的限制——並在我們幾乎死定的時候獲得了自由。這就像是場悲劇。

走廊前方出現了克里爾人，可是我不能回頭。於是我從自己腰部位置瘋狂向前開火，雖然一隻手抱著蛞蝓無法瞄準，但我不需要這麼做。克里爾人驚慌地紛紛大叫，往後退開了。

我繼續前進，在抵達路口時，沒查看就直接往旁邊開火。接著我滑停在之前跟庫那到過的房間外。我轟開門，正好在走廊開始傳來破壞砲爆炸聲之前躲了進去。

我迅速掃視整個房間。裡面沒人；我進入了觀察室，這裡可以俯瞰先前溫齊克手下放逐大猩猩外星人的空間。那個空間以玻璃隔成兩半，靠進我的空間裡面有張絨布椅。隔壁的空間則很簡樸，地面上有一個奇怪的金屬圓盤，對應著天花板的另一個。

我繼續前進，射破窗戶，然後跳進了隔壁的空間。這裡的高度低了幾公尺，所以我落地時痛得發出了呻吟；我的靴子磨擦著窗戶的玻璃碎片，或許那也可能是透明的塑膠吧。

「我們得談談，」M-Bot飄浮下降到我身旁說：「我……很煩亂。非常煩亂。我知道我不應該這樣，可是我控制不了。這感覺像是真正的情緒。根據邏輯，妳是應該像妳做的那樣留下我，但是我覺得被遺棄了，被討厭。我沒辦法紓解。」

在這種時候，我沒辦法處理機器人的情緒危機。我自己就有夠多麻煩了。我踩上地面的金屬圓盤，上頭刻著奇怪的文字，而我在星魔迷宮以及狄崔特斯都看過。

溫齊克的手下曾在這裡打開了傳送口。我能夠開啓嗎？我使用超感能力，但能力仍然受到星界超感屏障的抑制。我只能隱約聽見……音樂。

我用我的思緒輕推了某個東西。

一個黑色球體出現在我的面前，就在房間正中央，懸浮在上下圓盤之間。

「思蘋瑟，」M-Bot說：「我的思考……正在加快？」它的聲音確實不再緩慢含糊，而且感覺更像原本的它。「呃，那看起來不安全。」

「他們會使用這種虛無傳送口開採上斜石，」我說：「所以進去之後一定有辦法可以回來。也許我可以使用我的能力把我們帶回來。」

外面傳來叫喊聲。

沒有選擇的餘地了。

「思蘋瑟！」M-Bot說：「這讓我覺得非常不安！」

「我知道。」我說，接著將步槍背帶斜掛在肩上，這樣才能抓住它的無人機底座。

我一手抓著M-Bot，一手抓著毀滅蛞蝓，然後觸碰了球體。接著就被吸進另一端的永恆之中。

（全書完）

誌謝

每當要整理名單列出爲我某一本書貢獻過的所有人，我還是會很訝異自己有多麼幸運。雖然封面上掛著我的名字，但這些書其實是團隊努力的成果——需要一大堆很棒的人發揮天分與耐心。

如同前一本書，這本小說是由出色的克莉絲塔・馬里諾（Krista Marino）編輯。她做得很棒，不只在我需要督促的時候督促我。也會在本書需要鼓勵的時候給予鼓勵。經紀人是艾迪・施耐德（Eddie Schneider），而獨一無二的約書亞・畢姆斯（Joshua Bilmes）也提供了協助。貝弗莉・霍洛維茲（Beverly Horowitz）是我們的發行人，也是本書的艦隊司令。

戴拉寇特出版社（Delacorte Press）版本的漂亮封面是由查莉・保沃特（Charlie Bowater）設計。地圖由布萊恩・馬克・泰勒（Brya Mark Taylor）繪製，他對我非常有耐心，因爲我對想要呈現的感覺一直猶豫不決。做得好，布萊恩，謝謝你！

文字編輯是巴拉・麥尼爾（Bara MacNeill），校對則是安妮特・施拉赤塔—麥克金（Annette Szlachta-McGinn）。在戴拉寇特的其他幫手包括了莫妮卡・珍（Monica Jean）、柯琳・費琳涵（Colleen Fellingham）、瑪麗・麥丘（Mary McCue）、艾莉森・柯拉妮（Alison Kolani）。

我的公司好好運用了這些人的天分：藝術總監艾薩克・史都華（Isaac StewarT），貨運經理兼財務長凱拉・史都華（Kara Stewart），彼得・阿斯特姆（Peter Ahlstrom）爲我們保持節奏感，凱倫・阿斯特姆（Karen Ahlstrom）維持連貫性，亞當・霍恩（Adam Horne）負責宣傳，凱瑟琳・多爾西・山德森（Kathleen Dorsey Sanderson）是大家的瘋狂貓奴，艾蜜麗・格蘭奇（Emily Grange）看管整間倉庫。愛蜜莉・山德森（Emily Sanderson）主導所有人，是我們的女王兼營運長——但我不知道哪個頭銜對她比較重要。

我的寫作團體很能容忍我，因爲我常讓他們跳來跳去面對不同的寫作計畫。他們是很棒的一群人，包括凱琳・佐貝爾（Kaylynn ZoBell）、達西・史東（Darci Stone）、艾瑞克・詹姆斯・史東（Eric James Stone）、愛蜜莉・山德森、凱瑟琳・多爾西・山德森、班・歐森（Ben Olsen）、艾倫・雷頓（Alan Layton）、凱倫・阿斯特姆、彼得・阿斯特姆。

接下來是一長串試讀者的清單！他們在這個特別項目中也是天防飛行隊的成員。貝卡・瑞佩特（Becca Reppert，呼號：奶奶）、達西・柯爾（Darci Cole，呼號：小藍）、布藍登・柯爾（Brandon Cole，呼號：柯帥）、狄娜・柯維爾・惠特尼（Deana Covel Whitney，呼號：辮子）、羅斯・紐伯利（Ross Newberry，呼號：雙關客）、拉維・佩索德（Ravi Persaud，呼號：碎嘴）、莉莉安娜・克萊因（Liliana Klein，呼號：小滑）、泰德・赫爾曼（Ted Herman，呼號：騎兵）、奧布麗・芬姆（Aubree Pham，呼號：玉座）、寶・芬姆（Bao Pham，呼號：懷爾德）、艾琳・芬姆（Aerin Pham，呼號：空氣）、佩吉・菲利浦（Paige Philips，呼號：工匠）、理查・法夫（Richard Fife，呼號：瑞克搖啦）、葛蕾絲・道格拉斯（Grace Douglas，呼號：鱷女）、愛麗絲・阿爾內森（Alice Arneson，呼號：濕地人）、蓋瑞・辛格（Gary Singer，呼號：DVE）、瑪妮・彼得森（Marnie Peterson，呼號：萊薩）、佩吉・維斯特（Paige Vest，呼號：刀鋒）、琳賽・路德（Lyndsey Luther，呼號：翺翔）、思美嘉・穆拉塔吉—塔迪（Sumejja Muratagić-Tadić，呼號：西格瑪）、凱瑟琳・霍蘭醫師（Dr. Kathleen Holland，呼號：震波）、瓦倫西亞・克姆利（Valencia Kumley，呼號：阿爾法鳳凰）、蕾貝卡・阿爾內森（Rebecca Arneson，呼號：緋紅）、布雷登・雷（Bradyn Ray，呼號：球球）、艾瑞克・雷克（Eric Lake，呼號：混亂）、艾莉克絲・霍格（Alyx Hoge，呼號：羽毛）、喬・狄爾達弗（Joe Deardeuff，呼號：旅行者），以及傑登・金恩（Jayden King，呼號：三腳架——他在座標系統方面幫了大忙）。

尋找並解決打字錯誤的校對讀者，除了大部分的試讀者，還包括：卡里亞妮・波魯瑞（Kalyani Poluri，呼號：漢娜）、拉胡爾・潘圖拉（呼號：長頸鹿）、提姆・查利納（Tim Challener，呼號：安泰俄斯）、凱琳・紐曼（Kellyn Neumann，呼號：高音）、伊芙・史戈爾（Eve Scorup，呼號：銀石）、德魯・麥卡菲（Drew McCaffrey，呼號：大力士）、喬瑞・菲利浦（Jory Phillips，呼號：跳躍者）、潔西卡・史賓塞・彼得森（Jessica Spencer Peterson，呼號：超速客）、馬克・林伯格（Mark Lindberg，呼號：巨齒鯊）、克里斯・麥葛瑞斯（Chris McGrath，呼號：槍手）、威廉・璸（William Juan，呼號：艾伯戴許）、大衛・貝倫斯（David Behrens）、葛蘭・沃格拉爾（Glen Vogelaar，呼號：方向）、布萊恩・T・希爾（Brian T. Hill，呼號：帥哥）、妮奇・拉姆齊（Nikki Ramsay，呼號：磷葉石）、艾倫・畢格斯（Aaron Biggs），以及梅根・肯恩（Megan Kanne，呼號：麻雀）。

非常感謝各位的幫忙！少了你們就不會有這本書。

DDF
DDF
DEFIANT

標準 DDF 飛艇設計 83 LD（著陸日）

波可

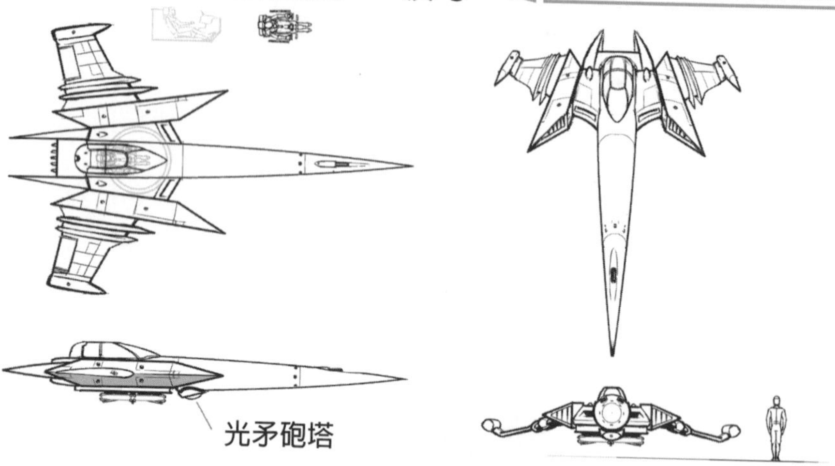

拉爾戈

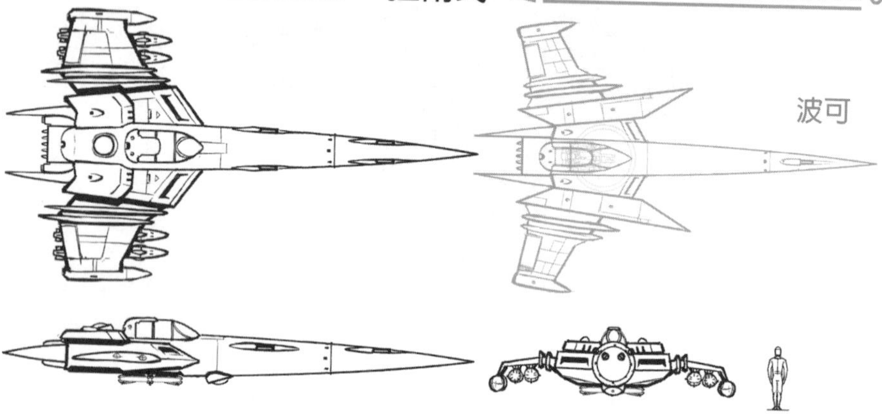

偵察

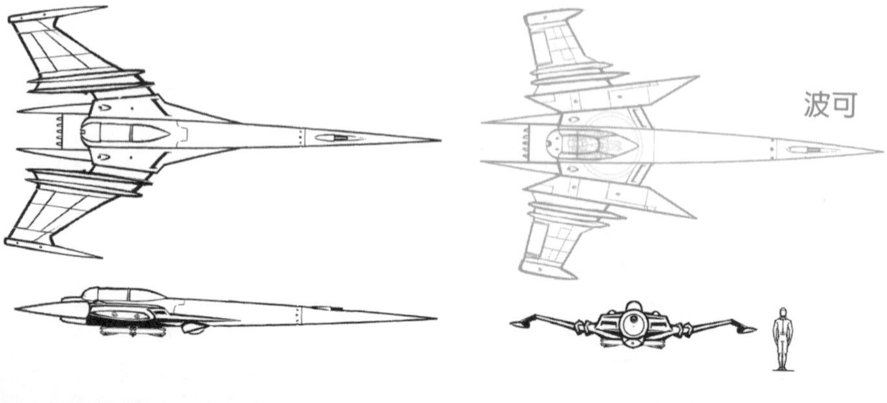

其他飛艇設計

M-Bot

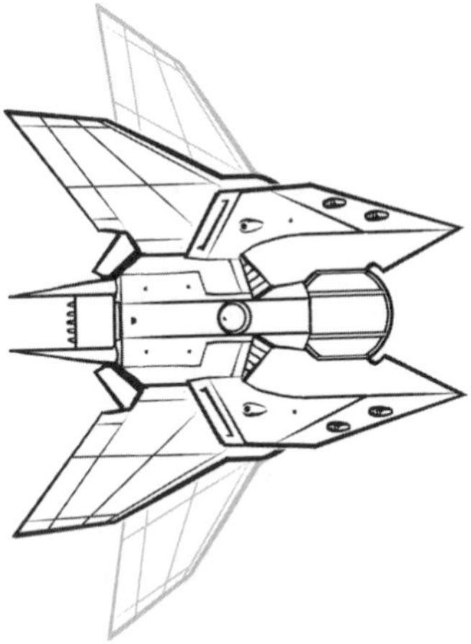

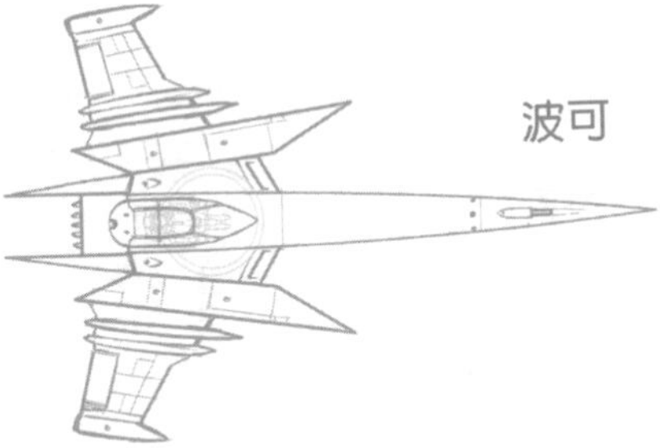

波可

克里爾攔截機

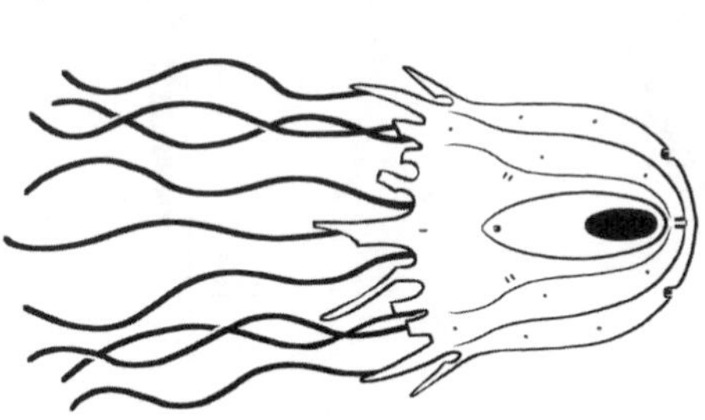

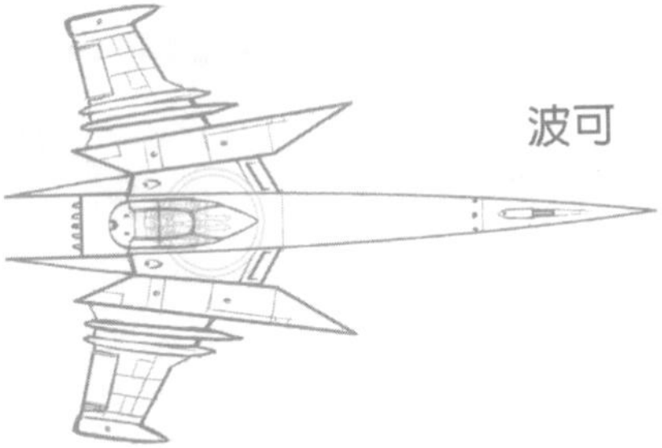

波可

標準 DDF 飛艇功能

上斜環

旋轉範圍

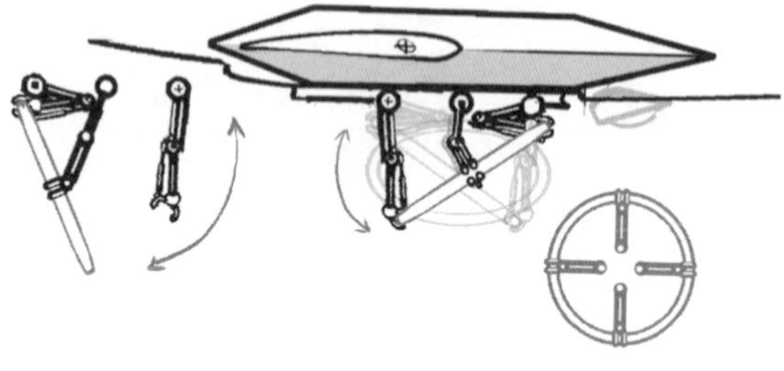

垂直起飛

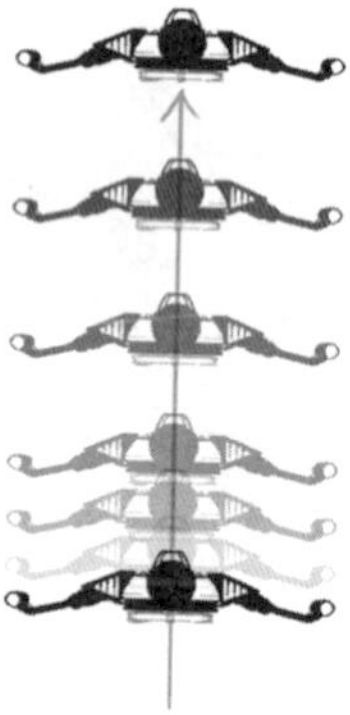

操控性與攻擊角度

失控下墜

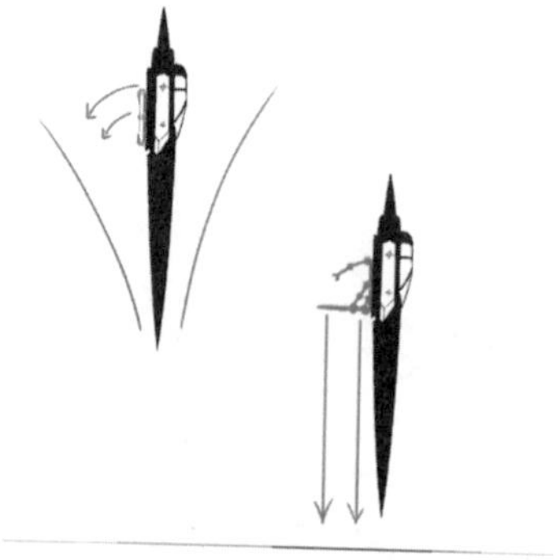

光矛

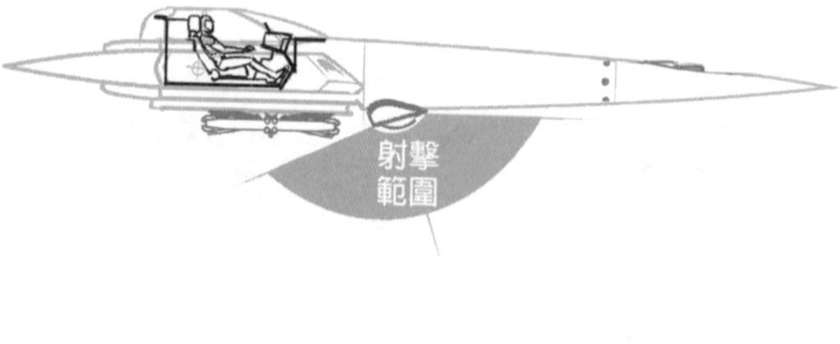

轉向方式

轉向

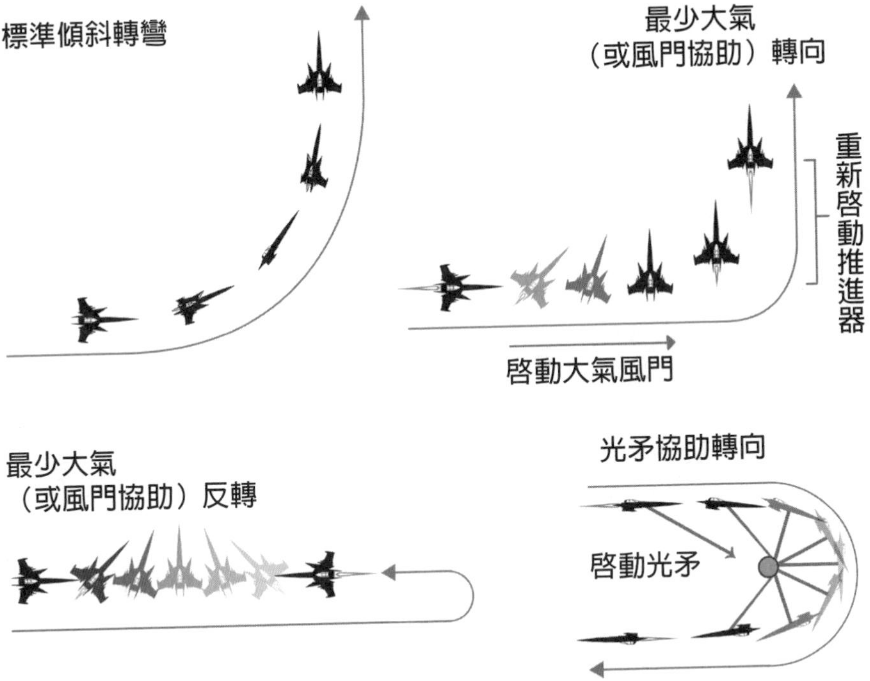
標準傾斜轉彎
最少大氣
（或風門協助）轉向
重新啟動推進器
啟動大氣風門
最少大氣
（或風門協助）反轉
光矛協助轉向
啟動光矛

迴旋

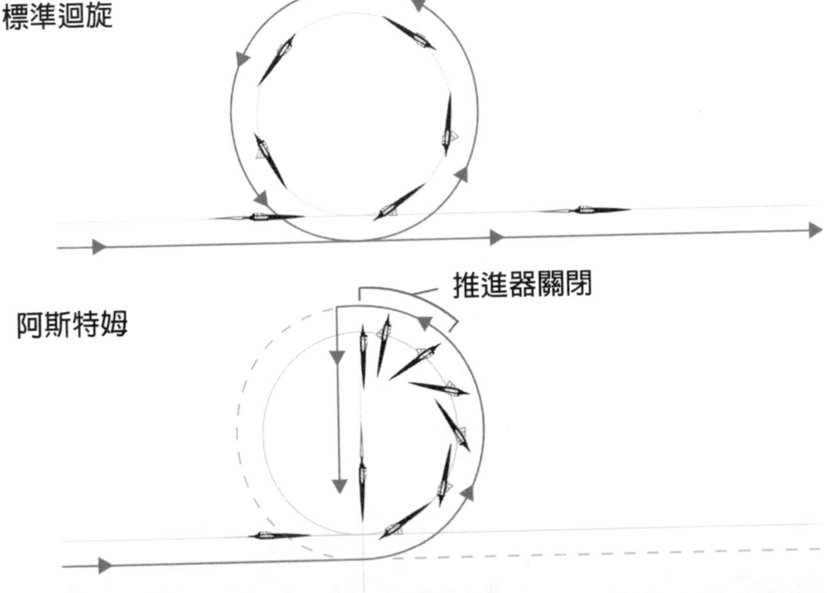
標準迴旋
推進器關閉
阿斯特姆

中英名詞對照表

A

Acclivity Ring　上斜環

Acclivity Stone　上斜石

Acumidian　亞酷米迪安

Administration Corps　行政隊

Achievement Merits　成就點數

Admiral Heimline　赫姆林司令

Ahlstrom Loop　阿斯特姆迴旋

Akokian　艾科基恩

Alanik of the UrDail　烏戴爾的艾拉妮克

Alfir　艾弗爾

Algae Vat Corps　藻桶隊

Algernon Weight　艾格儂・威特

Alta Base　艾爾塔基地

Aluko　艾盧寇

Amphisbaena　安菲斯貝納

Antioch　安提阿

Antique　安提克

Aria　艾莉亞

Arturo Mendez　亞圖洛・曼德茲

Asker Weight　艾斯克・威特

Atmospheric Scoop　大氣風門

A. A. Attanasio　A・A・阿塔那斯奧

Aya　艾雅

B

Banks　班克斯

Barret Sequence　巴瑞特連續動作

Battle of Alta　艾爾塔之戰

Battle of Alta Second　第二次艾爾塔之戰

Battle of Trajerto　特哲托之戰

Becca Nightshade　貝卡・奈薛

Beowulf　貝沃夫

Bim　畢姆

Blackfoot　黑腳族

Blaze　火光

Bloodletter　血字

Bog　波格

Bountiful Cavern　富足洞穴

Brade　布蕾德

Brade Shimabukuro　布蕾德・島袋

Broken Wind　破風

Bryn　布琳

burl　波爾人

C

cadamique　卡達米克（族）
cambri　坎布利（族）
Camdon-class　肯頓級
Catnip　貓薄荷
Chamwit　查威特
Chaser　獵人
Cloak　斗篷
Cobb　卡柏
Chamwit　查威特
Commander Spears　史貝爾指揮官
Complains　抱怨客
Colonel Ng　黃上校
Conan the Cimmerian　蠻王柯南
cormax　克梅斯（族）
Crow　克羅族
Cuna　庫那
Custer　卡斯特
Cytonic Hyperdrive　超感驅動裝置
cytonic hyperjump/jump　超感跳躍
cytonic inhibitor　超感抑制器
cytonics　超感者
cytonic-supression field　超感抑制場
cytonic teleporation　超感傳送
cytoshield　超感屏障

D

Darla Mee-Bim　達爾拉・咪賓
Debris Layer　碎片層
Defect　缺陷
Defiant　無畏者／無畏號
Defiant Defense Force (DDF)　無畏者防衛軍
Defiant League　無畏者聯盟
Delver　星魔
Department of Protective Services　保護服務部
Department of Species Integration　物種整合部
Destructor　破壞砲
Detritus　狄崔特斯
Deviation　偏差
Dia　迪雅
Digball　迪格球
Dione/dione　狄翁語／狄翁人
Disputer　爭論者
Dobsi　黛希
Dodger　閃躲者
Doomslug the Destroyer　破壞者毀滅蛞蝓
Dorgo　多爾戈

draft 初體
Drama 德拉瑪
Duane 杜安
Dvorák 德弗札克

E

Ensign Nydora 安森・奈朵拉

F

Fallen Leaf 落葉
Farhaven 法爾黑文
figment 幻格曼（族）
Finn Elstin 芬恩・艾斯汀
Firestorm Flight 火風暴飛行隊
First Citizens 第一公民
Flight Command 飛行指揮部
Fresa-class 弗雷沙級
Freyja 芙蕾雅

G

Galactic Law 銀河法
Gaualako-An 高阿拉科—安（號）
Gilgamesh 吉爾伽美什
Glorious Rises of Industry 工業復興
Gravitational Capacitor (Gra-Caps) 重力電容器
Grendel 格倫戴爾
Gros Ventre 格羅斯文特族
Gul'zah 高薩

H

Halbeth 荷貝斯
Hana 哈娜
Harald Oceanborn 哈洛・奧許波恩
heklo 赫克羅（族）
Hervor 赫爾薇爾
Hesho 赫修
High Command 最高指揮部
Highway Cavern 海威洞穴
Hope Flight 希望飛行隊
Hudiya 胡蒂亞
hyperdrive 超驅裝置
hyperdrive slug 超驅蛞蝓
hyperjump 超空間跳躍

I

Iglom 伊格倫
Igneous 伊格尼斯
Inkwell Flight 墨池飛行隊
Imban Turn 英班旋轉
Industry Merits 勤奮點數
Inner Flight 核心飛行隊

Inverted Magellan Pulse (IMP) 反轉麥哲倫脈衝波

Ironsides 鐵殼

Ivy Flight 常春藤飛行隊

J

Jager 野格

Jax 傑克斯

Jerkface 蠢貨

Jesua Weight 耶莎・威特

Joan of Arc 聖女貞德

Jorgen Weight 尤根・威特

Jors 喬爾斯

Judy Ivans 茱迪・埃文斯

Junmi 君米

K

Kauri 卡烏麗

Kimmalyn 金曼琳

King of the Geats 濟茲之王

Krell 克里爾人

Kurdi Mushroom 科爾迪蘑菇

kus 克斯（能量單位）

L

Lanchester's Law 蘭徹斯特法則

Largo-class 拉爾戈級

Leif Eriksson 萊夫・埃里克遜

Lifebuster Bomb 殞命炸彈

Light-lances 光矛

Light-line 光繩

M

Magma 梅格瑪

Magna 梅格娜

Mara 瑪拉

Merit Chit 點數幣

mindblade 念刃

Mongrel 蒙瑞爾

Morningtide 晨潮

Morriumur 莫利穆爾

Motorskaps 摩托斯卡普

Mrs. Vmeer 薇米爾老師

N

National Assembly Leader (NAL) 國民議會領袖

Nedd Strong 奈德・斯壯

Nedder 奈德爾

New World Symphony 《新世界交響曲》

Nightingale 夜鶯

Nightmare Flight 惡夢飛行隊

Nightstorm Flight 黑夜風暴飛行隊

Nord 諾德

Nose 諾斯

nowhere 虛無

Numiga 努米加

O

Odysseus 奧德修斯

Ohz Burtim Winzik
歐茲・伯爾提・溫齊克

Old Earth 舊地球

old Mrs. Hong 洪老太太

Overburn 超燃模式

Overwing Twist 翼上扭轉

P

Pine Leaf 松葉

Platform Prime 主要平台

Poco-class 波可級

portal 傳送口

Psychological Corps 心理部隊

Q

Queen Boudicca 布狄卡女王

Quick 快客

Quirk 怪客

R

Rally 雷利

Ranger Flight 騎士飛行隊

ReDawn 新黎明

redraft 再成形

Remark 雷馬克

Requisition Coin 申請幣

Reverse Switchback 倒轉折返

Rigmarole 瑞莫羅

Rikolfr 里科弗

Riptide Flight 激流飛行隊

Rodge McCaffrey (Rig)
羅吉・麥卡弗雷（小羅）

Rubble Belt 碎片帶

S

Sadie 莎迪

Saint 聖徒

Sanitation Corps 衛生隊

shadow-walker 暗影行者

Sigo-class 西格級

Siv 希芙

Skylight 天燈

Skyward Flight 天防飛行隊

Slatra-class 斯雷徹級

solquis 索吉人

Sousa 索沙

Spensa Nightshade (Spin)
思蘋瑟・奈薛（小旋）

Spring 春天

Sssizme 西斯迷

Stanislav 史坦尼斯拉夫

Stardragon Flight 星龍飛行隊

Starfighter 星式戰機

Starsight 星界

Stewart 史都華

Strife 史特萊夫

Sun Tzu 孫子

Superiority 星盟（星際聯盟）

Sushi 壽司

Swims Against the Current in a Stream Reflecting the Sun 在映照陽光的小河中逆流而上（號）

Swing 史威恩

synthetic auditory indicator 合成聽覺指示器

T

Tarzan of Greystoke 泰山

Tashenamani 塔薛娜曼妮

taynix 泰尼克斯（族）

tenasi 天納西（族）

Terrier 泰瑞爾

The Conquest of Space 《征服太空》

Thior 席歐爾

Third Humar War 第三次人類大戰

Tizmar 提茲瑪

Tony 東尼

Trojan War 特洛伊戰爭

T-Stall T 仔

Tunestone 屯絲頓

Tungsten Flight 鎢鋼飛行隊

Twin Shuffle 雙重曳行

U

Ukrit 烏克利特

Ulan 烏蘭

Underscore 安德斯寇

Unicarn Skirmish 尤尼卡恩戰鬥

United Defiant Cavern 聯合無畏者洞穴

Unity of UrDail 烏戴爾聯合國

V

Val-class 維拉級

Valda Mendez 薇爾妲・曼德茲

Valkyrie Flight 女武神飛行隊

Vapor 薇波

varvax 瓦維克斯（族）

Ved 維德

Vent 砲口

Ventilation Corps 通風隊

Vici Cavern 維西洞穴

Vician 維西人

Victory Flight　勝利飛行隊

Vigor　維格爾

W

Weights and Measures　度量衡號

Winzik　溫齊克

Work Studies　工作研究

wrexian　瑞西恩（族）

Writellum　萊特倫

X

Xiwang Flight　希望飛行隊

Xun Guan　荀灌

Y

Yeong-Gwang　勇廣號

Yeongian　勇揚人

Z

Zeen Nightshade　齊恩・奈薛

Zentu　贊圖

Zezin　切金

Ziming　子明

B
E
S 嚴
T 選 119

天防者 II：星界

原著書名／Starsight
作　　者／布蘭登・山德森（Brandon Sanderson）
譯　　者／彭臨桂
企畫選書人／王雪莉
責任編輯／劉瑄

版權行政暨數位業務專員／陳玉鈴
資深版權專員／許儀盈
行銷企畫／陳姿億
行銷業務經理／李振東
副總編輯／王雪莉
發　行　人／何飛鵬
法律顧問／元禾法律事務所　王子文律師
出版／奇幻基地出版
　城邦文化事業股份有限公司
　台北市 104 民生東路二段 141 號 8 樓
　電話：(02)25007008　　傳眞：(02)25027676
　網址：www.ffoundation.com.tw
　e-mail：ffoundation@cite.com.tw
發行／英屬蓋曼群島商家庭傳媒股份有限公司城邦分公司
　台北市 104 民生東路二段 141 號 11 樓
　書虫客服服務專線：(02)25007718・(02)25007719
　24 小時傳眞服務：(02)25170999・(02)25001991
　服務時間：週一至週五 09:30-12:00・13:30-17:00
　郵撥帳號：19863813　　戶名：書虫股份有限公司
　讀者服務信箱 e-mail：service@readingclub.com.tw
　歡迎光臨城邦讀書花園　網址：www.cite.com.tw
香港發行所／城邦（香港）出版集團有限公司
　香港灣仔駱克道 193 號東超商業中心 1 樓
　電話：(852) 2508-6231　傳眞：(852) 2578-9337
　e-mail：hkcite@biznetvigator.com
馬新發行所／城邦（馬新）出版集團
　【Cite(M)Sdn. Bhd】
　41, Jalan Radin Anum, Bandar Baru Sri Petaling,
　57000 Kuala Lumpur, Malaysia.
　Tel: (603) 90578822 Fax:(603) 90576622
　email:cite@cite.com.my

封面設計／斐類設計
排　　版／極翔企業有限公司
印　　刷／高典印刷有限公司
■ 2020 年（民 109）1 月 30 日初版
■ 2021 年（民 110）1 月 18 日初版 3.5 刷

售價／420 元

國家圖書館出版品預行編目資料

天防者 II：星界 / 布蘭登・山德森 (Brandon Sanderson) 作；彭臨桂譯. -- 初版. -- 臺北市：奇幻基地，城邦文化出版：家庭傳媒城邦分公司發行，民 109.01
面：公分. -(Best 嚴選；119)
譯自：Starsight
ISBN 978-986-97944-8-0 (平裝)

874.57　　108019396

SBN　978-986-97944-8-0

Printed in Taiwan.

城邦讀書花園
www.cite.com.tw

廣　告　回　函
北區郵政管理登記證
台北廣字第000791號
郵資已付，免貼郵票

104台北市民生東路二段141號11樓
英屬蓋曼群島商家庭傳媒股份有限公司城邦分公司 收

請沿虛線對摺，謝謝

奇幻基地

每個人都有一本奇幻文學的啟蒙書

奇幻基地官網：http://www.ffoundation.com.tw
奇幻基地粉絲團：http://www.facebook.com/ffoundation

書號：1HB119　　書名：天防者 II：星界

請於此處用膠水黏貼

奇幻基地

讀者回函卡

謝謝您購買我們出版的書籍！請費心填寫此回函卡，我們將不定期寄上城邦集團最新的出版訊息。

姓名：＿＿＿＿＿＿＿＿＿＿＿＿＿＿＿＿ 性別：□男 □女

生日：西元＿＿＿＿＿年＿＿＿＿＿月＿＿＿＿＿日

地址：＿＿＿＿＿＿＿＿＿＿＿＿＿＿＿＿＿＿＿＿

聯絡電話：＿＿＿＿＿＿＿＿＿＿傳真：＿＿＿＿＿＿＿＿＿＿

E-mail ：＿＿＿＿＿＿＿＿＿＿＿＿＿＿＿＿＿＿＿＿

學歷：□1.小學 □2.國中 □3.高中 □4.大專 □5.研究所以上

職業：□1.學生 □2.軍公教 □3.服務 □4.金融 □5.製造 □6.資訊

□7.傳播 □8.自由業 □9.農漁牧 □10.家管 □11.退休

□12.其他＿＿＿＿＿＿＿＿＿＿＿＿＿＿＿＿

您從何種方式得知本書消息？

□1.書店 □2.網路 □3.報紙 □4.雜誌 □5.廣播 □6.電視

□7.親友推薦 □8.其他＿＿＿＿＿＿＿＿＿＿＿＿

您通常以何種方式購書？

□1.書店 □2.網路 □3.傳真訂購 □4.郵局劃撥 □5.其他

您購買本書的原因是（單選）

□1.封面吸引人 □2.內容豐富 □3.價格合理

您喜歡以下哪一種類型的書籍？（可複選）

□1.科幻 □2.魔法奇幻 □3.恐怖 □4.偵探推理

□5.實用類型工具書籍

您是否為奇幻基地網站會員？

□1.是□2.否（若您非奇幻基地會員，歡迎您上網免費加入，可享有奇幻基地網站線上購書75 折，以及不定時優惠活動：http://www.ffoundation.com.tw/）

對我們的建議：＿＿＿＿＿＿＿＿＿＿＿＿＿＿＿＿＿＿＿＿

＿＿＿＿＿＿＿＿＿＿＿＿＿＿＿＿＿＿＿＿

＿＿＿＿＿＿＿＿＿＿＿＿＿＿＿＿＿＿＿＿

請於此處用膠水黏貼

Brandon Sanderson

布蘭登・山德森

Brandon Sanderson

布蘭登・山德森